爱是无法预料的伤

上

江潭映月 ◎ 著

重庆出版集团 重庆出版社

图书在版编目(CIP)数据

爱是无法预料的伤 / 江潭映月 著. —重庆：重庆出版社，
2014.8
ISBN 978-7-229-07770-9

Ⅰ.①爱… Ⅱ.①江… Ⅲ.①长篇小说—中国—当代
Ⅳ.①I247.5

中国版本图书馆CIP数据核字(2014)第065135号

爱是无法预料的伤
AI SHI WUFA YULIAO DE SHANG
江潭映月 著

出 版 人：罗小卫
责任编辑：王 淋 李 雯
责任校对：刘小燕
装帧设计：重庆出版集团艺术设计有限公司·卢晓鸣

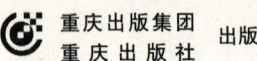 重庆出版集团
重庆出版社 出版

重庆长江二路205号 邮政编码：400016 http://www.cqph.com
重庆出版集团艺术设计有限公司制版
自贡兴华印务有限公司印刷
重庆出版集团图书发行有限公司发行
E-MAIL:fxchu@cqph.com 邮购电话：023-68809452
全国新华书店经销

开本：700 mm×1000 mm 1/16 印张：39 字数：700千
2014年8月第1版 2014年8月第1次印刷
ISBN 978-7-229-07770-9
定价：56.80元

如有印装质量问题，请向本集团图书发行有限公司调换：023-68706683

版权所有 侵权必究

目 录 CONTENTS

1		楔子
9	第一章	新妇和初恋情人
15	第二章	娇娇公主
18	第三章	嫌　隙
22	第四章	较　量
28	第五章	第一次不回家
33	第六章	回娘家
38	第七章	心　伤
42	第八章	楚潇潇
47	第九章	失败的妻子
55	第十章	小两口床头吵架床尾和
61	第十一章	心碎了无痕
67	第十二章	你是好人
74	第十三章	无　赖
77	第十四章	做　戏
82	第十五章	通讯录
85	第十六章	情人的眼泪
90	第十七章	风中的单车

99	第十八章	打他的脸
107	第十九章	不许再和楚潇潇来往
114	第二十章	借你用一用
126	第二十一章	"报复"的快感
137	第二十二章	我们离婚吧!
150	第二十三章	烟火夫妻
162	第二十四章	爱情是我的灵魂
171	第二十五章	再试一次,以爱的名义
181	第二十六章	跟我走,长风
186	第二十七章	原来如此
194	第二十八章	临别的温柔
198	第二十九章	支　教
210	第三十章	黄山锁,锁双心
224	第三十一章	最难的日子,有他在身边
233	第三十二章	风云突变
249	第三十三章	看不见的纱
259	第三十四章	从此是路人
276	第三十五章	有你,便是晴天
315	第三十六章	一切只是不得已
329	第三十七章	拨云见日
352	第三十八章	意外临盆

367	第三十九章	愤怒爆发
370	第四十章	生死茫茫
384	第四十一章	她的小豆豆
401	第四十二章	没有结果的表白
406	第四十三章	见你一次抽你一次
418	第四十四章	千里赴婵娟
425	第四十五章	身世成谜
438	第四十六章	母女连心
451	第四十七章	一箭双雕
461	第四十八章	还君明珠
487	第四十九章	远赴西藏
493	第五十章	心中裂痕
503	第五十一章	罪行暴露
517	第五十二章	小计得逞
543	第五十三章	入　狱
552	第五十四章	始知当年都是错
562	第五十五章	错爱一生
589	第五十六章	永不原谅
595	番外	黄侠

楔子

深冬时节的北方某大都市,天空一片灰蒙蒙的,阴冷的风吹过,有零星的雪渣儿飘下来,如冰点儿般倏然落入领子里,带起一片沁入皮肤的凉。

沈妍缩了缩身子。她站在会展中心的大门外,玫红的旗袍面料包裹着她单薄却曲线优美的身子,虽然里面穿有保暖衣,但她两只小手仍然冻得冰凉,五指在旗袍那丝质的袖子下蜷了又蜷,寒冷让她禁不住牙齿打颤。远远的,有汽车的声响传入耳膜,视线里,一辆黑色轿车缓缓地驶过来,在大厦的台阶前停下。车子的正前方,鹰型的车标隐隐地透出一种沉稳的霸气。沈妍认出那是一辆宾利。不知这车上坐着的是什么样的人,她在心里暗自猜想着,会展中心经理急匆匆而出:"看什么呢?马上站好!"沈妍立即挺直了脊背。

"徐先生,到了。"宾利驾驶位的车门打开,身着黑色西装的青年男子从车上下来,动作恭敬地打开了后面的车门。一个身材颀长的男子弯身钻了出来。

他俊眸微抬向着这边淡淡地望了望,沈妍看到那人气质卓然的一张脸,那是怎么样的一个男人呢?他有着一张年轻而疏冷的面庞,发丝如墨,长眉入鬓,俊眸淡薄却奕奕,冷冷中,透出一种似是与生俱来的凌锐之气。他穿着一袭合体的黑色阿玛尼西装,显得他的身材更加修长俊挺。

沈妍的目光与那人的视线相对的一刻,她一颗心失了节奏地怦怦乱跳。

"徐先生,里面请。"经理已经飞快地掠过她的身旁,迎了过去,他满脸得体的笑,恭敬中透出难以掩饰的谄媚。

徐长风只是喉中淡淡地"嗯"了一声,便迈开步子顾自地走过来。

当他笔挺的身形带着一身的凌锐高贵之气从沈妍的面前走过时,她的少女心如小鹿撞过,一霎时,竟是有些脸红心跳的感觉。

她慌乱地弯身鞠躬,说了句:"您好。"

而徐长风此时,早已经在随从的陪同下掠过她身旁向着里面而去。

她的目光偷偷追过去的时候,电梯门正好徐徐地合拢,那人一张淡薄却俊朗的面容便缓缓地隐没在电梯中。

沈妍再次见到徐长风,是在一个小时之后,那时,她被临时调到了第十一层楼的摄影中心。这里的作品,都是出自世界闻名的摄影大师之手,照片中的景物或阳刚,或阴柔,或灿烂,或超尘,一幅幅形态各异,如百花齐放。沈妍站在摄影大厅的入口处,面上带着亲切甜美的笑容迎接着每一位到来的客人。

徐长风是从玉石展那边转过来的,他全身由内至外散发出来的冷峻和儒雅的气息将沈妍的目光定住,当他的目光淡淡地向着这边一瞥时,沈妍忙低下头去。心跳,乱了。

徐长风的目光缓缓地从墙壁上一幅幅形态各异的摄影作品上滑过,冷漠的面庞上没有半分多余的神色。他的助理小北则跟在他的身后,亦步亦趋。

前面的宽敞处便是人体摄影展。几个西装革履的男子正站在一幅人体摄影作品下面,低低私语。其中一个中年男子,若有所思地凝视着眼前的画面,然后用日语说了句什么,身旁陪同的翻译便对展厅工作人员道:"小姐,这幅作品多少钱?"

工作人员笑道:"对不起,先生,这幅作品是作者的珍藏品,只供展出,不出售。"

翻译将工作人员的话传给了他的老板,那中年男子听罢笑笑,深沉的眼中却是露出些许失落。

小北便在这时低低地啊了一声,目光已经呆住。再看他的老板,徐长风,他那张俊朗的面容不知何时已是一片青白。他的目光正紧紧地盯住中年男子要买的那幅作品,那上面,是一个女人。一个没穿衣服的女人。

那女人一头青丝整齐地挽到脑后,露出光洁的额头,美眸幽幽,温柔中流露出一种忧郁的神采。她全身凝白如雪,肩膀纤瘦,胸部饱满,两只线条纤细柔婉的手臂轻轻地在腰部下面交叉,细嫩的指间是一朵绽放的洁白莲花,那不染纤尘的花朵恰到好处遮住女人下面的隐秘。女人的两条腿又细又长,全身的线条极为柔美,不用说,这幅作品,透出极强的东方女性的阴柔之美。

小北咧了咧嘴,他知道,那叫人体艺术。

可关键是,那个女人,她是……

"嫂……嫂子。"小北不由得低低地叫了一声。

而徐长风,俊逸的双眸已经泛出幽冷的光,他的喉头在急剧地收缩,强烈的愤怒正从他的心头蹿上来,狠狠地冲撞着他的大脑。

他的目光仍然紧紧地盯住了那画面上的女人,小北忐忐忑忑地看向他老板,只见他双眉紧拧,俊逸的面庞一片肃凛,忽然间就拔腿大步奔向了那幅人体像。

他一只手臂拨开那个中年男子和他的翻译,一把将那幅相框扯了下来。

"先生!"摄影中心的工作人员大惊失色,忙过来阻拦,"先生,你这是做什么?"

徐长风唇角紧抿,眼睛里冷怒的锋芒毕现。他并不言语,一把推开那个工作人员,铁钳般骨节分明的手指死死地捏着那相框,大步地离开。

"先生。"工作人员急切的喊声还在展览大厅里回荡,沈妍只感到一阵凛冽的气息扑面而来,徐长风已经从她身旁一掠而过。她吃惊地看着那道攥着一幅相框的阴冷背影只觉得十分的奇怪。

小北在后面急匆匆地追了过来,当他一路下了楼,跑到大厦外面的时候,却见徐长风正将手中的相框扔进宾利后厢,然后钻进了驾驶位,汽车像是猎豹一般嗖地蹿了出去。

看着那黑色的车子贴着迎面而来的轿车飞快地拐向了热闹的大街,小北的心在瞬间被紧紧地捏住了。

宾利像是脱缰的野马在上午阴冷的街头狂奔,一连闯了好几个红灯,由车水马龙的繁华闹市,到安静怡人的蓝湾别墅区,又拐进了安静整洁的私家车道,吱的一声刺耳声响后,一切归于寂静。车子斜斜地停在别墅的门口处,空气沉寂得吓人。片刻之后,车门忽然间打开,徐长风一脸阴鸷地迈下车来。他一把拉开了车门,长臂一伸将那被他摔在座位上的相框抓了起来。

他黑眸凛冽,死死地盯住那照片上不着寸缕的女子,英俊的面庞再度扭曲起来。

"白惠呀白惠,你当真是连脸都不要了吗?"

他细长有力的手指紧紧地捏住了那相框的边缘,死死地捏住,就像指尖下是她纤细柔弱的肩膀,而他,要狠狠地捏碎她。相框被他再次丢回了后车厢,车门啪的拍上,他倚着车身,伸手到衣兜里摸出了打火机来。纯金质的打火机,簌地燃起一束火苗,他的手指却有些打颤。香烟燃着,他狠狠地吸了一口……

天光微微发白的时候,白惠慢慢地下了床。她身上披着一件粉色碎花的棉质睡衣,一直走到窗子前,轻轻地将窗帘拉开了一些,天空那浅淡的白便从窗帘的敞开处,洒了进来。一座座高楼的影子隐隐耸立在冬日阴沉的天空下,一弯还来不及隐退的月静静地挂在空中,俯视着这纷乱复杂的世界。她嫣红柔美的唇微微地开合,轻轻地叹息了一声,离开那里有多久了?三个月都多了吧!

"故人西辞黄鹤楼,烟花三月下扬州。孤帆远影碧空尽,唯见长江天际流。"

白惠轻轻指着黑板上那整齐秀气的板书,稚嫩的童音便随着她手指的移动而朗朗响起。她微笑地看着讲台下面那一张张天真可爱的小脸,长久以来积郁在心头的烦闷轻轻地散了。

下课的铃声被拉响,她微笑道:"同学们,今天的课就到这里,我们明天见。"

"老师明天见。"孩子们立刻欢快地回应。白惠看着她的学生们将书本放进书包纷纷离开,她笑笑,收起讲义也转身出了教室。

"老师,圣诞节快乐。"一个男生跑过来,递给她一枝手工折叠的红玫瑰。

白惠接过摸摸那孩子的头,笑道:"圣诞节快乐。"

那小家伙有些不好意思地咧嘴一笑,跑掉了。

这是上岛咖啡厅的一处分店。平安夜的气氛在格调优雅的大厅里缓缓缭绕。

"对不起,我来晚了。"白惠进来的时候,对着自己的几个新同事歉意地笑笑。

她在王新亚身旁坐下要了一份玫瑰奶茶,在她对面是学校里两个单身的男同事,几个人边饮边聊。轻悠的音乐声舒缓着人的神经,在这样颇富小资情调的地方,人的心情会不由自主地闲适起来。渐渐降临的夜色下,一辆车子从落地的窗子前缓缓滑过。街灯明亮,那沉稳又贵气的车子让人眼前一亮。

"快看,多漂亮的车!"王新亚忽然间就叫了起来。

白惠扭头,目光倏然定在那辆黑色的车子上,

"是限量版欧陆飞驰。"小丁低呼一声,身子呼地站了起来,面上露出如遇至宝的神色。

"听说这款车全国都不足八辆。"小陈也兴奋地说道。

白惠纤细白皙的手指还擎着白瓷的杯子,此刻却是无意识地收紧,一颗心猝然之间颤了一下。限量版的宾利欧陆飞驰,全国就那么几辆,在这座城市里也就只有那一个人有,她微垂着眼帘,心跳陡然一窒。

"先生,小姐,请随我来。"音乐流动中隐隐传来服务员温和的声音,接着有高跟鞋敲击地面的清脆声响伴着男人沉稳的脚步声由远及近。

当那一袭黑色的身影掠过眼前的时候,白惠手指一颤,瓷杯中的玫瑰奶茶颤颤地晃了出来,滴落在她泛白的指尖上。

"风哥,我们就坐这里吧!"是一道娇滴滴的女声。白惠心弦又是一紧,她不由得抬头,却倏然撞上一对男人的深眸。

白惠的目光定了定,沉静的面上已是泛出了一丝青白。

徐长风的目光淡淡讥诮地睨着她,须臾又转开,伸臂一扶身旁女子的腰:"好。"

白惠有些仓皇的目光落在那女子的身上,她看到了一道娇俏的身影。一头栗色的卷发垂下肩头,上身穿了一件类似紫貂裘皮的半大衣,下面一双休闲长靴,他们在白惠侧面不远处落座,女人眉眼晶亮,一袭侧影娇媚而明艳,模样能与当年的楚乔平分秋色。徐长风,这么短的时间而已,你就又有了新欢吗?白惠的心里凉凉的,唇角不由得挤出几分嘲弄的笑来。

"这女人不就是那个刚出道的嫩模路漫漫吗!"王新亚低低地说了句。

小丁则是啧啧赞道:"这真人比电视上漂亮多了!"

"漂亮什么,依我看纯粹是妖里妖气。"王新亚撇撇嘴,又转向身旁一直默不作声的女人道:"白惠你说是吧?真不明白,那位徐总的夫人怎么能这么沉得住气,要是我呀,非得让人扒了那女妖的皮不可。"

白惠在一个多月之前才来到他们的学校教书,他们并不知道白惠和徐长风的关系,因此说话也没有忌惮。王新亚还在低低愤愤地说着什么,白惠却已是一脸的沉静。已经下定决心离开他,那么他,包养谁又有什么关系?

"据说,《绝世王妃》这部电视剧,就是这个金主专门为这小妖精量身打造的,光投资就不下五千万。"小丁又低声爆料道。

白惠的脸顿时白了白,手中那只轻轻搅动玫瑰奶茶的小匙不由一僵。

"风哥,谢谢你陪我过这个平安夜。"

耳旁又响起路漫漫娇柔的声音,眼角余光里,她正对着那俊朗无比的男子灿烂地笑,样子多了几分年轻女孩儿的天真无邪。白惠低头用小匙默默地拨弄着杯中的一片玫瑰花瓣,她知道,这个平安夜,她是不可能过得太舒坦了。

徐长风的俊颜一如既往的温和,眉眼间样子说不出的迷人。他笑道:"你演得那么好,今天算是我给你的奖励。"

他修长的手指轻轻地晃动着杯中的极品蓝山,仰脖喝掉,手里握着空空如也的杯子,一双俊眸却是微微眯着,似是在欣赏眼前女人的无比美貌。

"谢谢风哥。"路漫漫羞涩一笑,春色弥漫脸颊。

白惠将小匙中的玫瑰奶茶轻轻地送进口中,听着那两人浅浅低笑,她只觉得耳边像是飞进无数只苍蝇,玫瑰的芬芳萦满口腔,她却再也品不出奶茶的清香。

"徐先生,您要的花。"有侍者的声音响起来。空气中便有花香弥漫过来。白惠微微侧眸,视线里,穿着合体制服的女侍手中的一大束的粉色玫瑰花亮得刺眼。

粉色玫瑰的花语是喜欢你灿烂的笑容,而玫瑰花苞却是代表着美丽和青春。

呵呵,白惠在心底冷笑,手指擎着奶茶杯,一小杯的奶茶被悉数送进了口中。

"哇,真漂亮!"耳边是路漫漫娇柔惊喜的声音,白惠的太阳穴却是忽然间裂开一般地疼起来。

"对不起,我有点儿不舒服先回去了,你们慢聊。"白惠站起身来,小丁怔了怔道:"我送你吧。"

"不用了,谢谢。"白惠笑笑,转身离开。她匆匆地向外走,走了几步,却又忽然间放缓了脚步,她将自己的脊背挺直,左手捏住了包包的带子,捏紧,然后,迈开步子,离开。从咖啡厅出来,白惠深深地吸了一口气,冬夜阴冷的风扑面而来,窜进她的领子里,一阵刺骨的凉。

"一生一代一双人,争教两处销魂。"那年,她才新婚,夕阳下,她轻轻地朗诵着纳兰性德的词,身后有温暖的怀抱贴过来,将她轻轻地拥住:"一生一代一双人,嗯,写得好。"

"那你对我,会一生一代一双人吗?"她转过身来,眨着那双明亮的眼睛有些羞涩地问他。

"会。"他沉吟了一下,那一刻,眼神温柔而深沉。

白惠用力地吸了吸鼻子,将眼角就要冒出来的泪意憋了回去,伸手将大衣的领子向上拢了拢,走到路边招手拦出租车。

车子行驶到离她所居住的小区还差一里多地的时候,她付了车钱,从车子上下来。城市的夜空,稀疏地挂着几颗星,清冷的白月在那天空的最高处,淡漠地俯视着这个世界。她的心情因为咖啡厅里的一幕而布满酸涩,她想,她需要走一走。从这里,到她的家,够了。

沿着马路缓缓前行,不知不觉间,已经进了小区。一座座高楼,点点柔和的灯光从一扇扇窗子间透出来,那是家的气息。

一个小女孩儿正趴在窗台上,小手轻轻地勾勒着玻璃上贴着的圣诞贴画。

白惠忽然间有些恍惚。记忆里,一幕很温馨的情景在眼前浮现。她笑了笑,一晚的抑郁好像无声无息地消散了。

她加快脚步向前走,快到自家的楼下时,却是倏然一顿。

夜色下,一点烟火明明灭灭,一道黑色的身影,轻倚着车身,徐长风,他就站在她楼下的门口处,低头吸着烟。

白惠不知道是不是还要继续向前走,回家必然要经过那个人的身边,而她,却并不想见他。她无声地站住了,任冬夜阴冷的风嗖嗖地吹过来,全身僵冷。

"怎么,自己做得出来,却不敢见我吗?"淡淡嘲弄的声音带着男人特有的磁性被夜风送了过来。徐长风微侧头,一双比那冬夜的星星还亮上几分的眼睛透着阴冷。

"抱歉,我只是不想见到你。"白惠微微眯了眯眼,不待那男人说什么,已经迈开步子向前走去。只要他还站在那里,还挡在她的门口,这一关就总是要过的,不是吗?她让自己尽量无视那男人强烈的存在感,径自从他的眼前掠过。

"照片拍得不错,够美。"徐长风类似调侃地开口,声音忽然又一转,"不过,想要借此让我签字离婚,白惠,你想得太美了点儿!"

徐长风冷幽幽开口。白惠只觉得一股透骨的凉意倏然窜入了领子,在五脏六腑间流窜。她蓦地一顿,脚步像是被什么定住了一般,转身向着他,"那么,徐大总裁,你想要怎么样?"她站在他的几步之外,穿着黑色的大衣,本就苗条的身体显得越发的纤瘦。那一双眼睛却是如淬染了墨一样,黑得又冷又亮。

徐长风又是吸了一口烟,冷幽幽的眼睛凝睇着她,"我想要怎么样,你很明白。白惠,别再让我废话,跟我回家去,我们好好过日子。"

"你休想,徐长风!"白惠忽然间觉得一股子恶气冲上头顶,让她怒不可遏。

"我说过,我这辈子都不会再走进那个家门,这辈子都不会再和你在一起。徐长风,收起你的如意算盘在协议书上签字,我们好聚好散!"

她对着他失控地吼着,眼里逼出了泪花。

夜色下,徐长风的脸色急促地变化着,他的夹着烟的手指在不可预见地发颤。烟头被丢掉,他长臂一伸,一把攥住了白惠的手臂,白惠低呼一声,身子猝不及防地被男人扯到了身前。他居高临下两只大手狠狠地捏着她脆弱的臂膀,一双淬了冰的双眸狠狠地逼视着她,让她本就猝痛的心脏一阵战栗。他的手指钢叉一般似乎要插进白惠的肩胛,疼,很疼,疼得她脸色越发地白了,但,她却倔强地仰头,回视着他。

"你想做什么?"胸口隐隐的疼让她说话的时候停顿了一下,声音艰涩。

徐长风唇角轻勾,背着光的他看不清脸上的神色,让白惠的心没来由又是一颤。

"你把我的孩子怎么样了?嗯?"他悠悠开了口,听不出喜怒。

白惠的脑中却是轰的一声,如一道炸雷猝然滚过。她身子一颤,人已经呆住。

"两个呀,你把他们怎么样了!"徐长风忽然间似是疯狂了一般,大吼了一声,一反身,狠狠地将她纤弱的身子压在了那冰凉的宾利上。

"你杀死了他们,是不是!是不是你杀了他们!"他愤怒地低吼,眼底冰冷的火星迸现。白惠被他压在车子上,那两只大手狠狠地捏着她的肩,冷森森的面容,眼底怒火狂燃。白惠只呆呆地望着那张刚才还从容优雅,此刻却狰狞可怕的面容,她美丽的瞳孔一点点地染上了一种叫做悲凉的神色。

孩子,她的孩子。她的冰冷的唇角轻抽,眼神渐渐呆滞。她仰头,望着那黑沉沉的夜空,心底那一直苦苦压抑了许久的悲伤一点点地漫了上来,从那双美丽的眸子里缓缓地流泻出来,像是那一地惨白的月光。

"孩子……"她喃喃地念着，声音带着让人心惊的轻颤，一滴冰凉的泪滴落下来，挂在冷月下，她惨白的脸上。过往的一切，那些深埋在心底的不堪和痛苦，一瞬之间纷至沓来，白惠的眼睑轻轻地合上，又是一滴泪猝然地滚落。

"白惠！"徐长风的心猝然一跳，一种隐隐的不安突然间涌上心头，他那只扣着她肩膀的手，犹豫了一下抬起来轻拍了拍她的脸。

"白惠！"回答他的是一片死寂。

他看着那张美丽的脸，此刻却比天上的冷月还要惨白。她垂着长长的眼睫，一滴晶莹的泪还挂在腮边，身子却在缓缓地向下滑。

"白惠。"他喊着，一种从未有过的强烈的担心和害怕让他声音发颤，"白惠。"

他一把将那具已经毫无生气的身体打横抱起……

第一章 新妇和初恋情人

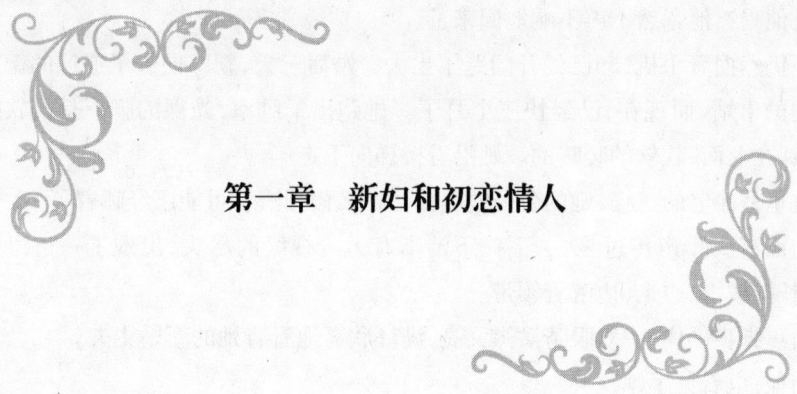

　　白雾氤氲中,一道年轻的身影站在镜子前,她刚刚沐浴完毕,湿漉漉的头发披在肩头,白皙如玉的身体上还淌着水珠,一颗颗晶莹发亮。白惠对着镜子,笑了笑,一种年轻女子的甜香俏美流露出来。她拿起吹风机将头发吹得半干,又用奶白色的浴巾将自己光裸的身子包住,转身出去。

　　头顶上水晶的吊灯播撒着柔和又迷人的光亮,室内十分整洁。大衣柜和床头上还贴着精致的大红喜字,白惠换上自己的粉色睡裙。吊带下浅粉色的蕾丝点缀在胸前,高腰收得恰到好处,衬得她的前胸越发的挺俏。她低头看了看自己白皙的胸口,又伸指摸了摸胸前的蕾丝,这件睡衣,是她结婚时买的,她十分喜爱的款式。

　　钻进被子里,她拿着手机,犹豫了半天,还是按下了那串熟悉的号码。

　　"长风。"手机那边的嘟嘟声停止之后,她有些羞涩地喊了一声。

　　"白惠?"那边的人显得有些惊讶。

　　"嗯,是我。"白惠轻粉的指尖捏着那枚小巧的白色机子,心跳却在加速。

　　"怎么了?"那边的声音依旧好听,隐隐地,好像还伴着汽车行驶中的声音。

　　"没什么。"白惠那只无意识捏着睡衣带子的手,透露着她的紧张不安。结婚已经三个月了,她却好像还置身于一场幻梦中一般,有些难以相信,她,竟然嫁给了徐长风,这个城市里被称为钻石王老五的男人,成了她的结发丈夫。

　　"哦,那你先休息吧,我一会儿就到了。"男人的声音淡淡传来,像是耳边悠悠吹过的一缕轻风,温暖而和煦。

　　"啊?"白惠有一瞬间的怔愕。而此时,窗外有车子的声音传进来。

她怔了怔,立时捏着手机下了床,跑到窗子前。窗帘被一下子拉开,她看到了院子里浅淡的灯光下,那徐徐驶入的黑色车子。她的心狂跳。

是他吗?他竟然不声不响地回来了。

她仍然捏着手机,却已经开门跑了出去。婚后三天,新郎便去了遥远的德国筹备分公司的事情,而现在,已经快三个月了。她跑出了卧室,光裸的脚下是柔软的花色地毯,踩在上面,软软的暖暖的。她沿着楼梯向下走。

这里是徐宅的三楼,她的公公婆婆则住在二楼,此刻,可能已经睡着了。

前面有脚步声传过来,一下一下清晰有力。视线的尽头,出现了一道银色的身影,修长挺拔,正边走,边解着领带。

白惠脚步停住,一双眼睛又黑又亮,满怀欣喜地看着她的新婚丈夫。

而他,也看见了她。

修长的眉微挑,略带疲惫的眼睛亮了亮,继而温润的声音道:"怎么跑出来了?"

"我……想不到你会今天回来。"白惠低眉,神色间自有一种新妇的欣喜和羞涩。

徐长风向上走了几步,一直站到妻子的面前,他微笑地端详他的新婚妻子。以一种男人对女人,丈夫对久别妻子的眼光。她的身上,穿着粉色吊带的蕾丝睡衣,披着微湿的长发,皮肤上闪着沐浴过后的光泽,站在那里,轻轻灵灵的,像是从楼上飘下来的一片粉色花瓣。他伸手轻轻地抚上她白里透着红的脸颊。微微潮湿的手掌落在她的皮肤上,她有一种不敢呼吸的感觉。他的手一点点地向下,落在她光洁柔滑的颈子上,停顿了一下,他俯身,在她的颊上亲了一下,然后缓缓地弯下身去,将她打横抱了起来。

白惠吓了一跳,双臂立刻便抱住了男人的脖子,一颗心没了节奏地怦怦乱跳。

徐长风眉眼温柔,额头上隐约可见亮晶晶的汗珠,她的娇羞和紧张全都落进了他的眼里,他笑笑抱着他的小妻子进了卧室。

他把怀里那轻盈的身子放到了他们的大床上,全粉色调的床单立刻和她身上的粉红融为一体。

他撑着两只手臂在她身体的上方,眉眼温存,却又带了几分成熟男子的暧昧。

"等我,我去洗个澡。"徐长风轻轻一笑,转身向着洗浴间走去。白惠从床上坐了起来,看着那道颀长高大的身影,她做梦都想不到,她日思夜想的他,会在某一个晚上如神祇一般,突然地就出现在她的眼前。

浴室的流水声消失了,徐长风边擦着头发,边走了出来。他身上裹着白色的浴巾,露出肌理紧实的胸口,肤色结实健康,发丝晶莹黑亮。他走过来,微眯了眼睛看着他的新婚妻子,一只手轻轻挑了她的下颌,俊颜缓缓地拉低,他吻住了她的嘴唇。

白惠的心跳立时一滞。而男人只是浅浅的一吻,像是品尝一滴醇香的酒一般,轻啜一口。他眉眼黑亮,就那么低头瞧着她。

白惠的脸颊倏然就飞上了一抹红云,她不由低下头去。耳边响起男人的轻笑,低低好听。他的手已然落在了她睡衣的肩带上,细长的肩带随着他手指下滑而顺着她白皙的肩膀落下去……

转天的一早,阳光晴好,新婚丈夫的归来,让白惠这一天过得很快乐,喜悦总是在不知不觉中盈上眉梢。到了傍晚手机响起来,白惠正送走了最后一个孩子,看看号码忙接通。当她拎着包从幼儿园里快步走出来的时候,她看到了停在门口处的黑色宾利,在傍晚的日光下,静静散发着它的恢弘和大气。徐长风修长的身形斜倚着车身,墨镜遮面,一身黑色做工精良的合体西装,看起来酷酷的。她走出来的时候,他的目光正好转过来,白惠看到他的唇角微微勾起,似是笑了。

"走吧。"他伸臂轻揽了她的腰,扶她坐进了副驾驶的位子。

宾利缓缓地提了速,徐长风温声道:"一会儿陪我去参加个应酬,衣服和首饰已经给你准备好了。"

"哦,什么应酬?"白惠侧头问道。

"也没什么,就是一帮发小,非要给我接风。"

当白惠在会所的休息室里换上了徐长风为她准备的粉色紧身短裙,颈子上戴着他专门为她挑选的项链出来时,徐长风眼前一亮。他笑着吻了一下妻子的额头,"亲爱的,你真是太美了。"

他的眼中是难以掩饰的潋滟流光,白惠只抿了嘴,一张本就如莲一般的脸更添了几分妩媚的神色。

"哟,两口子说悄悄话呢!"一道玩味调侃的声音响了起来,白惠的眼前出现了一个高个子男人,皮肤黝黑,长得很是帅气。是徐长风的一个最要好的发小,黄侠。

徐长风笑着挥了他一拳:"你小子打从非洲跑出来的吧!"

黄侠笑笑:"这不跑到夏威夷去游泳了吗!"

几人说笑间,向着热闹的PARTY走去。

音乐欢快流淌中,一片灯红酒绿,衣香丽影的情形在眼前出现。

白惠轻挽着男人的手臂,随着他优雅的步伐走了过去。

大厅里一群青年男女围住了一个锦衣的女子,不知在聊着什么,看样子十分热络。白惠并不认识那个女人,但目光却被那女人一张容颜冷艳却又淡定大方的脸给定住了。那女人穿着一袭杏黄色短裙,长发微卷,顾盼中,一双明眸灼灼其华。在场的漂亮女人并不少,但在这个女人的面前,便显出其庸脂俗粉的味道来。

这个女人像一个灼灼的发光体,很轻易地就能吸引住所有人的目光。

"她是谁?"白惠轻问了一句。但,她身旁的男人似是被什么攫去了心神,并未有听到她的问话。而此时,那个女人已经发现了他们,此刻,一双明亮的眼睛正望过来,华光闪现的眸底似有惊喜。

人群里有低低私语的声音,白惠不知道那些人在说些什么,心底的好奇全被这个女人挑了起来。她丝毫没有注意到,她身边的男人,此刻那双黑眸里闪现的异样神色。更想不到,这个女人,给她的婚姻所带来的强大冲击就要降临了。

那女子已经走了过来,修长的双腿踩着一双镶着珠钻的高跟鞋,身形款款。卷发和短裙随着她的步子而轻轻飘动,那样子就像一位高贵的公主正走向她心仪的王子。

她在这对夫妻的面前站住脚步,巴掌大的小脸上,一双漂亮的眼睛越发的明亮。她的目光紧紧地锁住眼前的俊朗男子,如媚的红唇缓缓地勾起,却是轻轻地吐出了一个字:"风。"

白惠怔了怔,心底的诧然越发深了几分。他们很熟吗?她微微皱了眉。

"什么时候回来的?"徐长风的声音在女人的声音落下去半晌之后才响起,如果白惠足够细心,就可以听出她的男人那声音里是压抑了许久的震惊。

"昨天。"女子柔和晶莹的目光仍然锁在男人的脸上,就仿佛,在她面前根本没有白惠这个人存在。

白惠下意识地,在男人臂下穿过的那只手改为攥住了男人的手,不知道为什么,眼前这个女人,带给她一种隐隐的不安之感。

"楚乔昨天晚上才到,我们商量着要给你个惊喜,就没告诉你。怎么样,够惊喜吧?"说话的,是徐长风的另一个发小,靳齐。

楚乔,她叫楚乔吗?白惠越发疑惑的双眸凝视着这个女人。而楚乔却已经又向前一步,靓丽的身形站在了徐长风身前咫尺的地方:"风,可以抱抱你吗?"

多么直接的女子呀!

白惠看着楚乔那双明亮又笃定的眼睛,心底忽然间就别扭起来,她真的想直接代替徐长风告诉这个女人,"不可以"。

但她嘴唇动了动,却是忍住了,而是把目光投向了她的男人。而在这时,指间被她挽着的那只手却是悄无声息地松开了。眼前,杏黄色一闪,楚乔已经到了徐长风的怀里。她白皙的手臂抱住了徐长风的腰,那张精致的小脸埋进了男人的胸口。

而徐长风眉宇微凝,不知在想着什么,那手臂却是有些僵硬地缓缓抬起,落在那女孩儿的纤腰处,轻轻收紧。

"喂。"白惠忍不住低低一声喊,心头涌上一种难言的灼痛。

徐长风轻轻一搂,便轻推开了怀中的女子。"我给你介绍一下,我太太白惠。楚乔。"

徐长风神色间已无波澜,楚乔一双明眸立时望向了比她矮上好几公分的纤秀女子。

"我想你不介意,我和风哥跳个舞吧!"楚乔一双眸子流露出一种惯有的名门千金的骄傲和自信,声音脆亮,眼神中带着一丝冷。

白惠当然不愿意,这个女人,她明显地不同于别的女人,她的眼睛里带着一种让人难以忽略的骄傲和轻蔑,让她心里觉得不舒服。

"嫂子,乔乔天生单纯,她和风哥自小一块儿长大,情如兄妹,你不会那么小气吧!"说话的是一个红衣女子,此女叫伊爱。她也算是徐长风的发小,年纪看起来比她要大,却仍是不得不尊称她为嫂子,但眼神向来都是轻蔑的。

白惠轻皱眉,却是一个不字都不能说了。

楚乔骄傲地一笑,纤纤玉手向着那个俊逸如斯的男人伸了过去,浅笑嫣然:"风。"

徐长风的眼神很深,此刻仍然深凝着楚乔。白惠不知他在想着什么,更不知他的心里是否有想过她这个妻子,而是眼见着他,伸出了那只修长有力的手,轻轻地牵住了楚乔的。

白惠看着那两道身影翩翩起舞,恍似情侣,心口像被什么堵住了,有些窒息的感觉。

她转了身,想找个地方去透透气,黄侠走了过来:"嫂子,陪小弟跳个舞吧?"

白惠哪有心思跳舞呢?但黄侠的手已经伸了过来,她不能拒绝,便随他去了。

舞曲悠扬,她眼角的余光能够看到她的丈夫轻揽着楚乔的腰肢,两人的身影贴得很近,楚乔一脸明媚,徐长风却是脸色微沉,看不出喜乐。

白惠有些心不在焉,只一会儿,便对黄侠道:"不好意思,我去趟洗手间。"

黄侠笑笑,松开了扶在她腰间的手。白惠转身离开。

她只是在外面站了一会儿,便又返了回来,大厅里舞曲依然悠扬,却早没了那两个人的身影。

白惠目光里四下寻找,但见眼前衣香丽影,独独没有那两个人。她顺着大厅向着走廊走过去,眼前光线渐渐黯淡,有女人清脆的声音传过来。

"我知道,你是因为生我的气才随便娶了个女人回来,风,你并不爱她对不对?"

是楚乔的声音。

白惠心弦蓦地一动,脚步倏然顿住。只见前面走廊的转弯处,一抹黄色的身影骄傲笃定地迎视着男人深邃的眼光。徐长风的身形隐于光影中,白惠看不清他脸上的神色,但是心脏却像是被人一下子捏住了,这个楚乔,是他的曾经吗?

"不回答就是默认。风,我知道你还爱着我,我可以等,直到你和她离婚为止。"

楚乔的声音脆亮而且笃定,自信满满。白惠的心脏一阵痉挛,她转身匆匆走开了。

夜空里没有一颗星星,一股子阴沉的气息笼罩着夜空,这是暴雨将来的征兆。

不回答就等于默认,徐长风,你娶我,真的是负气而为吗?而我,就是你随便娶的女人吗?

白惠呆呆地站在那里,一颗心仍是痉挛的疼。

"你怎么跑这儿来了?"当雨点抽打在白惠身上的时候,徐长风脚步匆匆从会所里面走了出来。他将她落在会所中的外衣递给她,便大步向着泊车小弟开过来的宾利走过去。

"上车。"他为她打开了副驾驶的车门,然后匆匆钻进了驾驶位。

白惠坐进车子里,微垂着眸,有雨滴从脸颊上淌下来。

"你喜欢过我吗?"她好半晌,才问出了心里压抑着的问题。

"你今天怎么了?"徐长风微敛眉,语气间似是不可思议。

"没什么。我只是想知道你有没有喜欢过我。"白惠抬了眸,看向雨点敲打的窗外。徐长风侧了眸,眼神里现出隐隐的不耐来:"请不要再问这么无聊又愚蠢的问题。"

他唇角紧抿,下颌绷着,神色一片肃凛。白惠蓦地一呆,那双美丽的眼睛更是蕴出一抹叫做难以相信的神色来。她低了头,不再说话。

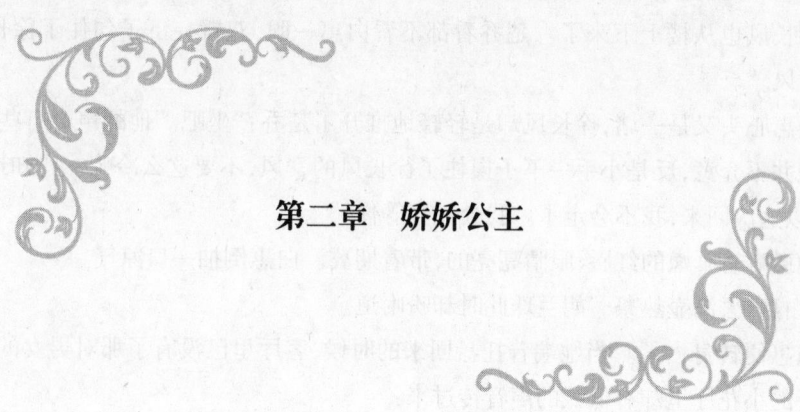

第二章　娇娇公主

雨还在下,到了徐宅,车子停下,徐长风将一把伞放到她腿上:"拿着。"

白惠撑着伞下车,却见男人的身影快步进了屋,她上楼的时候,徐长风已经在洗澡了,衣服挂在卧室的衣架上,洗浴间的灯开着,哗哗的水声传出来。白惠将他换下来的外衣收进了手提袋,准备明天一早送去干洗。洗浴间的门打开,徐长风出来了,身上裹着浴巾,走过来。白惠便在这时也向着洗浴间走去。

当她洗完澡的时候,徐长风已经睡下,他好像是累了,她出来的时候,他已经响起了轻微的鼾声。她在他身旁躺下,睡意寥寥。

转天的早晨,天气放晴,一早,房间里响起手机的铃声,很清亮动听的声音,不同于以往的铃声,倒像是专门为这个号码设置的。白惠将徐长风的手机拾了起来,看到屏幕上跳动着的字时,她怔了怔。

"娇娇公主"。

"给我吧。"斜刺里已经有一双大手伸了过来,徐长风将手机拿了过去。

白惠怔怔地站住,她看着男人边将胳膊伸进西装的袖子,边捏着手机走向阳台。

娇娇公主是谁?会是楚乔吗?

然而,一个小时之后,她的想法被证实了。娇娇公主,就是楚乔。

楚乔一身鲜亮的黄色衣衫出现在徐宅里,手里还拎着不知是什么的礼盒。由于是星期天,白惠的婆婆胡兰珠也没上班,此刻,那张保养得宜的面上怔了怔立刻露出高兴的笑容来:"哟,乔乔回来了。"

"伯母。"楚乔将手中的礼盒递给身旁的佣人,便给了胡兰珠一个拥抱。

胡兰珠笑笑轻拍楚乔的肩膀。

徐长风也从楼上下来了。楚乔看都不看白惠一眼,双臂一下子勾住了徐长风的脖子:"风。"

白惠心头又是一堵,徐长风却是轻轻地推开了楚乔:"坐吧。"他的声音有些淡,而楚乔似并不介意,反是小手一下子攥住了徐长风的,"风,不要这么冷嘛?我知道我有错,所以这次回来,我不会走了。我会一直等你。"

她微嘟着鲜嫩的红唇,眼睛亮亮的,带着期冀。白惠倒抽一口凉气。

"白惠,去沏壶热茶。"胡兰珠此时却吩咐道。

白惠便转身去了。当她端着托盘回来的时候,客厅里已没有了那对男女的身影,而一旁的小花厅里却有低低的声音传过来:

"风,你还戴着我送你的手表,说明你的心里一直都有我。风,我知道我错了,我太任性,你给我个机会吧!我保证再也不会了……"

白惠的心忽然间又像是被人捏住了一般。她怔了片刻,迈开步子向前走,楚乔却在这时从花厅里闪出来,正撞上白惠手中的托盘。托盘一斜,上面端放的紫砂茶壶里的茶水便倒了出来,乒啷的一阵响声后,摔到了地上,水花四溅。

楚乔一只白嫩的手臂立时一缩,清脆的声音变成了哭音:"风……"

"你怎么走路的!"一道阴沉愤怒的声音乍然在耳边响了起来,白惠猛然抬头,便撞上她男人那双布满怒火的双眸。

他向来温柔,对她从不曾疾言厉色,甚至从没有大声地说过话。可是此刻……

"快去拿烫伤药!"徐长风粗暴的声音已经响了起来,有佣人疾疾奔去。

胡兰珠闻声而来,脸上一片急色,嘴里埋怨着:"怎么这么毛手毛脚的,连个茶水都端不好!"

白惠一时间不知所措,心底更是发凉。

徐长风扶着楚乔坐到了花厅的沙发上,白惠看到了楚乔胳膊上的一小片红色。楚乔长得白,那片红色虽然不大,看起来也不严重,但很扎眼。有佣人将烫伤药拿了过来,徐长风便小心翼翼地亲自给楚乔擦药。也就在这时,白惠看到了楚乔腕子上的女式腕表,和徐长风的是同一种款式,应该是一对情侣表吧!

"风,好疼啊!"楚乔两只明亮的眼睛含了泪,显得楚楚可怜。

徐长风的脸因为楚乔的话而更多了几分的心疼,此时此刻,根本没有人留意到那个站在花厅门口处的女人,她的左脚面上早已殷红一片。

茶水不是直接落地,而是经楚乔那么一撞,全数倒在了白惠的脚面上。

白惠脚面上一片火灼的痛,她扶着花厅的木质隔断缓缓地上楼,身后仍有楚乔低低的呜咽声传来。外面不知何时安静下来的,没有人上来看她一眼。大概都认为她是罪魁祸首吧!白惠的脚面已经起了泡,钻心的疼。然而,徐长风那冷冽的话语,仍然回响在耳边,一阵阵地让她心寒。中午的时候她才下楼,左脚火烧火燎地痛,走路有点儿吃力,徐长风和楚乔早已不在,胡兰珠正在客厅里,神色不太好。

"白惠。"胡兰珠似乎没有发现她的异样,而是直接叫住了她。

"妈。"白惠将自己那只受伤的脚放好。

胡兰珠皱眉,似是语重心长地道:"白惠,乔乔自小和长风青梅竹马一起长大,感情自然要好一些,你就是心里不满,也不应该把那么热的茶水往人身上泼……"

"妈!"白惠诧然瞪大了眼睛,眼底是因为这莫须有的罪名,而涌上难以置信的吃惊神色。

"好了,我知道你想说什么。女人嘛,这点儿嫉妒之心还是有的。妈也能理解。但是乔乔不是有心机的女孩子,她很单纯,希望你不要再做出什么蠢事来。"

胡兰珠转身上楼了,白惠呆呆地站在一楼的厅里,胡兰珠冰冷的话语一阵阵地让她心神打颤。原来这一切都被当成了有心而为,她都不知道自己是怎么样离开徐宅的。家里的司机跟上来问她要去哪儿,她只说出去走走。而后,她打了辆车去了医院。

"哎,嫂子?"身后有熟悉的声音传过来,白惠正艰难地往诊室走,此刻停下脚步,她看到黄侠正走过来。

"黄侠,巧。"白惠晦涩地笑笑。

黄侠的眼光却落在了她跛着的脚上:"嫂子,你脚怎么了?"

"没事,就烫了一下。"白惠本能地将自己受伤的脚向后缩了缩。

黄侠却皱了眉:"烫得不轻啊!风哥怎么没陪你来?"

"他有事。"白惠心底苦涩,面上仍然笑了笑。

"那我陪你去上药吧!"黄侠皱皱眉,自动地上前扶了她。

第三章 嫌 隙

那天,是黄侠陪着她上了药,又送她回的家。中午没有吃饭,她也没什么胃口,家里很安静,胡兰珠好像是出去了,她把自己关在房间里,一直到傍晚。

"风哥。"徐长风正在办公室里查阅资料的时候,黄侠进来了,手里还拿着一个类似烫伤药的东西。

"嫂子烫那么重,你怎么不说一声。这个药对烫伤特别有效,你给嫂子带回去吧!"

"你说什么呢?"徐长风一怔。

黄侠奇道:"你不知道吗?嫂子的脚烫得都快烂了,我刚在医院碰到她,还陪她一起上的药呢!"

"什么!"徐长风脸色顿时一变。他的妻子受伤了,他竟然不知道。

白惠轻一脚重一脚地从洗手间里出来的时候,眼前有身影过来。

"脚受伤了,为什么不说?"徐长风敛着浓眉,神色严肃。他将她抱了起来,放回到床上。白惠因他这突来的温柔和关心而心头一阵恍惚,上午时那个暴躁的他,好像只是她做的一个恶梦。

"让我看看。"徐长风蹲下,伸手要够她的脚踝,白惠脚一缩,徐长风够了个空。

"没事,已经看过医生了。"她神色淡淡地说。

徐长风敛眉,在她身旁坐下,眉眼深深地看着她。

"我不是有意的,我走到那里,楚乔正好从里面出来,所以就撞上了。"

白惠微垂着头,低低地解释了一句。徐长风却是眼神一凛,眉眼间多了一抹似是嘲弄的东西。"白惠,你知道乔乔是怎么说的?"白惠已经感到了那来自发顶上的锋芒,她不禁抬头,正撞上他深黑却又含了失望的目光。

"她说,是她不小心撞上你的,不要怪你,要怪就怪她自己。可是你在说什么?她在为你开脱,你却在推卸责任。白惠,这真的不像你!"

白惠惊得眼睛瞪得老大。而徐长风已经起身,向着外面走去。

"徐长风!"白惠忍着脚疼呼地站了起来。男人的身影应声而停,他缓缓地转身看向她。

"不管你相不相信,我白惠没有那么恶毒!"白惠的胸口急剧地急伏,声音里带着因为过于愤怒而引起的轻颤。她想不到,他对她的信任竟是这么的脆弱,脆弱得不堪一击。她看着徐长风那双黑沉如墨的眼睛缓缓地眯了起来,转身开门出去,她的眼睛里闪出晶莹的泪光,呆呆地站在那里。

"嫂子,晚餐开始了。"小女佣轻轻地叩门。

"知道了。"白惠淡淡地应了一句。她哪有胃口吃饭呢?她坐在床上,满心的委屈和难过。这时外面又有脚步声响起来,接着门再次被叩响,"嫂子,风哥说您脚受伤了,不用下去吃,饭给您端上来了。"

白惠苍白的脸上,扯出一抹不知是凄凉还是什么的笑来,徐长风,你这算什么呢?

女佣端着餐盘进来了。米饭、面食,荤素搭配的炒菜,还有鸡蛋汤。色泽很好,饭香缭绕,但白惠心绪复杂,很久也没有吃下一口。她很晚才睡着,醒来时,天光乍亮,眼前有人影晃动。她张大了眼睛,这才看见,她的男人正站在穿衣镜前打着领带。颀长的身形背对着她,从镜子里可以看到那张冷漠的容颜。

"我八点半飞日本,一周之后回来,这几天,你就不要上班了,在家把脚养好。"徐长风的声音淡淡地没什么温度。上次去德国,新婚燕尔,他曾搂着她吻了又吻,缱绻温存,难分难舍。可是这次,他却只是丢下了这样不冷不热的一句话,便转身离开了。

白惠在房间里呆坐良久,听着那车子载着那冷漠的男人远离,又看着阳光将房间里照得一片通透,心里一点点地弥漫上荒凉。

徐长风一去日本,便杳无声息,白惠每日照常地上下班。因着,他临去日本的那场争吵,她对他的想念便是淡去了很多。秋日的天气已经转凉,这个傍晚,白惠从幼儿园里出来,意外地看到了她老公的车子。

车窗半开,男人的侧影戴着墨镜,左臂支在车窗棱上正在吸着烟。

她站住脚步,只是微歪了头,神色淡淡地看着他。

徐长风吸烟的动作顿了一下,胳膊一伸,将指间的烟碾熄在一旁的烟缸中,这才开口道:"不认识了吗?站在那里做什么?"

声音没什么温度，目光却是瞟了过来。透着厚厚的镜片，冷冷的，却也是揶揄的。

白惠走过去，拉开车门坐进了后座，"我希望你，不管是出差或者是回来，都提前告诉我一声。我是你妻子，不是不相干的人。"白惠神色淡淡的，声音也是不温不火。

"哦？"徐长风狭长的眸子微微地眯了起来，"这么说，是我的不对了。也好，下次我会提前通知你，太太。"他边是自然闲适地说着，边是启动了车子。白惠皱了皱眉，她发现，她真的从未了解过这个男人。

一别数天，他的心情倒好像很好。

"不是说过，脚好了再上班吗？"男人的声音又响了起来。

"已经好了。"白惠淡淡道。

徐长风敛眉，车子里陷入沉默。

到了家里，晚饭早已准备好，儿子回来，胡兰珠很高兴。徐宾还和儿子喝了些酒，爷儿俩很是高兴地谈论日本的项目。胡兰珠偶尔也插上几句，白惠对工程的事情不懂，便只默默地听着。徐长风的手机响了起来，很清脆，动听的铃音，不同于他平时的铃声，白惠想起来，那是专属于楚乔的。她用勺子轻搅着碗中的海米冬瓜汤，神色微顿，目光已是向着身旁的男人望了过去。她看到徐长风轻敛眉宇，低头看了看手机屏，便起身向外走去。

徐长风这一去，去了很久，白惠仍然坐在那里，却是再无胃口吃饭。

"爸，妈，我吃饱了，你们慢慢吃。"

她说完便起身上楼了。身后，徐宾和胡兰珠对视一眼，胡兰珠道："早跟长风说过，外边怎么玩都行，结婚是要慎重考虑的，你看看现在，楚乔回来了，可咱长风已经娶了白惠。"

"娶就娶了呗。楚乔娇生惯养的，我看咱们白惠温柔贤惠倒是更适合做妻子。"徐宾不以为意地道。

胡兰珠嗔了丈夫一眼："楚乔什么身份，那是白惠能比的吗！"

徐宾听了妻子的话，不以为意地摇了摇头。

白惠静静地躺在床上，她开始思索自己的婚姻，是不是太过草率了呢？她和他，相识相处不过半年有余，便踏进婚姻殿堂，这个婚姻，实在是存在着诸多的不确定性。

徐长风进来的时候，白惠已经睡着了，头歪在枕头上，下巴上还覆着一本女性杂志。他看了看他的妻子，睡相很安静。有很多的时候，看着身边这个女人，他会有一种身在梦中的感觉，他会娶了另一个女人，这在一年以前，那几乎是不可以想象的。

他将覆在妻子下巴上的女性杂志拾了起来，看了看，是一篇关于丈夫外遇方面的文章。他皱皱眉,将那杂志放在了床头柜上,然后去了洗浴间。洗过澡,冲掉了这一天的疲惫,在她身旁躺下。虽然有些疲倦,但睡眠却不能,鼻端总有一种淡淡的香味缭绕,他知道,那不是什么名贵香水,而是来自身旁这个女人。

他伸手轻轻地抚上女人的脸颊。俊逸的眉眼似是有所思,她轻轻地哼了一声,他便将手收了回去。然而半夜,他终于还是翻身压了上去。她正睡着,虽然睡眠很浅,但被他的动作弄醒,她惊了一下,继而是挣扎。而他一下子吻住了她的嘴唇,她瞪着眼睛,在夜色里,亮亮的,又带了一丝恼,倔强地瞪视着他。他吻她的动作停了一下,继而更深地吻住。她抗拒又不得已地接纳,到最后喃喃地问出了一句:"你真的爱我吗?"

夜色下,她的眼睛带着一丝迷惘,娇颜似是绝美。

他的额上布满汗珠,怀抱也是潮湿的,气息尚且未稳。他黑而亮的眼睛凝视着她,她在他的怀里,柔软而带着期冀。

"爱。"他终于是说了一个字,声音低沉而喑哑。

白惠不知道这个字在他的脑海里是否经过了几番的挣扎,她只是笑了。那张美丽如莲的脸,绽出了一抹欣慰,笑颜甚是动人。

徐长风怔了怔,她已经在他怀里合上了眼睫,倦极而眠,而他抱着她,激情过后,似有了一些清醒,他,真的爱她吗?相比于楚乔,那爱算多少?

这一夜,两个人睡得都很沉,白惠醒来的时候,徐长风还在睡,脸朝着她的方向,眉眼安静而柔和。白惠还在他的怀里,头枕着他的臂膀,此刻,轻轻地抬起头来。醒着的时候,她从未如此近距离地看过他,她眨了眨那双黑亮亮的眼睛,就那么地看着他,良久,才轻轻起身。早晨的时候,是徐长风将她送去了幼儿园,那是一所贵族幼儿园,里面的孩子非富即贵,白惠和徐长风的初识便是在那里。

晚上,是老王接的她。到家的时候,人还未走进屋子,便听见咯咯的银铃般的笑声。那笑声来自于楚乔。

白惠身形僵了僵。楚乔就坐在胡兰珠的身旁,笑脸如花,不知在说着什么开心的事情。

白惠喊了一声妈,胡兰珠应了,白惠又看看楚乔,她的脸上笑得明媚,但并不是对她。

徐长风回来了,白惠接过他脱下来的外衣,挂在架子上,而楚乔则站在沙发边上,俏生生,满眼晶莹的流光。

"风。"

"乔乔。"徐长风神色平静,看不出异样。

第四章 较 量

晚饭的时候,楚乔没有走,白惠坐在了徐长风的右侧,而楚乔则大大方方地坐在了他的左侧。

"风,饺子太多了,我吃不了。"楚乔微敛着眉,声音里带着一种类似小女孩儿撒娇的腔调,将碗里的三鲜饺子往徐长风的碗里拨拉过去。徐长风并没有说什么,只是端着碗接过。显然,这样的事情,以前是常常发生的。

那类似情侣的一幕无疑刺疼了白惠的眼睛。白惠看着她的男人,他正往口里送着他情人给他的饺子,忽地笑道:"长风,我也吃不了,把我的也给你一些吧!"她也端着自己的碗,将里面的饺子顾自地就往男人的碗里拨拉过去。

她这突然而来的动作显然让男人深感意外,他一双颇有深意的眸子瞟过来,白惠虽没有抬头,也能感觉到那来自头顶上的异样锋芒。

白惠心里头像被什么堵住着,呼吸都觉得困难,但她仍然对着他展颜一笑:"怎么,吃不了吗?要不,你倒掉吧!"

徐长风看着她那笑颜如莲的样子,目光微微一凛,却并没有说什么,而是低头吃起了饺子。

楚乔一张小脸上带着类似惊讶的神色,她显然也是没想到这个看起来柔弱的女人会那么做,怔了怔,然后尴尬地笑了笑:"对不起哦,我……只是习惯。"

白惠对她也笑笑:"没关系,慢慢就好了。"

她脸上带着笑,边说边咬了一口饺子,那说出的话却是不软不硬,让楚乔吃了个闷钉子,楚乔美丽如花的小脸上顿时一红。

"风,我忽然想起来我还有点儿事,我先走了。伯父,伯母,你们慢慢吃。"楚乔显然是没了胃口,她站了起来,脸上带着尴尬窘迫的神色,美眸里更是隐隐可见泪光点点。她的碗里的饺子,除了拨给徐长风的,一个都未少。

"哎,乔乔!"胡兰珠喊了一声,但楚乔已经转身快步离开了。

"你满意了?"那是来自她男人的声音,阴沉凛冽。

白惠拿着筷子的手微微一颤,她忍着心底的苦涩,一股子凉意从头顶泼了下来。而男人并没有等她的回答,已是长身而起,快步地追了出去。

白惠心底的凉意向着全身泛滥,手里还拿着筷子,却是再也无法吃下一口。

"你说你这是做什么,楚乔来这里是客,你跟她争个什么劲儿。"胡兰珠发话了。

她的话一下子挑起了白惠心底的火,她再能忍,却也极不愿听到胡兰珠这样一味偏袒的话。

"对不起妈,我只是在维护我的婚姻。"她说完,也撂下了筷子,起身离开。

身后,徐宾不满地道:"兰珠你这是做什么……"

白惠一路往外走,外面隐隐有声音传过来。

"你别拽我,放手。"是楚乔的声音,带着哭腔。

"乔乔……"是徐长风的声音,带了焦急。

白惠只感到无比的郁闷。她一路跑上了楼,从抽屉里抽出一个手提袋来,打开柜子,将自己常穿的几件衣服塞了进去,然后拎着东西匆匆下来。

楚乔已经不见了踪影,徐长风正站在院子里,灯光黯淡,他站在石阶前,狠狠地吸着烟,样子十分烦躁。白惠只略略停顿,便继续往前走。

"你做什么去?"身后,徐长风的声音传过来,阴沉烦躁。

"我回家去。两个人的婚姻容不下第三个人,徐长风,我不想我们的婚姻里还有个第三者。"她说完,就冷冷转身,快步离开。

身后,徐长风狠狠地将指间的香烟掷在了地上。

白惠在外面站了好一会儿,才等来一辆出租车,但是上了出租车,她却发现,她根本不知道要去哪里。于是让司机帮忙找了家旅馆住下了。徐长风并没有打过电话过来,白惠白天忙碌,晚上则是辗转难眠。第三天的晚上,徐长风的电话打了过来。

"你在哪里,我去接你。"那边的声音低柔沉稳,带着几分好听的慵懒。

"在学校。但晚上有应酬,你不用接我了。"白惠冷冷道。

"应酬?"那边的人显得十分惊讶。

"是的。我还有事,再见。"

白惠说完便挂了电话。那边的人似乎没反应过来,捏着手机,却是在发愣。

结婚这么久,她向来是两点一线,除了上班便是回家,应酬是从来没有过的。徐长风敛眉,眼神耐人寻味。说是应酬,其实就是几个大学同学凑在一起吃顿饭,以前的时候,白惠很少参加这种聚会,但现在,她却只想通过这种方式,来驱散心头的阴郁。

"白惠可是难得来一趟,今天要多喝几杯,不醉不归啊!"一个男生说道。

"是呀,白惠嫁了豪门,成了阔太太就忘了我们这群老同学了,真是该罚。"说话的是赵芳,白惠的好朋友。白惠只是笑,眉眼间流光激潋,她倒是真想醉一场啊!捏着盛满红酒的杯子,酒液悉数灌进口腔,浓涩的酒味让她皱眉。

"白惠,你知不知道,上学那会儿,我是真的喜欢你来着。"男生李强醉意微醺眯着一双醉眼拉着长音说道。白惠怔了怔。

李强又道:"可是你看起来……那么美丽,像一朵白莲花。感觉我这样的人,要是追求你,就是亵渎你,所以呀……"

李强笑了笑,又仰脖喝了一口酒,刚想再说什么,赵芳却是笑嘻嘻地道:"所以就不敢追了是吧?哈哈,你倒还真有自知之明。"

李强急道:"谁说的!要是现在,就是打死我,我也要试一试的,总比连试都没试过,就被自己毙了强。"李强似是满心后悔,白惠只是静静地听着,脸上有丝晦涩的笑容。

"试试什么?"一道微带了调侃的男声响了起来,低低而磁性。

白惠只觉得右肩上一沉,身后已是多了一个人。

"哎,你家老公来了。"赵芳笑嘻嘻地道。

白惠心头一跳,抬头,便撞上了男人的目光,黑沉深邃。

徐长风一身得体的黑色西装,站在那里,精神奕奕,眉眼之间温和又不失倜傥。

他笑道:"各位不介意我也讨杯酒喝吧!"

"欢迎欢迎。"立即有人拍手道。徐长风那温文儒雅的气质无疑让在座的女生们心猿意马起来;而男生们则是感叹:人比人得死,货比货得扔啊!

徐长风大大方方地拉了把椅子,在白惠和另一个同学的中间坐下来。他目光扫了一眼桌子上的红酒瓶,却是对着身后的方向一扬手,小北立即走了过来:"老板?"

"你去,把我车上那瓶拉菲拿过来。"徐长风扬手之间,一种淡淡的威严从眉宇之间散发出来。

"是。"小北转身离开,不一会儿便举着个瓶子匆匆而来。

八二年的拉菲,价格十来万,在座的人们都呆了呆。他们长这么大,拉菲不是没喝过,但不过是国内随处可见的那种。众所周知,拉菲的年产量只是二十万瓶,而中国一年的销量就是几百万瓶,他们喝到的是真是假自不必说了。

徐长风一笑,却是对小北道:"来,给大家都满上。"

小北便立即拿着酒瓶执行老板的命令。而白惠,她双眸向着男人瞄过去,却见他,眉眼含笑,温和而儒雅,这家伙想做什么?白惠心里有点儿打鼓。

小北把所有的酒杯都注满后,徐长风举起杯子道:"各位,大家难得一聚,长风敬你们一杯。"眼见着,这个事业有成的钻石男向着他们举起了杯子,在座的人们无不十分激动,纷纷举杯,酒液悉数入口。

"小北,给我和这位兄弟满上。"绕了一圈,终于进入正题。徐长风一挑长眉,一双暗含了犀利的眸子已是瞄向了李强。

白惠皱眉,但见小北已经举着瓶子走到了李强的面前,咕咚咕咚将酒液注进了李强面前的杯子。

"先生,请。"

李强眉心皱了皱,他现在才知道,这个看起来风流儒雅的男人,其实并不是像他的容貌那么温柔无害。他只得举起了杯子。

徐长风是一干到底的,李强便皱皱眉,也把杯里的酒干掉了,徐长风又是一个眼色,小北便举着酒瓶又给两人满上了。

"长风!"白惠低喊了一声。

徐长风却只是抬手轻拍了拍妻子的肩,笑得温柔无害。

"李先生,请。"他笑着对李强举了举杯子。李强有些头大,他本就已经微醉,此刻眼看又要喝掉第二杯酒,不由咧咧嘴,硬着头皮将酒杯举起来干掉。

"李先生真是爽快!"徐长风笑道。他酒量一向好,两杯自是不算什么,此刻又扬眉对着李强一笑。对小北招手道:"再倒上。"

"是。"小北乐呵呵地端着酒瓶子,又给他老板的酒杯满上了,然后便来给李强倒酒。

眼看着自己的酒杯又咕噜噜注满了酒,李强暗里咬牙,奶奶的,这是跟他干上了。

"徐先生,请。"他一咬牙,豪气地说道。徐长风一笑,端起了面前的酒杯。

在座的人都暗自里为李强捏了一把汗,他们都明白,李强今天是遇上了钉子。李强的身上已汗湿,但却并不能示弱。徐长风笑意淡淡,面上神色不变,但李强分明能感受到那来自于他的一种只能意会不能言传的犀利锋芒。

白惠心里暗自为李强捏了把汗,低喊:"小北!"

小北只做没听见状,站在徐长风的身后,神色坦然,又开始给两人的杯子注酒。白惠情急之下,桌子下面的右脚一抬,落在了徐长风崭新的黑色皮鞋上。

徐长风的目光便在这时瞟了过来。黑沉深邃，眼神耐人寻味。

白惠只用她那略带了紧张的美丽的眼睛回视着他，半响，徐长风才移开目光对着李强一笑："好了，开个玩笑而已。"他举起眼前小北刚刚给他注满酒的杯子，一仰脖，喝了个干干净净，对着李强亮了亮杯底。

"各位，我和白惠还有点儿事先走了，你们继续吧！李兄弟，改天，我们再继续。"

李强反应已经有些迟钝，只嗯嗯着点头。

白惠这时才松了口气，腰间一紧，一只大手已经扣上："还不走吗？"

白惠看到她男人的眼睛，黑沉而似带着警告的意味。她只得站了起来。徐长风一只手臂揽着她的腰，两个人向外走去。身后，李强长长地出了一口气，脸上已是冒了汗出来。

"放手，徐长风。"一到了走廊，白惠便挣扎起来，但声音未落，身子却是被男人顶在了走廊的墙壁上。徐长风一张俊逸如斯的脸徐徐拉近："怎么，想让我吻你？"他的声音不大，却带着一种蛊惑人心的力量，滑过她的耳膜。

白惠眼睛瞪了瞪，她听到有声音传过来。

"李强，你没事吧？"是赵芳，接着便是李强闷闷的声音，脚步声急遽。

白惠耳根跳了跳，徐长风的俊颜却是缓缓地贴了过来，一下子吻住了她的嘴唇。眼角余光里，李强的身影匆匆掩嘴跑过。白惠大气不敢出，耳边有惊叫声传来，赵芳惊叫声，便笑嘻嘻地跑开了。白惠脸上发热，又气又羞，用力地将男人一推飞快地跑开了。徐长风伸手抹了一下湿漉的嘴唇，随后跟了出来。白惠脚步匆匆地走出了餐厅，外面，月色明亮，车来车往。她脚步未停，又羞又气地向前走。

"嫂子。"小北开着徐长风的车子跟了过来，白惠只是不理，顾自埋头向前走。

徐长风在饭店外面站住脚步，看着那抹纤秀的身影头也不回地向前走，他点了根烟，不疾不徐地吸着，直到前面有哎呀的一声低叫传来，他立即抬眸，但见那女人身形一晃，便蹲了下去。他掷了指间的烟，大步走了过去。

白惠那尖尖的鞋跟卡在了下水道的缝隙里，她扭了几下脚，那鞋跟却是卡在那里纹丝不动。徐长风见状，却是蹲了下去，他抬头看了一眼他的妻子，黑眸似有淡嘲。他轻哼了一声，一手握了她的脚踝，径自将那只黑色的皮鞋给脱了下去。

"喂。"白惠光着的脚丫被他拈在手心，神色发窘。

徐长风一笑，松开她的脚站了起来。白惠还没有反应过来，那人已经一把将她抱了起来。白惠的大脑登时一阵眩晕，双臂不由自主地攀住了徐长风的脖子。徐长风俊雅的面容缓缓地绽出笑来，笑容温润又意味深长，他抱着她转身迈开步子便走。

那一刻，白惠心底的气恼早已随着男人的动作而消散。

唔！有低低的惊呼声响起来。

白惠心头噔的一跳，就在徐长风抱着她一转身的瞬间，她看到了眼前不知何时多出来的两个人。楚乔和伊爱，两个人皆是一脸惊愕，楚乔的面容有一瞬间的僵硬，继而变得青白。而伊爱，唇角微动，却是显而易见的鄙视神色。

徐长风显然也没有想到会突然间遇到这两个人，尤其是楚乔。他也怔了一下。

楚乔美眸中流露出一丝怨恨的神色，目光收回，却是挽着伊爱向着餐馆里面走去。

白惠以为徐长风会将她扔下来，然后去追他的前女友，他的娇娇公主。她不禁有些紧张地看向抱着她的男人，可是没想到，徐长风只是微怔的瞬间，却是抱着她，走向他的车子。

一路上，徐长风也没再说话，两个人坐在车子里都是十分的沉默。到了徐家，徐长风先行下车进了屋，不一会儿，有佣人给白惠拿了新的鞋子出来。

"白惠回来了，吃过饭没有？"徐宾正坐在沙发上看晚报，此刻报纸移开，中年的脸上露出一丝亲切的笑来。

"吃过了，爸。"白惠回答。

胡兰珠没有在客厅里，白惠便直接地上了三楼。徐长风正在接电话，声音低低自阳台的方向传来。

"你想让我怎么做。"深沉而低凛的声音，夜色下，浅浅勾勒的颀长身形，白惠的目光望过去，男人正好吐出一个低沉阴鸷的"好"字。

她正在呆愕着，那道颀长的身形已然转身，从阳台上走了过来。

见到她，徐长风脚步顿了顿。

"你累了就先睡吧，我有事出去一趟。"他说完就走了。

白惠的大脑中像是飞进了无数只虫子，又乱又疼。他怎么可以这么残忍？他才刚刚把她带回家呀！白惠的眼里流出了泪，她仓皇转身，男人的身影却早已远去。

这一晚，徐长风没有回来。

白惠几次想打电话，都是捏着手机，却拨不出号码。她和楚乔在一起吗？他们在做什么？一晚辗转，到早晨，连心口都闷闷地疼。

早晨，胡兰珠和徐宾还在吃早餐。她没有去餐厅，而是拿着包直接去了学校。

"白惠，你没事吧？"和她同管一个班的李老师见她脸色不好，关心地问。

白惠只摇摇头："昨晚没睡好，没事。"

"白惠，有位伊小姐找你。"一位女老师过来喊了她一声。

白惠站起身来，跟着那个喊话的女老师向外走。

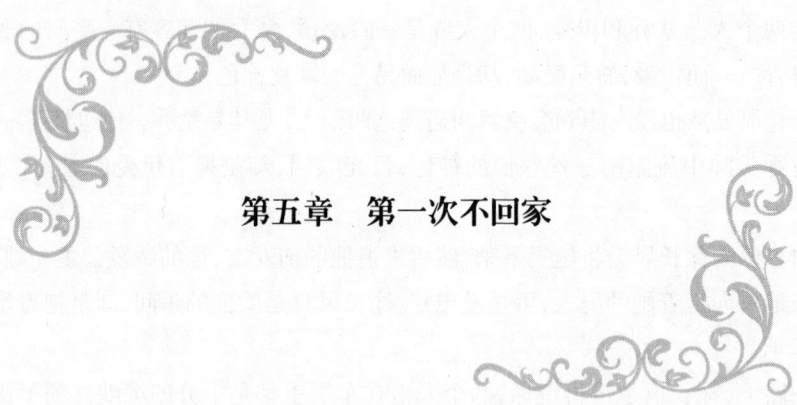

第五章　第一次不回家

这是园长办公室,园长显是特意地让了地方出来,此刻并不在办公室里。伊爱就坐在园长的大班椅上,跷着穿着黑色丝袜的长腿神色悠闲。

白惠推门进来的时候,大班椅转了个圈,伊爱一身档次很高的时髦打扮,冲着她挑了挑眉。

"白惠,想不到吧?"徐长风不在身边,她干脆叫了白惠的名字。

白惠皱皱秀眉:"伊爱?"

伊爱却是长腿落地,从椅子上站了起来,她身材高挑,神色冷傲地在白惠面前转了个圈。然后面容冷然地道:"离开风哥。乔乔已经回来了,你还赖着做什么?"

白惠心里气恼,却是冷笑道:"我是他妻子,我为什么要离开?"

"因为风哥他不爱你。"伊爱歪着头,好看的眉眼之间尽是浓浓的不屑。

"你只不过是在风哥和乔乔吵架的时候,乘虚而入而已。白惠,识趣点儿,风哥,不是你能配得上的!"

"配不配得上,不是你说了算。"白惠神色平静,冷冷开口。

"呵呵……"伊爱娇笑,"你还真是没有自知之明。就凭你?什么身份! 也妄想和风哥出双入对?白惠我告诉你,你连乔乔的一根手指头都比不上。"

伊爱讥笑鄙薄开口,白惠身子不由打颤。伊爱却是笑着走了出去,到了门口,却又忽然转身道:"对了,忘了告诉你,昨晚,乔乔在饭店喝了酒,是风哥把她抱走的。嗯……让我想想他们去了哪儿……"她挑眉,笑得轻佻。

"西山别墅。对,就是那儿。那是风哥专门为乔乔建的房子,以往,他们两人常常住在那儿的。现在说不定,也在那儿哦!"

伊爱笑得璀璨,看着眼前那道纤细的身影渐渐僵硬,她心底说不出地愉悦,笑着转身离开。白惠犹如当头挨了一棒,身形一阵轻颤,无力地倚在了办公室的门上。

西山别墅,他为她建的房子,他抱她离开,他们住在那儿,他们做了什么?

白惠全身都在发抖,一颗心像浸在了北冰洋的水中,那么的凉,凉得透骨。

徐长风,你说过,你爱我,你就是这样爱我的吗?你怎么可以!怎么可以一边把我接回家,一边又拥着你的初恋,你怎么可以……

泪腺胀得生疼,喉头塞得厉害,白惠狠狠地吸了一口气,将那就要流出来的泪硬生生地憋了回去。这个下午过得漫长而又窝心,送走了所有的孩子们,白惠从幼儿园出来,夜色缓缓地弥漫下来,街灯渐次亮起,一对青年男女动作亲昵地从身旁走过。

又是一对。白惠驻足看了看,然后,她走进了街头一家咖啡厅。坐在最偏僻的角落,眼神迷离颓废,漫不经心地,喝着一杯鸡尾酒。她的脑中,在反复地想象着,他和他的情人,他们在一起的情形。

一个晚上,他们会做些什么?心尖上像是突然被人用刀刺了一下,立时尖锐地痛起来。她忽然扯开唇角笑了,如花般明丽,冰凉的眼泪却是顺着眼角掉下来。

手机的铃声恣意地响着,她懒得接听,只是轻轻地往口里送着那涩苦的酒液。

酒苦,但比不过她的心苦。一生一世一双人,真是讽刺。他的心里早已有了人,她这个后来的,算什么?

手机铃声还在持续不断地响着,她低头看了看,却是那个人。他的电话,可她不想接。她轻笑,泪滴双颊。手指一抬,轻轻地按掉了,再响,就关了机。离开咖啡厅的时候,夜色已深,她的脚步有些虚浮,头又疼又胀,有刺眼的车灯照过来,照得她的眼前一片炫白。她不得不眯了眼睛,一只手挡在了眼前,从那五指的缝隙里望过去。

她看到了一辆白色的车子。也许是酒精的作用,她鬼使神差地就走了过去。那天的楚潇潇便是这样捡到了这个几乎改变了他一生的女子。

"带姐去一个没人的地方,这些钱都是你的。"年轻的女人扒着他的引擎玻璃,半个身子几乎掉进他的车里来,纤细的手指间还捏着好几张的百元钞。

楚潇潇怔了怔,惊讶地看着那个女人。车灯炫亮,他可以清晰地看到那女人的脸。她有着一张十分干净的脸庞。相貌姣好,脸色苍白如月,却眉眼弯弯,秀气的眉梢眼角全都是笑,但那眼底却是流淌着一片掩都掩不住的凄凉。

楚潇潇的心莫名地抽了一下,而那女子苍白如月的脸上,笑意更大,眼角眉梢的凄凉更甚。他刚想说出拒绝的话,却心惊地看到了她一脸的晶亮,那是颗颗的泪珠顺着那张美丽却苍白的脸在往下淌。一张张红色的钞票已经顺着她纤细的指尖飞进了他的车子。

见鬼！楚潇潇暗骂了一声。

他不是好脾气的人，从不会做自己不情愿的事，但是此刻，他鬼使神差地打开了车子，白惠的身子立即掉了进来，砸在了他的身上。带着酒香的气息扑面而来，楚潇潇皱了皱眉，想要一把推开她，却发现，那靠在自己肩头的身子是那么的柔软，他深吸了一口气，一只胳膊便将她推离他的身体。

白惠的身形软软地靠着真皮的座椅，清亮的眼睛带着一丝空洞的迷惘神色，望向天边的皎月，缓缓地合上了眼皮。

楚潇潇再次深呼吸一口："去哪儿？"耳边除了偶有车子驶过的声响，却是根本没有人应声。

他扭头一瞧，但见那女人，脸上挂着泪珠，却早已经沉沉地睡去了。

真是见鬼了。楚潇潇暗骂了一声，启动车子，白色的跑车在马路上飞驰起来。白惠睡得很沉，虽然身形会随着车子的行驶而摇晃，但还算安稳。十分钟后，车子停在了一家档次极高的酒店门前。

"楚少。"有保安人员迎了过来。

楚潇潇将车钥匙一拔，下车边向着副驾驶位边走边对那保安道："告诉你们老板给安排个房间。"

"好。"保安答应着转身走了。

楚潇潇拉开车门，对着那车上依然歪着头沉睡的女子，皱了皱眉，伸手攀住了她的胳膊，却是往着肩上一拉，白惠整个身子便被他扛了起来。

楚潇潇扛着她大步地走进酒店。

"哟，我没看错吧，楚少竟然带着人到酒店开房来了。"一个年轻微胖的男子看着楚潇潇扛着个女人进来，笑着走过来，满眼戏谑。

"开你个头啊！"楚潇潇没好气地白了他的好友，酒店老板陈诏一眼。

"你说过爱我的……呜呜……"偏在这个时候，楚潇潇肩上的女人发出了低低的呜咽声，"你怎么可以……呜呜……"

低低的声音伤心之极。陈诏奇怪地看看他，又看了看他肩上的女人，神色一时间变得古怪起来。

楚潇潇先是身形一僵，继而脸上的神情变得尴尬起来，而陈诏却是嘻嘻哈哈地笑道："你瞧瞧，人都说出来了，你还不承认。"

楚潇潇脸上的神情不可谓不精彩："谁知道她说的是谁！"

真是个女醉鬼。楚潇潇心里暗骂了一句。

进了酒店服务员给打开的房间,楚潇潇大步来到床边,想要将肩上的女人直接扔下去,但脖子却被一双柔软的手圈住:"为什么这样对我……我才是你的妻子呀……"

委屈伤心的低泣在耳边颤颤响起,有温热的液体滴进白色的衬衣领子里。楚潇潇的全身都在那一刻僵了一下。他的心弦像是被什么给扯了一下,冒出一种不由自主的柔软感觉。他轻轻地将她放在了床上。她搂着他脖子的手松开,长睫轻轻颤动,脸上泪痕点点,却是枕着白色的枕头,安静地闭着眼睛。

楚潇潇听见了浅浅的鼻息声,刚才的话竟似是她在梦呓。

楚潇潇这才注意到,这女人有很黑很柔的头发,皮肤白净,身上穿着淡粉色的开衫上衣,胸前镶着漂亮的白色蕾丝,下面一条纤细的黑色铅笔裤,两条腿显得又细又长。楚潇潇的肩被人拍了一下:"喂,这女人哪儿来的?"

"捡的。"楚潇潇看也没看他的好友一眼,他说完,就转身出去了。陈诏神色奇怪地跟了出来。

"要不要去喝一杯?"楚潇潇的声音传过来时,他已经出了酒店。

白惠这一觉一直睡到转天的早晨。虽然宿醉头疼,但生物钟还是在早晨六点将她叫了起来。张开眼睛,看着眼前陌生的环境,她呆了呆。这是哪儿呀?

她坐起来,黑眼睛骨碌地转了转,黑白色的装修,干净又带一种陌生感。低头的时候,她看到了床边小柜上放着的电话册,那上面写着酒店的名字,她怔了怔。大脑中有什么在隐隐地浮现。低头看了看自己的身上,她一骨碌地爬了起来,抓起柜子上自己的包,飞快地从房间里走了出来。

白惠出了酒店,额上已是冒出了汗来,手心里也是潮潮的。昨天晚上,做了什么,她只是隐隐约约地记得一些,还好,还好。

她在心里庆幸自己,幸好没做什么难看的事情。

酒店的旋转门里走出一道高大的身影,他穿着白色的长袖T恤,下面一条深色休闲长裤,发丝黑亮有型,一张脸帅帅的,正迈动长腿向着停车场的车子走去。手机响起来,他掏出来接听,接完电话,目光却是一怔,他看到了路边上站着的一道纤秀身影。

她穿着浅粉色的上衣,下面是一条瘦瘦的长裤,又黑又柔的头发披在肩头,站在不远处的马路边上,迎着清晨的风,有发丝轻扬。

楚潇潇怔了怔,却是唇角一扬,他向着她走了过去。

白惠正站在马路边上等出租车,肩膀忽然间被人拍了一下,"喂。"一道朗朗的男人声音在耳畔划过,白惠被吓了一跳。她蓦地扭头,见到一张帅帅的脸。

秋日的阳光清清朗朗地从头顶洒下,照着那人棱角分明的一张脸。浓眉,朗目,

第五章 第一次不回家

下颌微扬,一种淡淡的不羁的味道从那人的眉梢眼角流露出来。

"小姐,这酒店的钱是我帮你付的,你是不是应该还我钱呢?"楚潇潇一挑长眉,笑得玩味。

"你?"白惠愣了愣,她的明亮的眼睛看着那人,半晌哦了一声,低头打开手里的包,可是她随即傻了眼,包里面除了几张十元的还有几张以角来计的钱之外,竟然一张整钞都没有。楚潇潇见状,笑了。她昨天捏着一把红色的钞票扬进他的车子里,想必现在是没钱可拿了。

"电话。"楚潇潇对着眼前一脸窘状的女人勾了勾手指头。

"啊?"白惠眼神里一片不知所以的神色。楚潇潇干脆说道:"把你电话给我,回头我找你拿钱。"

"哦。"白惠忙从包里找出了签字笔,又从随身携带的一个小本子上撕下一张纸来,写下了自己的手机号码,递给楚潇潇。

楚潇潇接过看了看,笑笑。正好有出租车驶过来,白惠上了车,又回头看了看那人,只见他将那张纸条塞进了裤子的兜里,向着自己的车子走去。

楚潇潇上了车,又从兜里掏出了那张纸条:白惠。他笑了笑,真是个蠢女人。

白惠到了学校,将包里仅有的钱都掏给了那出租司机,还差两元,幸好那司机没有为难她。

"白老师,你先生打了好几个电话找你。"刚进幼儿园,值班室的大叔就喊住她说道,"快给他回个电话吧!"

"哦。知道了。"白惠并没有打电话给徐长风,而是径自向着自己的办公室走去。

第六章　回娘家

　　时间还早,幼儿园里还没有几个人,白惠到了办公室,就将手机打开了。一个电话立即跳了进来,像是一直在打似的。那铃声在清晨安静的办公室里十分响亮。

　　"你现在在哪儿?"手机里面传来徐长风阴鸷的声音压抑着妻子一夜未归的火气。

　　白惠只是淡淡地道:"学校。"

　　"在那儿等着,我去找你。"徐长风说完便挂了电话,白惠怔了怔,他要来找她,来问她夜不归宿的罪吗?

　　十几分钟之后,已经有小孩子们陆陆续续地到来了,徐长风的车子也停在了马路的对面,他再次拨了妻子的手机:"你出来,我有话和你说。"

　　低沉带着几分威严的声音响起来,白惠深吸了一口气:"对不起,我在上班。"

　　徐长风捏着手机,长眉聚拢,眉心却是隐隐有一丝戾气冒出来。半晌,他打开车门,向着幼儿园里面走去。

　　白惠正接过一位家长送过来的孩子,那孩子哭闹着就是不肯从她妈妈的怀里下来,白惠哄了半天,才把那孩子抱进屋。关门的瞬间,她看见了门口处站立着的高大身影。心头跳了一下。

　　他双手插在西裤的兜中,眉宇微敛看着她:"昨天晚上为什么不回家?"

　　"不想回。"白惠只淡淡地回了一句,便转身拿手帕给那个小女孩儿擦脸上的泪。

　　"那么,你住哪儿了?"徐长风眼神意味深长地又问。

　　"酒店。"白惠仍是淡淡的两个字。

　　徐长风显然是有些窝火了,他黑眸骤深:"白老师,我想你作为一名人民教师,应该明白一个已婚女人不能随便夜不归宿。"

"呵呵。"白惠轻笑,"徐长风,我想你也应该明白,一个已婚男人,不应该和他的前女友纠缠不清。"

徐长风唇角抽动一下,显然是想不到这个看起来十分柔弱的女人竟然会抓着他的辫子反驳他。心底有火苗蹿起,但他也不是没有脑子的人,他夜不归宿在先,自然没有理由反驳她。此刻,即使吃了瘪,也是不能发火。

他黑眸深深地盯视着眼前的女人,她有着洁白无瑕的面容,有着秀丽端庄的眉眼,有着看起来柔弱可欺的外表,但是他知道,她有一颗坚韧倔强的心。

"好吧,我不想在这儿跟你争吵,晚上我来接你。"他又深深地盯了她一眼,转身离开。看着那道黑色透着几分冷漠的身形消失在视线里,白惠深深地吸了一口气,身体靠在了教室的墙壁上。

一天的时光在忙忙碌碌中溜走,幼儿园里很快又变得安安静静了。白惠是最后一个离开的,因为她也不知道自己要去哪儿。家,她是真的不想回。

"徐太太一个人上哪儿去?"一道懒洋洋的声音带着揶揄的腔调,响起来。白惠身形顿时一僵,她这才看到,那正不紧不慢地跟在她身旁的黑色车子是华贵沉稳的宾利。宾利敞开的车窗里,露出一张男人弧度优美的侧颜。徐长风悠然转头,黑眸微微眯起,目光深邃如夜空。"又准备夜不归宿了吗?"

他拉着揶揄的腔调又说了一句。

白惠秀眉微微一蹙,明亮却是微怒的眼睛凝向那个俊逸非凡的男人:"徐先生,在和我说话吗?"

"哦,这里还有别的人吗?"徐长风停了车子,目光四下里像模像样地瞧了瞧。

白惠唇角一弯,却笑了,笑容明亮而讽刺:"我以为别处还有个徐太太呢,要不然徐先生也不会半夜总往外跑了,是吧?"

徐长风显然是料不到他的看起来极其温柔的妻子还有这般牙尖嘴利的时候,他拧眉,又薄唇一勾,笑道:"我当是怎么了,原来是吃醋了。"

白惠心里涌出一股火,面上的笑容变得更冷:"我才没空吃你的闲醋,徐长风。既然你还爱那个女人,就不要再纠缠我,从今天开始,我不会再回去。"她说完,转身便走。

徐长风脸色顿地一变,下一刻,却又是笑了:"你妈妈叫我们过去吃晚饭,我是不是把你说的话跟她说一遍?"

白惠前行的身形登时又是一僵。她徐徐转眸看向那个男人,他仍然稳坐车子中,那张侧颜说不出的儒雅俊逸,正对着她一挑长眉,眼神深邃。

白惠心底里的火气在听到男人的话后,消失得干干净净,取而代之的,是一种隐隐的担心。

"你和我妈妈说了什么?"她终于是向着他的车子走过来。

"没说什么,就是一晚上找不到你,给她打了个电话而已。"徐长风云淡风轻般地说道。

白惠怒:"你!"

徐长风却只是淡淡挑唇:"难道要我,连太太整夜不归家,都不闻不问吗?"

白惠恼怒地说:"不要总是抓着我一夜不归家不放,是你不归家在先。"

"好,我错了,好吧?"徐长风的俊颜忽然间向着她拉近,深眸盯视着她那张如月般的脸。白惠怔了怔,眼前的那张脸似带了一种说不出的妖孽的力量,让她感到呼吸都有些困难。她忙转过头去。

这是城北的一所半新不旧的住宅小区,白惠的娘家便在中间的一幢楼上。

白秋月正在包饺子,袁华在沙发上看电视,徐长风礼貌地叫了声爸妈,别看徐长风这人平时看起来蛮拽的样子,在某些时候,那嘴巴还是蛮甜的。

白秋月热情地招呼女婿坐下,又对女儿道:"白惠,快去给长风倒水。"

白惠便去给继父和徐长风泡了茶,厨房里,白秋月拉了女儿的手道:"玲玲啊,长风虽是豪门公子,可是却没有一点公子哥儿的架子,也不像别的公子哥儿那么纨绔。玲玲,你要珍惜自己的生活,不要动不动就耍小孩子脾气。"

"妈!"白惠惊讶地看着母亲,白秋月却道:"妈是为你好。去吧,上屋儿陪着长风去。"白秋月将女儿从厨房推了出来。

白家小小的客厅里,徐长风正坐在半新不旧的沙发上和袁华吸烟聊天。说是聊天,其实大半是袁华在说,而徐长风只是偶尔才接一句。但他面上的神色是相当耐心和气的,这已经让袁华心满意足,能有个这么出色的女婿,即使是摆在台面上光看不用,也是十分有面子的事。

白惠在徐长风的不远处坐下,他的眼神看过来,很温和。

饺子上桌,袁华还拿了两瓶酒出来,衡水老白干,倒真像是岳父招待女婿的样子,只不过这个女婿……

白惠看了看那酒,倒真是想笑。徐长风虽然不是经常来,但每次来也会带一些好烟好酒,其中不乏十分昂贵的烟酒,但袁华却将那些东西统统送给了自己的亲戚朋友。比起自己喝,他更享受那种被大家艳羡的感觉。

袁华道:"长风啊,你难得在这儿吃饭,来,咱爷儿俩喝一杯。"

而徐长风竟然就毫不嫌弃地端起了那杯老白干,白惠倒是有些诧然。

白秋月忽的又道:"长风啊,白惠自小就是一根筋,性子很固执,平时,你要多担待点儿,别跟她一般见识。"

噗,白惠刚咬了一口的饺子差点吐出来。

而白秋月又缓缓道:"白惠不懂事的时候,劝着她点儿,千万别计较啊!"

白惠惊诧地看着她的妈妈,她的妈妈竟然会这样子说自己的女儿,白惠感到十分别扭。而徐长风那厮却是呵呵一笑道:"放心吧妈,我不会和她计较的。白惠是我妻子,我疼她还来不及呢!"他边说边伸臂轻揽了揽她的肩。

噗,白惠这次是真的吐了。

白秋月含了严厉的目光瞟向女儿,她低低的声音轻斥了一句:"这孩子,怎么吃饭呢这是?"

白惠刚想说什么,徐长风淡淡玩味的目光却瞟了过来:"怎么,噎到了?"

白惠瞪了那厮一眼,这家伙究竟和妈妈说了什么,她现在竟然成了不懂事的代名词。而他,又俨然成了谦和大度的典范。

"白惠,你真是几辈子修来的福气,能嫁给长风这样的男人!"袁华手里拈着酒杯,两只不大的眼睛此刻竟是亮亮的。

白惠有一种百口难辩的感觉。

徐长风轻轻拍了拍妻子肩:"快吃饭吧,瞧你,最近都瘦了。"

白惠低眉白了他一眼,而徐长风只是没看见一般,淡笑转头,举着酒杯顾自浅酌。一顿饭吃完,徐长风推说有事,只坐了一会儿就从岳父家出来了。

从楼上一下来,白惠便迈开步子,气呼呼走开了。

"喂,徐太太,又想上哪儿去?"徐长风竟是一种痞子般的语调。

白惠气呼呼地扭头,她看到那男人,站在那幢半新不旧的住宅楼下,半个身子处在阴影中,正似笑非笑地看着她。

"你倒底怎么跟我妈妈说的?"白惠气呼呼地质问。

徐长风笑道:"没说什么,我就说……你和我闹了点儿小别扭。"

"所以就夜不归宿了?"

"嗯,就是这么说的。"

"你!"白惠气得抡起了小拳头,一拳砸在那人的胸口,"你……你怎么反咬一口!"

她真的快被他气死了,他这样子恶人先告状,还反咬一口,害得她被母亲数落,当着他的面说她固执,不懂事,要他多担待,他这个犯错在先的人,竟然还落了个大好人。

这个世界哪还有天理呀!她两只秀气的眼睛嗖嗖地往外喷着火星子,一拳又挥了过去,她不是粗鲁的女人,可是这个男人,却是有让她变粗鲁的能力。

"你这个……"白惠的教养让她找不到足以形容这个男人的邪恶的词来,徐长风却是笑着,大手一把攥住了她抡起来的胳膊,向着怀里一带,白惠纤秀的身体被他一下子扯进了怀中。

强烈的男性气息瞬间扑面而来,白惠大脑有片刻间的空白,继而,挣扎起来。

"乖,别闹了。"徐长风的手轻而易举地就束了她的两只手腕,声音柔和,语调竟像是对待一个正在耍赖的让人头疼的孩子。

白惠大脑里的恼怒因子好像一瞬间就被人清空了。她正愣着,徐长风已将她的身子顶在了车身和他之间,一个吻随即落了下来。

直到左颊上传来温软微凉的感觉,白惠才算是醒过神来,她气呼呼地挣扎。如果不是双手被他控制着,她一定会狠狠地擦擦自己脸上被他吻过的地方。

白秋月从窗子处探出头来,"你们怎么还不上车啊?"

"马上就走。"徐长风对着那边喊了一句,就把他的妻子推上了车。

第七章 心 伤

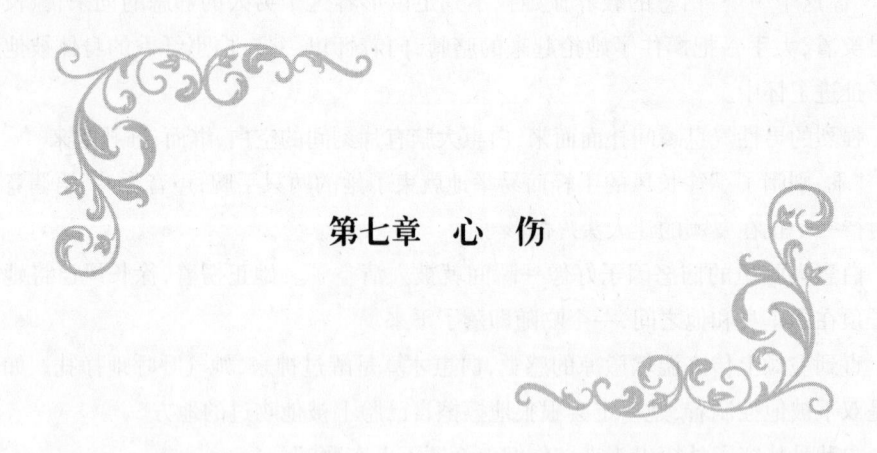

徐家的客厅里很热闹,老远就能听见孩子的欢闹声。那是徐长风的妹妹,胡兰珠唯一的女儿,徐清致带着她的家人回来了。

"突突突……"

白惠和徐长风的身形刚刚出现在客厅门口,一个六七岁的孩子便举着一杆枪冲了出来。枪头冲着白惠,白惠吓了一跳。

"霖霖,别淘气!"说话的是一个身形瘦长,戴着金丝边眼镜的男子,那是徐长风的妹夫,陶以臻。

霖霖立即将枪收了回去,却是笑嘻嘻地过来扯了白惠的袖子:"舅妈老师好。"

"霖霖好。"白惠笑笑伸手摸摸霖霖的头。

当年,霖霖曾在白惠所在的幼儿园上过学,白惠还曾经做过他的老师,所以霖霖见到她便淘气地喊她舅妈老师。也就是因为霖霖,白惠才结识了徐长风,开始了这一段不知是孽还是喜的缘。

"嫂子。"徐清致喊了一声,白惠对小姑子笑笑,这一笑正撞上胡兰珠的目光,威严而冷淡。

徐长风道:"别站着了,我们进去吧!"他拥着他的妻子进屋,迎面,一人走了过来。似是刚刚去过卫生间,她穿着一身黑色连身裙,腰间一条带子松松地系着,卷发蓬松,面容俏丽,正是楚乔。她的目光从白惠的脸上移到了徐长风的脸上,顿住,拥着白惠的那只臂膀便在不知不觉中松开了,空气竟在一瞬间陷入沉寂。白惠心头一涩。

"风哥回来了。"楚乔似是好半晌才找回自己的声音,仍是自动忽略了白惠的存在。徐长风的喉咙里轻轻地吐出一个"嗯"字。

楚乔从那嫣红的唇角挤出一个笑来,便道:"伯父,伯母,我先回去了,改天再来拜访。"

"怎么刚来就走呢?"胡兰珠站起身来,似是有些不舍。

楚乔过去抱了抱胡兰珠:"伯母,我改天再来。"

"好吧好吧。"胡兰珠道。

楚乔又伸手摸摸霖霖的头:"再见,小家伙。"

"阿姨再见。"霖霖仰着头道。

楚乔便拎了包踩着十公分左右的高跟鞋向外走,身形似是有些仓皇,经过徐长风和白惠的身旁,忽然间哎哟一声,身形一晃,便向着一旁斜斜倒去。白惠眼前人影一闪,只听见一声急切焦灼的男音问道:"你怎么了?"

徐长风的长臂已然将楚乔捞进了怀里。

楚乔高挑的身形就偎在男人的胸口处,明亮的眼睛里带了泪花:"风,脚好疼。"

白惠身形无形中一颤,她的眼睛随着男人的神色而变化着,她看到男人眼底毫不掩饰的心疼。

"我看看。"徐长风说着,一把将楚乔打横抱起来,向着沙发处走去。白惠看着他把楚乔放在了沙发上,又蹲下去,旁若无人地握住她那只受伤的脚踝,查看她的伤势。

"好像肿了,我带你去看医生吧!"

"嗯。"楚乔低低的一声,似是带了呜咽。

胡兰珠忙叫人备车,而徐长风已经毫不犹豫地将楚乔再度抱起,大步向外走去。

他竟然看都不看他这个妻子一眼,白惠心底的涩然一点点地变浓,压住了胸口,她的呼吸渐渐变得困难。

"等等!"她忽然间喊了一声。

而那个大步而出的身形在听到这声喊后,便僵了一下。

白惠道:"我也去。"她说着便走了过来。

徐长风抱着楚乔缓缓转身黑眸凝视他的妻子,却是回答了淡薄的几个字:"你去做什么?"

白惠喉头顿时一噎,脸色惨白地看着她的男人抱着他的前女友大步走了出去。

外面传来车子发动的声响,接着窗外车灯一闪,黑色的车子已经载着那对男女离开了,白惠轻轻地合了合眼睫,一滴泪潸然滚落。

不是不对她好的,如果楚乔不出现,他也会对她好,也会疼爱她。就比如刚才半个小时之前,他还在她耳边说"乖"。可是楚乔一出现,他所有的温柔便会像是溃烂的堤坝一般土崩瓦解。

那晚,白惠把自己关在卧室里,没有开灯,她坐在床上,将头埋入双膝间,心里的酸涩越发的浓烈。外面不知何时才响起了脚步声,一下一下沉稳有力,那是独属于他的脚步。徐长风走到门口,推门想进屋,但门纹丝未动,他用力推了推,还是未动,想是从里面被反锁了。

"白惠?"徐长风沉声喊了一句。里面沉寂半响之后,门锁转动了几下,接着房门打开了,白惠穿着睡衣站在门口处,眉眼之间没有幽怨,只有冷漠。

"我原不想给你开门的,但我不想吵到爸爸妈妈。"白惠冷冷地说了一句,便转身向床边走。徐长风的声音从身后传来,低沉微恼,"为什么?"

白惠缓缓回身,清亮的目光望向那男人,一字一句缓缓开口:"因为我找不到给你开门的理由。"她说完,便和衣躺在了床上。

徐长风显是有些恼了:"真是无可理喻!"他一把扯掉了领带,又将西装上衣一扔,径自向着洗浴间走去。当他洗完澡出来的时候,他看到他的妻子正侧身躺在床上,他在她身旁躺了下去,胳膊不小心碰到了她的肩,她竟是厌恶地将身子挪了挪。两人之间便隔开了很大的距离。

徐长风心里忽然间发堵:"你到底在气什么?"

他的话一下子挑起了白惠心底的火,她忽然间转过头来,晶亮恼怒的目光瞪着他:"徐长风,我在恼什么,你敢说你真的不知道吗?我才是你的妻子,不管你以前多么喜欢你的楚乔,可你娶的是我,我才是你的妻子!"

白惠喉头忽然间哽住,胸口处塞了棉花一般,堵塞得厉害,声音微微发颤,眼泪更是毫无预兆地就掉了下来。她伸手狠狠地抹掉:"拜托,如果你真的旧情难忘,我们可以离婚。我白惠再怎么不知廉耻,也不会赖着你的!"

徐长风脸颊抽动,离婚两个字让他的心突然间一震。他黑眸陡沉,盯向那女人,但见灯光下,她本就白皙的面庞更加地透出一种青白来,双颊上有晶莹的泪珠簌地掉了下去,滴在了被子上。他深邃的双瞳里,眼神闪了闪,忽然间觉得自己的理由有些无力。

"她脚扭了,难道你要我坐视不管吗?"半响,他的唇齿之间才挤出这样一句话来。然后,身子便躺了下去。只留下一室死般的寂静。再睁开眼睛的时候,徐长风发现身旁的位置早已经空了。他一向早起,往往在她睁眼之前,便已经起床了,可是今天,她竟然起得比他早。洗浴间里有水流的声响,想是她在洗漱。

他懒洋洋地穿衣下床,他的妻子从洗浴间里出来了,散着长发,穿着粉色的睡衣,脸容沉静。她没有说话,而是直接走向了梳妆台。

当徐长风洗漱完毕,从洗浴间出来的时候,他清朗的双眸定了定。

视线里,一道纤秀的身形正站在梳妆台的镜子前梳理着长发。她穿着白色的薄毛衫,胸前点缀着同色的蕾丝,衬得她的脸益发的白净。毛衫下一条黑色的短裙刚刚及膝,腿上穿着黑色的丝袜,显得两条腿十分纤长,而且好像还……带了几分的性感。

印象里,她从来不曾穿过黑色的丝袜,他也认为,这种魅惑的颜色并不适合她,她的性格是那么沉静。

徐长风目光微微惊讶,他看着镜子里那张熟悉的脸,她正在轻轻地涂唇彩。柔嫩的双唇经过唇彩的润泽,显得十分透亮。涂完唇彩,白惠弯身下去,脱掉脚上的粉色拖鞋,将两只小巧的脚伸进了面前早已准备好的黑色短靴里。然后,她看也未看身后的人,拎起梳妆台上精致的咖啡色手包,向外面走去。

"这么早,去哪儿?"身后带着几分慵懒的声音传过来。

白惠的脚步只是顿了顿,却并没有停下,也没有搭理他。徐长风眼看着那道娇俏的身影消失在门口,忽然间有些郁闷。

他竟然被她当成了空气。当他穿好衣服下楼的时候,楼下的客厅里十分安静,今天周六,母亲休假可能还没起床,父亲在院子里晨练,他一个人坐在餐桌前,看着桌子上各色精致的饭食,忽然间没了胃口。

筷子举了举,又放下,他站起身来,向外走去。

路上,他边开着车子边拨通了他妻子的电话:"你去哪儿了?"

"去上课了。"里面女人的声音冷冷的,还隐隐地有车子的声响传过来。

"今天周六,徐太太。"他清朗的声音提醒着。

"周六我也上课,徐先生。"那面的声音依然冷冷的,好像还有些不耐。

徐长风敛眉,有些别扭地摇摇头。白惠去上的是她考研补习班的课程。

课程地点设在一所大学里,白惠认真地听了一个上午的课,到了中午,直接地去了附近的一家咖啡厅。她要了一杯玫瑰奶茶,边轻酌,边看书。

手机响起来,她一手按着补习书,一手从包里将手机掏出来。蓝色的手机屏上闪动着一个陌生的手机号码,她按下接听,里面传来一个十分好听的男音:"白小姐。"

第八章 楚潇潇

白惠怔了怔,印象里,这个声音她从未听过。

"怎么,不记得我了?"那人的声音里透出几分玩味。白惠心底纳闷,身子往着沙发上靠了靠,就在这个时候,她看到了不远处,斜刺里站着的高大身形。棱角分明的脸,剑眉,朗目。

她立时怔住了。反应过来,忙站了起来:"对不起,我……忘了。"

她忽然间有些脸红,几天前尴尬的一幕浮上脑海。

楚潇潇漂亮的脸上绽出了一抹笑来:"白小姐今天是不是请我喝杯咖啡?"他边说边将手机收了起来,漂亮的脸上带着一种极其灿烂的笑,向着她走过来。

白惠眼看着那人大大方方地在她对面的沙发上坐了下来,双手搁在了桌子上,漂亮的眼睛望过来。她有些尴尬地笑笑:"先生,你想要点儿什么?"

楚潇潇对着她一笑,却是答非所问地道:"这年头可以静下心来读书的人,真是不多。"他边说,边是食指轻敲咖啡桌面,两只奕奕有神的眼睛饶有兴味地打量她。这个女人坐在这里,像是一缕皎白的月光,安静柔美。

白惠被他毫不避讳的目光看得有些发毛:"先生,那个……那天花了多少钱,我可以给你。"她说着便将手包打开了。

楚潇潇笑道:"钱倒是不必,咖啡还是要喝的。"他说着,伸手招来了服务人员,"一杯君度。"不一会儿,服务人员将咖啡端了上来,楚潇潇慢悠悠地喝了一口。

"你不是在看书吗?继续吧!"他随意地说了一句。

白惠笑笑,低头,将书重新摊开,找到刚才看到的那一页,认真地看起来。

只是那人的目光总是落在她的发顶，似是打量，似是研究，又似是在慢慢品味什么。那种毫不避讳让她心神开始不宁，头顶上像长了刺一样，怎么都难受。偏他那一杯咖啡总是喝不完，似是有着大把的时间可以这样慢悠悠地消费。

白惠低头眼睛盯着书页，脑子里乱哄哄的，这人没事总看她干吗？

"先生，您慢慢喝，我要上课了，先走了。"她将书合上，收进包里，站起身道。

楚潇潇一笑爽朗："正好，我也要走了。不如，我送你？"他晶亮的眼睛冒出璀璨的光。

"不用，不用。"白惠忙摆手，"我很近的，出了门口就到。"

楚潇潇笑着摇摇头，白惠拿着包快步地离开了。到了外面，她才发现，下雨了。所谓一场秋雨一场凉，淅淅沥沥的雨点儿夹带着丝丝的凉意从四面八方席卷而来，白惠不禁打了个哆嗦。伸臂拥紧了自己。

"上我车吧，我载你一程。"身后有声音传过来，爽朗动听。白惠一扭头，但见楚潇潇正大步迈下咖啡厅的台阶。

白惠的头发已经被打湿了，头顶一片的凉。雪白的毛衣上全是雨滴打过的痕迹，真是郁闷的天气。她这里正要招手拦出租，楚潇潇的白色车子已经滑了过来。跑车的盖子缓缓地在头顶合上，楚潇潇的声音自敞开的车窗里传出来："快上车啊！"

白惠只犹豫了一下，便上了他的车子。楚潇潇一直将车子开进白惠上课的那所大学，最后停在培训班门前。

"谢谢你。"白惠忽然间发现，自己根本不知道这男人的名字。

"楚潇潇。"男人对她一笑，露出洁白的一口牙。

"谢谢楚先生。"白惠客气地说了一句，开门下车。楚潇潇眼看着那抹娇俏的身形消失在培训班门口，这才收回目光，却是意味深长。

不远处一辆银色跑车中，黄侠眼看着白惠跑进了培训班，他掏出手机打了个电话："风哥，什么时候换法拉利了？"

"什么法拉利，你小子眼花了吧！"徐长风的声音自手机那边传来，带了几分戏谑。

黄侠一打愣："不是你的车呀！我看见嫂子从那车子上下来，我还以为你送嫂子来C大的呢？"

"C大？"徐长风疑惑地问了句，又道，"你看见那车牌号了吗？"

"没有。"黄侠摇摇头，眼前那白色的法拉利早已不见踪影。

"黄少。"黄莺般婉转的女声响起来，银色的跑车车门打开，却是弯身钻进一个妙龄女子。黄侠伸手在那女子白嫩的脸颊上捏了一下。

"哎呀，你坏死了。"女子婉转娇嗔的声音响起来，黄侠笑得邪恶风流。

徐长风敛眉。

"好了,你该干什么干什么吧!"他撂了电话,丝丝的疑惑从心底升上来。

早上就看她不对劲儿,那双穿着黑色丝袜的腿时不时地在他脑子里闪现,平时,她从不穿那种颜色,而且也不涂唇彩,难道是有约会吗?

法利拉,谁的?白惠是典型的宅女,朋友不多,也没有太有钱的朋友,徐长风心里疑窦丛生。而且她去C大做什么?

他并不知道白惠上培训班的事,心里十分奇怪。掏出手机来拨打白惠的号码,但里面只有毫无表情的提示音:"对不起您所拨打的电话已关机。"

"徐总,会议要开始了。"总裁助理小心翼翼地提醒了一句,徐长风不得不将手机塞进兜里,迈步向着会议室走去。

白惠上完课,夜色已经降下来,秋雨早已停歇,丝丝的凉风吹过来,凉意一阵阵地沁入皮肤。她在外面吃了碗拉面,身体里有热腾腾的感觉冒上来,这才回家。

"乔乔,脚怎么样了?还疼吗?"还未进客厅,胡兰珠电话里关心的声音便从客厅里传出来。

白惠叫了一声妈,胡兰珠的目光瞟了过来,白惠知道,胡兰珠是没空理她的。

果真,胡兰珠只是心不在焉地嗯了一声。

白惠上了楼,卧室里没开着灯,好像没人,她便将外衣一脱,直接去了洗浴间。

温热的水流冲下来,身上的凉意被那热气冲散,白惠长出了一口气,也就在这时,洗浴间的门被打开了。镜子里,出现了一道男人的身影。

她的双臂一下子抱了自己:"你干什么?"

虽然她和他是夫妻,但是其实裸裎相见并不多,尤其白惠天生比较内向含蓄,此刻不由得心底惊慌。

徐长风颀长的身形倚着洗浴间的门,一双俊眸微眯耐人寻味地在她不着寸缕的身上打量:"看过多少次了?还羞个什么?"

他揶揄的话语让白惠脸颊腾腾地热起来。一把将架子上挂着的浴巾扯下来裹在身上,对着他怒目而视:"下流!"她气呼呼地吐出两个字,裹着浴巾就向外走。

徐长风看着那道纤秀的身形从他眼前匆匆走过,她的皮肤那么白,像是水中的一朵白莲花,那行走间,便像是一枝莲花在轻风中摇曳。

"你跑C大做什么去了?"他双臂抱着胸问。

白惠正从头顶上往下套睡衣,等睡衣穿好了,才解下身上的浴巾,她的行为让徐长风皱了皱眉,揶揄道:"至于吗?我是你男人,你哪儿我没看过啊!"

他的话无疑是让白惠脸红的,但她却是理都不理他,眉眼都不抬地上了床。徐长风显然是有点儿郁闷了。他还穿着西装的身影走过来,两手撑在床上,上身向着她贴过去:"我说,你没长耳朵吗?"他的声音倒是挺平和的,只是两道浓眉却是敛了起来。

那张俊朗斯文的面容就在眼前,男性带着烟草的气息淡淡地扑撒过来,白惠的心跳在无形中加了速,她仍是眉都不抬:"谁说我没长耳朵,你看不到吗?"

"长耳朵,你怎么不说话?"徐长风心头的郁闷更浓了,这女人,脾气也挺臭的,亏他刚才还把她想象成一朵莲花。

白惠倏然抬眸,亮亮的眼睛带了嘲弄看着他:"徐先生,我不想和你说话可以吗?"她说完,却是捧着书翻了个身,只留下一个后背给他。

徐长风浓眉纠结得厉害,下一刻,大手一伸,一把将她的肩握住了,白惠不得不被迫性地面对着他。他的双目似燃着一团看不见的火,恼怒地盯视着她。"告诉我,那法拉利是谁的?"

"什么法拉利,我不知道。"白惠心头猛跳,面上依然镇定。

"那你跑C大去做什么了?"

"上课。"

"上什么课?"

"考研的课。"

徐长风的眼睛闪过一抹惊讶:"你想考研?"

"嗯。"

徐长风握着她肩的手松开了,眼神里有疑惑还有些别的什么,他起身,边是解着衣服边向着洗浴间走去。

白惠看了会儿书,听见洗手间的门响,她便将书放到了床头,闭眼装睡。不一会儿,身旁的床铺便陷了下去,男性的气息缭绕而来。她的心跳有些乱,她很怕这男人的咸猪手伸过来,要她做些别的什么。还好,他只是躺下,但只是一会儿的工夫,那咸猪手还是伸了过来,准确无误地落在她胸前的丰盈上。

她厌恶地抬手在那人的手上用力一拍:"别碰我!"

一个眼里只有他前女友的男人,她再也不想让他碰。

徐长风显是被她突然间的恼怒而震了一下,他一下就抬起了身子:"我碰你怎么了,我是你男人!"

"你更希望自己是楚乔的男人!"白惠冷冷地还了一句。徐长风一下子语噎。"不可理喻!"他愤愤地丢下一句,便侧过身睡去了。

转天醒来,白惠依然起得很早,她穿了一件V领的粉色连身短裙,蕾丝拼接的袖子,腰身纤细,上面露着精致的蝴蝶骨,下面两条修长纤细的腿。那裙子修身效果非常好,白惠那纤细柔美的体形显露无遗。淡粉的色调衬着她白皙的肌肤,当真是十分的干净俏美。他的身体里忽然涌出一股子想要将她压在床上的冲动。他喉结处动了动,压制住那个想法,却是皱了皱眉,面带揶揄地道:"徐太太这是上课去呢?还是准备去勾搭男人呢?"

白惠看看那人一副讽刺挖苦的模样,她也不说话,冷冷地勾勾唇角,便拾起身旁的包向外走。但男人忽地伸出了手:"我送你去!"

他的手攥住了她的胳膊,她抬头,迎上他深黑的眼瞳,带着几分无形的霸道。她正想说什么,房间里响起手机铃声,又是那独属于楚乔的铃音。白惠厌恶地勾勾唇,挣开那人的手向外走去。

徐长风没有跟出来,估计是那位娇娇公主喝醉了酒,或者是扭了脚,等着他去英雄救美呢!白惠在心底冷笑,加快步子离开了徐家。

第九章　失败的妻子

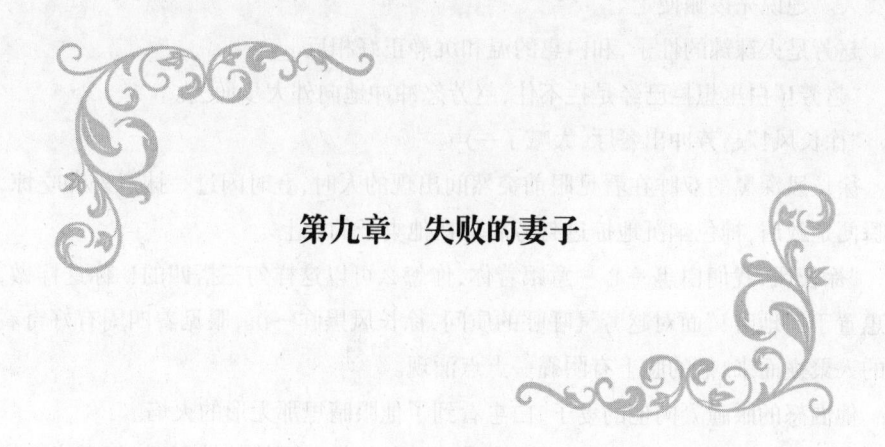

这一天过得有点儿心烦意乱,白惠想静下心来上课,但偏偏总是走神。下午的时候,赵芳打电话过来,约她一起吃晚饭。很优雅的意式餐厅,音乐流动。两人边吃边聊一些工作上的话题,忽然间,赵芳低低地哦了一声,白惠看到赵芳的眼睛望着窗子外面,目光惊讶。她顺着她的目光看过去,但见窗子外面,深秋傍晚的街头,走过一男一女的身影。男的高大俊朗,女的靓丽高挑。男人的手里拎着几个购物袋,上面的英文商标是著名女装品牌。

他微低着头,从白惠的方向看不清他脸上的神色,而女人却是两手空空,一只胳膊挽着男人的臂膀,精致漂亮的脸上洋溢着一种类似幸福甜蜜的笑。

赵芳显然吃惊非小,她扭过头来看向她的好友,一脸的惊讶和担心。

这是白惠第一次看到徐长风和楚乔公开地在一起,白惠心口处一塞,目光已是茫然定住。

"你……你家男人……"赵芳显然一时之间还没有找到合适的字眼来形容眼前的情形,她显然在估量着这一幕会带给她的好友多大的伤痛。

"没事。"没想到,白惠轻描淡写地说了一句。她的胸口处塞得厉害,心里已经在翻江倒海,但她竭力地平缓着自己快要被窒息的呼吸。

这时,楚乔明眸流转忽地张开小嘴对着男人说了句什么,白惠便看到那男人,唇角勾了勾,深黑的眼中似有笑意闪了闪。那女人便双手勾住了男人的脖子,踮起脚尖在男人的俊脸上吧的吻了一下。

男人的神情一呆,目光深邃看向那女人,而那女人也用她亮晶晶的眼睛看着他。

"真是不要脸!"赵芳忽然间骂了一句,呼的一下子就站了起来,"我替你去教训那个女人。"她说完拔腿便走。

赵芳是火辣辣的性子,和白惠的温和沉静正好相反。

"赵芳!"白惠想拦已经是拦不住,赵芳怒冲冲地向外大步而去。

"徐长风!"赵芳冲出餐厅,大喊了一声。

徐长风深黑的双眸在看见眼前突然间出现的人时,登时闪过一抹意外和吃惊,但转瞬便是敛眉,神色幽沉地掠过赵芳后落在他妻子的脸上。

"徐长风,我们白惠一心一意跟着你,你怎么可以这样勾三搭四的! 你这样做,把白惠置于何地呀!"面对赵芳气呼呼的质问,徐长风黑眸一沉,眼见着四周有好奇看热闹的人聚拢而来,他的脸上有阴霾一点点涌现。

他愠怒的眼瞳凝向他的妻子,白惠看到了他眼睛里那无形的火焰。

一如,那次在徐家晚餐上,她像楚乔一样向他的碗里拨拉饺子时,那目光一样的意味深长。白惠心底涩痛,不由自主地咬了唇。

"风。"楚乔一脸吃惊的神色,白皙的手拽了拽男人的衣袖,徐长风只是将手轻轻地在女人的手上握了握,只是这么几不显见的动作,却足以看出这个男人对楚乔的爱护之心。

"白惠,有什么话我们回家再说,现在,先带你的朋友离开。"徐长风缓缓开口,眼神坚定锐利,语气更是无形中带了一种霸道和不容置疑。

白惠心底掠过一抹子寒意,却是并没有走开的意思。只是两只明亮的眼睛冷冷地盯视着那男人。

她看到男人的眉毛轻轻地敛了起来。

他和他的情人公开地逛大街秀亲密,竟然让她这个妻子先回家。

呵呵,真是讽刺。世间恐怕没有比她更失败的妻子。白惠姣美的脸上现出讽刺的颜色,却是轻轻地拉了拉赵芳的手:"我们走吧。"

"白惠!"赵芳显然对白惠能忍下这种类似吃了苍蝇的事情感到说不出的意外,但白惠只是拽了她道:"你在这儿改变不了什么,我们走吧!"

看着好友坚定的眼神,赵芳的意志软化了,她被她的好友拽着离开了。

"这都什么事儿呀!既然那家伙有喜欢的人,他娶你干吗呀!"赵芳边走边气愤不平地说着,"这不祸害你吗!"

"好了!"白惠轻轻地捏了捏好友的手心。

送走了赵芳,白惠并没有回徐宅。她打了个电话回去,只说晚上住在母亲家里,而其实她找了家小旅馆住下了。

她不想去面对那样一个男人。那样一个左拥右抱,背叛婚姻的男人。

快到旅馆的时候手机响了,是徐长风打过来的,她只是轻轻地按掉了,接着就关了机。他的声音她不想听,一声都不想。

她躺在旅馆的床上,四周是那么安静,而她心底泪落的声音是那么的清晰。这,便是她一心喜爱的人吗?这便是她付出身心,又准备付出一生的男人吗?她恍然看见初见时,他的微笑,那么的温润动人。她的心便被他的笑生生地牵住,只是,她不知道,他的心里还深深地住着另外一个女人,一个足以让她的婚姻一团乱麻,足以颠覆她的婚姻的女人。

白惠咬住了唇角,夜色下,她的脸上,一片晶莹的湿亮。

转天的上午,是带着孩子们去自然博物馆参观的日子。白惠和幼儿园里其他的老师们一起,带着一百多个孩子,走进自然博物馆。

"小朋友们,跟着老师走。来,过来。"白惠走在前面,几乎是倒退着在走。她的两只手牵着最前面的两个小朋友,样子十分的温柔。

小朋友们排着歪歪扭扭的队伍以班为单位走向前面的史前生物馆。

"小朋友们,我是这里的讲解员,大家可以叫我单叔叔。"一道清亮的男声响起来,白惠看着眼前拿着扩音器的青年,不禁笑了。

"白惠。"单子杰转过头来,目光清亮。

"怎么是你呀?"白惠笑问。

单子杰一笑,牙齿洁白:"毕业了还没找到工作,先在这儿做个临时讲解员。"他笑笑,转头:"小朋友们看,这个就是鼎鼎有名的霸王龙……"单子杰又拿着扩音器对眼前的小孩子们耐心而温和地讲了起来。

这一天无疑是最辛苦的一天,白惠和其他几位老师耐心而又仔细地看顾着那些孩子们,生怕一不小心出个什么闪失。等到回程的时候,她的身上潮潮的出了一层的汗。从幼儿园出来的时候,天色还早,她正想着继续回她的旅馆去,却在看见幼儿园门口处站立着的人时,面上露出惊讶的神色。

"单子杰?"

"一起吃饭吧?"单子杰向她走过来。

"好啊。"白惠笑道,反正她也不想回家,一个人吃不如两个人吃,还可以解个闷。

两个人边聊边走,走进了前面一家饭馆,那是一家饺子馆。饭馆的规模不大,白惠和单子杰在靠窗的位子坐了下来。

单子杰笑眯眯地看着白惠,在他的心里,她就是天使的化身。她的一颦一笑,都是圣洁的,不染纤尘的。她用自己边打工边上学赚来的薪水给他交了第一份学费,她带给他的感动一直伴随了他四年的时光。

他的思绪在悠悠回转,眼里的笑意却是越发的明显:"知道吗,白惠,这一刻,我想了好几年,我一直想,有一天能够跟你这样面对面地坐在一起。"

白惠微微惊讶,然后笑了笑。

从饭馆里面出来,外面凉风习习,灯火璀璨,正是城市中车辆最热闹的时候,一辆辆车子从身旁呼啸而过。手机响了,白惠看看号码,就按掉了,她不想听到他的声音。夜风吹过,有点儿凉,白惠伸臂抱了抱自己,单子杰立即便将身上的外衣脱了下来:"来,披上。"

白惠抬眸:"你不冷吗?"

"不冷。"单子杰说得十分干脆。

白惠披着那件带着单子杰体温的衣服,笑了笑,两人沿着深秋的街头慢慢走着。

这是一个不属于丈夫的男人给予的温暖,白惠的心头涌出了感动。单子杰将白惠送到她住的旅馆外面,然后温笑着目送她上楼。

这一夜过去,白惠发现,天气是真的变了。清早从旅馆出来,冷风立时扑面而来,白惠拢紧了大衣,快步向前走去,正走着,有车子滑过来:"白惠!"

那是徐长风的声音:"上车!"白惠回头,但见那车子已经停在了她的身旁。车上的男人深眉凛目。白惠嘲弄地勾了勾唇,快步向前走去。冷风嗖嗖地刮过来,到了幼儿园门口的时候,她一连打了好几个喷嚏。一只手伸过来,一件带着淡淡烟草气息的男士西装上衣落在了她的肩头。

"下班以后在幼儿园等我。"徐长风说。深黑的眼瞳看着她,然后转身上了车。白惠厌恶地想将带着他气息的外衣扔给他,但他的车子已经开走了。

正在这时,有女人轻快的笑声响起来:"你老公可真疼你呀!"是同事王姐,"白惠你可真幸福。"王姐走过来,笑着拍了拍她的肩,"老公接送,还披着温暖牌的外衣。"

白惠只是唇角露出一丝带着自嘲似的笑,幸福,鬼才会相信她幸福。她的老公的确疼她,可他也疼爱别的女人。如果这样的婚姻叫做幸福,她宁愿从来没有幸福过。

一到办公室她就把那衣服脱了下来,为了防止被更多的人看到,又开始八卦她嫁了个好老公,她把那衣服卷了起来,想塞到抽屉里,但还是有东西被眼尖的同事看到了:"白老师,你掉东西了。"同事小李弯身从地上捡起一张纸条来。

"哇噻!"那纸条一展开,小李立即爆出一声尖叫来。"DIOR的时尚风衣,Gabriel-leChanel的短裙和毛衫,Lise Charmel的内衣套,总价二十万块,白惠,你真厉害啊,几件衣服就这么多银子。你家老公可真舍得呀!"小李夸张地叫着。

办公室里的女人们纷纷侧目,歆歆。

"人家老公是森顶的执行总裁,富二代,二十万算什么,二百万都不多。"

艳羡加嫉妒的声音七嘴八舌地响起来,白惠却是说不出的一阵烦心。因为,那些东西绝不是给她的。她接过小李递过来的纸条看了看,那是一张购物清单,上面白纸黑字清晰地罗列着所购物品,当中就包括小李口中所念的内衣,而下面的签名档,赫然就是徐长风的名字,紧挨着是一串的银行卡号。

白惠心头一种说不出的厌恶和气恼充盈,她的男人,不但给别的女人买了外衣,还买了内衣。真是讽刺,真是嘲弄得可笑。

"白姐,你家男人认识那么多有钱人,叫他给我介绍一个吧?我也想尝尝做豪门少奶奶的滋味。"小李搂着她的肩,撒赖地说着,小孙也附和似地道:"是呀,白姐,也给我介绍一个。"

白惠只是怔怔地站着,耳边那些声音忽远忽近,每一声都近乎嘲弄,她们怎么知道,那些东西都只是他送给他情人的东西。她的手指捏着那张购物清单,指尖儿却在发抖,胸口一阵阵的闷塞感传来,让她一阵阵的出不来气。

她将那张购物清单折起来,轻轻地塞进了徐长风的上衣口袋。她克制着想要将男人的衣服一把扔出去的冲动,向着外面走去。

她顺着走廊一直走到洗手间,对着镜子,她看到自己如纸般白的脸,她伸手,颤颤地,在左颊上摸了摸,两滴眼泪毫无防备地从那胀得满满的泪腺里冲了出来。她压抑着喉间的哽咽和胸口的憋闷,咬唇,伸手在脸上一抹,将那掉出来的泪狠狠地抹掉了。

"小朋友们看,这样子,对折,再对折……"中二班的教室里,她认真又耐心地给孩子们做着纸折小鸟的示范,鼻子忽然间一痒,阿嚏一声,打了个喷嚏。她忙放下手中的折纸,从桌子的柜里抽出一张纸巾来捂住鼻子,起身向外走去。

"白老师,有人找。"一位保安人员带着行色匆匆的小北走了过来。教室的走廊里,阳光斜斜地打进来,她可以看到小北的脸上,亮亮的似有汗珠。

"嫂子,这是老板让给您带来的衣服。"小北将手中的一个手提袋递给她。

白惠没有伸手去接。那个袋子上是清晰的英文标志DIOR,白惠不知道那是什么品牌,但她却记得那清单上所写,他给楚乔买的衣服,也是这个品牌。

"对不起,我已经不冷了。"她淡淡地说了一句。

小北看她神色冷淡,便道:"嫂子,这衣服是老板特意给您买的,您可一定得拿着。"

"替我谢谢他的好意,但我已经不需要了。"白惠不为所动,心里仍然是恼的,怒的,却是深深地克制着。

"嫂子,您不拿着,我回去没法跟老板交差呀!"小北为难地道。

"我说了,我已经不冷了!"白惠有些烦了,虽然她知道小北只是个跑腿的,但她还是被心里的涩痛和愤怒冲撞得有些失了理智。

小北有些尴尬:"嫂……嫂子。"

白惠低下声来道:"好吧,你放这里吧。"

小北一听,脸上立时露出轻松的神色:"那我走了,嫂子。"

"等等,把这个给徐长风带回去。"白惠返身回到自己的办公室将徐长风的外衣取出来递给小北,小北接过,耳中却觉得有些别扭,少夫人这样徐长风徐长风地叫,多生分呢!

"把这个交给你的老板!"白惠把那张购物清单拍在了小北的手心。小北有些奇怪地看看那清单,然后收起来,行色匆匆地走了。白惠心里没有一丝因这件衣服带来的暖意,只有一阵阵的气闷向上涌。她真想找个没有人的地方,大声地叫嚷几声,把心底窝着的火窝着的气愤,通通吼出来。可是她现在所能做的,只是使劲儿地憋着心底的气愤和窝心。

下班的时候,徐长风的车子很准时地停在了幼儿园门口,那辆限量版的宾利停在一众接孩子的豪车之间仍是分外的惹眼。他没有马上下来,直到孩子们都走得差不多了,幼儿园里安静下来,他才下车走进去。他的妻子正拿着手包从里面出来,仍是那身粉色的套裙,俏生生的,美丽却也冻人。

她的脸上没有因他而来的喜悦,神色冷冷的。

"怎么没穿我给你买的衣服?"他顾长的身形挡在她的面前,英姿挺拔,敛着长眉问。

白惠只是冷冷淡淡地说了一句:"不喜欢。"

徐长风重瞳中眼神闪了闪,这个答案显然让他意外:"哦,那咱们去买新的,喜欢什么样的你自己挑。"他说着,便伸臂揽了她的肩。

"不必了!"白惠冷冷打断他,身子一挣从他的包围圈里挣了出去。

徐长风神色一沉,就在这时,耳边有轻快喜悦的女声响起来:"徐先生,真巧啊!"小李两只眼睛冒出无数的桃花走过来。

"巧。"徐长风只是淡淡地应了一句,而小李却是往白惠旁边一站,面向着徐长风,两只眼睛全是花痴的星星。

徐长风看到小李身上的那杏色的风衣时,怔怔,继而目光一沉。白惠头顶上有凛冽的锋芒劈头而来,她只是无所谓地挑挑眉。

小李笑嘻嘻地道:"白姐说这件衣服送给我了,徐先生你不会介意吧?"

"当然不会,他最喜欢买衣服送人了。如果你喜欢,他连内衣都可以买了送你。"

白惠对着身边的男人带了几分嘲弄似的笑着。她明显地看到男人那张俊逸的脸颊抽搐了一下。

"哇,徐先生真是好人诶!"小李惊讶过后神情并没有尴尬,笑嘻嘻地道,"我祝你们白头到老,早生贵子哦!拜拜。"

聒噪的小李终于是走了,白惠只觉得耳根处一下子清静下来。再一扭头,徐长风的目光阴沉凛冽,像两把小刀子嗖嗖地削过来,他大手一把攥住了她的手腕。力道不小,白惠的手腕子蓦地就是一疼。她看了看他,却是用力一挣。却是挣不开的。

"跟我回家去。"徐长风低声说了一句。

白惠看到他眼底一闪而过的什么,她摇头:"除非你和楚乔断了联系。否则,我永远都不会回去。"

"你——"徐长风有些怒了,脸色阴得吓人。

但偏偏在这个时候,他兜里的手机又唱起悠扬的乐曲。是娇娇公主。

他的样子有些烦躁,长眉深拧,松开钳制着她的手,将手机掏了出来,走到远处去接听。白惠深深地凝视那人拿着手机走开的身影,转身迈开步子顾自离开。

徐长风并没有追上来,想是去找他的娇娇公主去了。白惠觉得自己连气的力气都没有了。她沿着马路慢慢地走着,冷风一阵阵地吹过来,她的头发随风轻扬。站在车来人往的街头,她忽然间感到一阵说不出的迷茫。有车子在身旁停下来,车窗打开,露出一张男人灿灿的脸:"哎,嫂子?"

说话的正是徐长风的好友,黄侠。白惠对他笑了笑,"在等车吗?我带你一程。"黄侠道。

"谢谢,我打出租吧。"白惠说。她看见了黄侠的副驾驶位上坐着一个长相陌生的妙龄女子。这是一个换女人如换衣服的二世祖。

黄侠的车子开走了,白惠打了辆车回旅馆,夜色已经降下来,挟裹着即将入冬的冷风,让人不由得打了个寒颤。出租车把她扔在了旅馆十几米开外的地方,在她斜前方处的超市门口,一个男人正买完烟出来。看到了前面不远处的女人。他的性感十足的嘴唇抿出一抹笑来。

白惠正拎着手提袋向着旅馆走过去,冷不防就撞在了一个结实的身体上。她惊呼一声,立即抬了头,眼前是一张十足漂亮的脸。

白惠怔了怔,脑子里迅速地闪过一个名字:楚潇潇。

"你……你好。"反应过来她客气地说了一句。

楚潇潇挑唇一笑:"我刚好在这边买盒烟,真巧,白小姐这是上哪儿去?"

"我……回家。"白惠信口说了一句。楚潇潇笑笑,"哦,原来白小姐的家住这边啊。"

白惠并不想跟她过多搭讪,便笑笑:"抱歉,我先走一步。"

楚潇潇便让出了路来,只用意味深长的目光看着她拎着手提袋走进了旅馆。白惠将东西放进柜子,她便躺在了床上。感冒让她浑身无力,一阵阵地发昏。然而躺在那里,她却睡不着。不知是思虑过度,还是感冒。脑子胀胀的像是灌过铅。

转天上午,白惠和赵芳一起去了房屋中介所,中介人员给她推荐了一套还算不错的房子。四十平米,一室一厅,房租一千块。

徐长风的车子停在幼儿园门外时,正好是上午九点钟,这个时候,她应该在上班。他向着那紧闭的大门看了看,便掏出了手机来:"王园长吗?请叫白惠下来一趟,我在外面等她。"

"哦,是徐先生啊,白惠她今天不舒服请假了,没来。"王园长说。

"不舒服?"徐长风显然有些吃惊,"她有没有说怎么了?"

"啊,好像是感冒了,怎么,徐先生您不知道吗?"这次是王园长意外了。

徐长风拧眉,沉思着挂了电话。他捏着手机,半晌缓缓地发动了车子。或许在旅馆里吧。他开着车向着白惠所在的那家旅馆驶去,边开着车边拨打白惠的手机号码,但只是响了几声便被一下子按掉了。这个女人!

徐长风暗里咬牙。到现在才知道,他的妻不光倔强,还相当的固执。

第十章　小两口床头吵架床尾和

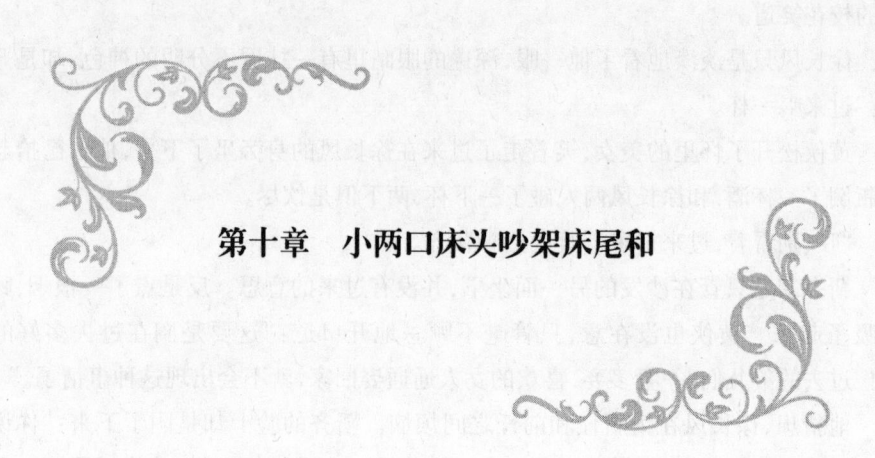

接到母亲的电话时,白惠正站在那幢崭新的房子里。房子装修完好,是可以拎包即住的那种。见到了屏幕上闪动着的"妈妈"两个字,白惠接听。

"白惠,小两口床头吵架床尾和,有什么大不了的,还跑出去了。赶紧给长风回个电话,他找不到你都快急坏了……"白惠只是沉默着听着母亲说完,电话挂断,她并没有给徐长风打过去。她实在是没有跟他说话的念头。

手机一直沉默着,徐长风知道,她是不会给他打电话的,那女人固执得紧。他发动车子,十几分钟后,他走进一家名门俱乐部。

这里,是他以前常来的地方,尤其是那段失落颓废的时光,他每晚都在这里流连,夜夜美酒佳人,恣意,然而却并不觉得逍遥。

他来到那间熟悉的包厢,一屁股在沙发上坐下,有年轻漂亮的女侍走了进来。她穿着裹身齐臀的短裙手里端了他常喝的酒。

"徐先生,请。"她身形一矮,人已半跪下来,将手中的托盘放在了徐长风身前的小桌上。

黄侠怀里搂着一个青春性感的美女进来时,那女侍正在给徐长风斟酒,黑色的丝袜包裹着丰满的大腿,身形一动,便是裙下春光若隐若现。

"哟,这是哪阵风把风哥给吹来了?"黄侠对着身后而来的靳齐挑挑眉。在他的记忆里,徐长风自从新婚之后,可是极少来这种地方的,很多时候,都是他们几个哥们打电话叫他,他才会过来一趟。

靳齐没说话,只是漆黑的眼睛瞟了瞟徐长风,见他正端着一杯酒顾自地往口里送。

"风哥,你一个人喝酒闷不闷呢?给你叫个妞儿吧!"黄侠搂着她的新任女友,某大的校花笑道。

徐长风只是淡淡地看了他一眼,深邃的眼睛里有一抹看不分明的神色,却是开口道:"过来喝一杯。"

黄侠松开了怀里的美女,笑着走了过来在徐长风的身旁坐了下去,他自己拾起了酒瓶倒了一杯酒,和徐长风两人碰了一下杯,两下俱是饮尽。

"哎,别看着,过来过来!"黄侠招呼靳齐。

靳齐却是只管在沙发的另一面坐下,并没有过来的意思。反是点了一根烟,顾自地吸了起来。黄侠也没在意,只管毫不顾忌地开口道:"这要是搁在过去多好的事啊!过去的爷们们,一妻多妾,喜欢的女人通通娶回家,就不会出现这种事情了。"

他猜想,徐长风在为新任和前任之间烦恼。靳齐的脸上却是阴了下来:"你说让乔乔做妾吗?我勒你个大耳光子。"看见好友那一脸暴怒的样子,黄侠怔了怔,"那要不让……"黄侠看了看徐长风,他想说让嫂子做妾,但话到口边,不知是怎的,竟是说不出来。他想起白惠那张温柔如月的脸,不矫揉,不造作,像是山间的一缕清泉,遗世而独立着。那样的一个女子,怎是一个做妾的人?她该有最美好的归宿。

他忽然间哑了哑,而徐长风却是用他深黑的,布满阴鸷的眼睛阴了他一眼,站起身来径自离开了。

黄侠知道,他是真的说错话了,一句话惹了两个人。是夜,月光浅淡地勾勒着窗边那颀长的身形,徐长风站在卧室的阳台上,他指间燃着烟,双眉深敛,似在思索着什么。

徐宾进来的时候,徐长风微微转了身,一点烟火映着他看不分明的脸。

"长风啊。"徐宾向着儿子走了过去,徐长风递了支烟给父亲又给他点上,徐宾开口道,"一个人,是不是觉得寂寞了?"

徐长风没有说话,徐宾又道:"你看,她天天在你身边的时候,你可能就不觉得她好,但是她一离开你,你就像少了些什么东西。儿子,有没有这种感觉?"他说完,笑眯眯地看着自己的儿子,眼神却是有些意味深长。

徐长风淡淡地没有说话,只是摇头笑了笑。

徐宾又拍了拍儿子的肩语重心长地道:"长风啊,乔乔虽好,但发生过那样的事,爸就不相信,你的心里就没有疙瘩。再说,乔乔虽好,但若说娶回家里做太太,那还是得白惠这样的。温柔贤淑,通情达理,你说是不是?"

徐宾说得意味深长,徐长风只是摇头苦笑。有些事情他并非不懂,他也不傻,有些伤害造成了就是造成了,一年多的时光确实冲淡了一些东西,但是那种阴影却还是留在了心底的最深处,在某一个时刻会突然地冒上来。

但是感情却又是一种可怕的东西,它像洪水一样,也会在某些时候席卷了你,让你失去一向的淡定和从容。谁更适合做妻子,他当然不是不知道,但妻子是一回事,爱人又是一回事呀!他叹息了一声,眼神飘渺起来。

梦里,那张素净的容颜神色幽怨,徐长风翻了个身,从睡眠中醒来竟是再也睡不着了,他干脆坐了起来,点了根烟在卧室里吸上了。

气温又下降了,冷风呼呼地从领子里灌进来,白惠将大衣的领子立了起来,一天忙碌,嗓子还是疼的,她只得不时地喝水,那种隐隐的又灼又辣的感觉才可以被压下去。晚上下班回到住所,从出租车上,她就看到了前面不远处那辆崭新的限量版宾利,一道颀长的男人身影轻倚着车身。他穿着立领的黑色大衣,黑色长裤,身形修长,正敛着眉宇,吸着烟。

白惠怔了怔,连出租车停下来,她都没有发现。

"小姐?"司机见她坐着发呆,便喊了一声。白惠回过神来,看看计价器,从包中掏出钱来给司机然后下车。

"这地方倒是不错。"徐长风吸了一口烟迈步走了过来,声音不疾不徐。

白惠唇角抿出几丝嘲弄的弧来:"徐先生,如果是来找娇娇公主的,那么你请上车,你找错地方了。"她出口,便已是挖苦。

徐长风脸色黑了黑,这女人不愧是教师,以嘴巴赚钱,说话真是毒。

"我来找你,徐太太。"他轻悠悠说了一句,走到了她的面前,高大的身形挡住她眼前的光线。熟悉的男性气息扑面而来,白惠不由自主地呼吸微屏。"哦,那抱歉,这里没徐太太。"白惠说完,便转身想走,但男人的大手一把攥住了她的手腕,白惠倏然抬眸,视线撞进男人的黑瞳。他的眼睛里有一种看不分明的严厉神色,他忽然间一弯身,将她整个人扛了起来。

"啊——"白惠一声惊叫,身子已然腾空而起了。

他扛着她,大步地走进楼里,在电梯前又一手腾出来按了上行的按钮,电梯门打开,他扛着她大步迈了进去。

"放我下去呀!"白惠抡起两只粉拳捶打他的肩背,这家伙怎么这么粗鲁啊!

而在此时,上行的电梯又在二层处停下,电梯门打开,上来一位大妈样的人物。

那大妈用惊讶奇怪的眼神看了看他们,眼神里已经带了唏嘘。这年头的年轻人,真够豪放的。电梯里就搂搂抱抱,还扛着。

白惠早臊红了脸,而那厮却还旁若无人地扛着她。"放我下来呀!"她又羞又气地在他耳边喊。

徐长风一笑,将肩上的人放了下来。"老婆,下次记得吃胖一点儿。"

白惠红着脸给了他的胸口一拳,电梯再次停下时,她头也不回地迈了出去。她气呼呼地正想开房门,身后有男性的气息环绕过来,她已被他的手臂圈住,白惠猛地一回头,便撞上了他似笑非笑的眼眸。这样近距离的暧昧让她心头发热,手心出汗:"躲开!"她转身推他。但他的身体纹丝未动,反倒是一下子低了头,嘴唇毫无预兆地就吻住她的。白惠惊呼一声,一双美眸瞬间瞪大。

男人的一只手已经伸向自己的腰间,一把钥匙被他解了下来。钱的作用,当真是不小,只是一夕之间,就查到了她的新住所,而且连钥匙都弄到了手。黄侠这厮有时候也还算能办点事。他将钥匙伸进锁孔,一旋,门便被打开了,白惠的身子被他连搂带抱地带进了屋。

"喂!"白惠惊得几乎说不出话来,他知道她住在这里也就罢了,算他神通广大,可他怎么……怎么会有她房子的钥匙?这……这太邪门儿了吧!白惠那张如皎月一般的脸上,明亮的眼睛里盛满了吃惊无比的神色,而徐长风却是脚一踢早将房门踢上了。他将他的妻子扔在了眼前淡青色的布艺沙发上。伸手扯松了领带,一屁股坐在了她的身边,两手撑着沙发,上身向她拉近。

"徐太太,连房子都租好了,这是准备长住吗?"

"没错。"白惠咬了咬牙,心跳有些乱,这该死的,他总离她这么近干吗!

徐长风眼睛微眯,眼角现出一丝轻蔑来,他轻哼一声,却是身形离开她,他单手叉在兜中,在房间里四下慢悠悠地打量起来。

白惠看着他走进了卧室,在里面转了一圈,又缓缓地踱步到了阳台,对面是另一幢高层公寓,中间是冬季萧条的树木。

徐长风站在阳台上,夕阳洒进来的余晖将他的身形镀了淡淡的一圈金色。

白惠站在他身后不远的地方,看着那道颀长的背影,这是她曾经深深迷恋的男人。医院里那一瞥的惊鸿,幼儿园门外,那回眸的一笑淡淡,让她心醉,让她失神,让她倾了心。他温柔了她的岁月,惊艳过她的时光,可也带给她深深的伤痕,让她的心里划开了口子,流出了涩痛的血。

徐长风转了身,无声无息地走了过来,伸臂将她拥进了怀里。白惠的大脑有一瞬间的空白。而他却是将那颗让人讨厌的脑袋搁在了她的肩头:"宝贝儿,昨晚我想你想得睡不着。"这应该是最亲密的爱侣说的最亲密的情话吧,可他和她算吗?他不是刚刚才给楚乔买过内衣吗?除了她和他是夫妻关系之外,他和楚乔貌似要更亲密得多。

白惠心头有火冒出,她冷笑地推开他,"你想的该是楚乔才对"。

徐长风敛眉，深黑的眼睛若有所思地凝视了她一会儿，却是又随手掏出了一根烟，咔的燃上了。跟她走到卧室。白惠被他喷出来的烟雾呛到了，她本就嗓子痛，这下子就咳嗽起来。徐长风看了看她，又将香烟扔在了脚下，抬脚碾熄了。

"既然你不回去，我也只好住在这儿。"他再一开口，却已转移了话题。说完，还抿唇一笑，大大咧咧地就坐在了她的床铺上。

白底儿粉色花瓣的床单被褥那是她昨天和赵芳一起买回来的。白惠现在才知道，这厮还有一个名字，他叫不要脸。

这个时节还没有供暖，房间里很冷，白惠只有一床被子，晚上自顾自地钻了进去。但是只一会儿的工夫，身边就是一凉，接着腰间一紧，她的身子落在了一个微凉的怀抱里。他在她的耳边哈着气："抱着老婆的感觉真是好。"

白惠气到差点儿抽气："别碰我，徐长风！"

徐长风却是笑着，在她脸颊上吧的吻了一下："乖一点儿。"隔着棉质的睡衣，他的手指爬上她的柔软，轻轻地在挑逗她。

白惠厌恶地咬了唇，一把攥住了他那让人厌恶的手指扔开。徐长风深黑的眼瞳流露出一丝吃惊的神色，继而是十分复杂的眼神，那只伸过去的手却是无声无息地收了回来。虽然和她盖着同一床被子，但两个人之间却是隔开了十几厘米的距离，背靠着背，同是难以入眠。

寒意似乎是从四面八方透进来的，白惠本就感冒未愈，此刻便更觉得冷。她蜷缩了身子，双臂环抱住自己。不知何时好像渐渐地暖和了，她才沉入梦中。

醒来时，她发现，自己就在徐长风的怀里。毕竟是男人，体力就是壮，那胸膛像个火炉子似的，贴着她微凉的身体，怪不得会觉得暖和，原来是他。白惠忙推开他，爬了起来。徐长风的声音懒洋洋地响起："你冻得直哆嗦，是我搂着你你才睡着的。"

"哦，那多谢你。不过我醒着，绝不允许这样的事情发生。"

白惠讥诮地来了一句，徐长风颊上肌肉微微抽搐。他阴了她一眼，便起身去了洗手间。这所房子不大，卧室里自然是没有洗手间的，徐长风出去了，白惠换上外衣，等着那家伙从洗手间出来。

就在这时，他那搁在梳妆台上的手机响了起来，是那熟悉的娇娇公主提示音。

白惠鬼使神差地就走了过去，将那手机拾了起来，按了接听。

"风，你去她那儿了是吗？她都已经搬出去了，你怎么还追过去？"

带了埋怨的语气，娇气气恼的口吻，非楚乔莫属。

白惠沉默了一下开口道："我和他是夫妻，他不来我这里，难道要去你那里吗？请搞清自己的身份。"

白惠任由着自己被火冲撞了的大脑支配了自己的嘴。虽然她早已不再觉得她的婚姻有多么的幸福,虽然这段婚姻早已不值得她骄傲,她还是不能容忍,他的情人,这样子来无视她,挑衅她的尊严。

楚乔没有料到接电话的人会是白惠,显然是惊到了,好半晌没有声音,然后手机突然间就挂断了。白惠捏着手机,心思仍然沉浸在楚乔的那个电话里。一个做妻子的人这般被他的情人无视,她真的悲哀。

"你在做什么?"不知何时从洗手间出来的男人,早已一身清爽,但看到女人的指尖却捏着他的手机,他疑惑地问了一句。

白惠只冷冷地看了他一眼,便将那手机又扔在了梳妆台上。

当她从洗手间出来的时候,男人的身影背对着她站在阳台的方向,正拿着手机在说着什么。

接完电话,他回转身,目光深深地看着她。那眼神锐利,却又似暗藏了什么看不见的风暴。让白惠的心头微微发颤。

然而,他却只是淡淡地道:"我们走吧!"

"抱歉,我自己可以走。"白惠说完,便拿了包看也不再看他一眼,从家里出来了。

但男人很快越过了她,在经过车子前时,他捉住了她的胳膊将她塞进了他的车子里:"我送你去。"

一路上两个人都很沉默,他似乎有些烦躁,下颌好像绷着,白惠也不说话,车厢里的气压便有些低了。车子到幼儿园门外,白惠下车,男人一言不发地将车子开走了。

第十一章 心碎了无痕

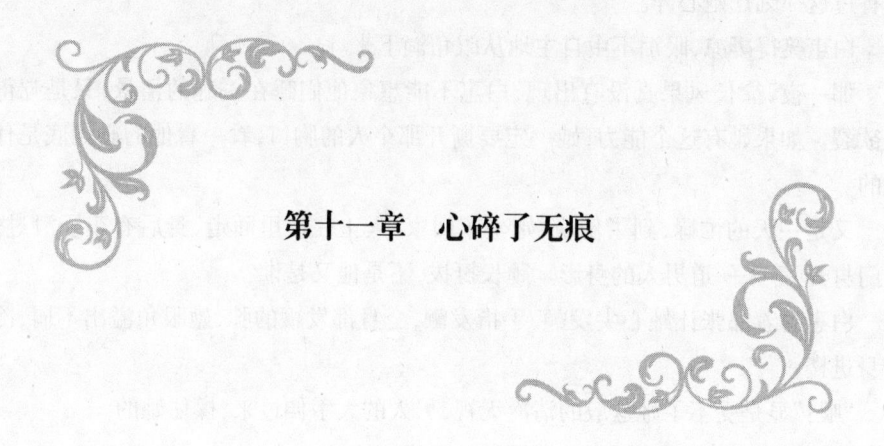

这一天，仍然很忙碌，白惠没有时间再去回味男人审视的眼神，没有时间想他会不会去安慰楚乔。晚上，徐长风没有来接她，也没有打电话过来。白惠自己坐车回了居所，看着那虽然不大，却没有什么生气的房间，她感到了阵阵的落寞。

"乱世佳人"。

那是这房子的前任房客遗落下来的光碟，想不到还可以看。白惠从小就喜欢这部片子，她也看了好多遍。每看一遍，她都会被白瑞德对斯佳丽的纵容和宠爱深深沉醉，手机响了起来，是信息提示音。她懒懒地拾了起来，却见是一条未读信息：

"跳跃的烛光，鲜艳的玫瑰，悦耳的音乐，俊美的情人，我和他，我们此刻面对着面，共享这难得的烛光晚餐。"

白惠的心头蓦然一沉，是楚乔吗？她怎么会有她的手机号码？又是一个信息发了过来，白惠飞快地打开："你能感觉得到吗？那是只有心灵相通的人才能体会到的意境。白惠，你有过这种心跳与共的感觉吗？"多么富于挑衅意味的言语呀！

白惠仿佛可以看到楚乔那张美艳如花的脸，带着志得意满的笑容。在跳动的烛光中，在玫瑰的芳香中，一脸的沉醉，一脸的心满意足，向她炫耀着那个男人对她的独一无二的爱。

又是一条信息发了过来，白惠再次打开，手指却已是抑制不住地发颤：

"今夜，我将不再孤单。"

呵呵……她仿佛听见了楚乔得意幸福的笑声，声音清脆透亮，心满意足。

白惠的太阳穴胀胀的，心口处像塞了一团棉花，一阵阵地堵得快要出不来气。她颤抖着指尖,身子在抖,心尖也在发颤,虽然他也经常会因为楚乔而一夜不见人,但从没有过这一刻让她心碎。

白惠笑得凄凉,眼泪不由自主地从眼角淌下来。

那一夜,徐长风果真没有出现,白惠不能想象他们睡在一起的情景,只是觉得头痛欲裂。如果她有这个能力,她一定要撕开那个人的胸口,看一看他的心到底是什么做的。

又是一天的忙碌,到了傍晚,她坐车回家,人正往楼里面走,身后有车子滑过来,车门打开,下来一道男人的身影。顾长挺拔,不是他又是谁?

白惠看着那张让她心尖发颤,手指发颤,全身都发颤的脸,她眼角溢出不屑,冷冷转身进楼。

"喂!"显是受不了她这般的清冷无视,男人的大手伸过来,攥住她的。

"放开我!"白惠双眸迸出一缕愤怒的红光。

徐长风眼神定了定:"你又怎么了?"

白惠被他一句不明所以似的话气到差点吐血,她甩开他,头也不回地上楼。

徐长风在她身后跟着进了电梯,白惠心口像塞了铅,又沉,又堵。而徐长风就站在电梯门口的位置,黑色的身影,顾长挺拔,大衣敞开,两只手插在裤子的兜里,长眉深敛看着她。她没有回头,一直使劲儿地吸着鼻子。电梯门打开,她转身与他擦身而过。徐长风看着她快步走到门口,掏钥匙将防盗门打开,直奔着卧室而去。又拿了什么东西折身回来。

"离婚协议,你签了就行了。"她吸着鼻子对他说。

徐长风眼神里立时涌出诧异,目光在她指间那张A四的纸张上一扫,脸色立时一沉,扯过来几下撕掉了。"神经病!"

他阴着脸吐出这么一句,白惠立时就呆住了,徐长风从大衣的兜里掏出了一盒烟来,径自地走向了阳台。他在阳台上吸着烟,样子好像有些烦躁。

白惠还站在客厅里,心口处被什么堵得死死的,她有一种快要窒息的感觉。于是,她忽然间就打开门,奔了出去。冬日的天气阴冷阴冷的,她站在外面的台阶子下面,心口被闷闷涩涩的痛冲撞。

"你站在这儿做什么?"徐长风也出来了,黑眸里似有几分焦虑。他的手握住了她羸弱的肩,她猛地回头。

"别碰我,恶心死了!"

她的话让男人一张俊脸上肌肉立即痉挛起来。

而在这时,耳边传来一阵尖厉的吵闹声。

"打死你们这奸夫淫妇！打死你们！"

白惠呼吸一窒，她抬头，便见相邻的那个楼洞口，跑出来一个披头散发的女人。那女人大冷时节却没穿衣服，身体白花花地呈现在人们的眼前。后面又紧跟着连滚带爬地出来了一个男人。两个人全都赤着身体，后面追出来五六个青年男女，对着那对男女拳打脚踢。

"打死你们这对奸夫淫妇！"为首一个接近中年的女子，样子极为愤怒，想是男人的结发妻子。她追上那个光身子的女人上去就是两个大嘴巴，那女人立即鬼哭狼嚎起来："救命啊……"

"打死你这贱人，打死你个狐狸精！"中年女人又是一个巴掌落在那小三的脸上。小三的两只手都不知道该抱头还是该抱住自己的身子了。

白惠眼睁睁地看着，喉咙口处像是被什么卡住了，她甚至忘了吸一口气。这时，那个中年女人又忽地转身，对着自己的男人连踢带打："臭男人，我哪里对不起你，你还在外面养女人……"

听着那女人愤怒屈辱的言语，想象着那一男一女苟合的恶心场景，白惠的大脑阵阵发涨，有什么一下子冲了出来，她迈开步子便向着那纷乱乱的一团走过去。

"喂！"徐长风明白过来的时候，已经晚了。只见他一向温柔婉约的妻子，已经走到了那个"奸夫"的面前，她抢起自己的手包，对着男人劈头盖脸便砸："家里有妻子，还在外边偷腥的男人，不知羞耻，自以为是的男人，去死吧！"

突然间出现的白惠惊愕了在场所有的人，不管是小三还是奸夫，还是原配及其家人，全都是一脸吃惊的神色。

徐长风额头的青筋突突地跳起来，她的包噼里啪啦地砸在那奸夫的头顶，却像是砸在他的脸上一般。那奸夫手捂着头，尖叫，而她脸上，遍布着愤怒的小兽一般的光。徐长风怔了怔，反应过来，他几步冲了过去，一把将他的女人抱住，连拖带抱地给拖到了一边。

"你疯了！"他低吼了一声。

白惠的脑中好像有团火在烧，烧得她太阳穴又胀又疼，烧得她的全身像要炸开了一般。她猛地抬头看向她的男人，他的脸色实在不好，青红变换过后又是一团的黑，如泼了重墨一般。锢着她的力度也不由自主地加大。白惠的大脑像是充了血，浑身的血液都往着脑部撞过去。

她两只美眸放出幽蓝的火光，几乎是咬牙切齿般地道："我最恨就是这种家里有妻子，还在外面找女人的男人！"

徐长风脸颊抽动："你！"

他深黑的眼瞳里蕴出了不知名的火焰,一瞬间,震惊,愤怒,交相变幻。她刚才所做分明是在抽他的耳光,虽然砸的是那个男人,可难堪的却是他。他能感到周围所有人的目光都由那对奸夫淫妇而移到了他的身上。徐长风阴沉沉的眼睛将眼前的纤细女人覆住,眼中喷薄着一团杀气。

他怎么就不知道,原来他娶回来的女人是只疯狂的刺猬。她真的有疯狂的潜质。

他铁青着脸,黑沉沉的眼睛聚拢着一团煞人的乌云,就那么直直地盯视着她,空气像是骤然间停止了流动。白惠的呼吸一阵阵发紧,他却忽然间转了身,大步向着不远处停放着的黑色宾利走过去,那背影挺拔却又冰冷决绝,白惠看着那黑色的车子消失在视线里,她怔怔地呆在那里……

徐长风自那天愤怒离开,一连好几天没有再露面,白惠一直住在那处租来的房子里,她没有再看到徐长风,也没有接到过他的电话,更没有看到楚乔。她想,他们或许正好花好月圆去了吧!

几天之后的一个傍晚,她下班后去探望一个生病的同事,正好无巧不巧地在森顶的大厦外面等车。当时已是夜色初降,星星点点的灯火依次点亮,那幢大厦里也有好几层的房间亮着灯光。她知道,那些格子间的白领们一般的时间都会是加班状态,即便是他那个做总裁的,也是经常加班的。正神思着,那大厦旋转门里走出一道颀长的身影,黑色西装笔挺,神情冷肃,手里还好像拿了一个文件夹样的东西,正是徐长风。

小北将他的宾利从停车场开了出来,在他面前停下,徐长风便冷着脸钻了进去。那黑色的车子已经开走了,白惠还犹自怔愣。

"白惠,明晚有Vincent的音乐会,你能不能帮我们弄几张票出来?"早晨刚上班,小李就和另外两个同事满脸期待地拉住她。

Vincent是世界著名钢琴演奏家,这次的音乐会,是他在世界巡回演出的第一站,自是一票难求。白惠打了个愣:"我哪有那个能力呀!"

她是实话实说,她不过和她们一样都是普普通通的幼儿教师而已。

小李不满地道:"你没有,你家老公有啊!拜托你回头跟他说说嘛,堂堂的徐氏总裁,商界大名人,不可能连张票都弄不到的是吧?"

看着小李她们心急期盼的眼神,白惠点了点头:"好吧,我试试。"但是她没有打电话去找徐长风,而是去找了徐长风的发小兼好友,黄侠。

"哟,嫂子,什么风把你给吹来了。"黄侠就在上班。见到她,黄侠显得很惊讶。

"黄侠,那个……求你点儿事。"白惠有些不好意思,放着自己的老公不用,却来找他的发小,这事显然有点不合情理。

"啥事儿呀,嫂子?"黄侠虽然生性风流,但是个很爽快的人。

白惠道："我有几个朋友想去听Vincent的音乐会，可是买不到票，你能不能……"

黄侠一听就明白了，但他又奇怪地问道："这事你怎么不找我风哥呀，他一个电话，你要多少张票都成。"

白惠便沉默了，黄侠见状，似是明白了些什么，笑道："你等着，我打个电话。"

黄侠果真给她弄了好几张票。白惠高高兴兴地将票分发给了小李她们，连带着也给赵芳和自己留了一张。

她们打了两辆出租车先后到了演奏会现场，里面已是黑压压的人头攒动。黄侠能力不小，给她们弄到的都是头等票，整个小包厢都属于白惠她们的。

看着票面上几乎以万字计的价格，白惠咂舌。

音乐会开始，全场渐渐安静下来，白惠对于钢琴的记忆要追溯到很早的时候，十几年之前，那时的她，还有一个名字，叫玲玲。

耳边悠扬动听的音乐缓缓流泻，她的记忆渐渐飘远。

"哎，那不是你家老公吗？"有人拽了拽她的胳膊。白惠清醒过来，她看到隔壁包厢里坐着的一男一女。男人斯文俊朗，女的娇艳明媚，不是徐长风和楚乔又是谁？

"哎，那女的是谁呀？"小李一脸吃惊的神色。白惠没有做声，只是冷冷地凝视着眼前的那两人。

楚乔不知是说到了什么高兴的事儿，一脸娇笑地滚进徐长风的怀里，扯着他的衣襟还兀自咯咯地笑个不停。而此时，有一男一女走过来。

"风哥，你们也在呀！"黄侠揽着一个娇颜美女走了过来。

徐长风淡淡地嗯了一声。

黄侠又道："昨天嫂子还让我给她弄票来着，我给她弄的也是包厢票……"

他话音未落，人已经呆若木鸡。他的脑子飞快地闪过一个念头：他又错了。

徐长风的目光却是淡淡地瞟了过来，看到他的妻子时，他的眼底里没有一丝波澜，反倒是有些淡淡的不屑。两人视线相撞，就那么地凝住。他不发一言，白惠亦没有说话，两人的视线在无声中对视，他淡淡地转回了目光，反倒是伸臂将怀里的女人搂了搂，不知说了句什么，深沉低醇的声音笑了出来。

白惠紧捏着自己的指尖，她的嘴唇一点点地在变白，身子也在毫无知觉地发颤，身边坐着的除了赵芳，还有她的同事们，他就这样公然地与他的前任秀亲密，如此地旁若无人，将她这个妻子当做空气。

她无意识地咬紧唇瓣，大脑里乱纷纷的，有音乐的流淌，也有小李她们惊讶的声音。眼前的情景却是再看不分明。

"哎，那女人是谁呀？"小李惊讶地喊，白惠只道："我有点儿不舒服，你们继续，我

第十一章 心碎了无痕

先回去了。"

她说完就拿着自己的包向外走,身后,赵芳追了出来。

"白惠!"她边追边喊,但白惠的脚步飞快,很快地就出了音乐厅上了外面的电梯。赵芳追出来时,白惠已经不见人影了。

眼前车辆穿梭如龙,一切是那么地热闹,可也叫白惠的心,冷寒。

她迎着冷风向前走,眼前有些恍惚。有刺目的车灯晃过来,她眯了眯眼,脚下不知踩到了什么,人一下子向前扑倒。耳边响起刺耳的刹车声,那车子硬生生地停下来,车门打开,有人迈了下来。白惠扶着那人的车子引擎盖爬了起来,炫目的光线中,她看到一张帅气英俊的脸。

楚潇潇。

第十二章 你是好人

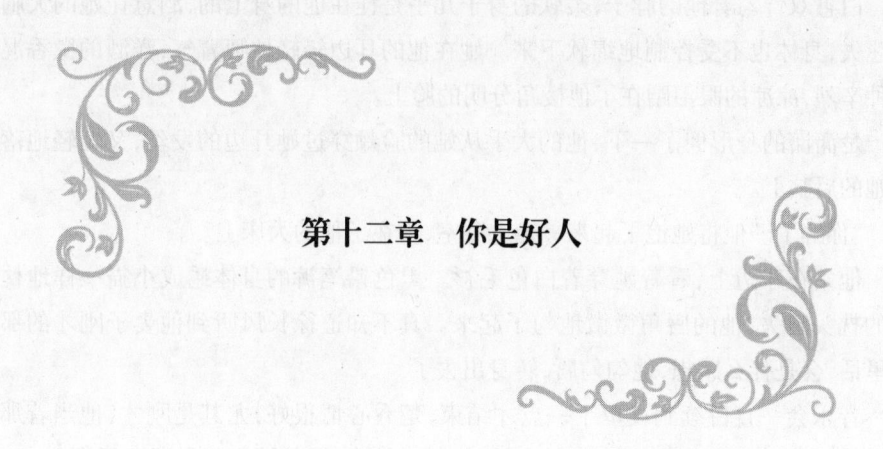

"想喝点儿什么?"楚潇潇带着她来到了他的单身公寓。

"我想喝酒。"白惠坐在那干净整洁的沙发上,垂着长发,神色萎靡。

楚潇潇一笑,返身去到酒柜旁,打开柜门,取了一瓶不知叫什么的酒出来:"这酒有点儿烈,你要悠着点儿喝。"他说着,便走过来,给她倒了一杯,也给自己倒了一杯。

他在她身旁不远处坐下,漂亮的眼睛微眯着似是打量着眼前一脸狼狈的女人。"来。"他对着她举了举杯子。

白惠端起酒杯,看着里面澄亮的琥珀色液体,仰脖子,咕咚咕咚地就灌下去了。辛烈的酒气立即顺着她的胃管蹿了出来,她呛得咳嗽起来,一手捂了嘴,眼睛里火灼似的全是泪。

楚潇潇怔了怔,她的样子让他吃惊,他想说什么,但话到口边并没有说,只是问了一句:"还要吗?"

"要。"白惠抹去眼睛里的晶莹,又将杯子递了过去。

那一晚,白惠终于是喝多了。她的眼前光影渐渐模糊,楚潇潇那张漂亮的脸一个变俩,两个又变三个,在她眼前晃动。她笑着,满眼的泪。他说了什么,她不太记得,耳朵里嗡嗡的,她也没听清。

楚潇潇就坐在她的身旁,眼神清亮,而她一直地笑。然后,她两只手臂忽然间就伸过去攀住了楚潇潇的脖子,她笑着问:"你是好人吗?你会欺负我吗?呵呵,不过也没有关系了,我倒真的想着给他戴个彩色的帽子……"

她笑得一脸的娇媚,比之清醒时,那样子多了许多的妩媚俏皮。楚潇潇心念动了动,他的干净修长的手指轻轻地抚上了她挂满泪痕的脸。

白惠双臂勾着他的脖子,柔软的身子几乎是挂在他的身上的,酒意让她的大脑渐渐迷失,身体也不受控制地绵软下来。她在他的耳边轻轻地呵着气,洋酒的微香混着一种辛烈,凉凉的眼泪蹭在了他棱角分明的脸上。

楚潇潇的身形僵了一下,他的大手从她的脸颊穿过她耳边的发丝,又轻轻地落在了她的后脑上。

"你醉了。"他将她抱了起来。走进卧室,放在了他的大床上。

他站在床边上,看着她穿着白色毛衫、黑色铅笔裤的身体蜷成小猫一样地枕着他的枕头睡去,他的唇角微微地勾了起来。真不知道徐长风听到他妻子刚才的那番心里话,会是什么感想,他勾勾唇,转身出去了。

音乐会一直持续到夜里十一点才结束,楚乔心情很好,尤其是刚才,他当着那个女人的面和她亲近,让她的心情越发愉悦,但是转头,她的笑容却是渐渐僵硬。

"风,你怎么了?"她看见男人那沉郁的脸色,他的眼睛拢在阴影中,神色看不分明。

"音乐会马上就结束了,我们走吧!"徐长风当先站了起来,楚乔想说什么,但却忍住了。她跟着他起身,两人向着出口处走去。

徐长风一路上没有说话,眼神很沉,楚乔不知道他在想什么。她自认她一向可以把握他的心思,但是这一年多之后的再见,她发现好像有什么不一样了。

"晚安。"徐长风的车子停下来时,他的声音低沉却温和。楚乔在他的脸颊上亲了一下,才道:"晚安。"她恋恋不舍的目光看着他开着车子远去,这才转身上楼。

夜色已经很深,城市的夜空看不见几颗星星,只有独行的车辆还依然穿梭如龙。

他的车子不知不觉地就停在了那幢她租来的楼下。他在车子里吸了一会儿烟,才决定上去看看。碾熄了香烟,他钻出车子上楼。

房间里没有开灯,外面的灯光依稀打进来,可以看到房间里空荡荡的。他打开了灯,眼前一片刷亮,他也看清了,她的床上,没有人。

白惠睁开眼时,眼前光亮刺眼,冬日的阳光正透过薄薄的纱缦照进来。她眯了眯眼睛,突然间发现,自己身处在一个完全陌生的环境里。她陡然地坐了起来。这时房门被人推开了,楚潇潇的身影走了进来,他穿着白色的休闲服,阳光而且帅气。

"醒了?"他笑眯眯地走过来。

白惠心头跳了跳,她恍惚地想起昨晚的事情来了。她好像喝了好多的酒,然后还搂着他的脖子说了一些话。说什么来着?她皱皱秀眉,想了想,却是一个字都想不起来了。她又低头看了看自己的身上,还好,穿得很完整,白色的毛衫,黑色的铅笔裤。

连袜子都穿得好好的。

楚潇潇笑道:"放心,我从来不欺负醉鬼。"

白惠一听脸就红了。

"对不起,让你见笑了。"她从床上滑了下来,太阳穴很疼,但她想,她得赶紧离开这儿了。还好今天是周六,不然她上班都迟到了。

楚潇潇只是笑眯眯地看着她,"用我送你吗?"

"不用,不用。"白惠忙摆手,她发现,她每一次特别狼狈的时候,都能遇上这家伙。她也没梳洗,直接找到自己的包和大衣匆匆离开了楚潇潇的家。太阳穴很疼,她不知道自己昨夜喝了多少的酒,到底还有没有做出一些什么丢人现眼的事情出来,只盼着没有才好。

外面冷风呼呼地刮,她裹紧了自己的大衣,一路小跑着到了小区的外面,打了辆出租车离开了。到了家门口,她又裹紧大衣缩着脑袋冲进了楼道,里面的人正好出来,她与他撞个满怀。

徐长风一把抓住了她的肩:"你昨晚去哪儿了?"

白惠这才看见了那人的脸,却又一把推了他:"你管不着!"

她穿着昨夜的衣服,头发好像也没有梳过,张口之间,有淡淡的酒气喷洒过来,徐长风长眉敛得更深。"昨晚一夜未归,还喝了酒!"

白惠只是嘲弄地勾勾唇:"抱歉徐先生,我做了什么用不着跟你汇报。"她冷冷地说了一句,顾自地伸手按电梯按钮。

电梯门打开,她抬腿进去,身后的人,也跟了进来。"白惠,你夜不归宿!"阴沉的声音从身后响起来。白惠眉心拢了拢,她看到男人阴沉如水的眼睛。

而与此同时,电梯门再次打开,她越过他,顾自迈步出去了。刚一出来,包里的手机就响了起来。她边走边接听。

电话是楚潇潇打来的。白惠接电话的脸上露出惊讶的神色,她抬腕看了看,手腕上空空如也,原先戴着的一枚紫黄晶的手串不见了。

"掉你那了呀,呃……"白惠有些尴尬,"那个……我回头去取,你先给我收起来,谢谢。"

她的声音不大,但后面的人还是听见了,电梯门缓缓合上的瞬间,他手臂一撑,电梯门重又打开,他便站在了白惠的眼前。

"你在跟谁说话!"她看着他的眼睛,眼神闪了闪,却是丢出一句话:"用你管!"

她的话果真是惹怒了那男人。徐长风一把将她拽到了自己的身前,白惠的头磕到了他的胸口,也与此同时,闻到了他缭绕而来的香水味道,白惠一下子就恼了,手臂

第十二章 你是好人

被他抓着,便抬脚在那人的膝盖上蹬了下去,"松手啊!"

她瞪着眼睛,样子像个愤怒的小兽。徐长风怔了怔,她竟然还有撒泼的潜质。他硬生生地吃了她一脚,却也并没有松手,那只大手仍紧紧地攥着她的手腕,一双眼睛似乎是喷出了火。

"说,那个人是谁?你的东西怎么会掉他那里?"

"你管啊!"白惠吼了一声,"你有什么资格质问我!"许他左拥右抱,左手旧爱,右手新欢,她只不过什么都没有发生地睡人床上了,又怎么了?

她一双黑眸也冒着火星,一时间,电梯外面的空间几乎叫做火星四溅。

两人那样僵持着,谁也不肯让步,他不肯松手,她不肯妥协,直到对面的房门打开,一个女孩儿走了出来。那女孩儿好奇地盯着这两人瞧。

徐长风便攥着她的胳膊直接地将她带到了她的房门口,伸手自腰间摸出钥匙伸进锁孔,房门应声打开,一股子烟味立即扑鼻而来。

白惠感冒过后,嗓子一直火辣辣的没好利索,此刻被那烟味一呛,立即咳嗽起来。她才看见她客厅的地板上横七竖八地落满了烟蒂。

这家伙跑到她这里来糟蹋屋子不成?

白惠正发怔,她的胳膊一沉,他已把她扯了过去,黑眸喷出幽蓝的火光。他就那么两只眼睛小刀子似地削着她。白惠心头不由一跳。

"告诉我,那个楚先生是谁?你和他做了什么?"他的声音严厉咬牙。她不得不扬起头迎着他的目光,但却是倔强地一个字都没说。

她明明长得那么纤弱,可是那双眼睛里却是闪烁着一种叫做不屈的光,徐长风唇角动了动:"最好别做出什么对不起我的事情来!"

阴沉沉的声音落下,他忽然间就松开了她,但眼神仍然阴鸷得可以杀死人。白惠咳了几声,眼睛里冒出了泪花,她跑到窗子前,将窗子一下子拉开了,冷风从敞开的窗口呼呼地吹进来,烟味四散,凉意也将她的衣服瞬间打透了。她背着风站在那里,一双水眸瞪视着他。

而徐长风却是脚步缓缓向她走近,到了近前,一把扣住了她的后脑,然后低头狠狠地吻了下去。那吻带着霸道的力度,又似是撕咬,白惠嘴唇破了,流血了,她彻底地愤怒了。她挣扎着,也对着他的嘴唇咬下去,像一大一小两只兽。两人在冷风嗖嗖往里灌的房间里互相发泄着自己的愤怒。

白惠终是抵不过他的力度,被他狠狠地压倒在了床上。

然,即便是这样,她仍然愤怒地瞪视着他。

她是这么地倔强,他不是第一次领教了,然而这一次倔强的后果,是两个人的嘴角都见了红,嘴唇都破了。她气喘吁吁的,显然已经筋疲力尽,却仍然保持着抗拒他的姿势,两只手全都撑在他的胸前,眼神也是坚定无比。

他终于是从她身上滑了下去,躺在她身侧的地方。

白惠呼呼地喘息着,起床去将窗子关上,现在,房间里的温度好像一下子骤降了十度。她拿了一身家居服走去了洗澡间,将门一关反锁上,又打开了浴霸,这才宽衣解带。

浴霸暖暖的光从头顶照射下来,和着温热的水流,落在她筋疲力尽的身体上,浑身的毛孔好像都舒服起来。

"我说,你到底有没有做对不起我的事?"外面又响起了那男人的声音,仍然执著于同一个问题。白惠这才看到了那贴在洗澡间门上的身影。

她忙关了水流,扯过一条浴巾遮在自己的身前,然后三下五除二将家居服套上了,开门出来。

徐长风歪着头看着她,目光似是探究。

因为洗澡,她的长发随意地用一根发簪别在了脑后,露着光洁的额头,沐浴后的小脸,染着浅浅的粉红。

阿嚏。一出来,感受到浴室和外面的温差,白惠立即打了个喷嚏。她揉着一个劲儿发痒的鼻子走进卧室,又将被子裹在了身上,这才暖和一些。

他看着她整个人被包得像一个粽子,他讽刺地勾勾唇,又向着她走过去。他两只手臂撑在床边,俊颜向她拉近:"告诉我,有没有做对不起我的事!"

仍然是这个问题,白惠忽然间想笑。原来他徐长风,也会在意这个。

"做了怎么样?不做又怎么样?"她讽刺地仰头迎视他的目光。

徐长风的脸色更黑了:"你敢!"他一把扯住了她领子处的被子,她的身子被他从床上提了起来。他的下巴几乎碰在了她的鼻子上。

白惠惊得低叫了一声:"徐长风,你想杀人吗!"她忽然间捂着头晃着脑袋叫了起来。男人的眼神闪了闪,神色着实是一怔。那只揪着她被角的手也松开了。白惠便又跌坐在床上。他的眼神阴沉如水,狠狠地阴了她一眼,转身出去了。白惠这才松了一口气,她再倔强,可也知道硬碰硬,她一定没好。因为他根本就不会是什么绅士,她相信,他也会打女人。

她裹着被子呆了好久,身子渐渐地暖和,五脏庙又开始抗议了。

她下了床,走了出去。

那个男人他还在,就坐在她客厅的沙发上,手扶着额,不知在想着什么。白惠脚步滞了一下,便无视他的存在,径自去了厨房。

一晚宿醉,白惠还没有吃早饭,此刻肚子早咕咕地叫了。她从柜子里拿了包方便面出来,然后打开锅灶,烧上了水,等着煮面。

徐长风走到她的身后,看着她将方便面袋撕开,放进锅里,白惠能感觉到来自于身后的目光。这所房子才四十平米,厨房就更是狭小,这厮人高马大的往那儿一站,整个空间便显得逼仄起来。白惠感觉到耳根处有隐隐的热度烧上来,锋芒在背一般。好不容易面煮熟了,她忙端着碗往外走。

她吃面的时候,徐长风就坐在一旁的沙发上,目光不时地瞟向她,眼光阴沉,四周的气压好像都是低的。

白惠尽量忽视那种锐利的锋芒,埋头吃面。

正吃着,手机响了,她放下筷子,从包里将手机掏了出来。电话一接通,赵芳焦急的声音便连珠炮般响了起来,"姑奶奶,你昨天晚上去哪儿了?我追出去连你的影儿都没见到,手机也不接,家也没回,你去哪儿了?没事吧?"好友的担心让白惠心头感动,这个世上,真正关心她的人,真的不多,而赵芳便是一个。

"我很好,芳芳。嗯,没事,昨晚遇上一个朋友。嗯,睡他那儿了。"

白惠低低的声音回答着好友的一系列问题,等到手机挂断,她猛地一抬头,便撞上了男人黑沉沉的双眸。

徐长风一脸的阴沉,还有吓人的探究,盯视着她的眼睛。白惠怔了怔,却是收回目光,低头继续吃面。虽然那人的眼睛像两把锋芒毕露的刀子在剜割着她头部的皮肤,她还是没有抬头,匆匆地就把那碗面吃完了。

吃完了面,洗了碗,白惠又拿起了包,今天有研究生班的课,上午的没赶上,下午的还是要上的。

徐长风看着她走进卧室,换了件杏色的大衣出来,拿着包往外走,沉声问了一句:"你上哪儿去?"

"上课。"白惠看也没看他,拿着包顾自开门出去了。

风不知何时已经停了,午后的阳光正好,照在身上倒有一种暖融融的感觉,小区里已经有人出来晒太阳了。

一个三两岁的小女孩儿在眼前晃晃悠悠地走过,到了白惠面前时扑通摔了个跟头。紧接着就咧开小嘴哭了起来。

白惠忙蹲下身,将那小孩儿扶了起来:"来,宝贝儿,阿姨看看摔伤了没有?"白惠柔声地说着,目光在小女孩儿的脸上手上打量。小女孩儿顾自地呜咽,想是摔疼了。白惠从包里掏出了崭新的白色手帕来轻轻擦去小女孩儿脸上的泪珠,柔声哄道:"乖,一会儿就不疼了。"她边说边拾起女孩儿的小手,将她手心上蹭的污痕擦干净。

徐长风从楼里出来的时候,就看到他的妻子蹲在地上,浅杏色的大衣衬着本就白皙的脸颊,她一脸的温柔,如水一般,正柔声地哄着满脸泪痕的小女孩儿。他看着她毫不厌弃地用她洁白的手帕去擦小女孩儿的眼泪和脏兮兮的小手。

那幅场景,像是一阵温柔的轻风轻轻地就拂过了他的心头,掀起了一丝从未有过的涟漪,一圈儿一圈儿地荡漾开来。

"谢谢你。"女孩儿的妈妈过来抱起了女儿,对着白惠感激地一笑。

"不客气。"白惠笑笑,伸手轻拢颊边长发。她的样子透着女性的温柔。

徐长风微微愣神,直到白惠的身影渐行渐远,他竟是忘了自己追出来是要做什么。

下午的工作提前结束了,他驱着车子一个人去了常去的一家会所。喝了一些酒,有一些过往的画面在脑海里闪过,浮光掠影一般。中午的时候那个跌倒的小孩子,还有他妻子眼睛里那温柔的母性的光芒,唤醒了他某些过往的记忆。他黑眸深邃,一脸的幽深神色,一个人坐在吧台前喝酒。

出了会所的时候,有手机铃声响起来,是楚乔打过来的,他看了看,便按掉了。

天色早就黑了,外面街灯明亮,人流川涌,他忽然间感到了一种从未有过的失落,不,那种失落已经在他的脑中萦绕了一整个的下午。车子不知不觉地就停在了那幢熟悉的楼下。

第十二章 你是好人 73

第十三章 无 赖

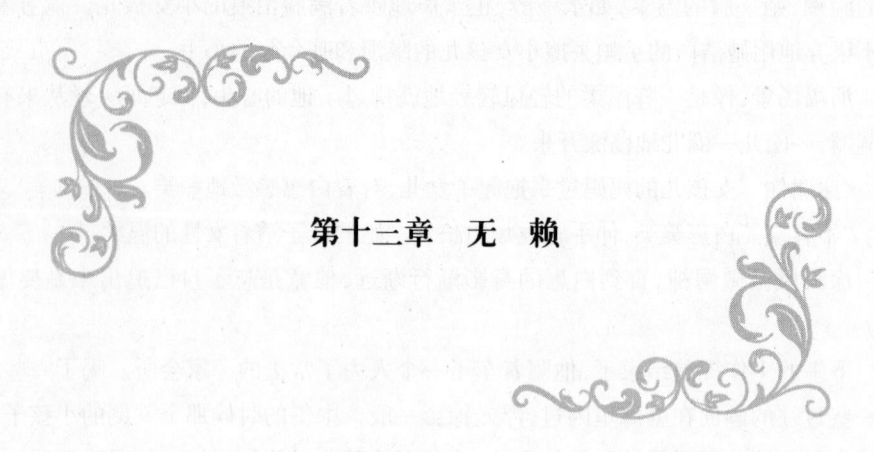

　　白惠边抱着一块椰蓉面包啃,边捧着今天课程的书,靠在床头复习着。房门处传来声响,她抬头看了看,便见她的丈夫开门走了进来。

　　他穿着一件阿玛尼的大衣,那是他常穿的品牌,他好像全身上下都是那牌子的东西。白惠手里拿着咬了半截的面包,黑眸眨了眨看着他。这厮又来了。

　　徐长风只看看她,便脱下了身上的大衣挂在了门口的衣架上,白惠收回目光,继续看书。这时,房间里传来那人沉稳又十分好听的声音。

　　"马上去买床被子给我送过来。"

　　白惠抬头再看看他,他正拿着手机打电话,不知那边的人说了句什么,他有些烦躁地说了一句:"那还用问吗!"电话就挂断了。

　　她的面包忘了吃,对着那人忙喊了一句,"喂,我这里没你的地方住。"

　　徐长风阴鸷的目光瞟了过来:"那你想让谁住?"

　　他的话让白惠一下子噎住了。而那人却是顾自地脱去外衣,又想起了什么似的拾起手机重又拨了刚才的号码:"记得再来一双拖鞋,还有个人卫生用品。"

　　白惠张了张嘴,这人还真打算长住了是怎的。她眼睁睁看着那人脱去外衣,露出结实的上身,穿着条深蓝色的短裤光着脚就走进了洗浴间。

　　"喂!"她跳下床,扔了面包和书,追了出去。一直追到洗浴间。

　　"喂,你不能住在这儿!"她话蹦出来半截就被眼前的景象惊住了,紧接着惊叫一声,转头就跑了。

　　徐长风勾勾唇,深黑的眼睛里露出几分讥诮的神色,此时,他正弯身脱去下面的那块布:"看过都不知多少遍了,还装什么单纯!"

白惠听到了身后传来的讥诮声音,脸上早红了。什么不知多少遍,她一次都没敢看过好不好？这人怎么这么不要脸啊!

门铃响了,白惠一开门,便见小北大包小包地提了不少东西站在门外。

"嫂子,老板要的东西带来了。"小北进屋将手里的东西一一放下。

"那个小北,你别放下,都带走。"白惠见状忙道。

"嫂子!"小北惊讶地看着她。

这时徐长风从洗浴间出来了,带着她常用的一种茉莉花的沐浴乳的清香,腰间横着她的浴巾,光着两只大脚丫子走了出来。白惠看得两眼直冒火。小北是极有眼力见的,他忙将一个手提袋打开,从里面掏出来一双蓝色的男式棉拖递给徐长风。

白惠看着徐长风将那双拖鞋套在大脚上,又看着小北关门离开,她忽然间就将地上一个大包抄了起来,对着那个正从沙发上站起来的男人砸了过去。

"凭什么你想住就住啊!出去,这里不欢迎你!"

徐长风显是被她突然间的发怒惊了一下,他的眸迅速地闪过一抹诧异,继而又像是突然间被泼了一盆浓墨一般,黑沉沉的。

他的下颌抖动了几下,眼睛如刀一般地削过来。白惠瞪着那双幽幽冒火的美眸,忽然间就冲了过来,把他往外推:"出去,我不想看见你!"

她的柔软的手,带着一种倔强的力度落在他的身上,像头小蛮牛似的对他用力。他的眉心一点点地收拢起来,大手一伸,一把就扯住了她的一条手臂,再往着怀里一带,白惠的头便磕在了他的胸口。

白惠挣了挣,那人的手钳子似的钳着她,手腕越挣越痛,却挣不开他。那男性的肌理紧实的胸口就贴着她的身体,她张口之间,呼吸到的全是他身上散发出来的男性气息,让她越发的心浮气躁。她用另一只手费了吃奶的力气才掰开了他的手指,然后转身快步回了卧室,砰地把门关上了。

徐长风被关在了外面,他推了推门,那门纹丝未动,已经反锁了。他骂了一句什么,穿上衣服离开了。

可是转天晚上的时候,他又出现在她的房间里,白惠发现,她锁卧室的门已经不管用了,因为钥匙被他拿去了。

这一晚,虽然同床,但井水没犯河水。

早晨,徐长风起床的时候,她还没醒。粉色的被子外面,露出一张皮肤白皙的脸,和一截玉似的手臂,长发缎子般地散落在枕头上,猫儿似地蜷着身子睡得倒是香甜。徐长风勾勾唇,他的目光在房间里环视了一圈,落在了她的柜子上。他打开柜门,看到里面偌大的柜箱,空空荡荡。衣架上只挂着两件大衣,样子好像去年就见她穿过。

下面整齐码放着几件毛衫和长裤,他看到了一旁颜色粉嫩的内裤和胸衣。

他笑了笑。又关上了柜门。

白惠醒来的时候,那厮正在客厅里打电话,卧室的门虚掩着,他的低醇好听的声音从客厅里传过来,不知是打给谁,听语气不像是楚乔。

今天照样还是上考研班的课,白惠换好衣服,将自己收拾干净,那厮已经穿戴整齐地站在客厅里抽烟。

"我送你吧。"他黑眸幽深地睨了她一眼,丢过来一句。白惠下楼的时候,他黑色的车子已经静静地停泊在楼洞口的位置。

早晨的天气又阴又冷,他的车子停得倒是体贴,她只要一从楼里出来,就可以直接坐进他的车子,一点冷风都吹不到。但她只是站在他的车子旁,并没有上去。

"上车!"他侧过头看着她。

白惠看看那双深幽幽的眼睛,直接拉开了后面的车门。

黑色的宾利出了小区,又驶出几里地之后,在一家饭店门前停下,白惠看到那是一家规模不小的饭店。

"下去吃点儿早餐。"他拉开了她这边的车门。白惠迟疑一下从车上下来了,随着他一起走进饭店。

早餐是自助形式,中西合璧,样样俱全。价位也不低,五十元一位。白惠看看那价位有些惊讶,凭她和他,再怎么吃,能吃掉二十元钱的吗?

一碗馄饨,一碗豆浆一些小菜,还有十分香脆的烧饼,馄饨是白惠的,豆浆则是徐长风端来的。白惠又去端了杯牛奶过来。

饭店里的客人来来往往,并没有因为这里的高价位而影响了客流量。看样子,这个城市的有钱人还真不少。

白惠舀了个馄饨送到口中,轻轻一咬,香滑的味道立即漫入口腔,有一种唇齿留香的感觉。徐长风也慢慢地吃着,这厮的吃相一向优雅,即使是吃那些比较麻烦的东西,例如剥虾,吃螃蟹之类的麻烦物,他也能吃到手指纤尘不染。

门口走进两个穿着打扮十分精致的女人,一个是伊爱,一个却是楚乔。

76 爱是无法预料的伤·上

第十四章 做 戏

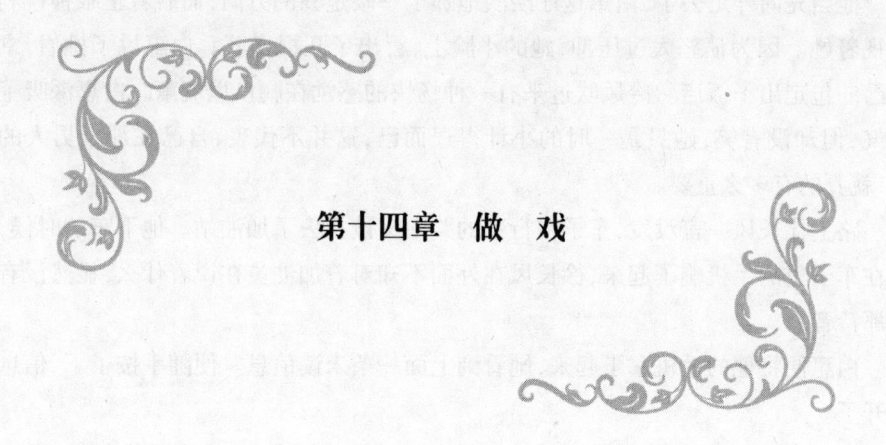

伊爱看到她和徐长风,皱了皱眉,而楚乔却是脸上的神色变了变。徐长风也意识到了什么,此刻抬起头,黑眸望了过去。白惠看到他的视线有一瞬间的停滞,继而又低头开始吃饭。

白惠又看了看楚乔,那女人脸色十分冰冷,她收回目光,尽量让自己淡然自若地吃饭。

楚乔的目光停滞在白惠的脸上好久,才移开。白惠眼角的余光能看到她们坐在了不远处的位子。她本已经吃得快饱了,此刻便又放慢了速度,对面总有毫不避讳的锋芒洒在头顶,白惠心念一动,却是将自己送到嘴边的馄饨轻咬了一小口,故做吃得很享受的样子,递到了徐长风的面前,"老公,尝尝这个吧,味道特别好"。

她的声音娇滴滴的,还透着几分俏皮。徐长风的神色明显地呆了呆,他看着妻子那张姣美的脸,她秀眉弯弯,两只眼睛也弯成了月牙儿,一脸的笑意,又好看又俏皮。

他有一瞬间的失神,再然后,竟是张嘴将那个馄饨吞进了口中。

白惠又莞尔一笑:"要喝点儿汤吗?"

她说着顾自用自己的勺子舀了一些馄饨汤小心地送到了男人的面前。徐长风没有拒绝,深黑的眼睛带着一种奇异的眼神凝视着他的妻子。

而对面,楚乔的妆容精致的脸上,一阵青白,她的漂亮的眸子里,氤氲着一种隐忍的怒气,贝齿紧紧地咬了嫣红水润的嘴唇,纤细的手指死死地捏住了白瓷的汤匙。

白惠并没有向着楚乔这边睐上一眼,而是顾自地又低头喝了几口牛奶:"老公,我们可以走了吗?"她一口一个老公,短短几分钟之内,竟已是叫了他两次老公。

老公,这是多么亲密的称呼!徐长风怔了怔,却已经站起了身:"我们走吧!"

他当先向外走去了,白惠这才淡淡地瞟了一眼楚乔的方向,而后者正眼神锐利地盯视着她。因为愤怒太过压抑,她的小脸上,冒出了几根青筋。白惠挑了挑眉,拿着自己的包走出了饭店。冷风吹过来有一种畅快的感觉在胸口里流窜。白惠深吸了一口气,但却没有笑,她只是一时的小计得逞而已,这并不代表,自己在那个男人的心里,就真的有多么重要。

路上徐长风一言没发,车子在行驶的路中又被拐去了加油站。他下车的时候,那搁在车子里的手机响了起来,徐长风在外面不知对着加油员在说着什么,显然没有听见那铃音。

白惠便将他的手机拿了起来,她看到上面一条未读信息。便随手按了下,信息便打开了。

"风,你怎么可以……怎么可以和她那么亲密,怎么可以吃她吃过的东西!!"

一句质问用了两个感叹号,白惠不用想,也知道那定是楚乔发过来的。她轻勾了勾唇角,抿出嘲弄的弧来,手指在手机上轻划起来。

"抱歉,他不但吃过我吃的东西,他还吃过我的口水。"

白惠回了这句话过去,那边一下子就静默了。

徐长风上车了,加个油居然费了这么久的时间,他显然有些烦躁。也难怪,他是那么忙的人,工作,妻子,还有情人,他哪一样都要兼顾。

见她捏着他的手机,他疑惑地看看她,她手指一松,那黑色的机子便掉在了座椅上。他只是皱皱眉,却并没有说什么。上车后顾自发动了车子,只是到了C大的培训班门口,她下车的时候,他略略低魅的声音递了过来。

"这下解气了,嗯?"

白惠的身形僵了僵,她缓缓回身,便对上敞开的车窗里,那男人带了几分意味不明的眼光。她轻轻地哼了一声,扯了扯唇角:"徐先生,你愿意怎么以为,就怎么以为吧!"她说完,便又转身,随着人流走进了教室。

徐长风幽深的双眸一直看着那道身影越走越远,隐隐消失在教室门口,这才缓缓地收回了目光。他点燃了一根烟,坐在车子里吸了起来。

"太过分了,她以为她是谁呀!"饭店里,伊爱一脸恼怒地骂了一句。

楚乔脸色十分不好。她的十指紧紧地捏着牛奶杯,牙关咬得死死的,两只漂亮的眼睛冷幽幽往外喷着寒光。

伊爱又道:"乔乔,你不能就这么算了,你看看风哥,他竟然纵容那个女人这样气你。这样不行,你不能眼看着他们卿卿我我。"

"我能怎么办？"楚乔精致的小脸上，有青筋闪了闪。伊爱哑了哑："那也不能让她那么得意。"楚乔更加用力地捏住了装牛奶的杯子……

白惠上了一天的课，中午在学校附近找了家小吃部解决了午饭，下午上课的时候，接到了小北的电话，说是老板让他下课后过来接她，一起吃晚饭。

白惠低声拒绝了："你告诉他，我晚上约了朋友。"顿了顿又道，"小北，下次不要叫我嫂子，叫我白惠就好了。"

小北听得一愣一愣的，不许叫她嫂子，叫白惠，他哪儿敢呢！

傍晚下课，白惠将电话打到了楚潇潇那里，"楚先生，你晚上在家吗？我去取我的手串。"

那边的人听了她的话，忽地就笑了，笑声响亮又暧昧，"白小姐，我很乐意你顺便做点儿别的"。

白惠这才意识到自己刚才的话，好像是向他发出某种邀约似的。她的脸上热了热，呐呐地道："你想多了，楚先生。"

而她的话换来的是，楚潇潇更加响亮的笑声。笑罢又问道："你在哪儿？"

"在学校外面。"白惠脸颊一阵阵发烫。

楚潇潇道："站那儿吧，我给你送过去。"

楚潇潇不知是从什么地方过来的，只用了十分钟都不到，他的车子便停在了她的身旁。白色的法拉利，阳光又张扬。

楚潇潇一身商务休闲装衬着英挺的身材，一张帅气张扬的脸，两只奕奕有神的眼睛，看着他站在街头，回头率几乎百分之百。这个男人，和她家那位一样有祸害女人的潜质。白惠暗地里一阵腹诽。

紫黄晶的珠串，那是她毕业后的第一份薪水买的，不是很贵，但她很喜欢水晶那种晶莹通透的感觉。

"谢谢你。"当楚潇潇将手串递给她时，她客气地说了一句。

楚潇潇却是笑眯眯地打量着她，又看着她将那珠串戴在手腕上，很纯净的感觉的确挺配她。

"你饿了吗？要不要一起吃晚餐？"他笑问。

"好啊。"白惠对他笑笑，有些俏皮。

"你想吃什么？"楚潇潇问。

"牛肉拉面。"白惠想也没想地说。楚潇潇一下子失笑，他也没少和女孩儿吃过饭，但像她这样一张嘴，却是牛肉拉面的，却真是唯一的一个。

"好，那就牛肉拉面。"他爽快地答应了。

第十四章 做戏　79

楚潇潇的车子在城内转悠了十几分钟后,停在了一家拉面馆前。很简单的装修,简洁的餐椅,但客流倒不少。

楚潇潇笑笑,看着她要了两碗拉面,她吃得热气腾腾,楚潇潇却更多的是在笑。他是觉得自己好笑,竟然会陪一个女人来这种地方吃拉面。

吃完了,白惠抢着去结账,但楚潇潇早将一张二十元的钞票递了过去。

这应该是他楚潇潇吃饭花钱最少的一次了。

两人从拉面馆离开,白惠重又上了楚潇潇的车子,楚潇潇将她送到住所楼下的时候,夜色早就泼墨一般地染黑了整个天空。小区的灯光星星点点地遍布着,十分漂亮。

"再见。"白惠下了车对楚潇潇挥了挥手,楚潇潇那只线条硬朗的手便从车窗处伸了出来,对着她挥了挥,"今晚很愉快,白小姐。"他星眸带笑道。

"叫我白惠。"白惠纠正了一句,她不喜欢别人小姐小姐地叫她。

"哦,白惠小姐。"楚潇潇笑。

白惠皱皱眉,干脆不理他了。楚潇潇笑笑,心情愉悦,白色的车子在夜色中划下一道优美的弧线开走了。

白惠摇摇头,想想楚潇潇那笑容玩味的样子,又嘴角翘了翘,这才上楼。她嘴里哼着歌儿走到了自己的门口,将早已准备好的钥匙伸进锁孔旋转,可是钥匙刚一动,那门就开了。白惠怔了怔,她看到光亮中站着一道男人的身影。他穿着一件麻灰色的半开襟薄毛衫,一条深色系的长裤,看起来十分修身。他那颀长的身形,冷淡幽魅的气质,被显露无遗。这人早就来了吗?

"那人是谁?"徐长风终于开口了,两只手插在裤子的兜中,一张脸十分冷魅。

"朋友。"白惠答。

"那个楚先生?"徐长风一挑长眉,语气竟是不屑。

白惠心下却是好笑,敢情他还记得楚先生这几个字呢。"没错。"她淡淡地回了一句,将大衣脱下来和包一起挂在门口的衣架上,又脱下脚上的长靴,换上了那淡粉色的棉质拖鞋,向着卧室走去。她一直走到梳妆台旁,拾起那枚精致的镶了彩钻的簪子对着镜子绾着头发,徐长风的身形已经走了过来。

白惠将发簪插好,看到了镜子里走过来的男人,他双眸阴鸷,像一团黑云。她忽然间有些无措。

徐长风一只手臂撑在了梳妆台上,半倾着身子将她堵在他的包围圈里,带着淡淡烟味的气息喷洒:"不要给我戴帽子白惠。"

他黑眸幽深,盯视着她,白惠黑亮亮的眼睛涌出怒气:"我还真就想给你戴一顶,徐长风!"

"你——"徐长风脸上一瞬间青红变幻,他的黑眸喷出足以烧死人的火苗,一把钳住了她的手腕,将她的身体猛地压在了梳妆台上。

白惠的大脑里猛地跳出了这样一句话:只许州官放火,不许百姓点灯。

"你敢!你给我试试!"他恨恨地咬牙。

白惠心头缩了缩,却仍然倔强地回视着他:"你给我戴,我就给你戴。"

"你!"徐长风被她这一句话噎得差点儿出不来气儿。他咬了咬牙,此刻大概是想干脆把她掐死算了。这个女人!到底知不知道她在说什么。

他的双眸阴了又阴,一把松了她,黑眸沉沉,手在衣兜里摸了摸,似乎在找烟,然后在她的梳妆台上发现了他昨日落下的烟,拾起来去了阳台处。

冬夜清冷的月光勾勒着他颀长的身形,冷漠又肃凛。

白惠撇撇嘴,心跳有些失衡。她在沙发上坐了下来,捧着刚刚接来热水的杯子,暖暖的感觉从手心丝丝沁入,心头的紧张好像是少了一些。而在这时,他的手机又响了起来,仍是娇娇公主的,白惠凝神听着,她只听到他简单地说了一句:"我现在有事。"那电话就挂掉了。

她打开了电视,有一搭没一搭地看着那些个婆婆妈妈的,老太太裹脚布一般的深宫戏,人靠在沙发上,倦意一点点地就来了。可是那人还站在她的卧室里没有走的意思,白惠的眼皮渐沉,慢慢地就合上了。

第十五章　通讯录

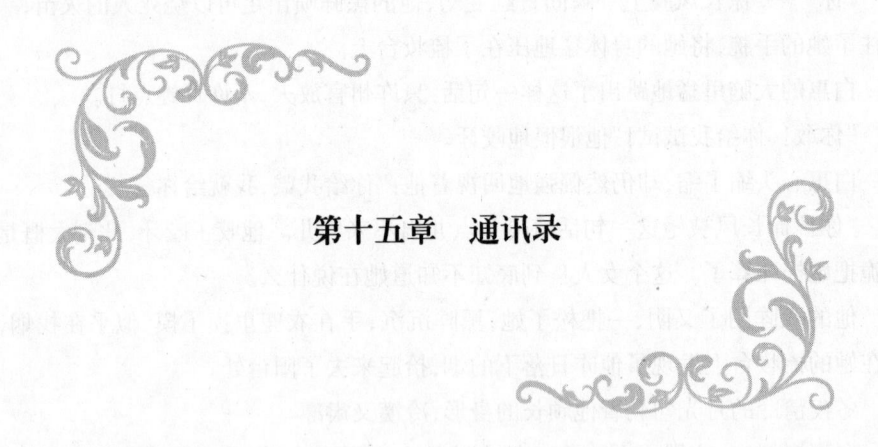

徐长风从卧室出来的时候,他看到他的妻子身子歪在外面的沙发上,眉眼安然,竟是睡着了。他走了过去,在她身旁坐下,看着她浅睡安然的样子。她的身子软软绵绵地靠在沙发上,似是睡得不太舒服,两条腿又向着沙发上面蜷了蜷。

她睡得像只小猫一样。

徐长风的手指落在她的毛衫领子处,那上面镶着白色的蕾丝,一根白色丝带在上面打了只纤小的蝴蝶结。他的手指轻轻地扯开了那只蝴蝶的一只脚,蕾丝的领口松开,白惠那白皙如雪的颈子就露了出来。睡着的她,呼吸轻浅,柔软的胸部轻轻起伏,他的身体一下子就热了。而白惠就在这个时候醒了。她看到眼前模糊的俊颜时,一下子清醒过来,惊叫一声,人从沙发上跳了起来,额头撞在了男人的脑门上,又是一声惨叫。而徐长风,也一只手揉着火辣辣的额角,漆黑的眼睛瞪了她一下。

白惠发现了自己已经松散的领子,她伸手拽了拽,瞪了男人一眼,转身进了卧室。徐长风在沙发上坐了一会儿,他站了起来,点了根烟,站在窗子处吸了起来。

白惠被他那一惊,困意就散了,靠在床边上看书。不知过了多久,直到她再次打起了哈欠时,这才放下手中的书。却听到外面疑惑的声音响起来:"'不要脸'是谁?"

白惠一抬头,便见她的丈夫正拿着她的手机走进来,而徐长风话音未落,人已经是噎住,整张俊朗的面容都抽搐起来。

白惠一下子想起了什么,呼地一下从床上跳了下去,一把将手机从男人的手里夺了过来,攥在了手心里。"不要脸",当然就是他。那还是她刚搬到这里时,他找过来赖着不走,转天,她在幼儿园里,把通讯录中"长风"这两个字改成了"不要脸"。改完之后,自己乐了好半天。这也算是一种挺阿Q的精神吧。

她将手机攥在手心里,人又爬回了床上。想象着徐长风那气得气血翻涌的模样,她突然间好想笑。

看她一张小脸神色古怪地变换着,徐长风狠狠地瞪了她一眼。他的脸颊抽搐得厉害,一想到自己打电话给她的时候,手机屏上便是"不要脸"几个字在闪动,那眼中阴霾就深了几分。寂静的房间里,白惠好像能听见他呼呼出气的声音。

她不由紧张地看了看他。

徐长风狠狠地瞪着她,他徐长风的大名,竟然被冠以"不要脸"几个字天天闪烁在她的手机上,想想,他就要吐血。他哼了一声,出去了。

白惠心头有点儿发毛。此刻见他出去,那种低气压才好像散了一些。她重又窝回被子里看书。正看着,一种熟悉的气息缭绕而来。

耳边传来他性感而魅惑的声音:"现在咱就来做点儿不要脸的事……"

白惠一抬头,便撞上了徐长风一双深眸子,不怀好意。他身上穿着一件棉质的睡袍,带子松松地系着,他两只手撑在床边上,胸口处大片性感而光泽的肌肤露了出来。

白惠眼神缩了缩,不由自主地将被子再裹紧了一些:"告诉你,别碰我!"她警告似的来了一句。

徐长风笑了:"我不碰你,怎对得起不要脸这三个字呀!"

"那你要碰我,你就更不要脸了!"白惠一脸警惕地盯着他的眼睛。

徐长风似笑非笑的眸子盯着她的,俊颜一点点拉近:"我早就不要脸了,还怕什么更不要脸啊!"他的俊颜与她的脸越来越近,那高挺的鼻梁几乎贴上她的小鼻子。白惠的呼吸越来越紧,就快要凝滞的时候,他却停住了。那么近的距离,他脸上的毛孔,她都能看到,她觉得自己快要被窒息了。徐长风挑了挑长眉,轻而易举地将那柔软滑嫩的手捉住了。他弧度性感的唇轻轻地落在了那只白皙的手上,白惠差点儿被石化掉,人整个就呆住了。徐长风却是松了她的手,抬腿上了床,在她身旁躺下了。

这一夜倒是相安无事。他好像是累了,睡得很香,白惠的耳边缭绕着那人的呼吸,就像是一对老夫妻,丈夫在妻子的身旁很安然地入睡似的。

白惠有点儿想不明白了,他为什么不去找楚乔呢?他不是和楚乔十分相爱吗?干吗要赖在她这四十平米的狭小空间里呀!

她想不出个所以然,困意却席卷而来,她也在他身旁睡着了。

早晨,徐长风先醒的,他侧着身,看着他的妻子。她的睡相一如以前,猫儿一样蜷着身子,肤色很白,看起来像个惹人怜爱的孩子。他扯扯唇角,修长的手指轻轻地就落在了她细瓷一般的脸颊上,轻轻抚摩。白惠正在熟睡中,感觉脸颊上像有小羽毛在轻轻地挠,痒痒的,她嘤咛一声,手臂抬起来在脸颊上挥了一下,身旁的人不由得被她半睡半醒的动作逗得大笑起来。白惠一睁眼看到他近在咫尺的脸,当时就呆了,继而瞪了他一眼。她一骨碌爬了起来。当她把个人卫生弄好后,男人已经穿好衣服,正站在她的梳妆台镜子前整理领带。

白惠打开柜子,她看到男人的衣服整齐齐地挂在她衣服的旁边。这家伙不知什么时候放进来的。她找了一件宝石蓝的毛衫穿上,下面仍是一条牛仔裤,包裹着细细长长的两条腿。

徐长风的眼睛在妻子的身上看了看,她的装扮总是这样随意,却又透着一种女性的柔美。

白惠下楼的时候,那辆黑色的宾利仍如昨天一般稳稳地停在楼洞口。发动机的声响伴着冬日的风传入耳鼓。她的男人正淡然地坐在驾驶位上,等待着她下楼。就像是体贴的丈夫在等着妻子下楼,好像他真的深爱着她,但是冷风一吹,她又蓦然清醒,他一向不都如此吗?即使他心里有深爱的女人,他也会对她温柔有加,所以,她才会真的以为,他喜欢她。她怔了怔,在男人的目光悠然瞟过来之前,上了车子。

车行十余分钟之后,停了下来,白惠看到,眼前仍是昨日的那家饭店。

徐长风下车之后,很体贴很绅士地为她打开了车门,白惠下车后,他又牵住了她的手,他的手心干燥而微凉,白惠被他牵着,心头微微乱了。

第十六章　情人的眼泪

　　白惠取了一杯豆浆一个鸡蛋外加一个烧饼,徐长风取了跟昨天类似的东西,两个人慢慢吃着。

　　楚乔走了进来。她的目光向着这边瞟了瞟,漂亮的眸子露出一丝不屑来,她嫣红亮泽的唇角轻轻一撇,便迈开修长的腿向着这边走了过来。

　　徐长风背对着楚乔的方向,没有看到她,但白惠是眼看着楚乔走过来的,目光清冷不屑。

　　"风,怎么这么巧啊!"楚乔的声音一如往日般好听,有如珍珠落玉盘,清脆中又带了一种娇甜。

　　白惠看向他的男人,徐长风深黑的眼瞳几不可见地掠过一丝异样的神色,目光淡淡地转过来,看向楚乔。

　　"真巧。"他淡淡的声音没有多少温度,甚至给人一种错觉,他从不曾爱过这个女人。白惠知道,那是不对的。

　　"风,不介意我坐下吧?"楚乔端了餐盘,笑容娇美如花,竟大大方方地就拉了一把椅子坐在了徐长风的身旁。

　　白惠心头有点儿窝火。这个女人这样子坐在一个有妇之夫的身旁,一副娇滴滴,亲切无比的样子,无疑是在公然地挑衅她这个做妻子的尊严。

　　白惠冷冷淡淡地歪着头看着楚乔。她其实想说:他不介意,可是我介意。但她并没有说出来,她要看看,楚乔到底要做什么。

　　"风,昨晚打电话给你,你没接,大家都到了,就缺你一个。"楚乔侧头,眼神柔情却又似有些遗憾地看着身旁的男人。

"嗯,昨晚有事。"徐长风的眉心几不可见地动了动,但声音淡淡的。

楚乔也不恼,仍是眉目柔情流转地看着身旁的男人。声音清脆而带了一丝飘渺:"时间过得真快呀!还记得以前,我们住在西山别墅的时候,每天早晨,你都会带我来这里吃早餐。"

白惠握着豆浆杯的手指僵了僵,她蓦地想起,那一次伊爱对她说的,西山别墅,那是他专门为楚乔准备的房子,他们以前经常在那里双宿双栖。她微微抬了眼帘,便看到楚乔一只涂了精致丹蔻的手,正慢悠悠地用精致的餐勺搅弄着碗中的馄饨汤,那汤里的热气轻悠悠往外散出来。

"那时,我最爱吃这里的馄饨了,而你却不爱吃。"楚乔仍然顾自地说着,"可是我那时不懂事,偏偏缠着你让你吃,你被我缠得没法,便只好每次都吃一些,可是时间久了以后,你竟然也爱上了这里的馄饨。"楚乔说着,小脸上已经泛出了一丝甜蜜的笑意。"你还说,以后天天过来吃。嗯,那段时间真美呀!"

她好像陶醉在往昔的美好岁月中,一双漂亮的眼睛浮现出一种沉浸在回忆中的美好神情。

白惠向着她的男人看过去,她看到他微微敛了眉,微垂的眼睫,看不清眼底的神色,但显然也是被触动了一些吧!

"再美好的事情也过去了不是吗?"白惠边喝了一口豆浆,边是慢悠悠地来了一句。

浓浓的豆香在唇齿间流散,可其实,她的舌尖早就在刚才的一刻麻木了。她没有抬头,也就没有看到楚乔的脸色在那一刻变得青白。更没有看到她的男人那微微敛起的眉毛和微沉的递过来的眼神,她只是仍然自顾自地飘出一句来:

"人应该往前看,而不是往后看的,对吗,楚小姐?"她微微抬了眼帘,略略犀利的目光看了过去,楚乔只觉得脸上忽的就发起了热。神色间也现出几分窘迫来。

而白惠却是在心底冷笑,楚乔的那番话,无疑就是故意说给她听的。

楚乔的脸色越发的白了,白惠的话无疑是触到了她心底最痛,最悔不当初的伤疤。她牙根一咬,扑簌的一声,竟是一滴泪掉进了她面前的馄饨碗中。

白惠忽然间有一种不好的预感,她的眼泪,或许已经打动了身旁的男人。楚乔的神情十分委屈,加了几分的心伤,看起来楚楚可怜。她忽然间就站了起来,转身仓皇地想要离去。可是却一下子撞上了端着餐盘,走过来的客人。

餐盘一斜,上面放着的一碗馄饨全都洒了出来,汤水溅在了楚乔柔嫩的手背上。一声惊叫立即从那张微微发白的嘴唇里冒了出来。

白惠被眼前的一幕惊到眼睛都瞪大了。而在她的眼前,男人的身影一下子挺身而起,紧接着楚乔便到了他的怀中。

"乔乔?"徐长风已经一脸惊慌地执起了楚乔的手,目光惊急地看过去。而那个客人则一脸的紧张不安。

"我不是有意的。"她不停地说着。

徐长风也不理她,只一手拉着楚乔,快步地走向饭店的洗手间。白惠再不喜欢楚乔,但是也不想她被烫到,她也跟了过去。

饭店的盥洗室出了餐厅一转弯就到,徐长风执着楚乔的手快步走了进去,白惠赶到的时候,徐长风的手正执着楚乔那只被烫得通红的小手往水下面去。

"风。"楚乔泪流满面,声音哽咽。徐长风给她用凉水冲手,她竟是一个劲儿地往回缩,咬着嘴唇,看起来倒是很执拗。

徐长风眉宇敛得更紧,大手紧紧地攥了她的手:"听话,乔乔听话。"

白惠一下子僵愣当场。

这一声乔乔听话,当真是管用,楚乔停止了挣扎,任徐长风用凉水冲洗她被烫过的地方。

白惠站在那里看着他们转过身来,徐长风的手一直轻轻地捏着楚乔的手腕,那张俊朗的面容此刻满是担心的神色。看到站在门口处的白惠,他只是眼神定了定:"你先吃吧,我送乔乔回去。"

他的声音和眼神都是淡淡的,白惠心头犹如凉水漫过。如果说,以前她还不能清醒地认识到自己在这个男人心目中的地位,那么现在这一刻,她总算知道了。

她怔怔地站在原地,直到身后的脚步声消失。

徐长风的车子开走了,白惠拿着包站在饭店的门口处,早已没有了吃饭的胃口。冷风呼呼地吹过来,她知道,这个男人,是不会再回来接她的了。他所有的温柔不过是因为没有涉及到楚乔的利益而已。她默默地打了一辆出租车去了幼儿园,那天在音乐会现场,徐长风和楚乔的亲热此刻已经传得人尽皆知。面对着同事们异样的眼神,白惠觉得自己不过是一个嫁入豪门的笑柄而已。

照顾小孩子们吃过中午饭,又哄着那些小孩子们入睡,她坐在地板上,心不在焉地插着一块喜羊羊的拼图。

一个新入园的小男孩儿不适应这种陌生的环境下独自入睡,此刻又坐了起来,两只小手抹着眼睛,开始掉眼泪。白惠便将男孩儿搂在了怀里,"乖,不哭,阿姨在这儿陪着你哦。"

她的声音和神情流露着母性的温柔。男孩儿在她的怀里渐渐安定下来,不一会

第十六章 情人的眼泪

儿在她怀里睡着了。白惠手臂僵硬,慢慢地将男孩儿放在了小床上。

她又慢慢地拼起了拼图。并非她有多么好的心情,而是因为那种闷涩的心绪无法排解。

下了班,她接到了母亲的电话,要她过去一起吃晚饭。她想起,真的好久没有陪母亲一起吃过饭了。心底那种对母亲的丝丝挂念之情便涌了上来。

她打车去了母亲那里,在楼下看到那人沉稳又不失高贵的黑色宾利静静地沐浴在镶嵌着黯淡街灯的楼下,她皱皱眉,上楼。

狭小的餐厅里,徐长风正和袁华饮酒。

今天的徐长风有些沉默,眉宇之间似是笼罩着些什么,只是在袁华举杯的时候,他跟着举杯,然后,唇角微微地扯开一点弧度来。

白惠知道,那是因为早晨她让楚乔受伤的事。虽然并不是她推了楚乔一把,但在他的心里,应该和推了一把没什么两样吧!

"白惠,来,过来跟爸爸喝一杯。"袁华却心情好像极好。

徐长风的目光也递了过来,微敛着眉,睐了她一眼。那一眼很深,白惠不知道那眼神意味着什么,但是她却是有些别扭,母亲会在今天这样的日子叫徐长风过来。

他想来是不愿意来的吧!

她走过去在他的身旁坐了下来,白秋月则是坐在了女儿和自己男人的中间。

"白惠,来,跟爸喝一杯。咱爷儿俩还真是从没喝过呢!"袁华对着白惠说。

白惠拿着酒瓶给袁华的酒杯满上,又往自己面前的杯子里倒了一些。然后跟父亲碰了碰杯,抿唇喝了一些酒进去。辣辣的感觉从胃管里升了上来,她的脸色有些发红。

"辣着了吧?"白秋月温和的目光带了关心看着自己的女儿。

白惠看着母亲眼角那些细碎明显的纹路,那比之同龄的女人都要老上好几岁的容颜,听着母亲带了几分沧桑的声音,心头有些难受。

"妈,我希望你,永远都幸福。"她不由得举了杯子,眼睛里满满是对母亲的深情。

白秋月怔了怔,而徐长风轻敛了眉宇,黑眸看向他的妻子,手中的杯子也举了起来,只是他的话语要比其妻子周到得多:"我们敬爸爸妈妈,永远身体健康,白头到老。"

袁华很是受用,笑得十分动容:"来来,秋月呀,把杯子举起来。"

两代人,碰了碰杯子,空气里流动着几分异样的情愫,有人感慨,有人难受。

吃过饭,白惠帮母亲收拾过桌子,从厨房出来,客厅里,袁华不知在说着什么,而徐长风却在抽烟。他侧对着她的方向,她看到他的眼睛里有很深很深的,一种看不分

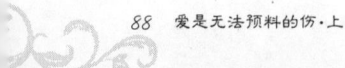

明的神色。

　　回去的路上,两个人都很沉默,到了她的住所楼下时,徐长风转过头来看着她:"我明天一早飞上海,今晚不上去了。"

　　白惠没有应声。

　　黑色的车子开走了,白惠在外面站了一会儿才拎着手提袋默默地上楼了。

第十七章　风中的单车

徐长风这一去上海好像去了有一个星期之久，或许还在对她让楚乔受伤的事耿耿于怀，他一直没有打过电话回来。白惠守着空荡荡的房间，心头的失落和冷寂不言而喻。下班的时候，她沿着幼儿园门口的马路慢慢地走着，肩膀上被人拍了一下。

"一个人想什么呢？"

白惠一扭头，就见单子杰一手扶着单车出现在面前。

"没想什么。"白惠伸手往耳后撩了撩被风吹乱的发丝，微微低了低头，单子杰却是有些出神。

"上车吧，我们去吃点儿东西。"

"好啊。"白惠笑笑，单子杰无疑是她苦涩的心情里开出的一朵花。让她的心里少了几分晦涩。

单子杰笑道："我荣幸地恭请白惠小姐上我的车子。"

白惠笑呵呵地一手扶着车座，偏身坐上了单子杰的车子。

单子杰穿着一件夹克似的半大衣，下面是一条洗得发白，却干净整洁的牛仔裤，黑色的旅游鞋，朴素却带着几分青春的活力，单脚踩在车子上。白惠一坐稳，单子杰便将车子蹬动了。

白惠长长的发丝被风吹了起来，单子杰的身形看起来单薄，但是载着她，却好像是毫不费力似的。

"我们去吃麻辣烫怎么样？"白惠扬声喊了一句，风吹过，淹没了她大半的声音。

单子杰使劲儿地嗯了一声。

"好啊!"

麻辣烫店并不是很好找,单子杰载着她在那片城区的街头转了好几个圈,直到头上身上都呼呼地冒出了汗,终于给他找到了一家。两人兴冲冲地走了进去。

单子杰一进去就将外面的夹克脱掉了,反过来搭在了一张椅子上:"你等着,我去选。"单子杰向着点餐台走去,那里并排列着数不过来名目繁多的麻辣烫原料。

"鱿鱼,你要吗?"单子杰一手端着个小盆子一手拿着一只夹子问。

白惠摇头:"我要素的东西。"

"好,那就来点儿素的。"单子杰用夹子将那些豆制品还有蔬菜类的东西每样都放进盆里一些,交给等候的服务人员,这才开始给自己选。

"黄少,过来尝尝嘛,这里的麻辣烫挺好吃的。"外面传来娇滴滴的女人声音。白惠扭头,她看到黄侠被一个青春靓丽的女孩儿拽了进来。

"什么,这种东西也能吃!"黄侠的声音阴阳怪气的,神色也颇为厌恶。

"你没吃过怎么知道不好吃呀!"女孩儿一脸的娇媚,手臂挎着黄侠的胳膊,娇嗔地鼓起了嫣红的小嘴。

"好好好,吃吧吃吧!"黄侠笑嘻嘻地伸手在女孩儿白嫩的脸颊上轻捏了一下。再一转眸,就见到了那个坐在窗子处的女子。

他呆了一下,脸颊上不知怎的,有些发热。

"哎哟,嫂子。"他神色似是有些尴尬,忙叫了一声。

"黄侠,这么巧。"白惠很坦然地说了一句。

黄侠对小美女说了一句:"快去选吧,麻利点儿。"便向着白惠走过来,拉了一把椅子坐下了。"风哥在做什么?怎么没见他呀?"

"我也不知道。"白惠脸上扯出一抹笑来,样子竟是落寞。会有一个妻子比她还失败吗?她通常都不知道她的老公在什么地方,在做什么。

"哦,风哥他很忙的。"黄侠眼睛闪了闪说道。

白惠只是笑笑。她的目光向着点餐台那边望过去,单子杰已经转身走回来,而那个小美女用奇怪的眼神看了她一眼后,便走到了点餐处,美滋滋地端着个小盆子自己选吃食。

单子杰已经端着煮好的麻辣烫过来了,他看了看黄侠,黄侠也看了看他,白惠介绍道:"这位是黄先生,这位是我朋友,子杰。"

单子杰倒是大大方方的表情,但黄侠却是皱了皱眉,一副探究的眼神。这时小美女已经返身回来了:"黄少,你在和谁说话?"

黄侠便瞪了那小美女一眼,然后起身对着白惠道:"嫂子你们慢慢吃,我过那边。"

第十七章 风中的单车

黄侠临走之前又看了单子杰一眼,有点儿意味深长。

白惠往自己的麻辣烫碗里面放了许多的辣椒油,她喜欢那种辣过之后,唇齿之间一片爽朗的感觉。

单子杰道:"你怎么这么能吃辣,小心脸上长痘。"

白惠笑笑:"长就长吧,我的胃口满意了才好。"

单子杰皱眉摇头。

两人边聊边吃着饭,耳边时而会传来那小美女娇滴滴的声音,而黄侠或许是有她在场的缘故,样子倒是有些放不开了,没了那副风流浪荡的模样。

白惠和单子杰说到了一些当年校园里的趣事,单子杰不时地会笑出声来,笑声有着年轻男孩子的爽朗和干净。笑声传到黄侠的耳朵里,他皱皱眉,他总觉得这个男孩有些问题。看着白惠的时候怎么那眼神就让人那么不舒服呢?

"黄侠我们走了,你们慢吃。"白惠临走之时对黄侠打了声招呼,黄侠忙点头。隔着窗子,黄侠看见白惠侧身坐上了单子杰的车子。他拿着手机起身去了外面。

"风哥,你在哪儿呢?"

那边的人此刻正站在一处落地窗前,看着外面的万家灯火:"什么事?"他沉敛的声音问了一句。

"那个……"黄侠皱皱眉头,他该怎么说呢?"风哥,你要是不忙的时候,你抽空陪陪嫂子。"他好半天来了这么一句。

"怎么了?"那边的人声音依然敛沉。

"那个……没什么。"黄侠,"我就是刚才看见嫂子了。"

他没提单子杰,他想起那日在音乐会的包厢里,白惠那惨白惨白的脸,说着说着就噎住了。

"我知道了,你挂吧!"徐长风淡淡地来了一句。

黄侠听着手机那边传来的嘟嘟声,摇摇头,一脸的不得其解。

虽然顶着风,虽然夜色早已降临,虽然这样子蹬起自行车来,并不轻松,但单子杰却像有使不完的劲儿似的。白惠的家终于到了。单子杰身上的汗已经将里面的衣服浸透了。

他单脚在地上一支,车子便停了下来,白惠跳下车子,单子杰便腾出一只手来将外衣的拉链拉开了,两个人一起上了楼。

白惠给单子杰接了一杯白开水,单子杰咕咚咕咚就喝了个光:"再来点儿。"他又将空杯子递了过来,白惠便又接了一杯水递给他:"你慢点儿喝,小心喝岔了气。"

单子杰一笑,露出一口又整齐又洁白的牙。"不会的,我哪有那么不中用。"

白惠看着他孩子气的样子，不由得失笑。

徐长风从电梯里出来的时候，白惠的半截身子从防盗门里探了出来对单子杰说："路上注意安全，单子杰。"

"放心。"单子杰对白惠露出灿灿的一笑，大男孩儿般干净。再一转头，单子杰就和徐长风走了个对脸，他怔了怔，便顾自迈开步子进了电梯。电梯门徐徐合上的一瞬间，他看见那个男人正和他心底所爱慕的女人默然对视着。

"那小子来做什么？"徐长风沉敛眉宇问了一句。

一别一个星期多了，白惠想不到他会在这个时刻出现。心头顷刻间泛起波澜。她努力地压下了，神色已是恢复平静。"他送我回家。"

"你自己没有手没有脚吗？"徐长风脸很沉，语气也加重了。

"徐先生，如果你是来质问我什么，那么我告诉你，你没有任何资格。"白惠目光清冷决绝地说。

说完，她便关门，但徐长风那只大手一下子落在了门框上，白惠看到那修长的骨节上泛着青筋。他阴沉如水的眸子逼视着她："为什么没有资格？我是你丈夫！"

"或许是过。但现在在我的心里，你早就不是了。"白惠冷冷地收回目光。

徐长风眼神越发地深邃了几分，他伫立在她的门口处，半晌才淡了声线道："你应该知道，我和楚乔，我们在一起很多年，有些东西不是一下子就可以抹杀掉的。"他淡淡地说了一句，却是掏出了烟来，金质雕刻的打火机欻地就燃起了一束耀眼的小火苗。香烟燃着，他在她的沙发上坐下，吸了起来。

白惠僵站着，她幽幽目光看向那个男人，青色的烟雾在他的眼前缭绕着，他的眼神那么深，她看不清楚里面的神色。

"你休息吧。"他站了起来，漆黑的目光又瞟了过来，"记得别跟那个单子杰走得太近，你是有夫之妇。"他说完，又深深地看了她一眼，转身走了。

白惠看着那道身影淹没于门口处，心里愤愤难平，她是有夫之妇，她要记得，他不也是有妇之夫吗？他何时记得过自己的身份？

白惠看了会儿书，可是脑子很乱，眼前一行行的铅字，全变成乱糟糟恶心的苍蝇在脑子里飞。

这是入冬以来的第一场雪，虽然不大，但挟裹的寒意却是逼人的。白惠拢紧了大衣，两只手全都插在了兜里，站在街口等公交。道路两旁是一幢幢小洋楼，里面住着的人非富即贵。白惠所在的幼儿园便是依托了这种得天独厚的人文加地理环境而开。白惠正走着，前面有人从一幢小洋楼里面走了出来，她穿着黑色的修身大衣，长长的卷发随意地披在肩头，一张小脸化着精致的妆容，手中拿着一只LV的女包，她边边打着电话,边走向前面停放的红色跑车。

白惠听到她清脆娇柔的声音道:"风,我刚刚在纪家菜订了桌,晚上记得过来哦!伯父伯母也会去的,嗯,记得哦,不见不散。"楚乔手机收了线,目光不经意地向着白惠的方向瞟了一眼,清冷而不屑。她弯身钻进了那辆红色的限量版玛莎。

白惠身形僵了僵,继而收回目光,继续向前走去。

"小朋友们看,这样,鼻子要这样画,一个小勾勾,对了,就这样……"

教室里,白惠像往常一样认真而耐心地教小孩子们画卡通画,白秋月的电话打了过来。白惠拿起手机见是母亲的号码,便走到走廊的转角处,接听:"妈。"

"白惠呀,你舅舅早起开车出去拉货,碰了人家的车。听说是辆什么'捷'的跑车,要赔十几万块,"白秋月的声音里带了担心和难掩的焦灼,"白惠呀,你手头有没有钱,先借你舅舅一些……"

"妈,借多少?"白惠心底一沉。

"你舅舅要借十万块,惠,你有吗?"白秋月声音里带了几分的惴惴不安,"妈这里可以拿出两万块来,给你舅舅凑一些,你就这么一个舅舅……"

白秋月的声音还响在耳边,白惠的脑子已经凝住。她的手里的确有些存款,但连三万都超不过啊!

"我想办法,妈。"白惠说。

下午的时候,那雪就停了,地面上泛着一层雪化后的湿,像是淋过冰雨。

白惠脑子里翻腾了好几遍,在从幼儿园里出来的一刻,还是拨了个电话出去。不是打给徐长风,而是黄侠。

"嫂子,什么事?"黄侠声音爽朗地问。

白惠有些口噎:"那个……黄侠你能不能借我点儿钱。"

黄侠自是愕了一下:"嫂子你……"

"我会尽快还你的。"白惠以为他不愿意,又忙补了一句。

黄侠笑道:"不是,不是,不用还的。你什么时候用?用多少?"

"五万,我明天去取好吗?"

"没问题。"

黄侠已经挂了电话,白惠却捏着手机在路边呆站了好久。半晌,才迈步前行。

"白惠。"身后又传来单子杰的声音,她扭头,单子杰的车子正好蹬了过来,在她身旁停下:"来,我载你。"

"好啊。"白惠侧身上了他的车子,有单子杰在的时候,她就好像年轻了。单子杰身上散发出来的那种大男孩儿的清爽气息会不由自主地感染她,让她脑子里的阴云不知所踪。

今天没有风,天气是阴冷阴冷的,白惠坐在单子杰的身后,他单薄却并不柔弱的身体给她遮挡住了大半的寒意,她的发丝在车驶过带起来的轻风中,轻轻地飘扬起来。

"单子杰你有没有女朋友?"

"没有。"

"用不用我帮你介绍一个?"

"不用!"回答的声音十分干脆利落。

"哎,停一停!"白惠忽的一眼瞥见了路旁烤白薯的人。

单子杰将车停了下来,白惠跳下后座,一溜小跑,冲向了马路对面。

"喂!"单子杰忙蹬上车追了过去。

白惠却举着两块白薯笑眯眯地转了身:"喏,给你一个。"

烤白薯的香气袅袅飘进了单子杰的鼻子,他笑着接过,两人边走边吃上了。单子杰一手推着自行车,一手举着一块烤白薯,而白惠则是两只手捧着,吃得小心翼翼,又十分香甜。两人边吃边走,直到手中空无一物,白惠用纸巾擦擦手。彼时,天色早就黑了。街上车来车往,一辆辆亮着刺眼的灯光,从身旁呼啸而过。

这些人都在忙着去做什么呢?回家吗?白惠的脑中忽的掠过了徐长风的脸,他现在,应该和楚乔还有他的家人在纪家菜吃饭吧!他们倒真的像是一家人,比她像。白惠忽然间觉得自己好落寞。心底的惆怅一波一波如潮水一般席卷而来。她抱了抱自己的肩。

"你怎么了?"单子杰发现了她的异样。白惠对他一笑:"你载着我,我们去兜兜风吧!"

"好啊!"单子杰的笑容很明朗。

白惠重又上了单子杰的车,两个人在夜里繁华的街头默默地前行着。

前面一辆大车晃着探照灯一般的灯光开了过来,那光亮一下子刺了单子杰的眼睛,自行车一晃间,差点儿与斜刺里拐出来的车辆撞在一起。单子杰倒抽一口凉气,自行车已向着右侧倒了下去。他忙用右脚支住,而白惠却已经惊叫出声,车子一晃的时候,她已经被甩下去了,此刻正从地上爬起来。

单子杰忙把车一扔,过去扶她。而此时,那辆斜刺里闯出来的车在猛打方向盘后,已经停下来,车里的人,长眉深邃。半晌,就在单子杰的手快要碰到白惠的手时,他却一开车门,下来了。他向着白惠走了过去。一身的肃杀之气迎面而来,白惠的心头不明所以地跳了一下。她一抬头,便看到了眼前大步走过来的男人,他的俊颜在夜

第十七章 风中的单车

色下,绷得很紧,一双漆黑的眼睛带着深深的寒意睨向她。

"过来!"他向她伸出了手。

白惠的一只手还被单子杰攥在手心,此刻竟是一颤。而单子杰则皱眉看着徐长风。白惠还是将手从单子杰的手心抽了出来,但也没有交到那人的手中,而是对着单子杰道:"谢谢你陪了我这么久,现在,你可以回去了。"

单子杰似乎想说什么,但他知道自己没有说什么的资格。他缓缓道:"好吧,我先回去,有什么事给我打电话。"

"嗯,你骑车注意点儿。"白惠低低地嘱了一句。单子杰的心里涌过暖流,点了点头,跨上车子走了。

白惠缓缓地将目光投向眼前一脸肃杀的男子,她幽幽的目光与他深黑的眼对视,徐长风紧抿的唇线动了动,却是讽刺的声音响在白惠的耳边:"真是亲密呀!像是情侣一样。"

白惠没有出声,只是幽幽转移了视线,而他的嘴巴又刻薄地开口:"如果我没有出现,他载着你去哪里?开房?"

"你!"白惠感觉到脑子里有什么一下子撞了过来。

"怎么?不对吗?"徐长风挑了长眉,一脸的邪肆,白惠嘴唇勾了勾:"我懒得理你!"

徐长风的眼角眉梢轻慢讥诮得厉害:"是无话可说吧?"

白惠发现,这个男人,他有的时候,完全不像他的脸那么招人喜欢,他有时候真的很混球。

"随你怎么想吧!"白惠愤愤地对着他吼了一声。她说完便转身要走,但男人的大手一把扣住了她的手腕,"这么晚了还想上哪儿去?"

"我回家!"白惠对着他吼了一声。

徐长风的眼睛黑得像墨,却又迸出无数的火星子。他的大手扣着她的手腕,沉声开口:"我载你回去。"

白惠心底不满,但又情知挣不开他的手腕,那厮的手像铁钳子似的。白惠被他拽着手,上了他的车子,却仍是一种别扭的姿势,身体僵坐着,一言不发。

徐长风也是不发一言,下颌绷着,车子开动起来,在夜色中平稳却又疾速地行驶。

白惠坐上车子,才感觉到刚才那一跤摔得不轻。屁股火烧火燎的,两只手腕也是折了似的疼。她不由得轻嘶了一声。

徐长风的唇角微微动了动,却也只是轻哼了一声。他其实真想开车把那小子撞飞的。一辆自行车载着两个人,那么亲密暧昧的距离,虽然这条路的街灯不是很亮,他也清楚地看到了他的妻子那一脸沉醉的神色,头发都随着风飘起来。

他的喉咙深处又是哼了一声。

车子在夜色中疾驰,白惠并不知男人心中转过的念头,只是默然地看着窗子外面飞逝而过的璀璨灯光,心头好像是麻木了一般。

到了她住所的楼下,他开门下车,神色肃冷地上楼。白惠跟在后面,也是一声不响。电梯门打开,他当先迈了进去,白惠随后进去,便是默然地向着电梯壁而站。她微垂着头,长长的发丝轻轻地遮住了两颊。徐长风眼神深邃地看着他的妻子,电梯门打开的那一刻,他的大手攥住了她的,白惠手上一紧,他已是攥着她的手向外走去。

进了屋,灯光照着她皎白的一张脸,微拢着两弯的新月眉,似有什么化解不开的心事,却又有些冷漠。

徐长风高大的身形站在她的面前,居高临下地看着她,却是皱眉开口:"白惠,你是有夫之妇,你应该跟别的男人保持距离,你懂吗?"

"是,我是有夫之妇,可你呢,你也是有妇之夫。你有跟楚乔保持距离吗?你不是刚刚才和她在纪家菜吃过晚饭吗?"白惠忽地抬了头,眸子冷幽幽地瞟向他。

徐长风的眼神闪了闪:"你怎么知道?"他似是有些烦躁了,手又伸向了兜里,摸索着找到了烟。又掏出那枚金质的打火机,咔的一声响后,白惠的眼前亮起一束小火苗,接着便有袅袅的烟雾从男人的嘴里吐出来。

"我说过,我们认识那么多年,有些事情不是一下子就可以抹杀掉的。"

他低头用力地吸了一口烟,转身走向了阳台。黑色的身形往窗子处一站,深深地吸了起来。卧室的灯光浅浅地照到阳台上,那黯淡的微光勾勒着他颀长的身形,一身的冷漠严肃。还有莫名的烦躁。一根烟燃尽,他才转回身来。而白惠已经坐在了梳妆台前的木制圆凳上,上身趴在梳妆台上。他走过来的时候,正看到她的长睫如蝶翼般地忽闪了一下,那晶莹的泪滴便顺着脸颊滴了下来。

那一晚,白惠很早就躺下了。她侧着身子向着窗子的方向,眉眼淡淡,好似是睡了。徐长风沉默着在床边坐下,他看了一眼他的妻子,然后也上了床。两个人背靠着背,各怀着心事,一晚无声。到了早晨,白惠早早地起了床,从柜子里翻出了自己的银行卡来,装进了包里,她准备请半晌的假,将卡上的三万块钱取出来,再去黄侠那里取借的那五万。

徐长风看见自己的妻子,她敛着眉,似乎心事重重。

"以后,上下班我会接送你,我不在的话,会有小北。"他冷冷地吐出了这句话来,拿着车钥匙出门了。白惠心头一滞,她看向那个男人冷漠肃寒的背影,而他已经关门走了。

她穿了一件白色翻领的羽绒服,头发被绑成了马尾整齐地梳在脑后,额前一排细碎的刘海,衬得一张脸越发的白净。

"上车!"一声低沉而深厚的声音从微微敞开的车窗里传出来。白惠看了看那车子里男人一张冷清肃淡的脸,她却是站了半响才道:"楚乔都坐在哪里?"

那车子里的人,那张俊逸的侧颜明显地一沉。"你问这做什么?"他的手伸向窗子外面,修长的手指掸了掸烟灰。

白惠凉凉地开了口:"因为我想知道,我应该坐在哪里,我不想坐在她坐过的地方。"

徐长风深黑的眼瞳陡然掠过浓密的阴云,他的牙齿狠狠地咬了一下,一只大手的五根手指咯咯地捏起。他没有回答她的问题,却是将吸了半截的香烟从窗子里掷了出来,空气一时间僵住。

白惠终于拉开了后面的车门坐了进去。

车子行驶起来,白惠坐在男人后面的位子,抬眼之间,可以看到男人阴沉的面色。他握着方向盘的手臂也是绷着的,他的神情,更是肃冷得厉害。车子没有在原先吃过早餐的那家饭店停下,而是径直驶向了她所在的幼儿园。

她一下车,那辆黑色的宾利便毫不迟疑地开走了。白惠在幼儿园里吃了一些工作餐,上了半天的课后,下午便请了假,离开了幼儿园。

第十八章　打他的脸

"黄侠这厮又换女人了啊!"某会所的包间里,一个穿着入时的青年男子嘴里叼着根烟,轻瞟了一眼门口处进来的男女,手里边哗啦着麻将。

"那小子,天生的风流种子,一天不换着花样地找女人,就心慌。"另一个男子手里的麻将也是噼里啪啦地响。

"哎哎,背后嚼舌根子,小心烂了舌头啊!"黄侠走过来,大手重重地在一个男人的肩上拍了一把。

包房里顿时响起一阵肆意响亮的笑声。

"风哥来了。"

"风哥。"

有人喊了起来。

徐长风一身黑衣,浓眉,重瞳,神色清俊疏冷。"嗯,你们继续吧!"他瞟了一眼那些或吞云吐雾或麻将哗哗的人们,随手解开了大衣的扣子。有侍者恭敬地接过他脱下来的外衣转身挂在了衣架上。

"风,我等了你好久了。"一直立在一角上的楚乔过来,撒娇似地拽住了徐长风的胳膊。

徐长风深黑的眼瞳看了看自己的情人,就在这时,身后爆出一声低叫。

"这么重要的事竟然给忘了!"说话的正是黄侠。

他想起了昨晚白惠打电话跟他借钱的事,约定的时间到了,可他却把这事给忘了。此刻一想起来,忙推开了怀里的小美女,边掏手机边向外走去。

"黄侠这厮发什么疯？"有人嘀咕了一句。

"喂，我说，你马上叫财务支五万块钱给白小姐送过去。对，白惠，就华夏幼儿园的白老师，你把钱给送到幼儿园去。"黄侠边走边说，完全忽略了身后还有个叫徐长风的男人。他的尾音消失在房门口处，徐长风的容颜已经变黑了。

黄侠收机，转身想进包房，却在见到从里面出来的人时一下子呆住了。

徐长风深黑的眼瞳看着黄侠："白惠跟你拿钱做什么？"

"呃……"黄侠神色变了变，想了想才咧着嘴道，"嫂子说有点儿急用。"

徐长风的眼睛里有什么一瞬间涌出来，又很快地消失掉了。等黄侠明白过来，自己怎么那么点儿背的时候，徐长风的身形已经大步离开了。不是回包房，而是顺着走廊向外走去。顾长肃寒的身影很快消失在了前面的转角处。

"连五万块都拿不出，还要跟人借，真是穷酸！"伊爱讥诮的声音从背后传过来，一双美眸里盛满的全是浓浓的讥诮。

黄侠正傻站着看着徐长风的身形消失在视线里，此刻听到伊爱近似刻薄的声音，不由得皱眉。

"看什么，难不成我说她，你不乐意了不成？"伊爱不满地道。

黄侠盯了她一眼，却是说道："我没有不乐意，我只是觉得，做人不要太刻薄。"

伊爱撇撇嘴，嘲弄地哼了一声，转身进了包房。

"为什么跟黄侠借钱？"徐长风的声音从手机那边传了过来，低沉而含了怒色。那时，白惠正往银行走。

"我有急用。"她怔了怔，难道黄侠把她跟他借钱的事告诉给了徐长风？

"急用为什么不跟我说？再说，我不给过你银行卡吗？"徐长风长眉拧得厉害，虽然声线已不是那般沉凛，但依然有着隐隐的怒气。

"抱歉，我不想麻烦你，至于那张卡，现在就在你卧室的抽屉里。"白惠只是平静地说了这样一句，而徐长风便没了声音。

白惠步行去了开卡的那家银行。取了钱出来，就看到了横在眼前的车子。黑色的宾利沉稳而肃凛，像是那人。车窗徐徐地打开了，徐长风那张俊颜侧过头来，目光带了几分犀利地瞟向她，凝视了几十秒之后，才轻轻地吐出几个字："上车。"

白惠微微皱皱眉，然后走过来上了他的车子。刚一坐定，黄侠的电话就打了过来。

"嫂子你先等一下，我马上就让人把钱给你送过去。"白惠刚想说话，徐长风的声音便响了起来，"告诉他，不必了。"

白惠吃惊地看看前面的男人，徐长风却是沉了声线道："记得下次用钱的时候跟我说,不要再去找黄侠;还有朋友要帮忙什么的,都跟我说,你的男人都可以办到。你去找别的人,你让我的脸往哪搁。"徐长风说话的时候愠怒明显。

白惠并未应声。或许他的话在理,但她并没有找他的念头。车子到了白秋月家,白惠的舅舅也在。见到外甥女和外甥女婿,那张愁眉不展的脸,才露出了一丝笑颜。

徐长风从随身携带的黑色皮包里掏出整整的十万块钱来,放在白家的茶几上,白惠脸上露出惊讶的神色。"用不了这么多。"她忙说了一句。她的话换来的是她男人异样深沉的目光。"你以为我会愿意看着我的妻子去找别人到处借钱吗?"白惠语噎了。

回去的时候,车子到了她所住的那所公寓,徐长风下了车,站在车子旁边看着她。白惠从车子里下来,那人犀利暗沉的目光便打在她的脸上。她只感觉到头皮阵阵地发麻。

还好,他转身上楼了。当晚,谁也没说话,空气有些压抑得让人喘不出气来。白惠躺在床上看书,直到困得眼皮都睁不开,那书从她的胸前滑了下去,掉在了肘弯里。而徐长风在阳台上抽了几根烟之后,又接了几个电话在客厅里耗了些时候,那个女人就睡着了。她的睡相一如往日的安然,只是两只秀气的眉微微地拧着,好像有什么心事的样子。这个女人,从那次音乐会向黄侠讨票,再到这次向黄侠借钱,她宁可向他的朋友开口,也不肯跟他这个做丈夫的人说。

呵,她可真会打他的脸呢!

徐长风眉毛打结。在床边站了一会儿,才开始洗漱。卫生间和洗浴间处在同一块空间里,他这长胳膊长腿的走进去,便有伸展不开的感觉。呵,他也就奇怪了,他怎么会这么愿意往这个地方来? 他可是向来挑剔的人,他住的房子,光是卫生间就有别人家的卧室大。可是现在……

白惠醒来的时候,是半夜时分,她又梦到了小时候被父亲关在黑暗的储藏室的情形,她叫着,喊着,拼命地用力想要打开那门,但却无济于事:"妈妈!"她惊喊着,双手乱挥。

一双男人的大手适时地抓住了她的手,接着她的身子被纳进一个温暖的怀抱里。

"乖,你做梦了。"耳边似乎有温和而安慰的声音在响着,他轻拍着她的背,半睡半醒间的白惠只感到说不出的踏实,又慢慢地睡着了。

早晨,徐长风的车子仍然横在楼洞口处,引擎声震着人的耳膜。白惠漠然地坐进了汽车的后座。

"我不去那家饭店!"见他又要将车子驶向前几次去的那家饭店所在的路口,白惠喊了一声。开着车的人,那两只握着方向盘的手猛地一绷。只是须臾,他的神色已然平静,车子被扳回了正常路线。

"那么,你想吃什么?"他阴沉沉的声音开口了。

"煎饼果子。"白惠想也没想地来了一句。

可想而知的,她男人的眉毛都纠了起来,那种东西,他可能这辈子都没吃过。

果然,他的唇角抽了抽,恨着声问:"哪有卖的?"

"前面走,左拐再右拐,再左拐,那条马路的路口有一家。"白惠说。

她的话像是绕口令,徐长风脸上有点儿抽搐。

车子在前面的路口左拐,前行一段距离后又右拐:"还往哪儿拐?"他阴着声问了一句。而白惠却是忽然间心情大好:"再左拐,徐先生。"

徐长风一抬头,就看到了后视镜中那人她秀眉微挑,竟似是很开心的样子。他忽然间有一种被人捉弄了的感觉。脸上的肌肉抽了一下。

终于看到了煎饼摊。一个中年的女人正双手麻利地忙碌着。在那煎饼摊前,有好几个人正在等候着。车子停下来,白惠小跑着走了过去。

"大嫂,给我来一套煎饼果子。不,两套吧!"她看了看车中那人,他也没吃早餐呢。很快就轮到了白惠,那大嫂摊好了两套煎饼果子,递给她,白惠转身走回到车子旁。一阵煎饼的味道扑鼻而来,徐长风皱了皱眉,这东西的味道还真是让人厌恶。

"嗯?"他这里正暗自腹诽着,一套还冒着热气的煎饼已经递了过来。他一回头,就看到后座上那女人正看着他。

"你自己吃就好。"他的心头莫名地动了一下,但仍然拒绝了,他对这东西不感兴趣。

"哦。"白惠迟疑一下将手收了回来。早就知道他不一定吃的,但还是买了,看样子下次就不用白好心了。白惠拎着那套剩余的煎饼果子下车的时候,徐长风竟然有些后悔了,虽然他不爱吃,甚至是厌恶那东西的味道,但这样子拒绝了她的好意,也有些于心不忍了。

圣诞节就要来了,幼儿园里都在排演节目,看着孩子们歪歪扭扭,调皮古怪地边演节目边跟她做鬼脸,白惠简直是哭笑不得。一天下来,真是累。

从幼儿园出来,她看到小北站在外面。显然一直在等她,白惠有些惊讶,但又累又倦的她没说什么,就上了车子。

小北车子开得又平又稳,徐长风拉开车门的时候,他皱眉看着那车子上睡得又深又沉的女人,他把她抱了起来。她没醒,还把头向着他的怀里拱了拱。这个时候的她,完全没有了白日里在他面前那副倔强的小刺猬一般的模样,温顺得像只小绵羊。徐长风笑了笑。

把她轻放在床上,在她的嘴唇上轻轻吻了下去。他的嘴唇一接触到她的,便立时被那种柔软芬芳的感觉吸住了神志。

他的吻不由得深入。睡梦中的白惠挥了挥手,试图赶走那种不舒服,但却被一只大手攥住了。接着腰间有凉意袭来,她微微地睁了眼,然后突然间爆发出一声惊叫,徐长风的一只手搂着她的身体,一只手已经在解她的裤子了。

"不要!"她猛地一挥手,躲开了他的亲吻,而他眉目更深,含了显而易见的霸道,更紧地搂了她,一只大手将她柔软的腰肢紧紧地扣在了怀里,那种深藏在体内的渴望让他的动作急切起来。她费力地挣扎,他便更紧地禁锢。

她用尽全力也挣不脱他,反倒是更激发了他的征服欲,她的衣服很快便被他剥了下来。她流着泪,一口狠狠地咬在了他的肩头。撕破了血肉的疼痛只是让他的动作滞了一下,却并没有停止,白惠在他的男性霸道又深沉的动作中,从抵抗到流泪,到深深地战栗,她感觉自己似乎处于一半是海水一半是火焰中。

一直紧紧掐在他肩头的十根手指缓缓地滑了下去,她沉沉地陷在他的怀抱里,再一醒来,早已是天光大亮,时钟已指向上午九点。空气里似乎还残存着那种沉淀了一夜的爱欲的气息。他好像禁欲多少年,急于要把那深藏的能量释放出来似的。

白惠看看时钟,心里叫了一声糟糕,她上班迟到了好几个小时了。

"我给你请了假,今天不用去了。"徐长风的头探过来在她的颊上轻吻了一下,那男性的声音像带了磁场在这个昏昏欲睡的早晨,竟是那么的温柔迷魅。白惠目光幽幽,带着一种被强迫过后的怨愤瞄向他。

"你把我当成楚乔吗?我不是她,请你下次再做的时候,看清楚一点!"

徐长风皱了眉,无声地从床上下去了,捡起昨夜被他扔在地上的外衣,从兜里掏出了香烟和打火机,向着客厅里走去。

白惠一个人蜷着身子躺在卧室里,她为昨夜的欢愉而羞耻,又感到一种恶心。他的身体怎么可以一会儿拥着楚乔,一会儿又占有她?真的恶心。

而徐长风在客厅里不知在做着什么,一直没有进来。外面,也是静得可怕,只有香烟的味道缭绕进来。这个时候,寂静的房间里响起手机铃音。那是独属于娇娇公主的铃音。那铃音就从他刚刚拾起来胡乱扔在床上的外衣里传出来。白惠心里只觉得气愤无比,她呼地一下子就坐了起来,一把抓起他那件纯手工定制的高档西服,从他的兜里把那唱个不停的手机掏了出来。她看得到手机屏上跳动着的,她不想记,都能记住的手机号码。她的手指急切地按动,那铃声便戛然而止了。而她还觉得不够,她心头的耻辱、愤怒的感觉冲撞着她的大脑,她咬了唇,将手里的东西向着对面的墙壁狠狠地砸了过去。

当徐长风推门进来的时候,耳边只传来砰然一声巨响,他的手机在猛烈的撞击下四分五裂。他的眉心一凛,眼中骤黑。深邃的眸子里藏匿着隐隐跳动的火苗,犀利地盯向那床上的女人。她坐在那里,咬着嘴唇,脸色苍白,却是狠狠地抹了一把脸上的泪:"我不想听到她的电话。徐长风,如果你还尊重我一点,请不要在我们才做过最亲密的事后,让她的电话在我的房间里响!"

徐长风的眼中有什么在跳动,他的脸上的肌肉抽搐了几下,他似乎在竭力压制着心底的火气,空气几乎凝滞一般。

他就那么地站在卧室的门口处,黑眸蕴着不知名的火焰盯视着她。

她也毫不畏缩,咬着唇,回视着他。两人就那样僵持着。然后。他忽然间就转了身,大步走了出去。过了一会儿,防盗门被拍上的声音传过来,白惠的全身都像骤然间失去了力气……

徐长风一路开着车子,脑子里不时地会响起那砰的一声响,他的手机,在他的眼前四分五裂。她气愤如刀的眼神,他忽然间想,如果她的眼前有把斧头,她恐怕会毫不犹豫地把他砍了。

车子到了公司的大厦前,戛然停住,他下了车,把车钥匙扔给等候的小北,匆忙地走进了大厦。

这一个上午,他的神色都是阴沉如水。下午开完会,他推开自己办公室的门,偌大的装修精良沉稳大气的总裁办公室里,站着一道高挑靓丽的身影,一身精致的黑色衣服,卷发披肩,正是楚乔。

"风。"楚乔听见门响,一下子转了身,见到眼前出现的俊朗容颜,她明眸灿灿,升起无数璀璨的华光,她向着他快步走了过来。

"我打电话给你,一直接不通,知不知道,人家真的想死你了。"她娇声婉转,娇嗔的粉拳砸在男人的胸口,又将身子送进了他的怀里。

徐长风只是微敛了眉宇,却是轻叹了一声,轻轻推开了怀里的女人:"我们前天还在一起吃饭。"他走到办公桌前,在大班椅上坐下,长腿一跷,慢慢地吸起了烟。

楚乔怔了怔,却是走了过去,在他身前蹲下,将自己的双臂和头搁在了男人的膝上,喃喃地说:"风,我们以前,是朝朝暮暮都在一起的。"

她的声音带着一种属于小女人的幽怨,没有了那种骄傲自信,光芒万丈,她也只是一个小女人。

"现在不是以前,乔乔。"徐长风的眼睛很深很深的,像是一潭深不见底的潭水,里面闪现的什么,楚乔看不懂。她的美眸露出从未有过的惊讶神色,继而,两只大大的眼睛里涌出了泪来。委屈而难以置信。

"呵,乔乔。"徐长风敛了眉,轻轻地扶起了眼前的女人。

他的眼中似有疼惜,又似有着别的什么,难以看清。楚乔咬了唇,眼里的泪意越发地明显了。她伸了双臂环住了男人的脖子:"风……"

白惠这一天哪儿都没去,只是饿了的时候,煮了碗鸡蛋面。她将徐长风摔碎的了手机拾了起来,将手机卡抽了出来,准备在他过来的时候还给他。然而这一夜,他并没有回来。

徐长风回了母亲那边。他进了自己的卧室,开了灯,水晶的光华从头顶上四散而来,他看了一眼那张空荡荡的大床,曾经,那个他叫做妻子的女人,每个晚上都会安安静静地躺在那上面捧着一本书看。他解开了外衣,又扯松了领带,向着阳台处走去。他吸了一根烟,再转身回来,他看了看床头那张巨幅的婚纱像,那上面的她,小鸟依人,温婉得可爱。而他,也是一副柔情似水,深情款款的模样。

他忽然间扯了扯唇角,手机那砰然碎裂的声响又回响在脑际。

新的一天忙忙碌碌地过去了,白惠揉揉发疼的额角,她穿好大衣向外走。现在只是下午四点半,她看看时间还早,便在门口处拦了一辆出租车,她要去公司,把那张手机卡还给他。

他是那么忙的人,一个人管着整个公司,还有各地的分部,所有事情都要向他汇报的,他这人再怎么样让她不堪,可是耽误他的工作,她也不想。

车行一路很顺畅,出租车在森顶大厦的外面停下,这个地方的人朝九晚五,但经常有加班的现象,此刻,那大厦里面亮着数点灯光,想是还没有下班。白惠迈开步子走了进去。她直接走到了前台处,"请把这个交给你们的徐总,谢谢。"她将徐长风的手机卡放在了前台的台面上。

森顶只有几个高层和小北见过白惠,前台小姐并不认识她,此刻奇怪地看着她,但白惠已经转身向外走去。她脚步匆匆地在森顶大厦一楼偌大的大厅里穿行而过,迎面旋转门处,有人走进来。一行,四五个人。

为首的一个穿着黑色的大衣,身量颀长,笔直,长相俊雅,却又带着一种肃寒之气。在他的身后是他的首席秘书和私人助理,还有两个是白惠不认识的人。白惠脸上有些发僵,不由自主地就停住了。这还是她第一次来他的公司,也是第一次在这样的时候相遇,她想低头悄悄走掉,但是他的目光望了过来,深黑的眼瞳里带着一种意味不明的神色,向她瞟过来。两人的目光有过短暂的相撞,白惠的手指不由得绞在一起,而那人,却只是脚步微滞,便收回目光,冷冷地迈步从她身边走了过去。

"嫂子。"小北对着她躬了躬身,而他也没等白惠说话,便又急匆匆地追赶前面的人去了。白惠扭头,她看到最前面的那道身形透着深深的肃寒正大步向前走。

"徐总,这是那位小姐给您的东西。"前台忙拦住了他。白惠一下子屏了呼吸,而她所听到的,却是男人淡淡的一句:"扔了吧!"

　　白惠心口顿时传来闷闷涩涩的疼。她亲自给他送了过来,而他,已经全然不在意了啊!白惠合了合眼睛,有种想掉泪的冲动。她走出森顶的大厦,顺着台阶下来,身后又响起匆匆的脚步声:"嫂子,我送您回去吧!"是小北。

　　"不用了,我自己坐车回去。"白惠转身离开。

第十九章　不许再和楚潇潇来往

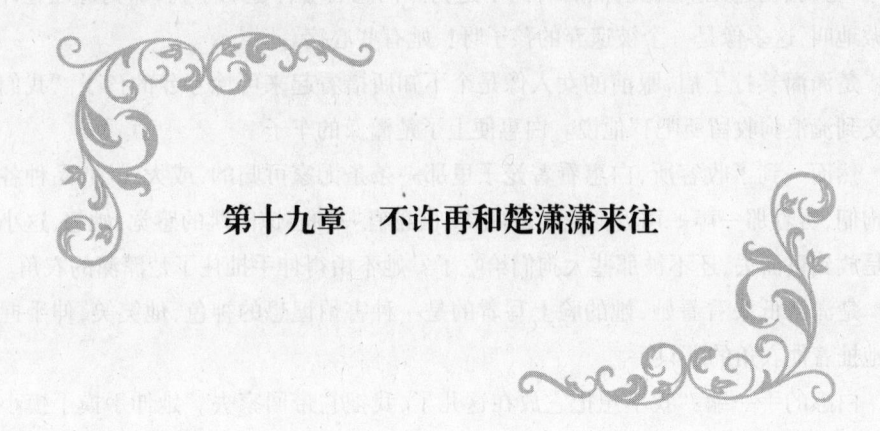

　　从这里回她的住所,要倒两班公交车,公交车上一向拥挤,白惠没有座位,她手扶着横栏,站在人群中。城市的街景从眼前一掠而过,奔忙的行人,川流不息的车流,这个城市一向都热闹。

　　三站地之后,白惠下了车,等另一辆公交。冬日的风阴冷阴冷的,街上的行人都拢紧了衣服,走得匆忙。白惠深吸了一口冰凉的空气,她感觉到胃里面好像也变凉了。

　　"嗷嗷。"白惠的腿腕处一沉,好像有什么拽住了她的裤角,她惊了一下,忙低头,但见一只小狗正用嘴咬着她的裤子,口里还发出低低的嗷嗷声。

　　那小狗是一只小京巴,浑身脏兮兮的,看起来很小,也就是几个月大的样子。

　　白惠心头生起怜惜,蹲下来,伸手扶起了那狗的两只小爪子,那小狗便仰着头,伸着舌头看着她。

　　"你有没有家啊?你的主人在哪里?你没有主人吗?"白惠跟那只小狗说着话,又东看看西看看,身旁除了行色匆匆的路人,没有人往这边看上一眼,看来,这是一只流浪狗。白惠将那小狗抱了起来。而那小狗在她怀里,竟是用小舌头舔起了她的衣服袖子,而且那黑眼睛看着她,带了一丝期盼,像是一个嗷嗷待哺的小孩子一般。白惠心头生起怜悯,不由得有些喜欢。她抱着那只小狗站在街头,换乘的公交车还没有来,而她的视线里却出现了一道熟悉的身影——楚潇潇。

　　他正从前面的一处大楼里出来,行色匆匆,看见站在街头,怀抱小狗,似是有些无措的白惠,他怔了怔,然后向她走过来。

"怎么站在这儿?"他看看她怀里的脏兮兮的小狗皱皱眉头。

"嗯,我在这儿换公交,然后看到了这狗。"白惠看着怀里的小狗,那狗还在她怀里嗷嗷地叫,这多像是一个被遗弃的孩子呀!她有些心疼。

楚潇潇笑拧了眉,眼前的女人像是个不知所措起来可怜兮兮的孩子。"我们把它交到流浪狗收留所吧!"他说。白惠便上了楚潇潇的车子。

然而一到了收容所,白惠看着笼子里那一条条无家可归的,或大或小,品种各异的狗们,听着那一声一声近似凄厉的叫声,白惠有一种心惊肉跳的感觉,她想,这小狗要是放到里面去,还不被那些大狗们给吃了?她不由得伸手扯住了楚潇潇的衣角。

楚潇潇低头看看她,她的脸上写着的是一种害怕惶恐的神色,他笑笑,伸手握住了她扯着他衣角的那只手。

白惠的手一缩:"我不想把它放在这儿了,我把它带回家去。"她伸手摸了摸小狗的头,而那只小狗也嗷嗷地叫了几声,竟似是回应。

楚潇潇笑道:"你真的想养着它的话,得先去给它做个全身检查,看看有没有毛病。"

于是白惠又跟着楚潇潇一起去了宠物医院,经过一系列的检查,医生给出了结论,这只小狗除了脏一些,身体倒十分健康,白惠十分开心。而楚潇潇却看着那只脏兮兮的东西皱眉。

"没关系的,我回去给它洗洗,它就干净了。"白惠的两只眼睛里亮亮的,一手亲昵地抚着那小狗的头,声音十分温柔。楚潇潇心头莫名地涌过一种感觉,这个女人,真是很善良。

白惠将那只小狗带回了家,她从没有养过狗,也没什么养狗的经验,但她想,只要耐心,用心,一定会将狗养好的。楚潇潇跟着她回了她的住所,他看着她抱着小狗进了洗手间,将洗衣盆注满了温热的水,然后将那小狗放了进去。

他不由得也跟了过去,卫生间狭小,他高大的身形一进去,那空间便更是拥挤,他蹲了下来,伸手往那小狗的身上撩水。

"来,洗洗干净啊!"他笑着说。那眼神不时地会落在那女人的发顶,她洗得很认真,用自己的沐浴露一点点地清理狗的身体。那小狗很听话地任她给他洗澡,不时地会对着她嗷嗷地叫几声,就像是一个小孩子在对母亲说话一般。

"我想我得给你取个名字了。"白惠将小狗洗净擦干之后,口里念念叨叨地说。

楚潇潇笑眯眯地看着她把那小狗放到腿上,左看右看。他看到她一张小嘴一张一合:"嗯,你叫……"

"楚先生,它是男狗还是女狗啊?"白惠抬起头,脸上有些发热尴尬的感觉。

楚潇潇立时失笑出声。"这是只男狗,傻妞儿。"

"哦。"白惠也笑了,她完全没有注意到楚潇潇对她的用词,她想了想,眼珠转了转,心里忽地涌上一个念头,"嗯,我就叫你小风好了。"

楚潇潇眼睛里有什么闪了闪,小风,呵呵。

将小狗收拾利落,白惠才感觉到了饿:"楚先生,我请你吃饭吧!"人家跟着她忙里忙外,开着车子到处地跑,她总得尽点心意才行啊!

"好啊！不过不许吃牛肉拉面啊！"楚潇潇挑眉。白惠也乐了。

楚潇潇把白惠载到了一家海鲜店,白惠看看眼前装潢十分富丽的店面,心里掠过一个念头,这里的饭会不会很贵?

楚潇潇要了一只墨斗鱼,白惠看着男店员将那只看起来好可怕的游得正欢的大墨斗从水池里提出来,她看着玻璃上的价签差点儿晕掉。

四百元一斤。

这东西怎么也有一斤多吧！白惠差点儿为自己说要请他吃饭的话而咬掉舌头。而那墨斗,当真是可怜,现在还活蹦乱跳的呢,一会儿就要成了这人的下酒菜了。看着她那眼睛都要瞪出来的样子,楚潇潇笑着,大手拍了拍她的肩:"怎么,吓到了?"

"没有没有。"白惠硬着头皮笑。下次再不说请他吃饭的话了。

还好,楚潇潇只要了一只墨斗鱼和一些简单的贝类,白惠心里暗暗舒了一口气,可是结账的时候,仍是让她肉疼了一下,七百块。

她摸了摸自己的包,楚潇潇早笑着,将一沓钱递了出去。"我来结吧!"

白惠有些不好意思,但她又在心里为自己开脱,他这个人看起来就有钱,让他花点儿也没什么。她干笑,转身,却是一下子怔住了。

在她的眼前的不远处,站着一个男人。冷面肃寒,一双眼睛十分犀利地正盯着她。白惠脸上的笑容僵了僵,但很快又恢复了正常,她没做什么亏心事,怕什么?

楚潇潇正结完账转身,看到徐长风的一刻,也是怔了怔,继而神色如常。

徐长风向前几步,神色严厉:"怎么会这么巧,潇潇会和我妻子在一起。"

"哦,碰巧遇上的,既然风哥你来了,我就不送她回去了。白小姐,我先走一步。"楚潇潇对白惠客气地点了点头,就迈开步子神色自若地离开了。

白惠耳根处有些嗡嗡的响,他们两个人认识?但她还来不及想些什么,手腕处已是一疼,男人的大手捏着她的腕骨:"这就是你口中的那个楚先生,嗯?"他的眼睛又黑又狠,白惠看得心头一缩,她想起了傍晚时在森顶遇见他时,他的冷漠冰寒,视她如路人,还让前台把她专门给他送过去的手机卡扔掉,心头的火便也冒出来。

"没错。"她恼怒地说了一句。她的话立即引来了男人更加阴沉的目光,还有手腕处的一阵让她几乎要尖叫的疼痛。

徐长风呼吸之间有隐隐的酒气,他拽着她大步地向着海鲜店外面走去。他的个子高,腿那么长,白惠被他拽得跌跌撞撞。走到车子旁,他将她甩了进去。黑色车子在夜色下的街头飞驰起来。徐长风一张脸绷得厉害,冰寒之气四散而来,几乎能将人冰冻。白惠也不说话,只是默默地看着窗外,车如流水马如龙一般的景致。

车子嘎地一声停下了,已是她住的那个小区楼下。徐长风开了门,不由分说就拽着她上楼。

"放开我呀!"白惠又气又恼。

徐长风也不言语,从腰间抽出了钥匙将防盗门打开,一把就将她推了进去。白惠跟跄了一下才站住,而那人已经一把将防盗门拍上,开了灯,目光凶狠地瞪着她。

"为什么跟他在一起?"

白惠哑了哑,才道:"没有为什么,偶然遇到了,就偶然在一起吃饭了。"

"还偶然睡他床上了对吗?"徐长风忽然间一把扭住了她的胳膊。白惠这才知道,那夜她醉酒睡在楚潇潇那里的事情还没有完,又被男人给揭出来了。

她的脸色变了变:"那只是意外,我们什么也没有发生。"

她的下巴一下子被男人的手扳了起来:"意外?你怎么不说,你意外地就跟他做了爱?"

他的脸上有青筋突突地跳了起来,白惠的手挥起来,啪的就是一个巴掌落在那人的脸上:"徐长风,你还可以更龌龊一些吗!"

她的两只眼睛泛着红,眼泪在往下流,他的眼神闪了闪,脸上正在火辣辣地疼,他的心底却又生出烦躁的感觉。他的手松开了她流着泪的脸,伸到兜里摸烟,然后向着阳台处走去。

白惠的手麻麻胀胀的,无力地靠在沙发上,小狗摇着尾巴跑了过来,钻到她的小腿处,拱啊拱的。白惠扶住小巴狗的两只小爪子将它抱到了腿上。见到这小东西,她刚才还涩痛麻木的心一下子就似有温泉水流过一般,柔了下来。她把小风抱在怀里,温柔地抚摸它的头。小风口里发出嗷嗷的低叫声,像个孩子似的在她的怀里吭哧吭哧的。

徐长风在阳台处吸尽了一根烟,心底的烦躁好像是散了一些,他转回身时看到了令他惊讶的一幕。

只见他的妻子正搂着一只连毛都没长好的小狗,一手抚摸着它的毛发,神色间一片温柔,口里还说着:"小风乖哦!"

他的脸上本来就疼,这会儿又抽了一下。"这狗是哪儿的?"

"捡的。"白惠淡淡地回,眉眼不抬。纤细的手指有一下没一下地抚摩着小狗的毛。

徐长风皱皱眉，而那小风看见他便对着他嗷嗷了几声，两只眼睛是见到陌生人的警惕。徐长风脸色很不好，在白惠身旁坐了下来，"我说，不管你如何认识的楚潇潇，以后不许再和他来往"。

"为什么？"白惠仍然低垂着眼帘，语声淡淡，就好像刚才的那一番对峙耗尽了她的力气。

"不行就是不行，没有为什么。"徐长风沉了声，目光严厉声音霸道。

白惠倏然抬眸，幽幽的目光瞟向他："那么我说，你也不许再和楚乔来往。"

她一字一句咬得极重，竟带了几分不妥协的执拗。徐长风眼神里的严厉又浓了几分："这不能相提并论，白惠。"

他站了起来，神色间又似有那种熟悉的烦躁升上来，伸手扯松了领带，人往着里面的屋子走去。房间里静寂了一会儿之后，他又折身回来了，神情依然冷肃。"我出去一趟，你困了就先睡。"他说完，便迈开步子开门走了。

白惠怀里仍然搂着小风，却是侧头看向那门响的方向，他的身影已经消失在门外。这不能相提并论，白惠想起他刚才的话，不由得轻笑。

这一晚，不知他几点回来的，白惠睡得迷迷糊糊。又做了恶梦，梦里不停地哭喊，然后有人将她揽进了怀里。她在那个温暖的怀抱里渐渐安然……

"嗷嗷。"外面又传来小风的叫声，接着是男人的呵斥："去，去！"

白惠醒来忙起床："小风。"她边喊边往外走。

徐长风高大的身形站在客厅的中央，手里拿着一个全新的手机正在接电话，也同时向她投来异样的眼神。

白惠忽略他向着小风走去。那小东西听到她的声音，竟是听话地向着她跑过来。跑到她脚旁，伸舌头舔她的脚踝。徐长风唇角往一边儿咧了咧。一脸的难以接受。

白惠声音温柔地唤道："小风，饿了吗？姐姐给你弄吃的哦？"

"姐姐！"徐长风当场石化。

白惠一只手抱着小风，向着沙发那边走，她弯身从茶几的下层拿了一盒狗粮出来："姐姐不知道你爱吃什么，先凑合着吃这个吧！"

白惠将小风放了下去，打开狗粮的盖子，又找来了只小碗，将狗粮倒了一些进去，然后接来温水放在小狗的旁边："乖，吃吧。"

她温柔地摸摸小狗的脊背。那小东西竟是嗷嗷地去舔食碗里的狗粮了。

"徐总，徐总？"半晌没听见这边的声音，徐氏的副总此刻对着手机拔高了声音连喊了好几句。徐长风愣然回神："你说。"他边说边向着卧室走去。

白惠看了看那人的背影，起身去梳洗。

客厅里又传来嗷嗷的声音，而且充满敌意。白惠忙擦了脸，从洗漱间出来，她看到徐长风停滞在卧室的门口处，似刚从里面走出来，而小风就站在他的狗食旁边，一脸遇见敌人的样子，对着他汪汪叫个不停。

"你这个小东西，看我不扔了你！"徐长风咬牙向着小风走过去，白惠忙跑过去挡在小风身前，"徐长风，你不会跟狗一般见识吧！"

她的话让男人的脚步一下子定住，紧接着整张俊朗的容颜现出奇怪的表情，他咬了咬牙，眼神黑得像锅底："是，我更不会跟狗的姐姐一般见识！"

这下是白惠当场石化掉。

而徐长风却是一转身向着洗漱间走去，这个地方这么小，连去厕所都得排队。

白惠抱着小风想带他去母亲那里。

"你上哪儿去？"身后传来男人微愠的声音。

"去我妈那里。"白惠伸手开门的时候，一只男人的大手从后面伸了过来，落在她的头顶上方，白惠回头看了他一眼，而他只是嘲弄地勾了勾唇。

徐长风下了楼，钻进车子，这个该死的地方，连个车库都没有，他的车子在零下十几度的天气里冻得像是冰窖一样，连发动机都不好使了。

白惠穿着厚厚的羽绒服，怕小风冷，又将它往着自己的怀里裹了裹。徐长风从车子里就看到了那一幕，他扯扯唇角，样子十分厌恶。

车子一下子滑到了她的身前："上车。"他低沉而略带了厌恶的声音传过来时，白惠怔了怔，她低头看看怀里的小东西，却是挑挑眉，开门上了宾利的后座。

小风在她怀里不时地叫几声，似是很兴奋，在白惠的怀里拱来拱去的，那声音让徐长风有些烦躁。他虽然不说话，但那绷紧的下颌，越来越深凛的眉还是让白惠知道，他是极其厌恶这条狗的。

"小风，乖，不吵了哦，一会儿就到姥姥家了哦！"

前面的人彻底石化掉了。

白惠也被自己的一句"姥姥家"给惊到了，她差点儿一口咬了自己的舌头。下意识地去看前面那人的脸色，却见他唇角轻扯，又合上，嘲弄的笑意散发出来。

"我徐长风的老婆，竟然生了只狗吗？"他懒懒洋洋的声音带足了讥诮嘲笑的口吻。白惠白皙的脸上腾地就红了，她气呼呼地憋出了一句："狗又怎么样，狗比人可爱多了，起码他不会一会儿情人一会儿妻子，坐享齐人之福。"

她这里叽里咕噜的，而男人刚才还轻笑讥诮的脸却是一下子沉了下去，一股子凛然肃杀之气从那张俊朗的面容上腾腾地冒出来，车子嘎吱一下，毫无防备地就刹住了。白惠的身形猛地往前跌去,额头撞在了驾驶位的座椅上,闷闷的疼,她被撞得有点儿晕头转向的,怀里的小风也被甩了出去。

车厢里传来嗷的一声尖叫,那小东西已经飞出去掉到了副驾驶位下面的脚垫上了。

白惠顾不得额上疼,顾不得眼前冒金星,她忙喊了一句小风。而前面的人长臂一伸便将小风从地垫上捞了起来,一把扔给了她:"下去!"

白惠被他狠狠丢出的下去两字怔住。她抱着小风,眼睛里一阵发胀,她咬了咬唇,拉开车门就下去了。

那黑色的车子呼的一下开走了,车轮卷起一阵烟尘绝尘而去。白惠的心顷刻间冰凉。他昨夜还曾搂着她,用他的胸口温暖她的惊惧,可是她一句话便让他所有的温柔烟消云散。白惠定定地站在那车子开走的地方,眼里一片的湿凉。

她抱着小风到了白秋月家时,已经快正午了。白秋月见到女儿,意外而高兴。

"呀,你怎么弄只狗来了?"

"我捡的。"白惠说。

白秋月便皱皱眉。

午饭是饺子。吃饭的时候,白秋月忽然问道:"惠,你和长风结婚那么久了,怎么肚子还不见动静?"

"还不是时候。"白惠淡淡地说了一句。

白秋月望着女儿:"早点儿要个孩子吧,孩子是连结夫妻感情的纽带,没有孩子的婚姻不会牢固的。"

白惠没说话,只是慢慢地咬着饺子。

从母亲那里离开,白惠裹着厚厚的羽绒服站在十字街头,冬日的风一阵阵地吹过来,凉意从四面八方穿透她的衣服,钻进她的身体。她抱着小风,牙齿有些打颤,指尖冻得冰凉,有点儿快要抱不住小风了。而小风也好像被冻到了,此刻在她毫无暖意的怀里,发出嗷嗷的声音,似是婴儿的哭泣。

她站在那里,深深的孤寂和伤感一阵阵地涌上来,在身体里泛滥,她眼望着街头渐次点亮的灯火,心里的孤寂越发的强烈。她迈开步子向着前面走去。灯火璀璨中,是一家通宵营业的酒吧,一辆辆车子在那门口停下来,一对对青年男女走进去。

"白小姐?"楚潇潇一身休闲看着这个抱着小狗,神色间满是落寞情绪的女人,他的心头有一种异样的温柔划过,"怎么站在这里?"

白惠的眼神幽幽:"我想找个地方坐坐。"

楚潇潇的手臂揽住了她的肩:"跟我来。"

第二十章　借你用一用

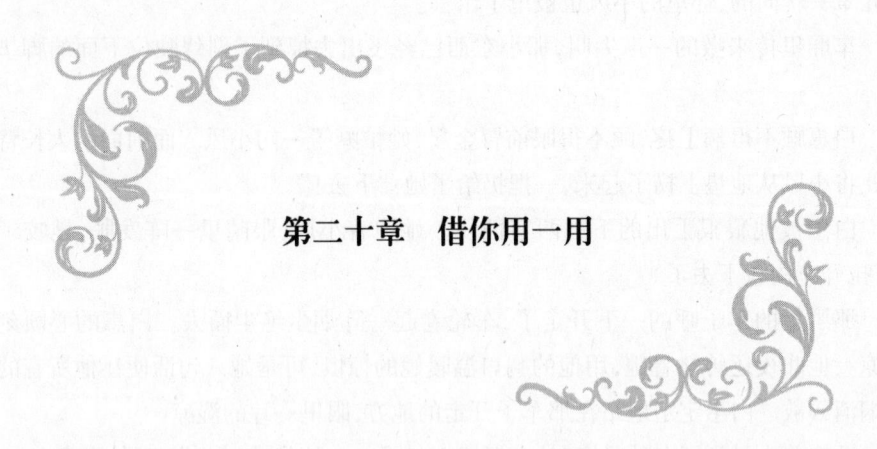

楚潇潇带着白惠去了一家咖啡厅。她抱着小风走进去的时候，服务员看了看她，似乎想制止，但楚潇潇说："我们会看好它。"服务员便没再说什么。

楚潇潇似是这里的常客，对这里非常熟悉，带着她进了一间包厢。白惠坐在他的对面，怀里仍然抱着她的小狗，这个小东西的意外闯入，却好像给了她某种依靠似的。

楚潇潇微微眯了眯眼睛看着她，她的脸上满满都写着落寞。

他轻轻地品了一口杯中的液体，说道："你好像有很多的心事，可以跟我说说吗？"

白惠微微抬了眼睫，眼前的玫瑰花奶茶有袅袅的香气飘入鼻端，她的心事有很多，但是她怎么说得出口？她有令人羡慕的婚姻，但是那婚姻存在着重重的危机，她有深深爱着的人，但那人不爱她。她是那个人的妻子，可是那个人，他在外面还有青梅竹马。玫瑰的香气那么芳芬诱人，可是却盖不住白惠口中那无边的苦涩，她的神色越发的黯然。她想着他轰她下车时那绝情的样子，一阵阵的心寒。

耳边有缓缓的音乐在流转，她看见楚潇潇明亮的眼睛端详着她，他又举起了杯子，明亮的玻璃杯映着绮红的液体，她看见他微微仰头，喝了一口，她看着他干净的白色衬衫，她笑了笑。

"跳跃的烛光，鲜艳的玫瑰，悦耳的音乐，俊美的情人，我和他，我们此刻面对着面，共享这难得的烛光晚餐。"

白惠忽地想起了楚乔曾发给她的短信，那个曾让她彻夜难眠，柔肠寸断的短信，她将怀里的小风放在了一旁的位置上，拉开了手包的拉链，将手机掏了出来。

此刻，虽没有鲜艳的玫瑰，没有难得的烛光晚餐，但她也有俊美的情人，不是吗？

她纤细的手指在手机屏上轻划,楚乔发过来的那条短信,竟然还在。她笑了笑,有些苍凉,将那条短信转发了出去,转发的对象是那个叫做徐长风的男子。

丁零一声,短信发送完毕,她又笑了。她看了看眼前帅气逼人的男子,她在心底说:抱歉楚潇潇,借你用一用。

她捏着手机,眼底全是凄凉,脸上却是笑个不停。楚潇潇拧眉:"白惠?"

白惠轻抬了眼帘,看了看他,接着又是咯咯地笑了起来。笑容妩媚而说不出的忧伤。她的手机就在她的咯咯的笑声中响了起来,急促而迫切。白惠看了看手机上的号码,手指在"拒绝接听"上轻划了一下,手机铃声便断了。

"你去陪你的娇娇公主吧,我自有我的俊美情人。"她喃喃自语般地说了一句,将手机丢进了包中。

楚潇潇一双漂亮的眼睛里有什么浅浅地划了过去。白惠的笑容十分明艳却又锁着不知名的忧伤,说着让楚潇潇莫名其妙的话:"楚先生,抱歉,借你用了一下。"她没有喝酒,但却好像是醉了。去他的徐长风,去他的娇娇公主,她的脑子里再不要有这两个人,她只是白惠,是以前那个淡然平静的白惠。

楚潇潇拧眉,眼睛里有意味深长的神色划过。

"楚先生,我们出去走走好吗?"白惠对着楚潇潇露出更加明媚的笑容。楚潇潇微微眯了眯眼睛,这个女人,她在想些什么?

"好。"他收回目光,起来将大衣披在身上,又亲自帮白惠拿起她的羽绒服帮她披上。

从咖啡厅出来的时候,白惠的手机又响了起来,一声接着一声,响亮而急促。白惠没有接听,只抱着她的小风上了楚潇潇的车子。

她不去想那条短信带来的爆炸性的后果,不去想那个男人随之而来会有怎么样的暴怒,此刻,她只想去找一个可以让她忘记所有烦恼的地方。

而此时,在这个城市的另一家咖啡厅里,徐长风从走廊处转回来,手里捏着他新的黑色手机,他敛着长眉,神色沉凛地走回原来的位子:"抱歉,我先走一步。"他对着对面位子上的女人说了一句便伸手将椅背上的大衣拿了起来往身上披。

楚乔吃惊地看着这个男人,今天的他,神色微沉而淡漠。一杯咖啡的时间里,他始终没说过什么话,都是她说什么,他便回一个简单的嗯字。而现在,他本就微沉的面容布满阴云:"长风?"她喊了一声,精致的眉眼之间隐隐地有焦虑和不舍。

"我叫小北来接你。"徐长风丢下这样一句话便穿上大衣匆匆地离开了。

楚乔呆呆地站在原来的位子上,神色一瞬间写上了失落。

徐长风大步下楼,手指按了车锁,叮的一声,不远处的宾利车门应声打开,他跨上车子,飞驰而去。

白惠抱着小凤坐在楚潇潇的车子里,不发一言地坐着。楚潇潇缓缓地开着车子,他一向是洒脱的人,但是自从遇到这个女人之后,他的心思却在无形中被她牵着走了。城市的霓虹在眼前闪烁,一幢幢高楼在眼前飞逝而过,匆忙的车流渐渐稀落,眼前光景开阔起来。

楚潇潇的车子停了下来,眼前如水的夜色中,隐隐可见连绵的山峦。他打开她这边的车门,拉了她的手,没有避讳什么,白惠的心里有片刻的犹豫,但手却没有缩回来。

楚潇潇拉着她的手向前走。冬夜的凉寒从四面八方地拂过来,但眼前的夜色倒是端的美好。夜色沉静,山峦隐隐起伏,偶有灯火一闪一闪的。

"这里的星星真亮。"白惠仰头看着星星闪烁的天空。在这里,没有了城市的高楼大厦,没有了烟火尘嚣,这里的星星便显得特别的亮,月色也是越发的皎白。楚潇潇笑道:"怎么样,是不是觉得有一种心头豁亮的感觉?"

"嗯。"白惠笑了,眼神纯净而美好。在这个陌生的山野,她心里那些阴霾好像不知不觉地散了。夜色如水,呵气成冰,她和一个不是她丈夫的男人手拉着手站在郊外的山脚下。远处隐隐约约起伏的山峦,夜风吹过来,让人瑟瑟生寒,她却没有觉得冷,抽出了被楚潇潇拉着的那只手放在嘴边上对着天空大声地喊了起来:"徐长风,我再也不要爱你了!"

她又大声地喊了一句:"你尽管去爱你的娇娇公主吧!我白惠再也不会为你伤神了!"

楚潇潇微微地敛起了眉,看着那道纤细的背影,他知道她其实是无辜的,是被伤害的一个,那么让她喊吧,她是一个善良的姑娘,老天不能用别人的错误来惩罚一个无辜的人。

回去的路上,白惠坐在楚潇潇的车子里睡着了。当烦恼散去,她才发现,自己是那么地累。她抱着她的小凤,身子歪在座椅上,小凤在她的怀里发出嗷嗷的声音,然后乖乖地找了个舒服的姿势蜷缩着也闭了眼。

楚潇潇侧头看着她沉睡的容颜,半晌,发动了车子。

"不要送我回家。"白惠的喉咙里咕哝了一句。

楚潇潇把车子停在了一家旅馆外面,然后叫醒了她,用他的身份证给她办理了入住手续:"进去吧,早点休息。"

白惠站在房间门口,看着眼前这个阳光而温和的男子:"谢谢你,楚潇潇。"

"不用客气。我很乐意为你效劳。"楚潇潇微热的呼吸滑过她的耳膜,看着那双很有些暧昧的眼睛,白惠的脸上有些发热。

楚潇潇走了,白惠目送着他的身影离开,才开门进屋。

周六不用去上课,真是舒服。她从床上爬起来,打电话给赵芳,这一天的时光,她不想回家,也不知道怎么过,干脆跟赵芳一起去泡温泉。

那是一家很有名的温泉会所,人很多,收费也不低。穿过重重的回廊,两个人裹着粉色的浴巾,走到汤池旁。缭绕的热气在空中盘旋,有一种不真实的感觉。眼前假山林立,鹅卵石的小路熨帖着脚掌,倒是另有一番别样的舒服。赵芳已经先行下水了,白惠将浴巾解下来放在身旁的石头上,脱了鞋子,将修长纤细的腿探向水中。

来这里泡汤的人,以白领和富豪之人居多,但身材好的人并不多。白惠的出现无疑是这个泉池的一个亮点。她的身形不是那丰满的一种,但绝对是纤秀有度。该凹的地方凹,该凸的地方凸,却又都是十分适中。而且皮肤极好,白皙中带着年轻女子的光泽,像是精细的瓷器。白惠滑入温热的水中,袅袅的热气在眼前蒸腾。她闭了闭眼睛深吸了一口气,让身体去慢慢适应温泉的热度。

"小姐,你叫什么名字?"有个三十多岁的男子靠了过来,胖胖的身体挡住了白惠眼角的光线。白惠看看那人,笑笑,却并没有说话。那人似是不甘心又自我介绍似地说,"敝人姓彭,小姐可不可以交个朋友?"

"抱歉。"白惠站起了身体,光洁如细瓷的肌肤上亮着晶晶亮亮的水珠成串地掉下来。她一拉赵芳的手,赵芳会意,却是对着那人道:"先生,她呢,有朋友了,我看不如,我们交个朋友怎么样?"那人看看赵芳,勾勾唇有些不屑,肥胖的身体就挪开了。赵芳挑眉笑,拉着白惠的手,两个人去了另一面较浅的汤池。

铺着彩色石砖的底子在透明的泉水中清晰可见,白惠和赵芳缓缓地躺了下去。头枕着平滑的弧度正好的石头,温热的水流蒸腾着身体,端的舒服。

白惠仰面看着碧蓝的天空,小风嗖嗖地从脸上刮过,但身子浸在泉水中,并不会觉得冷,她轻轻地舒了一口气,时光如此,该有多么美。

她闭上眼睛,享受着温泉水轻柔的爱抚,时间一分一秒地就流逝掉了。肚子里咕噜咕噜地叫起来,白惠睁了眼,也就在这时,她一下了呆住了。就在她眼前的地方,池子的对面,不知何时多了一道男人的身影。一身黑色极修身的大衣,面容俊朗,却冷面肃寒,尤其那双眼睛,深黑如刀。白惠的心和肝一起颤了颤,她本是要叫赵芳一起去那边的餐饮处吃饭的,但此刻却什么都说不出来了。她只瞪着一双说不出吃惊的眼睛,张着嘴巴看着那人。他怎么来了?

赵芳也看到了徐长风,她温泉水中的手捏了捏白惠的:"这人眼睛像刀子一样,白惠你不会是惹了他吧?"

"上来!"岸上那人说话了,冰冷中带着几分命令的口吻,没有商量的余地。那双眼睛更像是穿透了白惠的身体,白惠的心弦不由得又是颤了颤,想起昨晚那条短信的事,看着他那冰寒肃杀的面容,她有点儿后怕了。

白惠坐着没动,而那人也没走,一双黑眸如刀一般地削着她。旁边的两个女孩儿好奇地朝这边张望。白惠想,如果她此刻再不上去,他恐怕会亲自下来,将她给抓上去。

"是想让我过去拽你吗?"果然,那人说话了,声音更冷了几分,眼神也越发地阴沉。

白惠硬着头皮顶着那满身的锐利锋芒站了起来。她抬腿迈出了汤池,身上的水珠便滴滴答答地往下淌。那窈窕的曲线刚刚暴露在空气之中,一件男人的大衣已经迅速地披在了她的身上,徐长风手指一拢,便将那件大衣在她胸前拢紧了。接着一只大手便扣住了她的手腕,不发一言地拽着她便走。

"喂,徐长风!"赵芳见状也忙从水中站了起来,裹上浴巾便走。

白惠被徐长风拽着从露天的地方到长长的回廊,一直到了女更衣部的门口:"我在外面等你!"他扣紧了她的手腕,神色阴沉无比,狠狠地睨了她一眼,才松了她,大步从男部那边离开。

白惠看着那道冰寒冷肃的身影心头缩了缩,最坏的结果不就是离婚吗?她早已不在乎了,还怕什么。想到这里,心里倒坦然了。

赵芳担心地道:"他不会把你怎么样吧?"

"没事的,大不了就是离婚喽。"白惠神色淡然地说了一句。

赵芳看看她没说什么。

白惠换完衣服出来,她就看到了会所大厅里那道冷漠肃杀的身影。他的大衣已经给了她,他便穿着一身黑色的西服站在那里,颀长的身形,如玉树一般挺拔,整张脸笼罩在会所的阴影中,但那冷肃的气息仍然让人心底发寒。白惠一走过去,徐长风的大手便再次扣住了她的手腕,仍是不发一言,那大手像钳子似的扣着她的,白惠只感到手腕处一阵阵的疼传过来,而那人却是毫不在意地拽着她就走。他的车子就停在会所外面的停车场处,他一手按了车锁,吱的一声,车门打开了,他拽着她走过去,一把将她塞进了后座。他冷肃的背影钻进驾驶位,车子利落地后倒,驶出会所车道,然后嗖的一下开走了。

白惠这时才想起她的小狗还放在旅馆的房间里,不由得喊了一声:"我的小狗。"

但,那男人怎么会理她呢?去他的什么小狗吧!

他的弧度完美的唇线绷得紧紧的,黑瞳如墨,却暗藏着隐隐可见的杀机。可见昨夜的那条短信带给他的震撼还是不小的。白惠不知该高兴还是该解气。

宾利开得风驰电掣一样,连拐弯的时候都不带减速的。看着外面的景物和车辆飞速地被甩到了后面,白惠吓得忙扣上了安全带,但饶是如此,仍被他飙车的样子吓得不轻。车子停下来的时候,她的脸色早就白了。拉开车门,她便是一阵狂呕。但一呕完,连嘴都没来得及擦,她的手便再次被男人扣住了,他拽着她大步进了电梯。

狭小的空间里,他唇线仍然绷着,阴沉如水的眼睛似乎可以杀人于无形,白惠头皮发麻,身上也像起了一层的栗。

"昨晚,和楚潇潇在一起?"他开口说话了。

白惠撇了撇唇,低下头看着脚下的地板:"是的。"

电梯门开了,她的手再次被男人扣住,这次的力道更大,白惠惊叫一声,人已被他拖向家门口。

房门打开,她被他径自地拽到了里间屋子,又不分轻重地毫不怜香惜玉地甩到了床上。接着他沉凛肃杀的身形便欺了过来,他一手扣着她的一只手腕将它们压向她的肩部上方:"白惠,你要是真的做了对不起我的事,我会杀了你!"

他阴沉的眼睛一瞬间变得凶狠,白惠缩了缩,这个男人阴狠起来丝毫找不到半分斯文儒雅的样子。

"那么,你就杀了我吧!"白惠低低地咬唇。

阴云越发的浓烈,一团凶狠的烈焰从男人的眼瞳中涌起,他的大手一把就伸到了她的胸前,在羽绒服的拉链上狠狠地一扯,衣服便拉开了,露出了她里面的薄毛衫,白惠只觉得胸口一凉,那只大手竟然就一把将她的毛衫撩了上去,她的白皙的胸腹便暴露在了空气中。

她惊叫着,手忙脚乱地去阻挡那只手,但却被他更紧地扣住。

男人一张俊脸上青红交替,额上的青筋暴了出来,连那只撕扯着她胸衣的手上,也是爬满了凸起的青虫,白惠害怕了,是真的害怕了。

"徐长风,你做什么?"她的声音发颤,牙齿不由自主地磕在一起。

徐长风凶狠一笑,那笑容让人越发地心底发毛。白惠的眼睛里满满都是惊恐。徐长风阴沉的目光变得邪肆无比,挑了黑眉看着她。"怕什么?做的时候你怎么不怕?嗯?"

他的质问让她无话可说,他阴沉的眼睛里布着讥诮。他的身体里忽然间就冒出了一把火,眼神也是越发的邪肆凶狠,白惠低叫了一声,身上顿时起了一层鸡皮疙瘩。

"别,徐长风,别!"她惊喊。而他却根本不理会她的惊恐,一手按着她的双手,一手掐住她柔软的腰肢,动作粗暴,她的身上立时传来疼痛的感觉。眼前的他,根本就像一只兽。白惠又惊又怕,徐长风的大手沿着她的腰际向下,口里狠狠地说道:"现在知道怕了?昨晚你不是挺有胆子的嘛!"他一边在她身上摸索,一边不忘冷冷地讥诮她。

白惠的整个身子都暴露在空气里了,而他的手又是那么邪肆地在她身上游走,那手指毫不温柔。所到之处,一阵阵地让她惊颤,又一阵阵地让她感到清晰的疼。白惠心底的惊慌蔓延,低叫连连。她想起了那些从杂志上看到的性虐待的事情,他会不会也……

"别,不要了……"她提高了声调,眼睛里也一下子逼出了泪来。

徐长风阴沉的目光瞟了她一眼,唇角嘲弄明显。就在这个时候,他的手机响了起来。他的大衣早被甩到了床的一侧,手机铃声就从那个兜里发出来,一声一声响亮而清脆。白惠猛地睁开眼,眼睛里仍然挂着晶莹的泪珠,却紧紧地盯着他的眼睛,她看到他的眉一紧,瞳里已是闪过一抹烦躁之色,他的手离开了她的身体,去拿自己的手机。还好,那电话里的人不知说了什么,他不得不下了床,拿着手机向外面走去。白惠手忙脚乱地捡起自己的衣服胡乱地穿上。客厅里传来那人的说话声,阴沉而透着愠怒。

"你们给我好好盯着,出了问题,全都给我滚蛋。"

他一向斯文,至少表面上是的,说话从不会爆粗口,但现在出口成脏,可见他有多烦躁。白惠紧缩在她的床上,心头仍有点慌慌的。徐长风好久都没有再进来,白惠偷偷往外面看了看,他低着头,颀长的身形站在客厅里,正在吸烟。这个家伙以前没看到他有那么爱抽烟的。

白惠心跳平复下来,她很感激这个来得及时的电话救了她。要不然,那人不知道会怎么样对待她。想着他那凶狠的目光,她便害怕。

门铃响起来,外面传来一个女人的声音:"有人吗?收物业费?"

白惠便屏了声息,快点儿走吧,大姐。她这样子真没法见人。

徐长风只在客厅里吸着烟,也没应声,那大姐便真的走了。

白惠轻轻地下了床,找她的包。她想打电话给赵芳,让她把她的小风给带回来。

她一出现在客厅里,徐长风阴沉的目光便瞟了过来。白惠想起他刚才的侵略行为,有点儿惊恐,但还是走过去了,将那躺在地上的包捡了起来。

"芳芳,你现在有空吗?你去把我的小风给我带回来。小风就是我的小狗啊!对啊,我跟你说过的。"

徐长风哼了一声。白惠给赵芳打完电话,坐在床上捏着手机,心里却在想,他要怎么样收拾她这个"红杏出墙"的老婆?

徐长风一直没有进来,她的精神渐渐放松下来,而后她听见一声门响,他走了。白惠这才算是真正地松了一口气。

赵芳抱着她的小狗过来了:"你没事吧,徐长风那样子可真吓人!他没怎么你吧?"赵芳边问边目光在她脸上身上检视。

"没有啦。"白惠低了声音,心里却对徐长风的离开感到不得其解,他刚才还凶狠得像头豹子。

赵芳这才放了心,但只是须臾便又叫了起来:"你脖子怎么了?"

白惠忙伸手向脖子处一摸,那里火辣辣的,想是被那家伙的粗暴给弄的。

"没……没事呀!"白惠有些窘,忙将毛衣领子拽高。赵芳皱眉道:"你别遮了,那家伙在那方面虐待你了是吧?"

白惠便咧咧嘴,没说话。

赵芳骂道:"那家伙人模狗样的,想不到这么狠!"白惠也不应声,她骂那人,她正好解恨。

天色一暗下来赵芳便走了,白惠搂着小风,坐在沙发上看了会儿书,而徐长风一直没有回来,白惠的心头渐渐放松,人往沙发上一蜷就睡着了。小风在她怀里趴了一会儿,自己跳了下去,摇着小尾巴在房间里走了一会儿,便也蜷了身子在白惠脚下的地方眯过去了。

过了不知道多久的时候,好像有门响的声音,白惠只微微地挑了眼皮看了看,她好像看到了一双男人的长腿站在她的面前,不用看脸,她也知道是那个男人回来了。她困极了,虽然这一天没做什么体力活,但被惊吓好像也挺费神的,她又把头向着沙发的里侧靠了靠,接着会周公去了。徐长风哼了一声,心头的气恼还在,他也没管她,径自地去了里间的卧室,一个人躺下了。

那沙发很小,垫子有几根簧凸出来了,并不舒适。白惠在上面躺得个骨酸筋疼,便摸索着爬了起来。客厅里一片黑暗,卧室也没开灯,白惠摸索着向着卧室走,漆黑的房间里只有一点浅淡的微光照进来,那是外面的街灯。她可以看到床上躺着的模糊身影。

他四仰八叉地躺在她的床上,人不胖,可是他躺得长手长腿都伸展着,整个一张大床放了他,她竟是没地方睡了。除非滚到他怀里去。白惠撇撇嘴,暗骂了他一句。又返身回到了沙发旁,这一次是辗转到天明,卧室里的鼻息声那么明显,她可以清晰地听到,甚至还有男人翻身的声音。好不容易熬到了天亮,那家伙起床了,她想再趴回床上去眯会儿。可是还没等躺好呢,小风便颠儿颠儿地跑了过来,对着她嗷嗷起来,白惠便伸手到床下摸摸那东西的头:"乖小风,一边玩去。"

她说完，便又躺了回去，睡了一晚那么小的沙发，她的身体快散架了。

她刚躺下，徐长风就从洗手间里面出来了，人刚迈进卧室，小风就一下子蹿了过去，嘴巴叼住了他的裤腿子。

"喂！"徐长风踢了踢腿，那小东西竟然叼着他的裤腿子不放，口里还发出嗷嗷的声音，扭着，撕扯他的裤腿。

徐长风心里头噌噌冒火，一只大手便将那小东西拎了起来："你个小东西！"他阴沉的声音说，"看我不扔了你！"

他拎着小风的小身子便向窗子处走，白惠见状大惊。"不要！"她跳下床向着徐长风奔了过去，"快把它给我！"

徐长风看着那女人一脸惊恐的样子，他眼睛微眯，却是不理她，顾自地向着窗子处走。白惠奔了过去，用自己的身子挡在了窗子前。

"你不能那样，徐长风！"

"我不能怎样？"徐长风微歪着头，眼里全是不屑。

"你不能伤害小风。"白惠又说了一句。

徐长风唇角轻扯，却也只是喉咙口哼了一声，大手一伸就将她扯到了一旁，白惠眼看着那只大手已经去开窗子了，心下大急，连忙去掰那人的手。

"不可以徐长风，你不能那么残忍！"

"我还就这么残忍怎么了！"徐长风恨恨地说。

他大手一用力一把就将窗户拉开了，阴冷的空气立时扑了进来。白惠大急之下抱住那人的大手一口就咬了下去。但是她的动作太过急切，没有看准位置，牙齿磕在了楚乔送他的那块腕表上，口里立即有了咸腥的味道，她也顾不得，狠狠地咬住了他的手腕。那人修长的手臂立时一绷，疼痛让他呲了牙。

"松开！"他咬牙说了一句。

白惠没听见一般，只顾着咬着他的手腕不放。

"我说松开！"徐长风又说话了，语气更加严厉，那只手腕也绷得像是一根铁棍一般。他胳膊一抖，白惠的嘴唇便磕在了那结实坚硬的腕表上，撕撕拉拉的疼从嘴角处蔓延开来。

白惠抖了一下。她的耳边传来小风嗷的一声，她看到那男人早将小风扔到了地上。她忙松了他的手臂，跑过去将小风抱了起来。那小东西被摔了一下，显是疼了，此刻嗷嗷地叫个不停。白惠搂着它，又疼又急地哄："小风乖哦，不疼了，马上就不疼了。"

小风渐渐安定下来，"乖哦，吃点儿东西吧！"她将小风放下去，又去茶几的下面将狗食盒子拿了出来，给它倒了一些。

小风便吭哧吭哧地去吃饭了，白惠又转身去给小风倒水喝。但转身的瞬间，她的胳膊被人一把攥住了，接着她被他用力地带向了他的身前。

他看着她带着血丝的唇角，那上面明显地裂开了，是他的手表磕的。而她的眼睛里有一抹惊慌还有那让他头疼的倔强。他又一把松了她。

白惠伸手抹了抹唇角，瞪了他一眼。这个时候门铃声响了起来，白惠转身问了声谁。外面的人便道："收物业费的。"

白惠哦了一声，忙去开门，物业的大姐手里拿着开好的单据，看着她一脸的狼狈，头未梳，脸未洗，嘴角还有血丝。眼神奇怪。

"姑娘，你没事吧？"那大姐说话的时候，还往白惠的身后看了看。看到徐长风立在客厅中，侧着身子，抽着烟，那神色阴沉的，担心地问了一句。

白惠摇了摇头："我没事，大姐。多少钱啊？"

"五百块。"

白惠回身去包里拿钱，可是她的包里只有四百块多一些，她便迟疑了一下，回身看看身后的男人，他的目光淡淡地瞟向了她。

白惠手里捏着那四百元钱，他想是看得见的，但他只是淡淡地看了她一眼，就又收回了目光继续抽烟。白惠便有些尴尬。

"大姐，回头我给你送过去吧，我这里钱不够。"她说。

那大姐便皱皱眉，又看了看白惠身后的男人："好吧，你尽快啊！"

"嗯。"白惠点头。那大姐走了，白惠关了门，又将那几百元钱塞回了包里。

徐长风吐了一口烟雾，哼了一声。

白惠对他的袖手旁观气恼不已，那人脾气大得很。她把钱装回去，梳洗过后，拿着包去上班。他也没送她。白惠仍像往常一样坐公交车。天气已经快要三九了，真是冻得伸不出手去。白惠穿着厚厚的羽绒服，将帽子戴上，那风便顺着前面的领子往里钻，她想，她得去买条围巾了。

白天，她像往常一样地工作着，对着小孩子们展开着她最最温柔耐心的一面，只是在偶尔的时候，脑子里会闪现那个人和楚乔的身影。上午的时候，楚潇潇打了个电话给她，问她心情怎么样，她说很好，那边便笑了。过了约摸半个小时，就有花店的花童捧着一大束的白色百合过来，点名说送给她。白惠惊讶地接过，她在那花里找了半天的卡片，也没有找到，而那花童也不说是谁送的，让白惠奇怪了一整天。

下班以后，白惠找到了最近的那家银行，从取款机里取了一些现钞出来，她还想着回去交物业费的事。公交车驶过来，她忙跑了过去。白惠到了所住的小区，先去物管处交了物业费,这才又在门口处的小超市里买了些蔬菜向家里走。她一进门,小风就跑了过来,咬住她的裤腿,嘴里嗷嗷地叫,亲昵得不得了。白惠把小风抱了起来,摸摸它的头,又放了下去:"乖,去玩吧!"她又拎着蔬菜去厨房做饭了。

那晚,徐长风又过来了,身上有酒气,仍是一脸的沉默冷肃。白惠想,他一定是来监督她的,怕她又出去和楚潇潇见面。她也装得淡然的样子,不去看他。转天,仍是各走各的,他开着他的小轿车绝尘而去,而她在寒风里瑟缩着往公交站走。

下班以后,风仍然没停,从幼儿园出来,冷风往脖子里面灌,她才想起,还没有买围巾。便乘公交车直接去了最近的一家大型商场。三楼是女士用品,眼前一条条花色各异的围巾让她有些眼花缭乱,而她又极喜欢素净一些的,便挑了一条杏花色,带流苏的围巾,正在镜子前试戴着。耳边有咯咯的笑声传过来。

"风,这条围巾好不好看?"声音响亮清脆,白惠倏然抬眸,却见不远处,一道黑色裙装的高挑身影,正将一条白色围巾围在脖子上,对着眼前的男人笑。

徐长风穿着黑色的西装,面容淡淡的,但看到楚乔那一脸明媚的样子时,还是说道:"好看。"

楚乔高兴得踮起脚尖,在男人的脸颊上吧的来了一记香吻。

"风,你也来一条吧。诺,这款白色的,和我这一个正好是情侣档。"楚乔将另一条围巾披在了男人的肩头。

徐长风已经看到了白惠,面上的神色没有什么变化,只是任着楚乔的一双小手在他的颈间舞动,楚乔面上一片娇柔,神色十分陶醉,"风,你围这条围巾真好看。"

白惠轻扯了扯唇角,这个男人一向不把他的婚姻和妻子当回事,只除了她说要给他戴帽子的时候。

她讽刺地一笑,也没看那男人的脸色,转身便走。身后,徐长风刚才那还平淡的面容微微地露出一抹冷。

"风,我去付款了啊!"楚乔十分悦耳的声音说,徐长风只是轻嗯了一声,手又伸到了兜里找烟,他向着商场的安全出口走去。

白惠离开了那两人的视线,站住脚步,压抑住心底起伏的情绪,她才想起自己的围巾还没买。刚才又因为那两人影响了心情。她于是又回身,正巧与走去收银台刷卡的楚乔碰了个对面。楚乔漂亮的眸子斜睨着她,一脸的清冷不屑,与她擦身而过时,讥诮的声音说道:"有些人,还是看清自己的身份好,站在他的面前,也不会搭调。"楚乔冷冷说完,迈开步子向着收银台走去。

白惠心底里有火怄住。胸口处被她的话堵得闷闷塞塞的。

"没错,有些人是该看清自己的身份,再怎么样自命清高,也只是个上不了台面的小三而已。"

　　白惠冷冷地还击,她的话让楚乔一下子僵了身形。她刚才还冷傲的面容映出一丝青白,刚才刻意在白惠面前演出的那出情侣档的戏码带来的快感顷刻间消失无踪。她的指尖死死地掐进了肉里冷冷地道:"好,那我们就看看,谁能走到最后。"

　　她说完,便迈开步子继续向着收银台走去。

　　白惠脚步停了一下,并没有回头看楚乔,谁能走到最后对她来说都不重要了。与别的女人共享一个男人,她只会恶心,而那个坐享齐人之福的男人,她再也不稀罕了。

　　她重又走回了刚才那家店面,杏色的围巾衬着她本就白皙的脸,更显得秀气好看。

　　"白老师。"有人喊了她一声。

　　白惠从镜子里看到了一大一小两个人。小的是白惠班上的学生,大的是他的父亲。此刻小男孩扯了扯她的衣角:"白老师,你来买围巾吗? 这个围巾真漂亮。"

　　"呵呵,是吗。"白惠笑着摸摸那小家伙的头,"小宇来做什么?"

　　"我来跟爸爸买衣服哦!"小家伙咧着小嘴儿笑。白惠看看小宇身后的男人,三十多岁,西装革履,看起来斯文儒雅。

　　"白老师好。"陈光修跟她打招呼。

　　"你好。"白惠说。

　　"老师你买完了吗? 我们一起回家吧?"小宇扯她的衣角。白惠笑着摸摸他的头,小宇的父母在他很小时离异,陈光修一人又上班又带孩子,经常赶不上时间接小宇,都是白惠留在幼儿园里照看这小家伙。白惠人温柔,对小孩子是极好的,小宇很依赖白惠。

　　"好啊。"白惠答应下来。

　　小宇高兴地拉着她的手,白惠将围巾结了账跟着小宇父子往外走去。

　　"风,你怎么在这儿?"楚乔结过账却找不到徐长风,便四处转悠,然后在安全出口处找到了他。

　　"我来抽根烟。"徐长风神色淡淡地抬了眼眸。

　　"哦,我还以为你被人绑架了。"楚乔不满地鼓了鼓嘴,那嫣红的嘴唇当真是既可爱又妩媚。徐长风却只是淡淡地笑了一下。当年,对于她这样既可爱又妩媚的样子,他总是会忍不住把自己的嘴唇贴过来,两人一阵湿吻,但是现在……

　　白惠和陈光修从商场出来,在停车处找到他的车子,陈光修很绅士地给她开了车门,并且一手压在车顶处,让白惠坐进去。

　　徐长风和楚乔从商场里面出来时,正看到刚才的一幕,他的浓眉一凛。

第二十一章 "报复"的快感

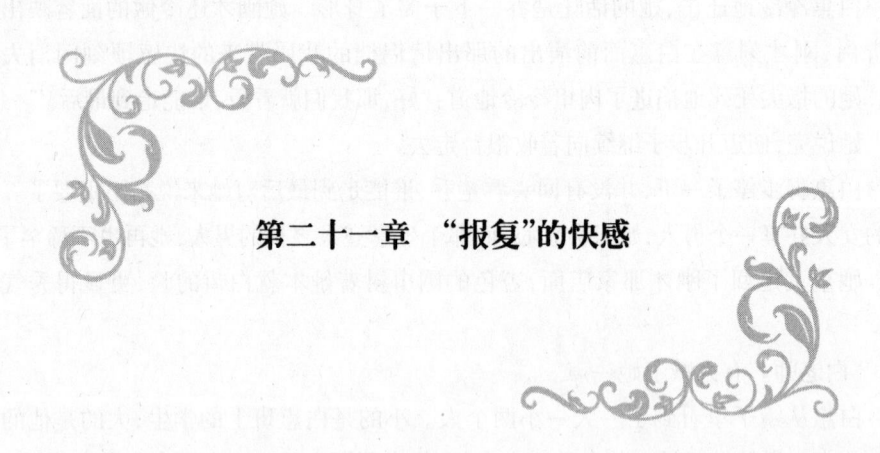

陈光修开车把白惠送到了家门口,小宇困得打瞌睡,却仍没忘了跟白惠说老师再见。白惠站在道边上对着那父子挥了挥手,但笑容尚未收回去,屁股处就是一沉。竟是被什么给顶了一下。她忙回头一瞧,但见身后一辆车子无声无息地停下来,那车头正顶着她的屁股处,有些微的疼。车子灯没开,她看不清里面的人,但那种阴沉肃杀,让她知道里面的人,就是她的丈夫徐长风。

除了那人恐怕也没有人做得出这样的事来。她又羞又气,胸口里往外直冒火,气呼呼地过去,一把将那人的车门拉开了:"徐长风,你真变态!"

里面的人就在这个时候转过了头,漆黑的眼睛在夜色下,明亮而又慵懒:"我还真是小瞧了你,带孩子的你都勾搭!"

白惠被他一句话气得差点吐血:"你,你……"她气得说不出话来。

徐长风星眸微眯,慵懒而又魅惑:"怎么,我说对了?"他下车,拉低了头,还带着莫名饮料味道的气息扑洒过来,白惠对上那人一双似笑非笑却是嘲弄无比的眼眸,一时之间语噎。

"神经病!"她反应过来,骂了一句,转身便走。进了电梯,那人也跟了进来,一只长臂撑在了电梯壁上,黑色的身形站在电梯的门口处,黑眸犀利地斜睨着她。白惠也瞪视着他。他穿着黑色的大氅,领子处系着一条白色的围巾,那是楚乔给他挑的那一条,看起来倒是真配他,越发的人模狗样了。

白惠的眼神讥诮,他则是挑了长眉,哼了一声。电梯门又打开了,白惠想向外走,但那人却保持着那个姿势堵在门口处,他一夫当关,她就别想出去了。

"你让开,我要回家。"白惠冷冷地说了一句。那人却是一笑,笑容讥诮得厉害,顾长的身形微微侧开了,白惠便从那人身旁走了出去。

打开防盗门,小风便跑了过来,两只前爪都扒在白惠的裤子上,仰着小脑袋嗷嗷地叫,十分亲热的样子。白惠将小东西抱了起来,坐在沙发上,抚摸着小风的毛发,柔声道:"小风有没有好好吃午饭?有没有想我?有没有肚子饿?"

小风便嗷嗷了几声,白惠笑着轻拍拍小东西的脑袋,"嗯,还没吃饭啊,我们马上就吃哦!"

徐长风站在门口处看着他的妻子,她倒是真行,连狗都能说上话。

白惠从手提袋里掏出两根香肠来,又重新给小风倒了一些狗粮,将香肠放到了狗粮的旁边,"小风快吃晚饭了。"小东西便去吃东西了。白惠站起来,脱去了外衣,穿着毛衫长裤走进了卧室。

她换了身家居的衣服,又出来了,那个人站在客厅里,不知想着什么。白惠去了洗浴间,放水洗头发。洗完头发,再出来,那男人已换上了休闲的家居服饰,烟灰色的一身衣服,虽然没形没款的,但穿他身上却独独有那么一种让人着迷的气质。他就那么站在客厅里,抱着胳膊斜睨着她。

白惠移开了目光,去寻她的小狗去了。她散着长发,头上还散着飘柔薄荷洗发水的味道,她从他的身旁走了过去,窈窕的身材在宽大的睡衣里面影影绰绰地显露出来。他看了看她,又是轻哼了一声然后迈步去了洗浴间。

他该死的,为什么这么喜欢在这个地方排队!

白惠看到沙发上,那人的白色围巾毫不避讳地放在他的外衣上,她真想给扔出去,她厌恶地坐到了沙发的另一面。小风又摇着小尾巴过来了,这小东西好像还挺缠白惠的,白惠摸摸那小东西的头,说道:"乖,去玩吧,姐姐要看书了。"

白惠说完便捧着一本考研的书歪在沙发上看上了,不一会儿,她就听见了耳边传来小风的声音,她抬头一看,但见小风口里正咬着楚乔送给徐长风的那条围巾吭哧吭哧地逮着玩呢。

那纯白的围巾此刻从沙发上被拽到了地板上,小风的小爪子在围巾上面印了好几个梅花印,而那小东西,还兀自玩得兴起呢!

白惠扑哧就乐了,真好,真好!

她书也不看了,心里暗暗地发着狠,咬烂它,咬烂它!

只一会儿,那围巾就被小风咬出了一道口子。接着又破了几个洞,那小东西还乐此不疲呢。直到房间里的气温陡降,小风被那人的一只大手抓着身体拎了起来。

白惠心头便猛地一跳,她这才看到那个刚刚洗完澡出来的人。他的发丝上还有未擦净的水珠,上身没穿着什么,露出健康的肤色,颀长的身躯,下面松松地系了一条浴巾,此刻正气愤地瞪着她。

白惠见状,心里一突,她不怕别的,怕他又要把小风扔出去。她忙跑过去,一把从那人的手里将小风夺了过来,转身就走,一个没注意,脚又踩在了那条已经残破的围巾上。白惠立时感到头皮一阵发麻,但她并没有抬头,抱着小风没事人似的坐在了沙发上,问怀里的小东西:"乖,吓到没有啊?"

徐长风脸上的肌肉有些抽搐,白惠以为他会大发雷霆,但他却只是走过去,将那已经被小风弄破的围巾捡了起来放在了沙发上。这倒是让白惠感到了意外,这可是他的情人送他的东西,他竟然没有出言威胁她!

徐长风黑眸落在她的发顶,凝望了几秒,才移开视线,却是无声无息地进屋了。白惠纳闷的同时,也有了一种发泄的快感。要是楚乔看到了这条破烂了的围巾会是什么表情?她不由得想笑。

徐长风早早地就躺下了,白惠看了会儿书才回房,扯过被子盖在身上,眨了眨眼睛,又闭上了。

睡到半夜,身上忽然沉重,气息被屏住一般,白惠艰难地醒来,她闻到了粗重的呼吸,那个男人,他正半个身子覆在她的身上,带着浓浓欲望的眼睛在黑暗的夜里越发的明亮。

"不……"她推他,可是触手之处,是炽热的温度。

白惠心头一缩,在这个沉沉的夜晚,她闻到了浓浓的欲望的味道。她的身子竟是不听话地在他的攻击下战栗起来。他的手掌所到之处,她的身子便像是开出了一片片的花朵一般。

"瞧,你的身子多热情!"他的声音在这个黑夜里十分的性感。

她的十根手指,紧紧地掐住他的臂膀,眼睛里一片的湿亮,而他,身上早已汗水淋漓。肩头、胸口,有清晰的伤痕是她的指甲所划。她的手指甲仿佛格外的尖利,深深地划进他的皮肉里,那些划痕被汗水滴过,火烧火燎的。

他的身体明显地僵硬了,肩膀上撕破皮肉的疼让他额上的汗大颗大颗地冒出来。他咬了咬牙,并没有推开她。只是眉心骤拢,牙关咬在一起。

她在咬他,可是她的眼泪也不争气地掉了出来,她在他的肩头发出委屈伤心的呜咽声。

"你怎么可以……"她的牙齿渐渐松开了,她的身体在水与火的煎熬过后是被抽空力气的疲惫,她趴在他的肩头,凉凉的泪滴在他的肩上。他的身体再次地僵硬,他的手微微发颤,缓缓地环住她的背让她转过来面对着他的脸。

她一脸的泪。眼睛里写满凄楚和委屈,他的心被什么给抽疼了。他的汗湿的大手捧起了她的脸,温热的嘴唇落在了她的脸上。

"别这样,白惠!"他低声轻哄。而她的泪却是止不住一般,大颗大颗地往下落。

徐长风长眉深深地聚拢,他宁愿此刻的她给他一个大嘴巴,但就是别这样默默地掉眼泪。这种无声的抗议简直就是控诉,让他觉得自己是犯了罪。他宁愿她像头倔牛似的跟他对着干,就是不要掉眼泪。

"乖,别哭!别哭!"她的容颜仿若梨花带雨,柔弱而让人怜惜。他吻着她,他的声音低沉而微微粗哑,而她的眼泪却掉得更凶。

一颗一颗断了线一般地掉下来。他的心像是被人拿针一下一下地刺着,怎么就那么难受。他的声音微微发抖,"乖,白惠乖,别哭,我以后再也不这样了好吗?别哭,只要你不愿意,我以后再也不会强迫你"。

他的深黑的眼瞳里被焦虑和担心占满,大手不停地给她擦眼泪,微微粗糙的指腹落在她细嫩的脸颊上,是十二分的小心翼翼:"不哭了,不哭了。"他觉得自己的心快要被这女人的泪给生生刺透了。他想此刻的她,说什么,他都是会答应的。哪怕是让他从此再不跟楚乔往来,他也会毫不犹豫,可她只是在他怀里抽咽着合上了眼睑。

白惠这一晚睡得昏昏沉沉的,睡眠很浅,还总是噩梦连连的。她有几次都是梦到自己置身在黑暗的房子里,叫天天不应叫地地不灵的,而后,她的身子被揽向了一个温暖的怀抱。她的身子贴着那温暖的来源,呼吸渐渐地就平稳了。

这是一个难得的,两人相偎的早晨。白惠醒来的时候,眼皮有点儿肿,她没有马上离开他的怀抱,而是转头深深地凝视着这个男人。他好像很晚才睡的,她一直睡不安稳,他便一直搂着她,他的深沉磁性的声音在她耳边叫她别怕。她看着他那熟悉的眉眼,她想起了不知是谁写的一句诗:"如果有一天你走进我的心里,你一定会流泪,因为那里全是你给的伤悲。"

"白惠。"他的手臂从身后搂住了她。她的身子贴到了他的胸口处,温热的气息拂过她的耳廓,他在她的耳边一声轻叹过后,却是良久的沉默。

从家里出来的时候,他牵了她的手,她挣了一下,但没挣开,便由着他去了。白惠仍然坐在汽车的后座里,听着汽车静静行驶的声音。徐长风载着她从小区里面驶出去,他问了一句:"早饭想吃什么?"

白惠沉默了一下才道:"煎饼果子吧!"

徐长风便载着她左拐右拐再左拐,找到了那个卖煎饼的摊位,车子停下来,白惠开门下去了。徐长风看着她那穿着羽绒服的纤细身影向着煎饼摊走去,他手扶了扶额,昨夜他没睡好。她一双含着泪的眼睛,总是在他的眼前浮现,那么的凄楚,却又那么的柔弱可怜,让他的心说不出地疼。

她站在煎饼摊位前,脸色有些白,早晨的风冷飕飕的,她站在那里,好像单薄到风一吹就可以刮走似的,他深吸了一口气,心底有些烦躁,手又不由自主地在车子里找烟。最近他的烟瘾好像真的大了,动不动就想抽烟,尤其是和她在一起的时候。他找到了香烟和打火机点了一根烟,慢慢地吸了一口,又徐徐地吐出烟雾来,眼神有些飘渺。

白惠在那摊位前站了好久,才等到了她那套煎饼,她捧着热呼呼的煎饼回到了车子上。在外面的时候双手都冻得冰凉的,煎饼的热气从薄薄的塑料袋里散发出来,焐着她的双手,倒是暖和多了。

"以后不要再买这东西了,塑料袋包着那么热的东西,塑料的毒素都会散发出来,对身体不好。"徐长风掐灭了香烟道。

白惠的心头有什么一划而过。但她并没有说话,而是默默地吃了起来。

烟味从半开的车窗里散了出去,徐长风将车窗关上,发动了车子。他将她送到了幼儿园外面,看着她下车,他觉得头有些疼。

这一天似乎过得很快,圣诞节马上就要到了,白惠带领着小孩子们剪了很多圣诞节的贴画又一起贴在了班级的墙壁上,窗子上,看着那一张张浪漫可爱的图片,白惠的唇角也渐渐地弯了起来。

她有一种不食人间烟火,有些飘渺的美。时钟嘀嘀嗒嗒地走过,再过十分钟幼儿园就要放学了,外面已经停放了好多的车辆,都是过来接孩子的家长或司机。从三楼的窗子,她可以看到外面,黑压压的一片,全是车子。

徐长风果然来接她了。

外面的车子已经相继离开,此刻的幼儿园门口已经是十分安静了。他站在车子旁,黑色的大衣衬得身形沉稳而挺拔。他轻倚着车身,在默默地吸着烟。她迟疑了一下,向着他走了过去。听见她的脚步声,他那张斯文俊雅的脸露出了笑来,十分温润。

"外面冷,快上车吧!"

他的一只手臂揽在了她的肩头,一只手便拉开了宾利的车门。白惠钻进了车子,他又替她关上了车门,这才坐进前面去开车。回去的路上,徐长风的手机响过,他只是看了看号码,却按掉了。回到家里,白惠仍然很沉默,只躺在床上看书,却并不答理他。

临睡觉之前,徐长风的电话响起来,他起身去接电话,白惠听到他嗯了一声。

然后他转过身来对她道:"明天大伯过来,妈叫你和我一起回去。"

白惠没有说去或者不去,只是看了看他,嗯了一声。早晨,白惠在梳妆台前梳理头发。长长的黑发像缎子一样,柔亮而顺滑。她坐在那里沐浴着晨光,那身影竟是有些慵懒。徐长风站在床边,看着那张熟悉的脸,自那晚之后,她总是这么疏离。

他皱眉,目光不经意间,瞥到了木质的地板上,那一块沾了污渍的白色。

"抱歉,小风弄脏了地板,反正你那围巾已经坏了,我就用它擦地板了。"白惠站了起来,神色已经没有了那种朦胧慵懒,眼睛里也有了几分亮色。只是那亮色怎么就那么别扭呢?徐长风皱眉。

"老公,我们今天去吃什么?"白惠走过来,纤细的手臂环住了他的脖子,笑语嫣然。

徐长风的身形明显地僵了一下。

"你想吃什么?"他的手臂搂住了她的腰,那种纤细柔软的感觉在手。不知怎么的,这样的她,让他有种不适应的感觉。她一直都是温柔的羞涩的,但却不是现在这样,慵魅的。他的声音不由自主地温柔,深黑的眼瞳里也是情不自禁地就盛满了爱怜。

"嗯……你不是说煎饼那塑料袋有毒吗?我们还去你喜欢去的那家餐厅怎么样?那里的馄饨很香的。"

白惠的黑眼睛眨了眨,模样有几分俏皮。徐长风微微眯了眯眸:"好。"

今天的白惠好像很快乐,眼睛里流光飞舞,眉梢眼角有一种神采飞扬,俏皮灵动的感觉,让徐长风感到一种迷惘。

他的小妻子,到底是一个怎么样的人呢?他忽然间觉得,她,或许是一个谜,一个,他并不真的了解的谜。就像她的倔强,他以前从不知道一样。

白惠和她的男人一起去了那家饭店,饭菜端上来,她一手拿着白瓷的小勺子,轻轻地搅弄着冒着热气的馄饨汤,嫣红的嘴唇微微鼓起对着汤汁吹了吹,那热气便慢慢地四散开去。

"风。"很熟悉的女声,白惠微微地抬了头,她看着那一道穿着驼色修身大衣的年轻身影正走过来。

楚乔仍是瞟了她一眼,便若无其事地拉把椅子在徐长风的身旁坐下。

"风,我们一起吃吧!"

"慢着,楚小姐。"一直静眼旁观的白惠慢声说话了,"楚小姐应该知道白惠性子直,有什么说什么,一会儿不小心哪句话勾起了楚小姐的伤心事,楚乔小姐再次掉金豆子,再上演一次被烫到的戏码,白惠可担待不起。"她慢悠悠地说着,但那声音却自有一种不容侵犯的威严,眼神里也隐隐地透出一种犀利。

楚乔唇角抖了抖,那张妆容精致的小脸上,不由得白了白。白惠的话无疑是给了她一个无形的下马威。让她坐也不是，不坐也不是。但是就此离开，那是不可能的，就此离开，她楚乔的脸面往哪儿搁呢？

她修长的脖子上围着那日买的和徐长风款式颜色都十分相似的那条围巾，站在那里，盈盈一笑："白小姐真会说笑话，要是次次都那么巧，那不是喝口凉水都塞牙！"

她说着，竟是旁若无人地坐在了徐长风的身旁。

白惠只是微歪了头，她看得到徐长风的眼睛向着她睐过来，眼神深邃，那神色看不分明。但却好像有一抹犀利从那深黑的眼瞳映出来。

楚乔却是向着身旁的男人看了看，然后有些吃惊地道："风，那条围巾怎么没戴？"白惠微挑眉，仍是不言不语，徐长风淡声道："我忘了。"

"哦，那你下次要记得戴哦！"

楚乔眨了眨眼睛，娇滴滴的声音道。有服务人员过来问她要什么，她轻轻说了句"一碗馄饨"，然后再转头，脸上已是一副娇嗔模样，"风，你现在的忘性好像大了诶，以前我给你买什么，你都不会忘记带在身上的。"

楚乔敛着秀眉，有些郁郁地晃了晃纤细的手腕："喏，就像这块表，你都戴了五年了。虽然样子早就过时了，可你还是舍不得摘下来，天天戴在身上……"

白惠便再次看向她的男人，她看到她的男人，长长的眉毛微微地一敛，手中的汤勺已然不知何时滑落在碗中，眼神越发地深邃，却并不开口说什么。

白惠轻轻一笑，眼神里已经有了些许讥诮："楚小姐年纪也不小了吧，怎么还耍小孩子脾气？以前是以前，现在是现在，以前他是你男人，可现在他是我丈夫，楚小姐，你明白了吗？"

白惠的话在无形中其实戳中了楚乔心底最痛的地方。她洁白的牙齿轻轻地咬了咬嫣红的下唇，眼圈一瞬间就红了："不管是以前，还是现在，他都还是风。"

楚乔那张精致的脸上早没了刚才的冷傲和旁若无人。她的一双美眸含满了幽怨之色，无声地望向身旁的男人："对不起，我……打扰了。"她说完，抿了唇站起身来，身形有些仓皇地向外走去。

白惠敛眉，这个女人，又在搞什么？

徐长风坐在那里，没有回头看一眼楚乔，但是那双黑眸却是望了过来，虽然他没有说什么，但白惠能感觉到那里面隐含的犀利。她的心里顿时一涩，他果真还是听不得别人对他的情人有半点的责备，看不得他的情人掉眼泪。

两人的视线相对，无声中，却好像翻涌着无边的浪潮。许久之后，徐长风低头，又拾起了那滑落的餐勺，吃起了饭。

白惠缓缓地收回了目光，其实今天和楚乔的相遇，她多少有几分故意的成分在，不知为什么,她就是想要找这么个机会,给楚乔一些颜色。虽然她不知道这个颜色,会起到什么样的效果,但她还是想要试一试。事实证明,她永远不要在徐长风的面前让他的情人难堪,虽然他什么也没有说,但她能感觉到,那气氛明显的不对了。

冷漠而僵硬。

她慢慢地往口里送着馄饨,虽然早已没了味觉,但她却装得坚强。他好像也没什么胃口了,只吃了几个馄饨,便起身去结账了。

白惠看着那道已经变得疏冷的背影,她宁愿他此刻弃她而去,去追楚乔,去安慰他的情人,也不愿意看着他这样子违心地和她在一起。

她拿起了包,向外走去。今天一早就请了假,虽然园长并不愿意,但徐长风的面子还是要给的。白惠上了车子,徐长风无声地发动了汽车。

白惠已经很长一段时间没有回过徐家那宅子了。眼前那些别墅的影子渐渐显现,她的心头忽然间有些感慨,当初嫁进那个家门,她从没有想过有一天,会狼狈地搬出去住。

徐家因为大伯的到来很热闹,中午一起用过餐,长辈们便都回房休息了,白惠也推开了自己原先卧室的门。那间卧室她已经好久没有进去过了,记忆竟然也像发霉了似的。她看着眼前熟悉的景物,有一种恍然如梦的感觉。

房间里有说话的声音响起来,声音不大,但却足以让进来的人听清。

"你想要我怎么样?好吧,你说出来,我做就是。"

白惠心头蓦地一凉,她侧头看向那说话的方向,但见那道熟悉的身形正站在窗子那里,挺拔的身形笼着一种无形的冷肃之气。

白惠知道,打电话的人,定是楚乔。

她早晨让她难堪了,那么她,这是要从她的男人身上讨回去的。白惠一动不动地站在那里,直到徐长风的身形缓缓地转过来。午后的阳光有一种暖洋洋的感觉,但他的身形却是让人感到了冷,还有那疏冷的眼神。他看到她,眉心似乎一紧,半晌,他向着她走了过来:"你都听到了什么?"

白惠心头登时一堵:"我没听到什么。"她直视着他的眼睛,说得坦然而干脆。她说完,便是径自地走到了柜子前,拉开了柜门,纤长的手指在那一排排价格昂贵的衣服上飞快地划动,她拿出了一件粉色的睡衣来。这件睡衣是她的最爱,当时走得匆忙,并没有带走。她将那睡衣卷了卷,目光在房间里看了看,然后拉开抽屉取出一个手提袋来装了进去。

"抱歉,我还有事,先走一步。"白惠拿着手提袋从徐长风的身旁走了过去。一楼的大厅里此刻只有两个女佣在清理卫生,白惠对管家道,"伯伯,请你转告我妈和爸,我下午还要上班就先走了。替我跟大伯说再见。"

"呃,好。"管家答应了。

白惠脚步匆匆地从徐宅离开了,她请了一天的假,下午并没有事,只是不想呆在这里看着那人而已。到了外面的时候,身后有车子开了出来,经过她身旁时缓缓地停下。"上车吧,我送你回去。"

白惠看了看那人,他的脸上,神情依然淡漠,与早晨的那个柔情的他,简直是判若两人。她收回目光,却是迈开步子向前走去。

那车子没有再开过来,白惠走了一段路之后,碰到了出租车,便径自回家了。

夜色渐渐降临,她自己煮了碗面吃了,然后上了会儿网,打开QQ的时候,单子杰的头像亮着,他对着她发过来一个笑脸,"明晚有个聚会,一起吧,都是做志愿者的朋友。"

白惠一看见"志愿者"几个字,心头便不由得涌出几分钦佩的感情来,她想起那些个忙碌在公益场合的年轻身影,她想,如果有可能,她也想去做一名志愿者。最好去遥远的山村,去给那些贫苦的学生做老师。

门锁转动的时候,白惠已经有些困了,她一个个地关了网页,那个男人,他也出现在了她的面前。她看向他的目光有些许的淡,而他也看向她。他的身上有淡淡的酒味飘过来,他深黑的眼瞳依然和白天一样,只是在看到她怀里抱着的那个小东西时,微微皱了皱眉。小风此刻蜷在白惠的腿上闭着眼睛,看起来懒洋洋地睡着。

他不由得说道:"你能不能别抱着它了,它是狗,又不是小孩子。"

"它喜欢我这样抱着它。"白惠说。

徐长风皱眉,她的倔劲儿好像又上来了。"可它是狗。"

白惠却并不说话了,鼠标在"关机"上点了一下,电脑响起一阵音乐声,屏幕便黑掉。她将小风放到地板上,说了句乖,便走到床边躺下了。

那人洗完澡又在外面不知做什么,很久才进来,而那时白惠已经困得睁不开眼了。她只感到一旁的位置陷了下去,一切便归于了寂静。

早晨,她是被一阵手机铃声吵醒的,此时还只是早晨五点钟,白惠睡得还是朦朦胧胧的,伸手就向着那声音的来源伸了过去。

她看到了手机屏上跳动着的手机号码,不用记,也已烂熟于胸的号码。

她一下子按了接听键。

"风,你一会儿能过来一趟吗?我现在……真的好想和你在一起。"

楚乔的声音带了十分明显的委屈和幽怨,那声音那语调,白惠想,她如果是个男人,一定会恨不得把那娇滴滴的人拥进怀里去。但她却笑了笑:"抱歉楚小姐,我老公他不能过去陪你了,因为他要陪他的老婆。"白惠冷冷地说了一句,手指在结束键上轻划了一下,结束了那个电话。不用看,她也能想象得到楚乔现在的脸色,一定是白里透着青,青里透着白,青白变换着。白惠心里有一种发泄的快感,她将他的手机又扔回了床头柜上,却在转头的瞬间一下子呆住了。

徐长风不知何时已经坐了起来,正用他的眼睛看着她。目光有些耐人寻味。

白惠心头不由得跳了跳,那种困意一下子就没有了。

"下次不要再接我电话。"徐长风说话了,黑眸里似乎带了一抹警告的神色,说完,便是下了床,拾起手机向外走去。

白惠看着那人只穿了内裤的颀长身影走出卧室,心头一堵的同时,也冒出了簌簌的小火苗。谁愿意接他电话呀?谁愿意听到那个娇娇公主的声音呀?谁又愿意大清早被自己的情敌吵醒啊!

"下次再要睡在这里,要么让你的娇娇公主不要再打电话过来,要么,就关机!"

她愤愤地喊了一句,便又扯过被子躺下了。但是,此刻的她,哪还有睡意?她在床上翻腾了几下就起来了。但时间还早,心里又烦闷,她不知道要做些什么,眼睛忽然间瞥见了昨天被她扔在地上擦水渍的那条白色围巾。她挑了挑眉,走过去,将围巾拾起来,干脆蹲在地上擦起了地板。

徐长风再进来的时候,身影明显地僵了。他锐利的眸向着她瞟过来。白惠没有抬头,一个人擦地擦得热火朝天的,很卖力。

小风早就醒了,围着她一个劲儿地转,像是个小孩子在和她逗猫猫似的。白惠伸手摸了摸小风的毛发,柔声地说道:"小风晚上有没有做梦啊?肚子饿不饿啊?姐姐一会儿就去给你弄吃的啊!"

徐长风的眼神越发的黑了,这个女人!他哼了一声。人站在门口,像是一尊门神似的,又冷又肃。白惠擦完了卧室的地板,便向外走。从徐长风身边经过时,她能感受到那种凛冽的气息,像要把人冰冻似的。她头都没抬地拿着那条已经被地板弄得又黑又湿的围巾走了出去。小风嗷嗷地叫着也跟了出去。

"小风乖,姐姐一会儿就给你弄饭吃。"白惠边说边用另一块干净的抹布擦茶几。但是冷不防,把昨夜放在茶几上的一杯水碰倒了,水流了出来,很快地就浸了旁边的一块表。那是娇娇公主送给徐长风的情侣表。白惠想把那表拾起来,但手伸出去,却落在了那个只剩小半杯水的杯子上,她把杯口朝下,对着那块奢华尊贵的手表便浇了下去。水哗的一下就将那表给泡了。白惠挑挑眉,忽然想,这个早晨也不是很糟糕。

"这是怎么回事?"发现自己的表框上湿湿的,下面还泡着一小汪水,徐长风敛眉问了一句。他已经穿好衣服,手指拈起那块被水泡过的表问。

白惠纤细的身子正穿着睡衣跪在地上,手里拿着抹布还在擦地面。"哦,我不小心碰洒了水杯。"她轻描淡写似的说了一句。

那人的长眉一瞬间纠紧,他的眸变得十分阴沉,盯了白惠一眼,才收回眸看那表。名表就是名表,那么多钱当然不是白花的,淋了那么多的水,指针竟然还在走呢!白惠眼角有几分嘲弄。

徐长风将那表戴在了手腕上,对着她说了一句:"大伯还在呢,你今天还得过去一趟。"

白惠没说什么。但是临走时,她提醒了一句:"你不把楚乔送你的围巾围上?"她的话换来男人一种更加耐人寻味的眼神,他深深地看了她一眼,不,应该说是狠狠地瞪了她一眼,开门出去了。

第二十二章 我们离婚吧!

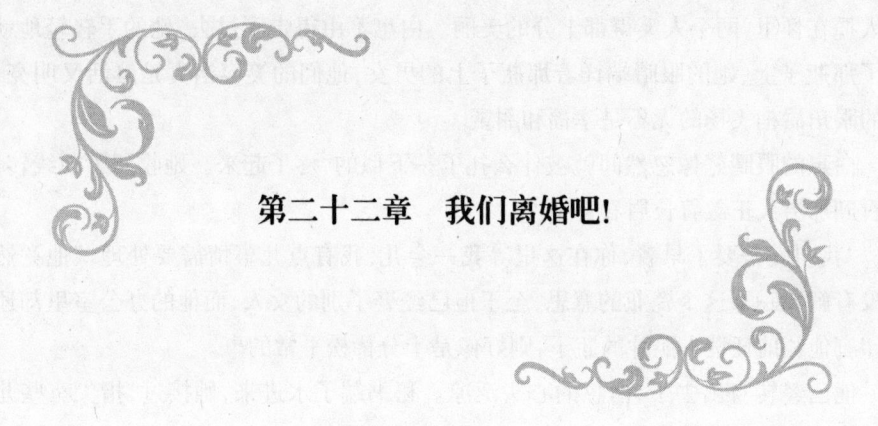

　　白惠下楼的时候,那人正坐在车子里,深色的贴膜下看不清那人的脸,引擎声嗡嗡地响着,她向里面看了一眼,才坐进后座。车子一路平稳而快速地行驶,这次没有在外面用餐,而是在早晨的街头直线地行驶起来。眼前的景物有些熟悉,赫然是去他公司的路,白惠不由得看了看他。他的神色很专注,不知是在专心开车,还是在想着别的什么。车子在公司大厦前停下,他人就径自地走进了大厦。白惠这还是第一次跟他一起出现在森顶大厦,她从没去过他的办公室,此刻便想进去看看。她进去的时候,徐长风已经进了电梯,他的手指按在开门按钮上,声音很沉地说了一句:"快点!"

　　白惠便加快了脚步跨进电梯。今天的她没穿羽绒服,穿着一件粉色的大衣,有很好的收腰,腰部下面呈A字型,像是穿了很短的裙子。她的一张小脸上没有施任何的脂粉,但站在那里,却是俏生生的。

　　电梯门一开,他先迈步出去了。白惠出来的时候,听见有人在说徐总好。接着又有人跟她打招呼,十分礼貌,是徐长风的首席秘书。

　　白惠客气地回了一句你好。

　　徐长风已经进了办公室,白惠跟过去。他的办公室宽大而明亮,她举目四顾。这个房间装修得很简约,但却有一种低调的奢华,像极了他,不张扬,却隐隐地透出一种贵气。

　　窗子很大,阳光很好地照进来,给那人的身影投上了一层光晕。她的目光轻轻转开,落在了窗子一侧那排长长的木架上,上面摆放着不知从何处买来的古董样的东西,看起来便是价值不菲。其中的一个瓶子吸引了她的注意,那是一只青花瓷的瓶子,造型流畅而优美,而更美的则是那瓶上的一对男女。

那不知是用什么方法放上去的一对男女。男的帅气俊朗,女的娇媚明艳,女子被男人揽在怀里,两个人笑得都十分的美丽。白惠不由得走了过去,她的手轻轻地就落在了那瓶子上,她的眼睛端详着那瓶子上的男女,他们的笑容当真是鲜活又明亮,他们的眼角眉梢飞扬的无不是幸福和甜蜜。

白惠的眼睛好像忽然间就被什么扎了一下似的,疼了起来。她收回了视线转身,她看到那男人正敛着长眉看着她。

"我叫安蒂要了早餐,你在这里等我一会儿,我有点儿事情需要处理。"他竟然丝毫没有解释一下这个瓷瓶的意思,至于他已经娶了别的女人,而他的办公室里却还放着印有他和前任情人照片的瓶子,则好像是十分稀松平常的事。

他已经转身出去了,白惠的心头泛凉。秘书端了水进来,她接过,指尖有些儿发颤。她坐在沙发上,慢慢地喝着水,水的热气熏着她的脸,眼前湿湿的。

"楚小姐,徐总在开会。"外面忽然间有声音传过来,接着是高跟鞋哒哒敲击地板的清脆声响,白惠抬眸之间,办公室的门已经开了,楚乔一袭黑色大衣地出现在眼前。见到她,明显地露出意外的神情,而首席秘书则好像有些尴尬。

白惠看着楚乔,而楚乔也看着她。后者的目光依旧清冷不屑,只是脚步迟疑了一下,便顾自地走到徐长风的大班椅前,将纤细的身子陷了进去。

"巧啊,白小姐。"她懒洋洋地摆弄着左手,漫不经心地打量那冷艳丹蔻的指甲。

"嗯,是很巧,楚小姐。"白惠轻轻地放下了杯子,站了起来,向着窗子处走去。站在巨大的窗子前,她看到了外面的车水马龙。这大厦当真是高,那些车和人都变成了很小的黑点似的。

徐长风回来了,白惠看到他的眼睛里一闪而过的吃惊神色,情人和妻子都在他的办公室里,他显然不会想到。

"风,我早晨给你打过电话。"楚乔站了起来,踩着细长的高跟鞋向着徐长风走过去,声音里带了几分的娇嗔委屈,"你真的没有时间陪我吗?"

这可真是赤裸裸的挑衅呢!白惠感到讽刺得很。她冷幽幽地看向她的男人。

"改天吧乔乔,我今天有事。"徐长风低柔的声音说。他到底还是没有到完全不要脸的地步,也知道在他妻子的面前应该拒绝情人的要求,只是那态度那么的委婉,他的心里该是多么的不忍呢?

白惠冷冷地看着他的男人,直到他也看向她。她这才向着他走了过去,那张皎白的脸绽出了一抹甜美至极的笑来:"老公,你的事办完了吗?我们可以走了吗?"

她过来,掠过楚乔,纤细的身形站在徐长风的身旁,粉色的衣装,长长的发丝,白皙粉嫩的一张脸,俏生生的,扎着楚乔的眼。白惠那只泛着凉的小手轻轻地就伸进了男人的掌心,用自己的手指将那人的手指勾住了。她的动作让那男人的手明显地僵了一下。他看向妻子的眼神便添了几分意味深长。

"等一下。"他将手指从白惠的手心抽了出来,向着他的办公桌处走去。他将手中的文件放进了抽屉里,这才转身。而楚乔已经在这一刻,小鸟一样地过去,双臂抱住了男人的脖子:"风,不要这么折磨我……"

她的声音当真是又委屈又心酸,而且毫不顾及身旁情人的妻子还在,就将自己投入了那男人的怀里。白惠咬了咬唇,忍住了上去给她一个嘴巴的冲动。

楚乔将自己埋进了男人的怀里,纤细高挑的身形微微轻颤,飘逸的长卷发遮住了那张精致的脸颊,白惠只听到了那似是哽咽的声音。她忽然间倒吸了一口凉气,这个女人,是真的用情太深,还是心机深重呢?

她看到男人的长臂轻轻地抬了起来,缓缓地落在了那道纤细的背影上,耳边似划过那人的一声轻叹,白惠看到了他微微拢起的眉。那只大手在楚乔的背上轻轻地拢住。

"乔乔……"这两个字竟透出了说不出的感慨,男人眼底的神情已是十分复杂。白惠冷冷地看着那两人,看着她的丈夫抱着别的女人,他们站在她的面前。

她忽然笑了,伸手将沙发上的包拾了起来,快步向外走去。迎面,办公室的门再次打开,一个秘书模样的女子手里拎着餐盒进来了:"少夫人,您的早餐。"

白惠正向外走,脚步太疾,一下子便撞在了秘书身上,秘书手里的餐盒便噼里啪啦地掉地上去了。白惠被餐盒里洒出来的早餐洒了一身,粉色的大衣沾了一下摆的污秽。那小秘书吓得连声惊叫,一个劲儿地说:"对不起,我不是有意的。"

白惠并没有责怪她,而是低头看了看,便头也不回地走了。身后,徐长风的眼底有什么闪了闪,他的那只落在楚乔背上的大手僵住了。

白惠脚步匆匆地下了楼,到了外面,她仰头看了看晴朗的天空,深深地吸了一口气,这才迈开步子离开。

今天的假已经请了,她便不想再去幼儿园,一个人也不知道要去哪里,心情不好,人越多的地方越是闹心。徐家,她已经没有了去的心思,尽管半个小时之后,男人的电话就打了过来,但她却是看都没看就按掉了。他只有在用得着她的时候,才会想起她。她心底发凉,也就对他越发地厌恶起来。一个人在街上漫无目的地走着,天寒地冻的天气,那身影显得特别的孤单落寞。有白色的跑车刷地滑了过来,黄侠探出他那张桃花满眼的脸来:"嫂子,你这是上哪儿去呀?"

白惠停下脚步,拢了拢身上的大衣,扯了扯唇角,笑了笑:"没事,一个人走走。"

黄侠便笑道:"这么大冷的天,一个人走什么啊!"他的笑声未落,目光便直直地怔住了。他看到了白惠那粉色大衣上斑斑驳驳的污痕,他脸上的笑有点儿僵,于是对着身旁一脸娇滴滴的女子命令道:"你,下去!"

那女子自是一愣,"黄少?"

"下去,紧着点儿!"黄侠没了那往日的模样,样子急躁。美女心里不愿意,却也不得不伸手开车门。下去的时候,她向着白惠的方向看了看,这个女人,看起来脏兮兮的,她是谁呀?

"嫂子,上车吧,我载你回去。"黄侠跳下车子样子十分诚恳。

白惠心底里涌出一股热流,在这个寒冷的冬日,在她的心里如冰水般凉的时候,黄侠的举动无疑是让她感动的。

"谢谢。"她低头看了看自己的身上,深深浅浅遍布着早餐的痕迹,低一低头,甚至还能闻到豆腐脑的味道。她自嘲地笑了笑,"我恐怕会弄脏你的车子。"

"脏就脏呗,脏了再洗。"黄侠爽朗地说,边说边就给她打开了车门,白惠便不再推辞,弯身钻进了那白色的轿车。

黄侠直接地把她载去了一家服装店,很有名气的牌子,里面的店员好像跟黄侠很熟,笑着打趣:"黄少,又换女朋友了?"

若在往日,黄少心情好,定会跟他们一乐,桃花眼放光,迷得个小姑娘神魂颠倒的。但是今天,他瞪了那说话的人一眼。那小姑娘似是被他反常的举动吓了一跳,便闭了嘴不再说什么。

白惠挑了一件杏色的大衣,今年冬天好像特别流行这个颜色。掏钱付账的时候,黄侠拦住了她:"记我账吧,反正我这里账多。"

"那怎么行?"白惠有些不好意思,黄侠却是笑得大大咧咧:"要不改天让风哥好好请我一顿吧!"

白惠脸上的神色登时便有些僵了,黄侠意识到了什么,差点儿伸手扇自己的嘴巴:"瞧我这嘴!"

白惠便笑笑:"没什么,改天我请你吧!"她的眼睛里又是亮亮的了,样子竟然也有了些俏皮。

晚上很快就到了,白惠将那件弄脏的大衣洗干净后,就打车去了和单子杰约定的那家饭店,白惠看到,到场的不光有她,还有几个青年男女。

都是刚出校门的大学生,有两个还是刚在陕西那边支教回来的。青春洋溢的脸上带着风尘仆仆的气息。言语之间更是带着一种青春的热情和活力。白惠忽然间觉得自己好像老了。虽然年纪和他们差不多,但因为过着另一种生活,循规蹈矩,按部就班,有时候还是忍气吞声,她觉得自己的心境好像比他们老了十几岁。她忽然间对他们的生活产生了羡慕的心绪。

"下次你们再去支教的时候,也叫上我吧!"她的眼睛亮亮的,也洋溢出青春的热忱。

"好啊,只要你舍得现在的豪门生活!"单子杰笑说。

白惠道:"有什么舍不得,这样的生活我早已厌倦,'采菊东篱下,悠然见南山',我喜欢这种生活。"

"好,为我们的采菊东篱下,悠然见南山干杯!"单子杰当先举着杯子站了起来。

"那小子是谁?"正进来的几道人影中,为首的那男子脚步顿住,问身旁的助理。

小北向着这边望了望,对着徐长风摇了摇头,"老板,不认识。"

徐长风皱皱眉,他站在他们不远的地方,黑眸望向这边,他微敛着长眉,神情之间看不清喜怒,只是双手插兜地站在那里,如一株玉树一般。而这边的人仍然热情高涨。

白惠喝了杯中的酒,坐下来还没忘了又对身旁的女孩儿说:"记得下次再去支教,一定要叫上我哦!"

"一定,白姐。"女孩儿叫高燕,此刻豪气地拍了拍白惠的肩。

"一定什么?"一只男人的大手突然间覆上了肩膀,耳边传来低低的一声男音,温醇而好听。白惠全身都僵了僵,刚才还饱满的热情像是被凉水浇过似的,一点儿小火苗都没有了。

她神色变了变,只是微微地抬了眼睛看向那男人,美眸平静如水。徐长风一张俊颜似和风细雨般的温润,他的黑眸凝视着他的妻子,眼底有意味深长。

"白姐,这位是谁呀?"高燕眨了眨眼睛问。

"一个朋友。"白惠淡淡地说了一句,在徐长风办公室的那一幕,无疑像根刺似的扎在了心头,他不把她这个妻子当成妻子,她又凭什么要把他这个丈夫当成丈夫?

"哦,那这位朋友高姓大名啊?"单子杰挑了挑眉,问得一本正经一般。

徐长风的脸上可想而知地抽了一下。继而一双黑眸锐利地睨向一旁的单子杰,却又笑道:"在下姓徐,名长风。"他黑眉一挑,笑得俊朗而风流。"很高兴认识各位。"他说着,就十分谦逊地向着坐得最近的一个女孩子伸出了手,礼貌地轻握了一下。然后又是别的女孩儿。

白惠钩钩唇角,眼底的讽刺明显,她的视线收回的时候他的眼睛正好淡淡地瞟过来,两人的视线相遇,她看到了他眼底的那抹阴沉。

她只当是没看见一般,与身旁的女孩儿说话,不知说到了什么,咯咯笑起来。

徐长风拧眉。

"来,来,别光说话了,大家吃菜,吃完了,不是还说要一起去唱歌儿吗?"单子杰举着杯子喊了一句。

在座的人立时都举了杯子,白惠也举了起来,她已经喝过了一些酒了,呼吸之间有淡淡的酒香飘散。

"诶,徐先生,你也喝呀?"徐长风身旁的女孩儿说了一句,徐长风便收回那略略犀利的目光也举起了杯子。

白惠一张白月一般的脸上,始终是笑意淡淡的,坐在几个女孩儿中间独独的有一种遗世独立的静美。

"哎,白姐,你长这么美,人又温柔,有没有男朋友啊?如果没有,把我哥介绍给你吧!"说话的女孩儿叫李一飞。

白惠笑:"嗯,好啊!"

她的一句话差点儿让徐长风把嘴里的酒喷出来。他一双黑眸瞪着白惠。而白惠却似是没看到一般,只是目光轻轻地就从他的脸上扫过去了。

"那可说定了哦,我哥他人很帅的,而且心肠很好,在跨国公司做部门经理,很有前途的。"李一飞又说。

"行。"白惠笑得明亮。单子杰只是眯着一双星眸看着白惠,白惠看过来的时候,他笑了笑,道:"嗯,她确实值得很好的男人。"一语当然是双关了,白惠心底想笑。

徐长风本就因为李一飞要为白惠介绍男朋友而脸上微抽,再一听到单子杰的话,长眉倏然敛紧。他意味深长又带了一抹警告意味的眼神就看向了白惠。

白惠脸上笑意淡然,只是当做没看见一般。

"大家都差不多了吗?我们该去K歌儿了。"高燕笑着喊了一句,几个女孩儿立即拍手附和。

不知是谁结了账,几个人沿着马路向最近的一家KTV走。临出门之前,徐长风不由得拉了拉妻子的手,但被白惠不着痕迹地甩开了,而后快走几步跟上了单子杰的步伐。

徐长风拧眉。小北跟了上来:"徐总,要不要开车啊?"

"你开着吧!"徐长风有些烦躁地说了一句。

前面的几个人影已经迈进了KTV。

徐长风没有跟进去,那些人好像接纳了他,但他自己能感觉到那种格格不入。那是一群青春洋溢的年轻人,与他的生活根本是两个世界。而更让他心底烦躁郁闷的,则是他妻子对他的无视,而且要去相亲。

真是笑话!有夫之妇的你!

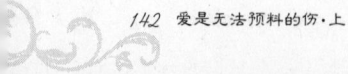

他让小北打车回去了,他自己坐在车子里吸烟。也不知过了多久,里面的人还没有出来,夜色已经渐深了,他关了车门走进了那家KTV。

一个人在吧台边喝了杯不知什么名的酒,然后顺着走廊往前走。有清越的歌声从一间虚掩的包间里传出来,声音似是听过。他停下脚步向里面瞧了瞧,却是单子杰拿着麦克风在唱歌,是一首校园歌曲,徐长风嘴角轻蔑,根本还是个大孩子。

"白姐,你也唱一个吧!"单子杰唱完不知是谁喊了一句。接着便有人也喊了起来:"是呀,白姐唱一个吧。"

白惠脸上热了热:"那个……我唱得不好。"

"唱得怎么样都没关系,关键是大家开心嘛!"几个女孩儿说。

于是白惠站了起来,接过了单子杰手中的麦克风,看了看眼前的青年们。

"呃……我唱首菩萨蛮吧。"

那是当下很流行的一部宫斗剧的插曲,白惠很喜欢。

"小山重叠金明灭,鬓云欲度香腮雪。懒起画蛾眉,弄妆梳洗迟。照花前后镜,花面交相映。新贴绣罗襦,双双金鹧鸪……"

很伤感的一首歌,写的是后宫女子起床梳洗的娇慵和美丽,也写出了那些女子孤独寂寞的心境。白惠的歌声婉转而清幽,如诉如怨,让人有一种恍然穿越了千年时空的感觉。

徐长风站在包房的外面,心神随着那歌声飘飘忽忽的,看着灯光下那像是从古画中走出来的女子,她美眸幽幽,专注却又静美得不真实的样子,他的心不知怎的,就有一种说不出的滋味涌上来。他很想把她搂在怀里。

白惠一曲唱罢,尾音未尽,下面已是一片掌声。

"白姐唱得真好。"

"是呀,白姐再唱一个吧。"在座的有甄嬛迷拍手叫了起来。

白惠只是连连摇头:"不不,你们唱吧,我唱得不好,真的。"白惠连连摆手,她很少在人前唱歌儿,只除了在幼儿园教小孩子们的时候。

她连连推辞,那些人便不再勉强她,换了另一个女孩子上去唱了。白惠找了个位子坐下来,一抬头,就对上了单子杰的目光,清亮而有一种大男孩儿的温柔。她笑笑,端起了眼前的酒杯。她慢慢地喝着杯中那不知名的酒液,眼睛不知怎么地就湿了。

她站起来,一个人向外走去。包房的门打开的瞬间,她的目光凝住了。徐长风顾长的身形站在走廊黯淡的光线中,他正看着她。漆黑的眼睛比那夜色还要深沉几分。

"我们离婚吧!"这是她这个晚上跟他说的第一句话,声音幽幽的,带着一种难言的哽咽。美眸中流荡着的是一种幽幽苍凉的光。她只穿了毛衫和长裤的纤瘦身形站在门口,看起来纤弱而无依。

徐长风微微敛眉,心头怎么就那么地疼了。他很想把她拥进怀里,好好地疼爱,但她的话却让他心头骤凉。他微扯着唇角看着她站在包房的门口处,一手轻轻地将身后的门掩上了,将里面甜美的歌声掩在房间里,她又说:"我知道,有钱人,都怕离婚。因为,离婚会伤财。可能会打官司,然后,会损失财产。那可能是一大笔的赡养费。我不要钱,我有工作,我有不错的薪水,我可以养活自己。我不要你一分钱,徐长风,我们离婚吧!"

白惠说话的时候已然真的哽咽了,她伸手狠狠地拭掉了眼睛里突然间迸出的泪。此刻的她,心头除了萧索落寞,伤恸,还有说不出的委屈。

"不是。"徐长风一把攥住了她的两只手,"不是那样的。"

他的心头忽然间有种焦急迸出来,他的长眉紧紧地纠起来,心头被钝器割着似的,闷闷钝钝的疼。

"不是你想的那样。"他低了声线,包裹着她手的那只大手收紧了,紧紧地攥住。

"那你想怎么样?就这样享齐人之福?"白惠美眸幽幽,全是泪。"徐长风你是不是太残忍?你这样让我日日受着你和楚乔的煎熬,你良心何安!?"

"不,不是的。"那种说不出的烦躁再次涌了上来,徐长风脸上的神色十分不好。他攥着那只柔软却冰凉的手,就是不松开。白惠笑了,眼睛里的泪晶莹闪亮:"你是想等到我人老珠黄没人要的时候,才离婚是吗?"她爆出了哭音,再次伸手抹了一下眼泪,手指过处,竟是火辣辣的疼。

徐长风的心头忽然间如被利剑划了一下,那种闷闷钝钝的疼忽然就变成了锐痛。

"不是!"他一把将她扯进了怀里,迫切地亲吻她的额头,"不是,你想多了。"

他不知该说些什么,不知怎么样才能够安慰她此刻的苍凉和悲恸,只是心里如燃了火,火势熊熊,顷刻就要灭顶一般又急又忧。

白惠将他攥在手心的手抽离,身形后退,用那双凄婉的眼睛看着他。她看得到他眼底那抹沉痛和焦灼,看得到他眼底那不知名的火焰,是为她吗?

他会舍不得吗?

空气好像凝滞了一般,只有微微粗重的呼吸缭绕在这沉寂浮躁的空间。

"白惠。"徐长风的声音低沉而染了一抹焦灼。他的长臂将她柔软的腰肢搂在怀里,将她压在了走廊的墙壁上,一个吻随之印了上去,落在她的腮边上。白惠惊愕过后,歪头去躲,但他的大手一下子就捧住了她的脸,炽热的吻随即落下。

"白惠?"是单子杰的声音,带了担心。徐长风却又一把牵了她的手,拉着她大步向外面走去。

他的手带着微微的冷,包裹着她的手,紧紧的,像是怕她会随时逃开似的。他开了车门,一手扶了她的腰,将她轻推进了他的车子,自己随后也坐了进去。宾利飞驰起来,白惠看向身旁的男子。他也在看着她。黑暗的光线里,他的眼睛灼灼的,带了异样的深度。她咬了咬唇,低下了头。

　　黑暗的光线里便传来泪落的声音,簌簌的,滴在人的心上。

　　徐长风再次凛了长眉,心头又似被什么割了一下似的,闷闷涩涩地就疼了。他轻轻地伸出了手,将她靠着他那一侧的手拾了起来,包裹进自己的掌心,又放向自己的胸口。

　　"这里面,全是你。"他说。

　　白惠的心头倏然有什么流过一般,她一双含泪的美眸幽幽地望着他,被他放在胸口的那只手在轻轻地发颤。全是她,怎么可能?她心里仍然止不住地痛。他的心里还有楚乔,这是傻子都知道的事实。她的身子在轻轻地战栗,心里的悲伤和痛苦无以言喻,她只能任眼泪静静地流,只能就那样看着他,默默无声。

　　车子不知何时就停在了白惠住所的楼下,两个人却是胶在了车中。

　　徐长风先行下了车,他站在车子门口处,似是深深地吸了一口气。而另一面,那车门打开之后,那身形却是良久才出来。白惠抬头看向那灯火阑珊的大楼,她的小屋就在那很高的地方,此刻黑着灯。她迈开步子走进那幢楼房。身后的人没有跟进来,她不知道他站在那里在做什么,她一个人进了电梯,又打开了房门,换鞋脱衣,洗了把脸,还没有转身,腰间已是一紧,一双男性的手臂已经轻轻地圈住了她的腰肢。

　　"白惠。"一声轻叹缓缓地滑过耳膜,白惠还在擦脸的身影就那样僵住了。她手里还拿着素色的毛巾,脸上还挂着未擦净的水珠,神情已是呆住。徐长风轻轻地将她的身子转了过来,让她面向着他,他的眼神深沉而温柔,像是当初她和他还在恋爱的时候,如果,他是真心的和她恋爱过的话。

　　他的大手轻轻地落在了她的脸颊上。指腹缓缓地擦去了她脸上的水珠。随后,他的吻落了下来。落在她的额头上。白惠的身形仍然僵站着,他这样的温柔虽然以前也常常看到,但她还是觉得迷茫。

　　他牵了她的手,而她就像木偶似的跟着他走,身后,小风汪汪地叫着,颠儿颠儿地跟过来。在她的脚踝处拱来拱去,它大概奇怪,它的主人为什么不像往天那样抱抱它呢?

　　徐长风走到沙发旁坐下,又把她揽坐在了他的双膝上。

　　"白惠。"徐长风的一只大手轻轻地扳过了妻子的脸,他看着她的眼睛,眼神深沉而柔和,"你想得太多了,真的,我没有骗你什么,也从没有计较过我的钱,更没有想过要和你离婚。"

他的修长的手指轻轻地穿过她耳后柔软的发丝,声音带了叹息的焦虑:"我娶了你,我就会为你负责。从没想过等你人老珠黄了再抛弃你。我怎么舍得啊!"

他的心口忽然间一疼,叹息一声,他将她的身体揽进了怀里。

白惠坐在他的膝上,她的整个人被结实高大的他搂在怀里,他深沉的叹息轻轻地就滑过了她的耳膜,那种熟悉的温热让她的心头一阵阵地恍惚。她轻咬了唇:"那楚乔呢?"

她的话一出口,她能明显地感觉到那个抱着她的怀抱微微地一僵。她终是不能跟楚乔比的。心底又涌上了深深的酸涩,她的眼泪又掉了下来,滴在他的肩头。他的声音便在这个时候响了起来,低沉而染了一抹沧桑:"给我时间,我会解决好的。"

他双手捧了她的脸,这么近的距离,彼此的呼吸都缭绕在一起,他清晰地看到她脸上的每一根毛孔,也看到了她眼底的泪意。他眉宇深敛,他的心从未这般疼过。若说爱,他当初和楚乔,从青梅竹马,两小无猜,到两情相悦,一起留学法国,朝夕共处,彼此心心相印。恐怕没有什么会比他和楚乔的感情深刻,可是现在,他的心在为另一个女人而撕撕裂裂地疼。

那么的清晰,清晰到让他深切地感受到了焦虑和难言的不安。

"相信我,我和楚乔,没有……"他的声音有些艰涩,有些话,他难以说出口。他有他的自尊,也有他的底线,更有他的骄傲,"我们没有发生过什么……"

他没有再往下说。他深深地吸了一口气,轻轻地将白惠抱起来放到了沙发上,自己站起来向着阳台处走。白惠知道,他又去吸烟了。她的脑中在回味着他的话,他说他和楚乔没有发生过什么……

她在沙发上坐了良久,小风咻咻地用小鼻子蹭她的裤脚,白惠伸臂将小风抱起来,放到腿上,那小家伙便在她的怀里寻了个舒服的姿势闭上眼睛眯着去了。

徐长风从阳台上回来的时候,他看到他的妻子靠在沙发上,合着长长的眼睫,睡着了。他走过去,轻轻地将她怀里的小东西捧起来放到了地上,那小东西便醒了,嗷嗷地对着他叫了几声。他拧眉,瞪了小东西一眼,那东西竟似是有几分畏惧他似的,身子往茶几底下一缩,不叫了。

徐长风将白惠轻轻地抱了起来。她是那么轻盈,让人感觉不到重量似的。他抱着她走到卧室,她一直睡着,但睡得好像不是很好,他将她放到床上的时候,她轻轻嗯了一声。

他坐在床边深深地凝视着她沉静的容颜。良久之后,才开始给她脱衣服。她的身子软绵绵的,他给她脱衣服的时候,她没有反抗,而是任他摆布着她的胳膊和腿。

像是很乖的样子。直到他给她脱光了衣服,又换上一身干净柔软的睡衣。

她没有睁眼,只是蜷了蜷身子又睡去了。徐长风很久都没有睡,眼看着天色已微微发白,他才和衣躺在了她身旁。

天光一点点地就亮了,冬日的阳光透过窗子照进来的时候,好像特别的温暖。白惠的眼睫轻轻地眨了眨,然后眼皮睁开了,她动了动,腰间横着的那只手便轻轻地滑了下去。她转过身看向他。他好像睡得很沉,此刻还闭着眼睛。昨夜的事情她不是完全不知道的。他把她抱进屋,又给她脱了衣服,然后不知过了多久,他在她身旁和衣躺下。之后,她也朦朦胧胧地睡得沉了。

看看墙上的挂钟,已经七点钟了,幼儿园上班就是这个点儿,她已经迟到了。她心里一急,便下了床,去找衣服穿。

"今天是星期六,白惠。"男人的声音便在这个时候响了起来,带着倦意未泯的慵懒和惺忪,徐长风掀被坐了起来。

白惠发现,自己好像过糊涂了。她在梳妆台前坐了下来,考研班已经结束了课程,又不用上班,一下子闲下来,她竟然有种慌慌的感觉。

小风用头拱开了卧室的门,跑到了白惠的脚边上,又用小脑袋蹭她的腿。白惠便将那小东西抱了起来。

"乖,饿了吗?姐姐去给你弄早餐哦?"白惠抱着小风出去了,徐长风也下了床,他看着他的妻子抱着那个幸运的小东西向外走,他摇摇头。

白惠给小风放好吃食,便坐在一边儿默默地看着它吃。房间里传来徐长风的声音,似是在给他的首席秘书打电话:"嗯,今天没什么重要的事情不要给我打电话了,叫林副总他们替我去开那个会,对。"

里面的说话声停止了,白惠聆听着的耳朵才放松下来,她眼角的余光看到他的男人的身影正捏着手机从卧室里面走出来。他穿着睡衣,神色慵懒而俊朗。他将手机搁到了茶几上,在她的身旁坐下了,说道:"它都有饭吃了,我们还没吃。想吃什么?我叫人送过来。"

他的声音很温和,而且很有耐心。白惠摇了摇头。徐长风的目光便深了几分。

"我去给你买煎饼吧!"他又站了起来,竟是要向外走。白惠喊住了他。

"不用了,厨房里有面,我去煮吧。"

她说完,就站了起来走去厨房了。徐长风深沉的眼睛望过去,看着她粉色的纤细身影消失在厨房里。他在沙发上又坐下了。白惠煮了两碗鸡蛋面,当那香味飘出来的时候,徐长风的身影走了进来。

"我来吧!"他伸出手端起了那两个碗。以前在家里,这样的事情他是从不会伸手的,当然,家里有佣人,就连白惠也没有真正下过厨房。

白惠看着那道颀长的身形,那么俊朗的身形端着两碗面向客厅走,心头忽然间便有种恍然的感觉。

徐长风将两碗面放在了茶几上,这才感到了手指间的热度,当真是烫。他甩了甩手指在沙发上坐下了。这么小的地方,连个餐厅都没有,而他却是乐此不疲地愿意呆在这里,心甘情愿地跟她坐在沙发上,用茶几当桌子,捧着简单得不能再简单的煮面来吃,徐长风忽然笑了笑。

她的神色很沉静,不知昨晚他的话她有听进去多少,他看了她一眼,那眼神里有深深的看不懂的情愫。白惠慢慢地吃着面条,总是有些心神不属。他昨夜的话一直在她的耳边回荡,让她总是不由自主地失神。

手机响起来,是白惠的。白惠放下筷子站了起来,去找自己的手机。电话是公公徐宾打过来的。他说他那里有朋友刚刚带回来的台湾的冻顶乌龙,那是台湾的茶中上品,一些凤梨酥,说是一会儿让司机给送过来,让白惠带给她父母尝尝。

白惠心头顿时暖暖的:"谢谢爸。"

"呵呵,跟爸爸还用谢吗?"徐宾笑得很慈祥。

司机很快就来了,带着徐宾让带的东西上了楼。徐长风开的门,那司机看到徐长风显是有些惊讶,他忙叫了声:"风少。"

徐长风嗯了一声,看向白惠,白惠已经走了过来,伸手接过了司机手中的东西:"林叔,进来坐吧!"

"不用了,董事长还在等我呢。"那林姓司机笑了笑,又转身走了。

白惠关上门,一回头就迎上了她男人的目光:"我们去给爸妈送过去吧!"

徐长风的嘴唤爸妈的时候一向都很自然,即使那并不是生他养他的父母。白惠点了点头。白秋月见到女儿女婿自然是很高兴的,她忙开了门将他们让进屋,又给袁华打电话,袁华接到电话马上就从朋友那里回来了。

他不见得有多待见白惠,但是这个女婿却是他面上的荣光。

白秋月照样还是包饺子,只因为徐长风曾经说过喜欢吃她包的饺子,白惠去厨房帮忙,白秋月又问起了她有没有怀孕的事情,得到否定的答案后,白秋月心底的不安又重了:"惠呀,抽个空,妈陪你去看看吧!"

白惠抬眸看向母亲,继而摇了摇头。

"我们的事,妈就不用管了。"

"怎么能不管呢?你总也没个孩子,婚姻就不稳定!长风是什么家世呀?他的父母怎么能容忍儿媳不能生育呢?"白秋月有点儿急了,说话的声音也大了几分。

"妈……"白惠是真的皱眉了。以她现在的婚姻状况,她怎么可能再生出个孩子来呢?

白秋月心底起急,可女儿是一副淡漠模样,她一急之下,捏饺子皮的手捏在了手指上,嘶了一声。"好吧,算我皇上不急,太监急。"她有些怄火了。

饺子终于煮熟了,徐长风和他的岳父大人喝上了酒。那是他每次来这里袁华给的必修课。白惠慢慢地吃着饺子,没怎么说话,白秋月心事重重地也沉默着,而袁华一个人说得却是十分热闹,还张罗叫那母女吃饭。徐长风只是轻轻淡淡地笑,一如以前每次。而袁华已经是十分高兴了。吃过饭,又坐了一会儿,白惠便和徐长风一起离开了。

徐长风喝了酒,叫来了小北开车。坐在后面的位子上,徐长风的一只手轻轻地就捏住了妻子的手。

到了家,白惠就躺床上睡觉去了。徐长风也跟着躺下了,他的一只长臂犹豫了一下就轻轻地横在了她的腰间,他的前胸贴向了她弧线优美的背,样子像是一对恩爱的小夫妻。

白惠没有推开他,而是那样静静地睡去了。一直睡到了自然醒,而身边的人还躺着,却睁着眼睛,两只手臂枕在脑后,不知在想着什么。

"如果每天都能这样安安静静地午睡一觉真好。"他面上露出一抹笑来,说不出的温和俊朗。说完又坐了起来,轻轻地就将白惠的身子揽进了怀里。

白惠感受着耳际那缭绕的温热气息,她的心神有一阵的恍惚。从他的怀里移开了身体,下了床,却走到梳妆台前将那个破旧的布娃娃拿了起来。那是她很小的时候就极爱的东西,陪伴着她从弱小的童年一直走到弱质芊芊的少女时代,上次从母亲那里回来,她把它一起带了回来。看了看又放了回去。"我想带小风出去遛遛。"这是她这一天以来头一次主动地开口说话。徐长风笑道:"好啊,我也去。"他说着便下了地,边向外走边解着睡衣。

但是当他换好衣服该穿鞋子的时候,一下子就呆住了。

他是不由自主地想骂街了。白惠正抱着小风走过来,看到他那拧着长眉,一脸恼怒满头黑线的样子,便奇怪地看了看。这一看,她扑哧就乐了。心底里的阴霾一扫而空。原来,小风在他们睡觉的时候,把便便拉在了他的鞋子里。

这死狗!徐长风郁闷得不得了,如果不是小风此刻在白惠的怀里,白惠很相信他会把这小东西给从窗户扔出去。看着他阴狠的样子,白惠忙把小风往怀里抱了抱。

"它不是有意的。"她替小风解释。

看着她那双纯净得毫无杂质又似带了一抹惊慌的眼睛,他轻哼了一声。

第二十三章　烟火夫妻

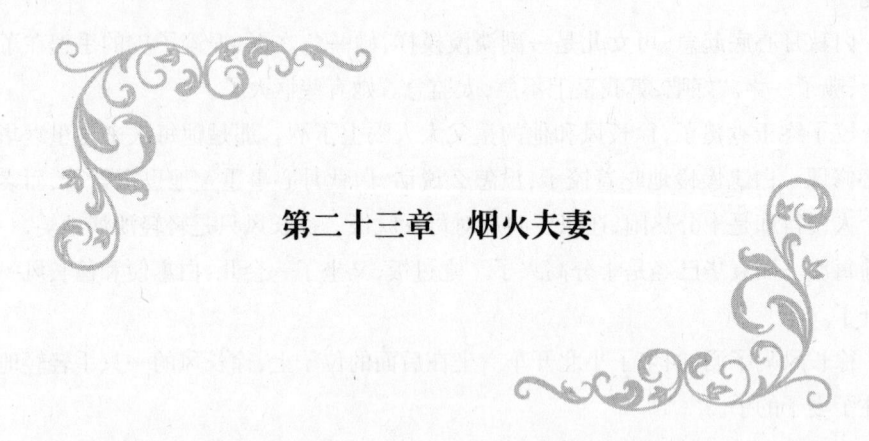

　　那双鞋被徐长风提着扔到了外面的垃圾筒,他的东西都是极烧钱的东西,这双鞋也不例外。尽管白惠有些心疼那鞋,可她知道即使擦净了,他也不会再穿了。她抱着小风下了楼,那人已经在楼外面的路灯杆下等着她了。顾长的身形往那儿一站,自有一种俊朗的风度露出来。今天的天气还算好,没有风,天空也很晴朗,小区里有几个孩子在踢球。白惠把小风放到了地上,让那小东西自己走。

　　她则是漫无目的在小区里闲逛起来。这个地方,她住了也算很久了,可其实从没有真正地在小区里面转悠过。她慢慢地走,小风在后面跑,然后又跑到了前面,一会儿追追麻雀,一会儿又停下来汪汪叫几声。

　　徐长风跟在妻子的后面,慢悠悠地溜达。这一幕好像众多寻常夫妻常会有的一幕,白惠有几分怅然的感觉。不远处,一辆车子缓缓地滑过去,开车的人从车窗里凝视着那看起来很平常却透着温馨的一幕,他收回视线,车子提了速在前面的横道上拐了弯,然后又驶出了这个小区。

　　"不用打了,他现在和他的妻子在一起。"楚潇潇进屋,高大的身形陷进沙发中,长腿交叠起来,神情一片的慵懒。

　　楚乔一手捏着她的白色手机,正在按重拨的那根手指已经发僵。他和他的妻子在一起,便关了机吗?她的心里生出了恼。

　　楚潇潇漂亮的眼睛看过来,姐姐的表情尽收眼底,他的眼睛里带了一抹意味深长:"他们在小区里面遛狗呢!"

　　楚乔手指发颤,牙关咬住,忽然间一扬手,手中最新款的白色苹果飞了出去,狠狠地砸在了对面的墙壁上。砰的一声过后,那手机差不多四分五裂。她起身,连大衣都没穿地就匆匆地向外走去。

"喂!"楚潇潇起身大步追了出去。在他姐姐跨进车子之前,攥住了她的手。

"你干吗去?"

"我要去看看,他不能这样!"楚乔的声音里是愤怒的、委屈的,那张漂亮的脸上也布满了乌云。

"他不能怎样?"楚潇潇喊了一句,声音里带了恨铁不成钢的愤怒,"他们本来就是夫妻!"

楚乔要进车子的身体立时就僵住了。

"他和她是夫妻,他们这样再正常不过了,姐,你应该想清楚了!"楚潇潇又说了一句,一双黑眸里有着对姐姐的疼惜和无奈。

"不,不可以……"楚乔身形有些踉跄,但还是弯身钻进了车子里。

红色的跑车倏地就开走了,楚潇潇站在院子里,真是又急又疼。楚乔的车子驶得飞快,她就是要看一看他和她是怎样的一副夫妻模样,怎么样遛狗的。她不相信,他竟然会关了电话只为陪她,而且,他是从来不喜欢小动物的。她的车子开得飞快,牙关咬住,漂亮的眼睛里满满都是愤怒。

那个小区她知道,在有些夜晚,他又去了那个地方之后,她曾尾随过他。

她的车子拐进了那个小区,车子在小区整齐干净的小路上缓缓行驶,她的视线里,终于出现了那两道身影。一男,一女,一狗。

女的走在前面,男的一双俊眸则是不时地淡淡地看向女人,样子十分悠闲。

前面忽然间出现了一只狼狗,白惠正慢悠悠地走着,忽然间听到小风恐惧的叫声,她一抬头就看到了那停住脚步正对着小风虎视眈眈的大狼狗,不由得心头一跳。她快步过去将小风搂进怀里,而那大狗还在对着她汪汪地大叫。

徐长风拉过她,将她挡在自己身后:"别怕!"他微微弯身,从脚下捡了块小石头对着那大狗一扬手,样子凶狠,那大狗竟是转身就跑了。

白惠呼出一口长气,刚才真是吓到了。

白惠的手机响了,她想都没想就把怀里的小东西塞到了徐长风的怀里。徐长风很明显地僵了一下,长眉纠结,脸上差点儿掉黑线,但还是伸手将小风搂住了。你丫的,你是哪辈子修来的福分!

白惠走到一边去接电话了,拐角处那红色的车子里,楚乔的牙关已经快要咬碎了一般,她的身体在发抖,扶着方向盘的手指也在发抖。

他是从来不喜欢小动物的,更不会摸一下。楚乔心头越发地愤怒了。当年,她的朋友送给她一只非常漂亮的古牧犬,她喜欢得不得了,给那狗买最时髦的狗衣服,走到哪里从来都不舍得扔下,可是他不喜欢。他见到那狗便皱眉头,每次那狗一走近他,他就厌恶地躲开。那狗爬过的沙发,他都不会再坐。狗爬过的床,他整个儿给换掉了。可是现在……

他竟然抱着她的狗,那样一只又丑又贱的小京巴,还抱在怀里。楚乔心里恨恨的,眼睛里都要冒出火来了。

白惠接完电话回身的时候,她看到她的男人正抱着她的小京巴看着她。

"谁的电话?"他问。

"芳芳的。她约我明天去爬山。"

"哦,爬山好。"徐长风笑了笑,"我看看明天有没有什么重要的事,没有的话,我跟你们一起去。"这下是白惠发呆了。

楚乔是一直看着白惠和徐长风的身影进了楼,才开车离开的,她的心里像是堵了什么似的,说不出的不舒服。他是不喜欢狗的,不光是不喜欢,他是碰一下都会厌恶的,他不该这样的。

白惠和徐长风上了楼,她才想起晚饭还没有着落,她又转身往外走:"我出去买点菜。"

她的身后男人也跟了出来:"一起去吧!"

买菜这样的事情,他是从未做过的,他从小就是一个养尊处优的大少爷,虽然从不骄奢,但也没做过那些普通老百姓都会做的事。他跟着白惠走进了小区外面的超市。看着眼前各式新鲜的蔬菜,徐长风挑挑眉,如果让他选择的话,他还真不知道选什么。

白惠在菜架前看了看,伸手捡了个茄子,想了想又放下了:"晚上烧茄子有点儿腻。"她嘀嘀咕咕地说了一句,又捡了两根丝瓜装进了塑料袋里。

"你想吃什么?"她还是转头问了一句。微蹙着眉,神色不冷可是也不热。

徐长风道:"你随便做吧,做什么我都吃。"他说的是真心话,白惠做的饭,他只在婚前的时候尝过,那是有一次他去她家里,可是白秋月不在家,他又没吃午饭,她便亲自下厨用家里现成的青菜给他炒了两个菜。粉嫩嫩的一个小姑娘,虽然那时她也有二十二岁了,但是在他这个长她七岁的成熟男人眼里,她还是那么的小。而她却给他做了饭,味道还不错。他有点儿另眼相看的感觉。

他吃的时候,她就怯生生地看着他吃,好像生怕他的嘴里吐出"不好吃"这三个字来。想到此处,徐长风笑了笑。心里忽然间感觉,那时,好美!

白惠又取了一些鸡蛋和葱,这才结账离开,徐长风走在她的一侧,两个人的手里都提了一袋青菜,看起来倒真像是寻常的一对小夫妻。

白惠回到家,便去了厨房。徐长风则是慢悠悠地跟了过去,站在厨房的门口处,看着她像是一个普通的少妇一般耐心而认真地给丝瓜削皮,又切成小块,然后打鸡蛋。

他倚着厨房的门口,歪着头若有所思地看着那忙碌的背影。她打了鸡蛋的手,伸到耳后轻轻地拢了拢头发,然后又捡起了一个鸡蛋在台子上磕开一点打进碗中。

他看着她忙碌着,他忽然间觉得,她真是好美。不是长相,不是性格,而是她在厨房忙碌的样子。狭小的空间,她腰间系着白色的卡通围裙,纤细的身影在那里忙忙碌碌,一会儿蒸米饭,一会儿打火炒菜。而他站在厨房门口,就那么看着,眼神有些飘忽。

他记得有一次,也是没结婚的时候,他喝醉了酒,却打电话给她,他也不记得自己说了什么,而她就赶去了他家,亲自给他下了碗面条。完完全全的手擀面,放了少许的葱花,淋了一点香油,那味道真是好。

那次的面条其实让他记了好久,后来结婚了,家里有佣人,她一直上班,而他也很少在家吃饭,后来一直吵,两人的关系也变僵了,便是很久没有吃过她做的饭了。

现在,他的眼睛里满满都是感慨的神色,看着她忙碌的身影,听着油烟机嗡嗡的声响,他想,如果时光一直就这样,多好!

她做饭持家,他赚钱养家,然后每天回来,都能看到她在厨房忙碌的身影,然后一家人在一起慢慢用餐。他忽然间开始向往那种生活了。

"啊!"突然间响起一声惊叫。白惠手里的鸡蛋碗摔在地上了,这家伙站在她身后,眼睛直勾勾地看着她,她一转身被吓死了。碗打碎了,鸡蛋液流了一地。

徐长风好像有些慌了,白惠忙拿了抹布擦地面。徐长风也蹲了下来,胡乱地拿着一块抹布擦地。他的样子有些笨,也难怪,他一向养尊处优,几时做过这样的事?白惠的心有些乱了。这一日以来,他所做的事情并不像是在做假,可是白惠还是觉得,这一切是那么的不真实。

今天的饭没有做好,原因是白惠的脑子总是飘飘忽忽的,两道菜不是忘了放盐,就是忘了加醋。到最后想起来再手忙脚乱地补上,可是那味道终是不对了。

还是那张窄窄的玻璃茶几,两个人,两道菜,一小盆的米饭,还有一盆番茄鸡蛋汤。白惠吃的时候,心头是五味杂陈的,而他,却好像很高兴的样子,吃得津津有味。

"我在玫瑰湾那边有套房子,我们搬那边去住吧!"他边吃边说。

白惠不由得侧眸看他,他又道:"这个地方太小了,吃饭都要把茶几当桌子。我那边的房子空着也是空着,搬过去吧?"他是探询的语句,但说话的口吻却是做了决定一般的。

白惠摇了摇头:"我觉得这儿挺好的。"

她从那个徐家搬出来不就是图个心里不憋闷吗?真的再搬到他的房子里去,哪天又因为楚乔的事情添了堵,难道再上演搬出去的戏码?

徐长风听不到她的回音,深眸看了看她,便不再说话了。

转天的早晨,赵芳打了电话过来,她和她的男友都已经准备好了,让她过去他们那边一起走。而徐长风却是笑着拍了拍妻子的肩,让她从窗子处向外看,白惠看到外面停放着一辆黑色的越野车。

"我们坐它去。"徐长风道。

白惠有些惊讶,这车子是什么时候放在这儿的?

"我昨晚上让老王开过来的。"徐长风看出了妻子的惊讶笑道。

结果就是,徐长风开着那辆性能极好的越野车载着白惠亲自去接了赵芳和她的男友。赵芳看到亲自过来的徐长风,很是意外。

"你跟他又好了?"她偷偷拉了白惠的手问。

白惠只是苦笑摇头:"他这几天连公司都没去,一直呆在我身边。"

赵芳似乎有些不可思议,又忽地笑着一掌拍在白惠的肩上:"拿出你正牌妻子的本事来,打败那个女人!"

白惠只是涩然一笑,楚乔在他的心里是根深蒂固的,而自己在他心里的位置恐怕不及楚乔的十分之一,她有什么底气打败那个女人?

"可以走了吗?"徐长风两手插在休闲裤的兜里,走过来,俊朗的面容带着笑,温和而儒雅。

白惠便拉了赵芳的手:"我们走吧!"

四个人乘了一辆车子,徐长风做驾驶员,赵芳的男友坐副驾驶座,白惠和赵芳坐在后面,一路向着香山的方向驶去。

已经是深冬季节,山上早已没有红叶,银杏树也已是光秃秃的。白惠记得去年秋天来这里的时候,满山见不到几片红叶,但银杏叶一片金黄,煞是好看。

由于是冬季,山上没有什么人,几个人很快就买了票,走了进去,赵芳拉着男友的手,而白惠和徐长风走在一起。徐长风一身极休闲的装束,脚上一双运动鞋,发丝黑亮,看起来又俊朗又阳光。园里只有数得清的几名游客,那些人的眼睛还都粘在了徐长风的身上,而那人一脸的温和笑容,分明是很享受的样子。白惠忍不住撇撇嘴。

几个人慢悠悠向上走,今天的天气很好,没有风,而且也不显得冷。白惠边走边欣赏这漫山的苍茫景色,虽然是深冬季节,但群山连绵,山路寂寂,苍松翠柏,倒也是别有一番景致。

"小心点儿。"白惠正走着，脚下一滑，徐长风的手适时地托住了她的手臂扶住了她。然后，他的手便是一直拉着她的了。白惠感觉着那手掌的微凉，心头竟是突突地跳。

"咦，松鼠!"赵芳喊了一句，白惠也看过去，果真看到一个尾巴长长的小东西在树林中跳跳着行走。她一时童心大起，将自己的手从男人的手心抽出来，向着那小松鼠的方向跑了过去，赵芳也跟过去了。

两个女孩儿追那小松鼠追得兴起，树林里传来咯咯的笑声。

徐长风笑笑，心底泛起柔情，笑罢，他移开视线，遥望群山，苍茫一片。他的视线悠然转回，却是一怔。

几级台阶下面，站着一道苗条的身影，她穿着黑色的大衣，长发在微风中轻轻飞扬。楚乔一张妆容精致的脸上带着一种冷清冰寒的神情正看着他。徐长风敛眉，与楚乔对视片刻，却是迈开步子下了台阶。白惠和赵芳两人在树林子里追着那小松鼠跑了一会儿，跑到身上都热了，却把那小东西给追丢了。两人丝毫不沮丧，咯咯笑着往回走。但只是抬眸之间，白惠就愕住了。她看着背对着她，却面向着徐长风的那道熟悉的高挑身影，她心头不由得一沉。

"这女人怎么阴魂不散!"赵芳骂了一句，"白惠，过去，站她面前去!"她对着好友使了个眼色。

白惠手指捏紧，眨眼之间，心头已是掠过千百个念头，但每一个念头都让她走过去，向着那两个人，走到她男人的身边去。

于是，她真的就那么做了。她无声无息地就站到了徐长风的身侧。徐长风正敛眉和楚乔两人对视着，都是沉默着却是谁也不说话。直到白惠微微泛着热的小手轻轻地塞进了他微凉的手心，用她纤纤手指勾住了他修长的五根手指。

"老公。"她清脆动听的声音响起来时，徐长风微微侧了头，他看到他的小妻子正仰着那张巴掌大的小脸，黑眼睛清澈明亮地看着她。

他的手不由自主地就轻轻地包裹住了白惠那只小手。

"老公，你在看什么?"白惠眨了眨眼睛，然后看向楚乔，接着便惊讶地叫了一声，"咦，这不是楚小姐吗?"

徐长风攥着她的那只手几不可见地紧了一下，但白惠却已经发觉，她不着痕迹地攥住他的手指，一脸阳光的笑对着楚乔道："这么巧，楚小姐也来爬山啊!"

楚乔的目光停在白惠和徐长风攥在一起的那只手上，眼睛里像是被什么扎了一下似的，那么别扭那么难受。她心底气愤，脸上便是冷笑："真不巧，会在这里遇上你。"

"哦,那倒是。"白惠一笑,面上神色依然温和俏皮。"我说要来爬山,长风便陪着我一起来了,怎么楚小姐没有伴儿吗?要不,我们一起上山可好?"

白惠挨着徐长风的那只胳膊还伸进了徐长风臂弯里挽住了男人的臂膀,若无其事地说:"老公,我们带楚小姐一起走吧?"

她的一张小脸布满着俏皮的笑,看起来天真而无邪,说话的语气又是那么的甜腻,徐长风深眸看向妻子,她的样子让他意外,他轻扯了扯唇角,看向她的目光里带了几分耐人寻味。

白惠只是硬着头皮在对着他笑,撕掉那张温和的面具,她是根本笑不出来的。

楚乔心底的愤怒却已经是积聚到了极点,她漂亮的眸子阴狠地瞪了白惠一眼,却是对着徐长风道:"谁要跟你们一起走!"

她的声音是愤怒的,眼神更是阴冷无比,她一个转身,高挑的身形便向着山下的方向走去。

"乔乔。"不远处,一个青年男子走了上来,正是靳齐,而楚乔却是掠过他,一声不回地快步向着山下走去。

白惠深深地吐出了一口气,那只攥着徐长风的手便缓缓地松开了。赵芳走过来,笑着一拍好友的肩:"好样的,白惠!"

白惠轻轻转头看向身旁的男人,他的深眸正望着那下山的方向,那条蜿蜒的小路上,楚乔高挑冷漠的身影正脚步匆匆地远去。

徐长风的目光转了过来,白惠便与他的目光相撞了。他的眼神仍然是耐人寻味的,但是大手却是伸过来,攥住了她的,手指轻轻地一捏:"'老公老公'的叫得那么好听,你说,回去以后,我该怎么疼你呀!"

他后面的声音拉得很低,眼睛里分明带了几分的挖苦,白惠撇撇嘴,便移开了视线。她那样子明里对楚乔示好,暗里却是一番讽刺挖苦,堵绝了楚乔一起上山的路,他想来是听得出的。但他没有追着楚乔而去,是不是代表着,他的心已经向着她贴近了一步?

她心里翻转着,想甩开男人的手,但他的手指在那一刻又倏然攥紧,她甩不开,便被他攥着手沿着石阶向上走去。

楚乔一路快步地走着,一种愤怒的情绪从她的身上散发出去,她穿着皮靴的右脚狠狠地踢向路边的一棵小银杏树,光秃秃的树干和枝杈便剧烈地一阵晃悠。

"乔乔!"靳齐已经追了上来,他一把扶住楚乔发颤的身体,他这才看到楚乔那张精致的小脸上已经是惨白一片,牙齿把下唇都咬破了,有血丝流出来。

"徐长风,你就是这样对我的!你就看着她对我耀武扬威,你就看着她得意洋洋,你就看着她给我难堪,徐长风,你怎么可以这样!"

楚乔死死地咬了嘴唇,眼睛里憋出了泪来。

"乔乔!"靳齐一颗心被撕开了似的疼,他将楚乔紧紧地圈在怀里,"别这样,乔乔!"

白惠一行人上到了半山腰,眼前视野渐渐开阔,她向下看去,只见眼前苍茫一片。苍松翠柏,山峦起伏,心头不由得开朗起来。她视线收回向着身旁看去,但见徐长风的身形不知何时已是站在一处崖边上,目视着远方,双手插在衣兜里,不知在看着什么。

"老公。"她故意俏生生地喊了一句,她和他的距离并不远,几米而已。孰料,男人竟没有听到她的声音,还是站在那里,迎着半山处穿林而过的风。

"老公?"白惠又喊了一句,人也迈开步子走了过去,"在想什么?"白惠走到近前时,看到了男人那张俊朗的面容上,微敛的眉宇,若有所思的神情,她知道,他一定是在想楚乔,眼看着他的情人受委屈,他一定心疼极了。

"做什么?"徐长风回过身来,深眸微眯。

"呃……这瓶盖打不开,你给我拧一下好吗?"白惠将手中的一瓶矿泉水递了过去。她黑眼睛眨了眨,清澈又灵俏。徐长风看了她一眼,接过那瓶水,大手在那瓶盖上一拧,瓶盖便打开了,"喏。"他又将水瓶递了过来。

白惠接过,虽然她并不渴,但做戏总要做得真一些。于是,她咕咚地喝了好大一口水,喝得太快,被呛到咳嗽起来。徐长风勾起唇角,轻轻一笑,眼神温和,但白惠却好像看见了一丝讥讽。

几个人在山上待到中午,肚子都饿了,便开始往回返。下去的时候走的是另一条路,远远的,看到一处庙宇。"我们去拜一拜,抽个签。"赵芳笑嘻嘻地拽男友的手。白惠看见他们两个人走了过去,心底虽然对那些东西不是很相信,但还是跟了过去。

庙里有几个和尚在打坐念经,梵音缭绕。赵芳已经拉着男友取了香两个人在殿前下跪,口中念念有词。等到拜完了,赵芳又抽了根签:约定明月多谈心,谈谈旧时谈如今,谈到两人无分手,等待吉日来结婚。

看了签上的字,赵芳大乐,此等签当然是上上签了,也没找老和尚来解,跑到白惠的面前,笑嘻嘻地说:"你们也去拜一拜,抽个签吧!看看你们什么时候能够早生贵子啥的!"

白惠脸上一热,不由看向她的男人,而他,长眉微敛,目光深远望向那寺庙的大殿中,似在出神。白惠也看了过去,这才看到殿中佛像前立着的女子,身材高挑,双手持檀香,盈盈拜倒。正是楚乔。

白惠皱皱眉,她真正知道了人生何处不相逢的道理了。

"老公,我们也过去拜一下,抽根签吧!"

白惠的小手轻捏徐长风的手指。徐长风回眸:"我们走吧!"他反攥了她的手,竟是拉着她的手往山下的路而去。回去的路上,赵芳还笑呵呵地念叨着那根签,白惠没太言语,而她的男人更是沉默。

晚饭是在路上一家饭店吃的,徐长风很沉默,没怎么吃饭,白惠也没吃多少,赵芳一直笑嘻嘻的,那根签足以让她高兴一个晚上。

吃完饭,徐长风将赵芳和她男友送回了家,这才驱车驶向白惠的那所房子。进了门,换鞋,白惠才感觉到了真实的疲惫。她靠在墙壁上,回头看向她的男人,他已经换好了拖鞋,却是一只手扶了扶额,好像有些头疼的样子。许是感觉到了白惠的目光,他抬眸看向她,白惠走了过来,在他面前站定,微仰了那张皎月般的脸,乌沉沉的眼睛里带了一种说不出的迷茫看着她的男人。她的一只手抬起来,轻轻地落在了男人的左心房处:"这里现在可全是我?"白惠的一句话像是一记闷棍敲在了男人的心头,"还有楚乔,对不对?"眼前的女人又说话了,声音里渗进了一抹凄凉。

徐长风闭了闭眼睛,喉咙里发出了一声沉沉的叹息:"白惠。"

他的神色极度的复杂,那双眼睛里不知都交杂了什么,有痛苦,有无奈,还有些别的。他的两只手握住了她的双臂,声音里已然染了几许的沧桑:"白惠,有些记忆是忘不掉的,即使过去了很久。"

白惠看着他复杂的眼神,听着他沧桑的声音,心头如被刀子划了一下。她微微一颤,脚步已经后退,手从他的心房处滑下。

她忽然间觉得,自己今日在楚乔面前做的戏,和他秀的亲热,是多么的可笑。楚乔一定看出来了,一定懂的,一定在心里面嘲笑她。

嘲笑她,其实有多么蠢笨,嘲笑她,其实就是一个小丑。她凄凉一笑:"我明白。她就是你心头的一根刺,扎在那里了,即使拔掉了,也会留下一抹疼。"

徐长风脸上的神情更加复杂了,她的聪明,她的凄婉让他心头又是闷闷钝钝的疼,他的唇角抽动,伸出手去,想要将她拥进怀里,而白惠却是一退,躲开了他的怀抱。

那一夜,两个人相顾无言。转天已是过平安夜的日子,白惠下车之前,他亲吻她的额头:"我们晚上见。"他的星眸里一片柔和深邃的神色,白惠微微失神,但还是打开车门下去了。她的身影消失在幼儿园的门口时,那辆黑色的宾利缓缓开走了。

新一天的工作开始了,白惠一如往常一般神色温和地照顾着那些小孩子们,耐心地教他们唱儿歌、跳舞。傍晚,徐长风的车子果然停在了幼儿园门外,来接她下班了。白惠淡然地向外走,拉开他的车门坐了进去。车子在平整的路面上行驶起来:"我一会儿有个应酬,要很晚回去,你别等我,晚上就先睡吧。"徐长风说。

白惠侧眸看他,他的神色很平静,说话的声音也很温和,但却好像有心事似的。

"约了楚乔吗?"她不知怎的,就张口来了这么一句。今天是平安夜,或许,他想和他的情人一起过?

徐长风的目光瞟过来的时候,隐隐地带了一抹犀利:"不是。"

白惠没有再说什么,安静地下了车。小区里好多人家的玻璃窗上都贴上了圣诞节的漂亮窗花,有亲密的情侣从身边走过,女的挎着男人的臂膀,一脸的甜蜜模样,白惠忽然间感到一种说不出的孤寂。

她忽然间想起了楚潇潇,哦,约他一起出去坐坐吧!一个人的平安夜真的很孤单。尤其是,像她这样的女人。她掏出手机拨了楚潇潇的号码,那边很快接通了。

"找我,美女?"那边的声音带了几分调侃,却是十分好听,在这个孤单的夜里,让白惠心头生起一丝愉悦的感觉。

"嗯,你有约吗? 我想出去坐坐,没有人陪。"她说出了自己真实的境遇。

楚潇潇笑了,笑声爽朗而好听:"那我可真是荣幸。"白惠被他笑得有些窘。在这个不平凡的日子里却向自己丈夫之外的男人发出邀请,白惠觉得有些难堪。

而楚潇潇已经说道:"你等着,我去接你。"

楚潇潇的车子很快就到了,黑色的车子在夜色里停下,车身散发出热热的气息,白惠感觉到了一丝暖,她弯身钻进了他的车子。

"还没吃饭吧? 我请你。"楚潇潇说。

白惠摇头:"我请你吧!"

"嗯,也好,不过不要吃牛肉面。"楚潇潇的眼睛在夜色里笑得分外的明亮。

白惠失笑,脸上俏皮:"那我们先去吃牛肉面,然后,我再去陪你吃别的好吗?"

楚潇潇看着那双慧黠灵动的眼睛,俏皮的模样,他的唇角不由得扯出一抹笑来。

"好。"

这是他楚大少平生第二次去那种地点偏僻,环境简陋,四面白墙,人声嘈杂的地方。坐在那半新不旧的桌子旁,楚潇潇笑了:"我真想不到,世上有你这样的女人,一个爱吃牛肉面的女人。"

"嗯,爱吃牛肉面的女人很多,改天我给你介绍几个。"白惠咯咯地笑了起来。譬如她的好朋友,赵芳,那就是一个牛肉面的忠实粉丝。

楚潇潇摇头轻笑,而白惠又是俏皮地道:"我觉得这种地方比那些金碧辉煌的高级饭店好多了。"

楚潇潇挑眉,看着她那一脸天真的样子,不由得摇头。

白惠低头吃面,热气腾腾的拉面将小店里的凉意打散,她头上很快就冒出了汗,身上也热了。楚潇潇也吃了一些,但显然,他这样的大少爷还是吃不惯这种东西的,白惠吃过了一碗面才道:"现在,我们可以去别的地方了。"

楚潇潇道:"嗯,我也不饿了,你陪我去喝一杯吧?"

白惠想了想应了。她回去,面对着空荡荡的屋子,反而会更觉空寂,心里会忍不住地难受,倒不如有个人陪。

吃完了拉面,白惠和楚潇潇一起去了一家咖啡厅。白惠仍是一壶奶茶,而楚潇潇要了一杯拿铁,白惠看着他轻拈着咖啡杯的修长五指,忽地就想到了徐长风那品着蓝山的优雅。想到了曾经她和他一起喝咖啡的样子。

楚潇潇笑,眼神深邃:"白小姐这么温柔,白小姐的先生一定很幸福。"

白惠看了看他,却是唇角扯出一抹笑来,十分涩然:"叫我白惠。"

楚潇潇挑眉:"OK。"

"潇潇,这是你的情妹妹呀?"一个年轻女子走了过来,模样戏谑地,一只纤白手臂轻搭在楚潇潇的肩头。楚潇潇若有深意的目光便似笑非笑地瞟了过来。

白惠差点儿被一口茶噎到,而楚潇潇倒是笑了:"她开玩笑。"

白惠有些窘。

这个时候,楚潇潇兜里的手机响了起来,他说了句不好意思便起身出去接听了,不一会儿,他又走了回来:"不好意思,一个朋友突然病了,我得马上过去一趟。"

"哦,那你去吧。"白惠忙道。

楚潇潇神色之间有几分复杂,他看了她一眼:"我先走,你自己记得打车回去,路上小心。"

"嗯,我知道。"白惠对着他笑一笑,为什么别的男人都比她的丈夫关心她呢?

她一个人在咖啡厅里又坐了一会儿,便起身离开了。账,楚潇潇已经结过,白惠出了那家咖啡厅,外面夜色中灯光闪耀。眼前人影匆匆,都是一对对相携度平安夜的情侣们。白惠停住脚步,心底涌出涩然的羡慕。她和他也过过一个平安夜,那时,她还是他的未婚妻,楚乔还没有出现。婚约定下,两人也曾度过一段亲密无间的时光,至少,他在表面上是的。

眼前模糊的光线下,有两道人影走过,一男一女,女的身形不稳,似是醉酒,口里喃喃地叫着"风"。而那男人的手臂则是扶在女人的腰间,将她连推带拽地向车子上带。哦,这就是他所谓的应酬吗?白惠站住脚步,眼睛茫然地看着那一对男女的身影,心头又沉又涩又疼。

那车子打着了火,已经开动起来了,白惠却走了过去,挡在那车子的前方。她伸着双臂横在车子前,车灯刺眼,光束打过来,她的眼睛立时便一阵疼痛。

　　她忍着那灼痛让她掉泪的冲动,她双臂伸在那车子前,不说话,只是两只秀气的眼睛含着泪珠看着那车子里的人。

　　徐长风的车子戛的就停住了,在她身前不足半米的地方。

　　虽然车子才刚起步,车速不快,但楚乔喝醉了,身子还是向着前面撞了过去。徐长风看到了车子外面那张惨白的脸,他的神情一瞬间僵住,反应过来,顾不得撞向车前档的楚乔,却是开门迈下了车子。

　　"白惠!"那张惨白的脸让他心尖锐痛,他大步向她走过去,一把将她揽在怀里。"你这是做什么?"他的黑眸里染满了急切和担忧,那心上的疼更是撕撕拉拉地蔓延。

　　白惠清亮的眼睛对着他笑,眼角弯弯的,没有喝酒,却像是醉了一般:"这就是你的应酬?嗯?"

　　她的纤细的手指轻点男人的胸口,黑亮的眼睛里一片凄凉。徐长风脸上的神色浮出难掩的痛苦:"你听我说,白惠!"

　　"不!"白惠一把推开了他,"我永远都不要听你说,徐长风!"她说完转身便跑。

　　前面夜色深深,她的身影很快地就消失在了人流中。徐长风拔腿便要追,但楚乔的手抱住了他的腰:"风……"

第二十四章　爱情是我的灵魂

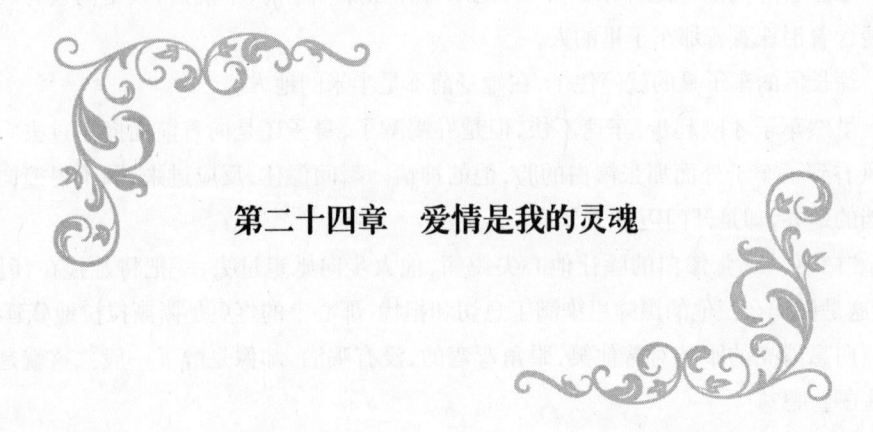

　　白惠向前一直跑，一道道人影被她抛到了身后，直到眼前出现了一家酒吧，她走了进去。

　　她坐在吧台前，她没有在这种地方喝过酒，自己也不知道应该要什么，当调酒师问她的时候，她便指着身旁那个打扮时髦的女人说："就她那样的，给我一杯。"

　　调酒师动作很利落很潇洒地调出了一杯酒递给白惠。

　　白惠接过，纤细的手指转动着那杯子，她迷茫的视线看着那转动的起伏不定的酒液，慢慢地，她仰头，喝了一口。辣辣的，不同于她曾尝过的那些酒液，这酒上面漂浮着一层伏特加，用红樱桃点缀，口感很好，但是足够烈。

　　它有个名字叫"天使之吻"。

　　白惠当然是不知道的。她慢慢喝着那酒，眼前光影重重。她和徐长风初见那温和的一笑，他第一次牵她的手，他第一次吻她的嘴唇，他抱着一身洁白婚纱的她离开她生长的小屋，坐上那鲜花插满的车子，好些美好的景象如片片的光影在她的眼前不停地交换，闪现。她不知不觉地喝掉了一整杯的"天使之吻"。

　　那酒带着浓浓的晕眩席卷着她，眼前的景物有些模糊，依稀有人影晃动，身边有人起身走了，有人来了又坐下，她定了定神，杯子又伸向了那调酒师："请给我……再来一杯。"

　　那调酒师见状，看了看她："小姐，你好像有点儿醉了。"

　　白惠笑笑，美丽的脸上清亮一片。"没关系……"她的手不知是酒后，还是伤心使然，有些发颤，那杯子在她的手中晃悠悠的。

"别喝了!"一只男人的大手攥住了她纤细的手腕,白惠悠悠回头,她看到眼前一道恍惚的人影,眉眼之间有些熟悉,也有些刺眼。她忽然间就笑了,笑得冷却好看:"你是谁?"

"我是你丈夫。"徐长风另一只手将白惠手中的酒杯拿了过来放在吧台上,一弯腰便要将她抱起来。

"你干吗!"白惠原本梨花一般清亮的脸上现出抗拒的神情,嘟着小嘴儿道:"谁说你是我丈夫,我丈夫才不会抱着别的女人。"她嘟着一张小嘴,似怨似嗔,旁边的人好奇的目光望过来。徐长风皱紧了眉,仍然温声道:"白惠,你喝醉了,跟我回家。"

"呃……回家?"白惠眨了眨此刻越发黑亮的眼睛,眼前的影像重叠,男人的脸恍恍惚惚的,看不分明。她又笑了,梨花一般灿烂好看。"回去干什么?姐才不回去。给那个骗子守空房?NO,NO,姐才不要。姐要给他戴个帽子。"她晃晃手指,摇摇晃晃地站了起来,"姐才不要回去,姐要给他戴个帽子。"她的身形不稳,却没忘了嘴里唠唠叨叨,但才走一步便差点儿摔倒了,被徐长风将那纤细的身形一把揽在怀里。

"白惠!"他搂紧了她的腰,在她耳边命令似的低喊了一句。她的胡言乱语让他皱紧了眉,声音也加重了语调。

"呃……干吗?"白惠纤细的手指不轻不重地在男人的胸口点了一下,"你这人说话怎么跟那骗子一个语调。讨厌,讨厌死了。"她挥挥手,拉着长音,神情厌恶,摇摇晃晃地从他怀里站起来继续向外走。眼前有人走过来,白惠身形不稳差点撞过去。

徐长风忙将她扶住。

"我带你回去。"他的长眉纠结得更深了几分。

"不,别碰我!"白惠挥挥手,"你是谁呀?身上带着别的女人的香水味,我才不要你碰我!"她的样子虽然是气愤的,但因为醉酒的原因,却是娇嗔得可爱。她摇摇晃晃地站直身子,一把推开了他,自己迈开步子便走。但是才走几步,便被男人一把揽在了怀里。

"别闹了,跟我回家。"他不由分说,一把将她打横抱了起来,快步向外走去。

白惠虽然被他抱在怀里,但是人并不老实,在他怀里还扭来扭去的:"放我……下去!骗子!"她的嘴里咕咕着,一只小手还伸过来捶在他胸口上,"骗子!骗子!"

"我不是骗子!"徐长风忍不住对她低吼了一句,"我没有骗你,我确实是有应酬,楚乔是碰巧遇到!"他抱着她,脚步未停。她这样子,醉得一塌糊涂,却仍然那么地恨他,让他心里很不好受,说不清的一种滋味交缠在心头。也不知道白惠听进去了没有,但是那捶打他胸口的手却是缓缓地滑了下去,她一双略略迷茫的眼睛看着他。

徐长风抱着她一直走到自己的车子旁,才将她放下来伸手开车门。凉风一吹,白惠胃里一阵恶心,喝进去的酒顺着喉咙都跑了出来。哇的一声,全都吐在了徐长风的黑色大衣上。

难闻的味道立时扑面而来,徐长风眉皱得更深了,他顾不得身上的污秽,开了车门,将白惠推了进去,然后脱下身上的大衣,卷了卷打开汽车的后盖塞了进去,但白惠在车子里也并不老实,她的两只手扒在车门上,一张皎白如月的脸贴在车窗上,对着他挑眉:"嗨!"

徐长风脸上黑了黑,咬了咬牙开门上车。

"一会儿就到家了,你安分点儿。"他边启动车子边说。但白惠却在后面咯咯地笑:"安分?为什么?"她像听到了极好笑的笑话,双手在眼前摆个不停,"这个世界上的人都是骗子,骗子,咯咯咯……"

她坐在他车子的后厢里,自言自语地说着,徐长风被她的话,搅得心烦意乱。

他皱紧了眉,两只大手紧紧地握着方向盘,身后的女人还在咯咯地笑,那笑声没有快乐,没有愉悦,却笑出了无限的凄凉。

徐长风的心不由得又疼了。她真的很会折磨他呀!

白惠有着满心的忧伤,可是此刻她却哭不出来,她笑着,满脸的泪花,却依然在笑。边笑,口中还念念有词:"我怎么会爱上你呢?我们是两个世界的人呀!你有你的楚乔,她是你的床前明月光,是胸前的一抹朱砂痣,而我只是一抹蚊子血……哦,饭粒子……"

她越说声音越低,后面便没了声息,可是眼泪哗哗地流下来。白惠已经捂住了嘴唇,徐长风的车子是再也开不下去了,他觉得自己的心就像被人拿出来用钝刀慢慢地割,这个女人的样子让他有一种生生在火上煎的感觉。他缓缓地停了车子,却是下了车弯身钻进了后厢,坐在了她的身旁。

"白惠。"他揽过她的身子,大手捧起了她的脸,目光深邃而柔和,"你不是蚊子血,你是我爱的女孩,是我妻子,真的。"

他的眼神那么真挚地透着心疼,不像伪装,白惠一双蒙了雨雾的眼睛看着眼前这张俊朗如斯的面容,她的眼神中流露出痛苦,他总是这个样子,亦真亦幻让她迷茫。

"我在找一种感觉。"她的手缓缓地抬起来,抚上了男人的脸,她的指尖冰凉凉的,让他的脸部皮肤颤了一下。

"我在找一种心痛的感觉。你会心痛我吗?"她的柔滑却又冰凉的指尖慢慢地在他的脸上爬着,声音一颤一颤地让他心碎。

"楚乔是你心头的明月光,是你心口上的朱砂痣,我遮不住明月的光华,又抹不掉朱砂痣的烙印,我很失败。我不想和她共侍一夫,我厌恶你对我虚假的温柔,可我又舍不得离开你。徐长风,我很难过,我觉得生不如死,我……"

"不,不是的!"徐长风的嘴唇猝不及防地覆了下去,一下子堵住了她不停说的嘴。

"我会痛白惠,你这样子我会痛。"他捧着她的脸,湿凉的双唇堵住她的,用力地吻着。"安静下来,不要说了好吗?你从来不是蚊子血,也不是饭粒子,你是我的妻子,是我娶回家来的妻子,相信我,你从来不是那样的……"

徐长风感觉自己的心被钝器一下一下地割着,她的眼泪,她的绝望哀伤,让他说不出的疼,只有她给予过他的疼。他的泪腺也被胀疼了,他竟然有了要流泪的冲动,他将她抱在怀里,亲吻她的额,亲吻她的脸,亲吻她小巧的鼻翼,亲吻她湿凉的嘴唇。他吻着她脸上的泪痕,心口处一下一下那么地疼,疼得裂开了一般,好像是鲜血在流。

"是你妻子喔……"白惠在他的怀里呢喃出声,声音已经带着浓浓的倦意,像是随时会睡过去。

"嗯,是我妻子。"徐长风再次亲吻她冰凉的额,声音发颤。

"可我觉得我像一个,小丑……"她又在他怀里呢喃出声了,"你那么爱楚乔,而我……却还在她的面前和你……秀亲密。喔,我……是不是……很傻?"

"不,不是小丑,也不傻,我喜欢那样的你,真的。"徐长风的心又是一痛,他的手抚摸着她柔顺的发丝,在她的发顶深沉而轻颤地出声。

"喔,不是小丑……"

"不是。"

"喔……"怀里再也没有了声音,只有浓浓的鼻息声响在他的胸口。

她好像全身的力气都在这一刻散尽了一般,头埋在他的胸口,竟是沉沉睡去。

徐长风缓缓地闭上眼睛,深深地呼出一口浊痛的气息。

良久,他才低头,凝视着怀里的女人。清凉的月光照进来,他看见她的一张脸,皎月一般的白。他看不清她的眉眼,但他知道,此刻,她的长长的睫毛上,一定颤颤地挂着泪珠。

白惠,你可真会扯我的心呢!他轻叹了一声,将她揽在怀里。

白惠一直睡,睡得很沉,眼睫上湿湿的,把她放在床上时,他低头吻了一下,咸涩的感觉便蹿进了口腔里。

她睡着了,睡相安稳,只是偶尔地会小嘴嘟哝出声:"喔,不是小丑……"

他摇头,苦笑,起身向外走,点了根烟,站在客厅的窗子处,就着外面皎白的月色慢慢地吸了起来。

白惠一觉睡到了转天的大天亮,醒来的时候,酒醉的记忆模糊不清,她从床上爬了起来,太阳穴处很疼,她知道这又是她宿醉的结果。

第二十四章 爱情是我的灵魂

"醒了。"随着一声温醇的声音,一只男人的大手伸过来,抚上了她的左面脸颊,干燥温暖的感觉立即爬满了她的脸。白惠看到了身旁坐着的男人,他俊朗的面容,带着淡淡的笑意,正星眸微眯看着她。

"哦,你没上班呀?"醉酒冲散了她大半的记忆,昨夜的事情,她已记不得太清,只是心里涩涩甜甜,还夹着一丝疼痛地缭绕着。让她有点儿迷茫了。

"今天在家陪你过圣诞节。"徐长风温笑地看着他的妻子。那只温热的大手仍然在她的脸上抚摩,她细嫩的肌肤让他忍不住流连,想到昨夜的事情,又是忍不住心疼。

"喔。"白惠伸手将那只在她脸上爬着的大手拿了下去,"可我要上班。"

"呵,现在已经七点半了,你已经迟到了。"徐长风笑,声音十分的好听。

白惠讶然。

"不用急,我已经给你请过假。"徐长风慢悠悠地说着,俊朗的双眸带着怜爱凝视着他的妻子。

白惠看向那人深邃却是爱怜的眼睛,皱了皱眉:"你这样,会让我很难做。"

"哦,我不给你请假,你不也迟到了吗?"他笑,"饿了吗?我叫人送了早餐过来,在保温盒里。"

白惠看着那张俊朗温润的面庞,那一种亦真亦幻的感觉又来了,徐长风,哪一个才是真的你?

手机铃声在客厅里响起来,白惠想下床接听,但脑袋真疼,她扶了扶太阳穴的位置,男人温润的声音便在她耳边响起来:"傻妞,下次不要再跑去那种地方喝酒,喝多了,受罪的是你自己。"他说着,却已是起了身出去接电话了。

电话是徐宾打过来的,叫他们晚上回去吃饭。徐长风答应了。再一抬头,他的妻子已经站在他的面前,一身粉色睡衣,是他昨天晚上给她换上的。

"我昨晚都说什么来着?"她皱着眉看着他,脸上有思索不得的苦恼神色。

"没说什么。"徐长风淡笑,伸手扶住了女人柔软的腰,"你说,我们要好好过日子。"他忽然间起了一丝坏心。昨夜她醉了酒,一直地呢喃,呢喃得他的心像是被钝钝的刀子不停地划着。

"傻妞,答应我,不管发生什么,不要再去喝酒了好吗?"他温醇的气息滑过她的耳膜,白惠呆呆地被他搂在怀里,心头一阵阵的迷茫。她想推开他的手,但却好像突然间失去了力气似的。她缓缓地抬起了头,两只纤细的手臂环住了男人的脖子:"可是我想找心痛的感觉。楚乔是你心中的明月光,你们之间有最美好的过往,而我,注定只是一个后来的,注定插足不了你们的世界。你的世界只有她,所以我……我也要找一个我的明月光,徐长风,我也要尝一尝被人爱的滋味……"

她的眼神有些迷离,微微干涩的嘴唇在他的眼前缓缓开合,却像是软软的刀子在他的心上扎。徐长风脸上的笑容僵住,阴鸷一点点地爬上眼睛。

"你敢!"他突然间阴狠出声,心底陡然间生出无限的烦躁。

白惠看着男人一下子狰狞起来的面容,却并没有惊慌,而是笑了,又轻轻开口:"我是女人,爱情是我的灵魂,你给不了我爱情,所以我要追寻我的真爱。"她说着,环在男人颈子上的双手收了回去,身子缓缓地后退,咯咯地笑着,拉远与他的距离。

徐长风眼底的阴霾疯长,心底里有束火苗在簌簌地乱蹿,他控制着自己不要过去一把掐住她那美丽的喉咙的冲动,他咬牙出声:"很好,爱情是你的灵魂,我给你爱情!"他突然间发了狠一般,恶狠狠地说了一句,大步走过去,走到她身旁,大手一伸扣住她的后脑,双唇发狠般地吻下去。

白惠被他突然间压下来的身体压得一个趔趄,反应过来,忙伸手推他。而他却是在她的嘴唇处狠狠地吻了一下,又突然将她推开,布满阴霾的双眼狠狠地盯视了她一眼,转身便走了。

他出了那间让他抑郁的房子,手伸到兜中摸烟,这才发现自己穿的是睡衣,没有衣兜,他便狂按电梯的按钮。电梯一路下行,到了一楼,他大步迈了出去,外面冷风嗖嗖,单薄的衣衫挡不住寒意,他打了个冷颤,但仍然钻进了车子。

这样寒冬腊月的天气,车子在外面冻了一宿,里面甚至比外面还要冷上几分。他一坐进去,那冰冷的感觉便从四面八方向他袭过来,他忙打着了火,也顾不上热车,踩了油门便走了。

白惠眼看着那突然间变得冷漠的身影离开,人已经呆住了。

"姐,你怎么样?感觉好点儿没有?"楚潇潇端了一杯热水走到楚乔的床前。楚乔头发散乱,双眼无神,她半晌才缓缓地坐了起来,但是眼神里仍然满满都是哀伤。

她接过弟弟递过来的水杯,喝了一口:"头有点儿疼,给我拿点止疼药来。"

楚潇潇皱眉,但还是转身去了。他拿着止疼药进来的时候,楚乔已经在梳洗了。

"爸爸叫你。"他说。

楚乔正在洗脸的手一僵:"知道了。"她又继续洗脸。洗过后,她站在梳妆镜前看着镜子里那张苍白的脸,她皱皱眉,将梳妆盒打开,开始化妆。

厚厚的脂粉遮住了她脸上的苍白,遮住了黑黑的眼圈,淡扫一点腮红,让她的脸上焕发出一种少女般的红润。

妆罢,镜子里那张脸上,苍白之色已经一扫而空,那双漂亮的眼睛里也多了几分神采,她仔细地看了看,直到找不到一点儿瑕疵来,这才下楼。

"乔乔怎么还不下来,还在睡吗?"楼下的大厅里,传来男性浑厚又带了几分威严的声音。楚乔的脚步走到楼梯的尽头,她看到了那宽大的真皮沙发上,坐着的男人。他正接过佣人端过来的茶,慢慢地品着,气度沉稳。

"爸爸。"楚乔喊了一句。

楚远山抬眸看向女儿,浑厚威严的声音又说道:"怎么,昨晚又喝酒了?"

"没有,爸爸。"楚乔道。

"呵,你还骗我?我是你爸,你喝没喝酒,我会看不出来!"楚远山拧眉,多年的商场打拼,身在高位让他眉眼之间由内而外地散发出深沉威严的气息。

楚乔抿了抿唇,低头不说话了。

楚远山站直走向女儿,大手拍了拍女儿的肩:"乔乔啊,长风都已经娶妻了,你就放自己一马吧!我楚远山的女儿怎么能为一个男人,而酗酒放纵自己呢?"

"爸……"楚乔眼睛有些湿了,咬了咬唇,又将那眼泪咽了回去,"我不甘心,我不相信长风会和那个女人过一辈子,那个女人,她太平凡了!"

楚远山看着女儿忽然间开始发白的脸,皱紧了浓眉……

徐长风一走便一整天没露面,白惠一个人在家里,看着太阳冉冉升高,又缓缓落下,心头也一点点地平静了。这个时候放在客厅里的手机响起了铃声,白惠看看号码,挺陌生的。但还是接了。

"白姐吗?我是李一飞呀!"手机里面传来一声轻快的女声。白惠想起了那日一起吃饭的女孩儿。

"哦,一飞。"她笑笑。

"那个……白姐,你什么时候有空和我哥见一面啊?"李一飞道。

"啊?"白惠愣了愣,她忘记了那天饭桌上李一飞说的要把她哥哥介绍给她的事,忽然想起了,便笑了,"那个……"她不知道怎么样来解释那天的话,她明明结婚了,却还答应另一个女孩子和她的哥哥相亲,白惠觉得自己很没脸,更重要的是,她这样做岂不是伤了人家女孩子的一片热情吗?跟耍人家似的。

"那个……一飞。"白惠在脑子里斟词酌句,"不好意思,我那天……"

"她那天和我吵架,所以才说自己没结婚。"有人一把抢过了她的手机。徐长风不知何时已经回来,开门的声音白惠没有听到,而他已经站在她的面前。他一手拿着她的手机对着那边的李一飞大声地说道。

白惠讶然一呆。因为家里只有她一个人,所以接电话她用的免提功能,李一飞的话这家伙想是都听到了,此刻凛着两道长眉,正没好气地看着她。

白惠站起来,去抢她的手机:"给我!"

徐长风却是手一扬,将手机扔在了沙发上,然后长臂一伸揽住了妻子的腰将她纤柔的身子一下子揽在了怀里。"嗯,你的动作挺快嘛!这就开始相对象了!"

"我都说了,我要寻找我的真爱。"白惠故意地这样说了一句,她的话让男人的两道眉毛几乎立了起来:"你敢!你敢,看我不掐死你!"他的一只大手揽着她,一只大手在她颈部比划了一下。看着那只原本修长洁净的手变得钢钳一样在自己脸前比划,白惠眼神缩了缩,而他却将愤怒的俊颜拉低一下子吻住了她的嘴唇。他突然的动作太过猛烈,白惠的呼吸一下子就窒住了,而他还用力地扣了她的后脑,狠狠地吻了她一下,白惠肺里的空气一下子被挤空,待他一吻后松开她时,她大口地吸气。而他却笑了,伸手轻捏了捏她的脸蛋,"还好,你还没去。"

他笑得意味深长的,白惠勾了勾唇角,气恼地哼了一声,抬起鞋尖在那人的膝盖上踢了一下,这该死的家伙刚才差点儿憋死她。但她穿着毛茸茸的棉拖鞋的脚尖落在他的膝上,也不过像是被小石子砸了一下,自然是奈何不了他的。他黑眸很亮,却笑着揽了她的肩道:"要爱情的小美女,我们走吧,爸爸妈妈在等着呢!"

白惠瘪瘪嘴不理他,自己去里面换衣服了。等她穿好了衣服出来,却见那男人正悠闲地站在客厅里,眼睛望着窗外,不知在看着什么。听见她的脚步声,他回了头看她,她看到他的眼睛微微眯了起来。她穿着杏色的大衣,长发在脑后松松地挽着,漆黑的发丝上别了一枚十分精致的卡子,看起来俏生生的,他不由得笑道:"你知道吗?你现在特别有少妇的风韵。"

白惠脸上倏然一红,没理他,而他却是顾自大手伸过来,轻拉了她纤柔的小手,"我们走吧!"

白惠跟着他上了车子,向着小区外面驶去。清致三口也在,徐家显得很热闹,徐宾对白惠十分温和,而胡兰珠也少了几许严肃。一家人在一起吃着饭,白惠慢慢地吃着听到胡兰珠道:"长风,你楚伯伯从日本回来了,一会儿吃完饭,你过去看看他。"

"白惠也去。"徐宾搭了一句。

白惠不知道那位楚伯伯是谁,但她很快联想到了楚乔。心头降了一下。

"白惠就不用去了。"胡兰珠道。

白惠皱眉,而徐宾却道:"当然要去,白惠是咱徐家的儿媳妇,去了算是礼貌。"

"可是……"胡兰珠看看丈夫,脸上似有为难的神色。

徐宾却道:"我知道,你不就是怕楚家人看到白惠会别扭吗?可白惠是徐家的媳妇,他们应该明白,咱长风不可能一辈子不结婚,就吊在他家乔乔身上。"

徐宾一句话,让胡兰珠立时就语塞了。白惠心头明白胡兰珠的顾虑,她侧头看了看身旁的男人,他低着头,往口里送汤,垂着眼帘,那神色看不分明。但她想,他一定也在犹豫吧!虽然她本心并不想去什么楚家,但是此刻,她却是非常地想去了。

"嗯,一会儿我和长风一起去看看楚伯伯。"她笑着说。

胡兰珠皱眉看看她,而她却只是对她笑了笑,徐宾向她投来赞许的目光,包括陶以臻,也是微笑地看着她。

白惠心头豁然开朗,她明白,在这个家里还是有人支持她的。

徐长风没说话,似是并不反对她的打算。吃过饭,管家将徐宾夫妇准备的礼物拎到宾利后厢给放了进去,徐长风坐进了驾驶位,而白惠则是很随意地坐在了他身旁。她已经很久没有坐过这个位子了,那男人不由得侧头看了看她。

白惠却是对着他挑眉:"怎么,不想让我去?"

徐长风以异样的眼神看了她一眼,唇角钩了钩,启动了车子。

第二十五章　再试一次，以爱的名义

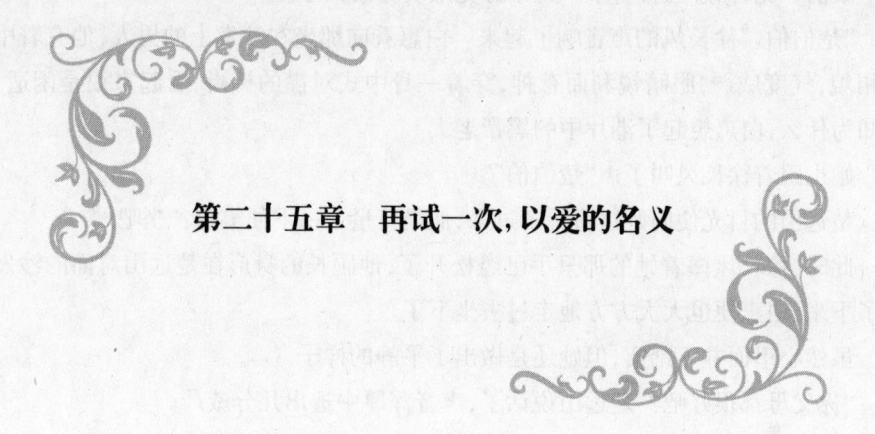

楚家离这里并不算远，也是极高档的一处住所，白惠这一路上，脑子并没有消停。她和楚乔见过无数次的面了，但是去她家还是第一次，见她爸爸更是第一次。她不由得侧头看向身旁的男人，不知道，楚乔见到她的心上人带着妻子一起出现在她家会是什么感想，而他，又在想什么？

徐长风神色上看不出什么特别来，只是眉宇微敛，似有心事的样子。一路上都没说话，好像很专注地在开车，而白惠的脑子里却是不停地思来想去，想象一会儿之后可能发生的情形。

车子不知何时停了下来，前面是一处院子的大门，隔着栅栏往里看，虽然没有徐家那长长的私家车道，倒也是十分的整洁漂亮。里面一幢二层小楼，灯光明亮。

院门被人打开了，徐长风的车子开了进去，车子停下，他深沉的声音说道："到了。"车门被人打开了，是男人的手。白惠下了车，拢了拢大衣的衣襟，徐长风走到后厢，从里面将徐宾夫妇准备的东西提了出来。白惠便走过去，将小手伸了出去："我帮你拿一个。"

男人看了看他，将另一只空着的大手伸给了她，攥住了她的小手。

白惠的心头就这样猝不及防地暖了一下，现在这个时刻，不同往时，这是在楚乔的家里，他主动拉住她的手，白惠心头瞬间就暖了。

"风少来了。"楚家的老管家忙赔着笑脸，"我来吧！"他接过徐长风手里拎着的东西，又看了看白惠："这位就是少夫人吧！"

"你好。"白惠对着老人笑了笑。

老人便也温和地笑了笑将他们让进屋。

眼前一亮,白惠已置身于一处十分宽敞明亮的大厅里。

"楚伯伯。"徐长风的声音响了起来。白惠看向那坐在沙发上的男人,他有着中年的相貌,气度威严,眼睛锐利而有神,穿着一身中式对襟的裤褂,看起来很是闲适,但不知为什么,白惠想起了港片中的黑帮老大。

她也跟着徐长风叫了声"楚伯伯"。

楚远山的目光便向她这边看了过来,似是打量了一下便笑道:"坐吧。"

此时,徐长风攥着她的那只手已经松开了,他颀长的身形在楚远山对面的沙发上坐了下来,白惠便也大大方方地走过去坐下了。

虽然心里面并不踏实,但她还是做出了平静的样子。

"你父母都很好吧?"楚远山说话了,声音浑厚中透出几分威严。

"他们很好。"徐长风说,他们说话的时候,白惠只默默地寻思着,一会儿会不会见到楚乔。

楼梯处有脚步声传过来,嗒嗒地高跟鞋敲击着光亮的地板砖,视线尽头出现了一道苗条的身形。

白惠看着那道渐渐走近的高挑身影,楚乔面容依旧冷艳。

"爸爸。"楚乔明艳的双唇轻轻地动了一下,白惠看着楚乔一步步走近,她好像闻到了一种冰冷讥讽的气息。

"风少,少夫人,请用茶。"女佣将茶水端到了徐长风和白惠的面前。

两人几乎同时说了声:"谢谢。"

白惠看看那泡茶用的杯子,也是极讲究的,看起来竟似乎比徐家的还要好。

"风哥,嫂子。"楚乔说话了,那一声嫂子,让白惠手中的茶杯几乎脱手。

楚乔一向瞧不起她,再加上愤恨和嫉妒,可一直都是白惠白惠地叫,从不曾叫过她嫂子。徐长风的那帮朋友们几乎都比她大,却都随着风哥这个称呼而叫她嫂子,楚乔和伊爱却是特例。

"你好。"白惠站起来,她看向楚乔那张明艳动人的脸。

楚乔又是一笑,样子漂亮又迷人:"嫂子难得来一趟,难道就要在这里坐着,听他们男人说话吗? 走吧,跟我去楼上坐坐。"

楚乔竟是向着白惠伸出了那只纤纤玉手。一双漂亮的眼睛带着微微的笑意看看白惠。白惠忽然间有一种全身起鸡皮疙瘩的感觉,这算不算是……黄鼠狼给鸡拜年? 白惠知道这句话用在这里并不合适,但是此时此刻,楚乔却这般的友好温和,还邀请她上楼坐,白惠心头不得不犯起嘀咕。

"好啊！"她也露出笑来，向着楚乔伸出了手，两个女人，两只洁白的手牵在了一起。

徐长风微微眯眸看向那两个女人，只见那两道纤细的背影手牵着手上了楼。

到了一层半的时候，那只牵着白惠的手就松开了，白惠虽然也盼着这一刻，但是现在心里的疑惑却是越发地深了。楚乔会对她这么友好，谁能说她不是心怀叵测呢？楚乔高跟鞋嗒嗒地上了剩下的楼梯，当先推开了前面的一扇门，对着她莞尔一笑："进来吧，这是我的卧室。"

她的脸直到此刻仍然是温和如初的，白惠走了过去。眼前是一处极开阔的空间，比她和徐长风的那间卧室并不小。顶上是洁白晶莹，造型极优美的水晶吊灯，和她在徐家的那间卧室里的吊灯竟是有些相似。床柜极为讲究，都是上好的木材。白惠不懂那些材质方面的东西，但是从那做工上看得出来应该是极贵的。房间布置得十分漂亮，有淡淡香水味道盈入鼻端，但是这些都只是一个富家女子的房间应该有的，并不稀奇。让白惠眼前一闪的，则是那雪白的墙壁上一张张照片。一张张，或大或小的，楚乔和徐长风的合影豁然出现在眼前。

两个人紧挨着身体，男人的长臂圈着女人的肩头或腰肢，女人的头偎在男人的肩头，背景或是一片的白雪皑皑，或是亚热带的阳光风景和海滩。两人皆是一脸的笑，明媚而快乐。白惠的眼睛不由得疼了一下。

楚乔笑道："这些照片都是当初我和风在一起时照的，这个是在阿拉斯加，这个是夏威夷，这个是澳大利亚……"

楚乔高挑的身形在那些照片前缓缓走过，声音里流露出一种深深的甜蜜和幸福，这是只有经历过那种幸福的女人才可以流露出来的。

白惠的心又被刺了一下，她在心里安慰自己，那些都是过去了，那时，她还没有出现，他和楚乔还是情侣。楚乔忽然回眸一笑："你看这个。"她的手里已然多了一只上好的青花瓷瓶。

"这个和风哥办公室里的那个是一对，当年我过二十五岁生日的时候，他正好在加拿大的一处拍卖会上，便拍了这对瓶子，花了足足有三百万人民币，又找人将我们的一幅照片印了上去，瓶子我们一人一个。"楚乔笑，明媚的眼底有炫耀和一种挑衅的光芒。

这些确实是白惠不曾经历过的事情，她和徐长风的那段简单得不能再简单的过往，实在是没有什么可以拿出来在楚乔面前炫耀的东西。她看着那只记载着楚乔和徐长风幸福过往的瓶子，忽然间心头涩得难受。瓶子上的笑脸依然那么的刺眼，而眼前的女人，那一双不怀好意的眼睛也是那么地让人生生地厌恶起来。

白惠垂在身侧的手指忽的冰凉,她微微一笑:"是呀,的确很值得羡慕。"她走过去,轻轻地接过了楚乔手里的瓷瓶,放在眼前仔细地端瞧,"嗯,真的很好,照片漂亮,瓶子更好。不过可惜……"

她将瓶子又递还给了楚乔,却是话锋一转,目光无限悠远地望向窗子的外面,幽幽开口:"可惜,跟他结婚的人是我。这个瓶子,你留着做个念想也好。"

白惠说完,明眸又嫣然一笑,转身款款而去。她还没有下楼,便听见身后传来砰的一声。她脚步一滞,却是笑了。迈开步子,下楼而去。

楚乔手在抖,全身都抖了起来,刚才还伴装起来的骄傲和幸福顷刻间崩溃。她看着脚下一地的碎片,片片的青花瓷记载着她和他曾经美好幸福的感情,片片光斑闪耀着的是,她和他幸福的笑脸,却在那砰的一声响后,碎了一地。

"小姐!"佣人听见响声跑了进来。楚乔脸色比纸还要白,指间正捏着一块瓷片,在簌簌发抖。佣人见状大惊,忙过来执了她的手,将那片瓷片拿了开去。

楚乔的手指已经破了,血珠往下掉。佣人慌了,忙去找药箱。

"别动!"楚乔忽然间低喝了一声。

佣人吓了一跳,惊讶地看着她:"小姐?"

"你出去吧,看到什么别说出去!"楚乔沉声命令。

"是……"佣人紧张不安地出去了。

白惠到楼下的时候,神色已经十分淡然,她发现,自己竟然也变得十分善于伪装了。徐长风的目光似是温和地看了过来,白惠对着他笑笑,走了过去,而徐长风却是站了起来:"楚伯伯,我们该走了,时间不早了,您休息吧!"

"啊,慢走啊!"楚远山站了起来,白惠看到他的身形很魁梧,楚远山送到门口时便站住了,他让管家送他们离开。

白惠回头一看,楚远山的身影已经不见了。那声响,想是都听得到的吧!

黑色的车子在夜色下驶出了楚家的院子。白惠的眼前出现了楚乔苍白的脸,紧咬的嘴唇,和举着那只记载着她和徐长风幸福过往的瓷瓶摔向地板时的咬牙切齿,愤怒无比。她轻轻地合上了眼睛。

徐长风一路上并没有说话,楚乔摔瓶子的声音,他想来也应该听到了吧!她看着他薄抿的唇线,看着他目不转睛开车的样子,看着他深沉的眉眼,她想,她这一生,就要这样过下去了吗?

"想去哪边睡?"他问了一句。

白惠仍然说道:"当然是我自己那里。"徐长风深沉的眼神望了过来,"换个房子吧?"

白惠一下子怔了。"嗯。"她垂了眼睫，应了一声。

车子到了小区的楼下，他好久没有下来，心思深沉，不知在想着什么。白惠心头涩了起来："你很心疼吧？你可以去安慰她，反正你的整颗心也都是她的，再多点儿什么，我也不会在乎。"

她很难过，男人的神态和反应在无声中在她本就受着伤的心上撒了一把盐。她不是寂寞的驼鸟，她是受伤的刺猬，她又竖起了浑身的刺。

徐长风的目光看了过来，那么的深，"你怎么就那么嘴刁，我更喜欢你醉酒流泪的样子。"他开门下车了。

白惠呆怔了好久，才转身进屋。

她一进门，小风就跑过来，这小家伙见到她，最亲热的动作就是咬她的裤脚。白惠将小风抱了起来，走到沙发旁坐下，托着小风的身子，看着它那肉乎乎的小脸。"今天过得好吗？有没有想我？"她像问孩子似的声音问。

"如果你把你放在小风身上的心思放在你的男人身上，我想你会过得比现在快乐。"徐长风说话了，白惠便抬头，她看到男人一双深沉的耐人寻味的眼睛。

她的心头莫名地动了一下，却仍是说道："小风他的心里只有我，我给他多少，他给我多少，可是你不同。"你的心里还有楚乔。

她后面的声音低了下去，心里自然又是被一种涩涩的感觉占满。

"我真想象不到，你的嘴巴不毒会死呀！"徐长风终于忍不住用恶毒的字眼来讽刺她了。白惠的全身都凉了一下，她的眼圈一瞬间就红了，咬了咬唇，却是垂下眼睫，抱着小风进了里屋。

又是新的一天，小雪像棉絮一般飘下来，白惠穿了厚厚的保暖衣，又套上了羽绒服从楼上下来，男人的车子等在门口，他先下楼热车，此刻车子里面已不像刚才那么的凉了。她无声地坐了进去，车子缓缓地向小区外面驶去。

"晚上收拾一下，我们搬到那边的房子去。"他的声音很淡，好像昨晚争吵的余波还在。白惠沉默了，昨天鬼使神差地就答应了他，可是现在，她后悔了。

"再等等吧，我现在又不想搬了。"她的话换来男人有些愠怒的目光，他的黑眸不乏阴沉地看着她，随后，他又收回视线，将车子提了速，冲上了快车道。

白惠是在下午接到袁华电话的，他说，白秋月今天出门的时候滑了一下，从自行车上掉了下来，现在已经送去了医院。

白惠登时一惊，将手机塞回了包里，匆匆地向外跑。跑到外面又想起没请假，便忙打电话给园长。外面，小雪已停，路面湿滑，她险些摔了个跟头，当她坐上出租车赶到医院的时候，她看到了一道熟悉的身影，徐长风正跟着一位医生边走边说着什么。

旁边袁华焦急地听着。白惠忙跑了过去:"长风,你看到我妈了吗?"

徐长风深敛着眉宇看了看她:"她左肘骨折了,马上就安排手术。"他拍了拍她的肩,"不要太担心,我给她找了最好的医生。"

白惠涩然了一晚上和一个上午的心猝不及防地暖了。她看着那道熟悉的身形随着那个医生走进前面的办公室,她的眼睛里热热的,他总是这样子给她希望。徐长风,你知道的,我的心很软,我禁不得你这样的关怀和温柔,我禁不得你这样对我家人的好。她紧抿了唇,眼睛里不知何时已是晶晶亮亮的一片。

白秋月做了手术后被送进了病房,白惠陪在母亲的床边,她拉着母亲的手,一直地握着。白秋月苍白的脸上却是十分的感慨和慈祥:"惠呀,你要好好珍惜你和长风的感情,妈知道你可能受了委屈,但是一个普通的女子嫁入豪门,哪儿可能一点儿委屈都不受呢?至少长风他对你很好,对妈妈爸爸很好,这就值得你去珍惜……"

白惠因为母亲的话而陷入深深的茫然。

妈妈不知道他自有他的心底明月,他对她一向都好,可并不代表,他便不爱那轮明月了。并不代表,她这颗微不足道的星可以取代那轮耀眼的明月而长居他的心中。

转天就是中国的小年了,这一天,白惠没有理由不回到婆家去,她特意去商场给胡兰珠和徐宾挑了两份礼物,虽然并不是多贵重,但是她的一片心意。

看到楚乔,白惠当时就被定住了一般。而徐长风显然也是没有料到的,也怔了一下。

"爸,妈。"白惠喊了一声,胡兰珠依然严肃的神色柔和了几分,"坐吧。"

楚乔冷冷地看看她,又将目光移向那男人。空气竟是一时间沉寂。

"爸,妈,白惠给你们带了礼物。"徐长风终是说话了,将手里两袋东西放到了地上。

徐宾笑道:"买了什么,拿过来看看。"

有楚乔在场,自己的礼物虽温馨,却着实显得寒酸了,白惠迟疑了一下说道:"我给妈妈挑了一条围巾,给爸买了只杯子。"

胡兰珠看看她,没有说什么,而徐宾却道:"好啊,儿媳妇孝敬公婆的,当然是温暖牌的了。"

而楚乔却是不由自主地勾了勾唇,唇角抿出讥讽的弧度,漂亮的眼睛里流露出浓浓的不屑来。

她的样子尽收白惠的眼底,她尽量让自己显得淡然。

徐宾道:"其实吧,什么礼物都不用买,爸爸妈妈什么都不缺。你们能给我们老两口最好的礼物,就是快点儿生个孩子出来,让我们抱抱。"

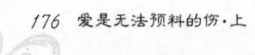

徐宾的话意味深长，白惠心头生起一种别样的滋味，公公或许是在为她打圆场，可是……她不由得看向身旁的男人，而那男人却是敛着眉宇，视线落处是那张精致却冷艳的脸。

楚乔的脸色明显地变了一下，白惠的手不由得伸进了男人的掌心，她用她那双不含一丝杂质的眼睛看着他，而他的视线也收了回来，轻捏住了她的手："会的，爸爸。"

白惠不知道那一刻，他的眼睛因何会看向楚乔，只是楚乔却向着他们走了过来，"我祝愿你们早日得偿所愿。"她漂亮的眸子看向徐长风，一片清冷的讥讽。再回头，已是一脸得体又清亮的笑容："伯父，伯母，我先回去了，明天的晚宴一定要去哟！"

胡兰珠便起身道："一定会去的，替我和你徐伯伯谢谢你爸爸。"又对儿子道，"长风，送送楚乔。"

徐长风的手还捏着白惠的手，却似是有了转身的念头，但白惠的手指轻轻地捏住了他的手指："我们一起去。"

她清清亮亮的眼睛含着异样的意味，徐长风深深敛眉，两人牵手向外面走去。

楚乔回头的那一刻，明显地僵了一下，院子里黯淡的灯光下，她的脸在忽然间变白，美眸带着一种说不出的冰冷怨气盯着徐长风的脸，然后一个转身，快速地走向不远处停放的小跑车，钻进去，飞快地顺着长长的私家车道驶了出去。

徐长风的视线很久才收回，回去的时候，他又说了那句："搬到那边的房子去吧！"

白惠这次没有再拒绝而是点了点头。只是她没有想到，男人的车子竟然在前面拐了弯，向着另一条道驶去。白惠发现的时候，他的车子却已经向着那所新的房子驶去了。

"别，小风还在家呢！"她忙喊了一句，而徐长风只是敛眉："不许再叫小风。"

"呃……"白惠语噎了。

"那叫什么？"她呐呐地出声。

"随便叫什么，就是不要叫小风。"男人的声音很霸道。

好吧，她叫了那小东西这么久的小风，也差不多了，白惠扁扁嘴，不说话了。

可是半天之后又忽然间问道："那个房子，你带过别的女人吗？"

徐长风侧过头来，目光无比的阴沉，白惠扁了扁嘴，徐长风盯了她有好几十秒，直到她浑身发毛，才回过头去。

那晚，她和他住在了他的新寓所。

转天，他载着她回去取东西，她将自己和他的所有物品，无分巨细一一地收进箱子，最后箱子盖都合不上了。徐长风直皱眉："别收了，那边都有。"

白惠却是没有停下脚步，又走进了洗浴间，收拾洗护用品，男人跟了过来："这些东西那边都有新的,都带过去你不嫌麻烦呢!"

"不麻烦。"白惠边将洗发水和沐浴露收起来边说,"如果不带走,下一任房客来的时候,会统统扔掉。而且用了这么久的东西,真的有感情了,扔的时候会舍不得。"

她忽然间就被自己的话惊到了,用久了的东西会有感情,即使是买了新的,旧的也不舍得扔,那么他和楚乔呢?

他们在一起那么多年,青梅竹马,两小无猜,那该是怎么样的一种感情呢?他和楚乔的不清不楚,是因为那种舍不得吗?即使不爱了,即使爱情之火一点点地灭了,也会有多年的情分在,是吗?

她忽然间想,楚乔向她炫耀的,都是她和他的过去,可见,她还活在他们的回忆里,而她呢?她拥有的是这个男人的现在。

她忽然转过身来,走到男人的面前,踮起脚尖,双臂缠上了男人的脖子:"长风,我愿意再试一次,以爱的名义,那么你呢?"

她乌沉沉的眼睛,藏了期冀和渴盼。他的心头在一瞬间软了下去,他没有回答她的问话,而是将她搂在了怀里。温热的嘴唇覆上她的,辗转轻喃,许久,她才听到他的声音:"我会的。"

他轻吻她的嘴唇,体内一直深藏的欲望在这个时候向着四肢百骸扩散,他一吻便不可收拾,忽然间将怀里的那具温软的身体向着墙壁一推,他的结实的身体也跟着压了过去……

新房子是三室一厅,装修低调却又奢华。白惠将带过来的东西一一归位,人站在那明亮的卧室里,她缓缓地环视着,心底有一种期望冉冉升起的开朗。

原来,给了自己希望,生活可以如此的阳光。白惠隔着宽大的窗子迎着早晨的阳光,轻轻地舒展了双臂,缓缓地闭上眼睛,深深地吸了一口气……

已是傍晚的时间了,森顶大厦的窗子仍然都是亮的,白惠走向丈夫的办公室,正走着,他办公室的门开了,两道男人的身影走了出来。其中一个是她的男人,西装革履,身材挺拔,另一个有些面熟,是伊爱的父亲,伊长泽。

"伊叔叔。"她叫了一声。

伊长泽对她一笑:"来找长风的吧,呵呵,你们聊。"

他说完,中年发福的身体便迈开步子从白惠的身旁走了过去。

"怎么到这儿来了?"徐长风看着妻子眼神温柔。

"不为什么,就想看看你工作时的样子。"白惠的笑很俏皮,而那略显稚气的话语,更是让男人笑出了声:"好啊,进来看看我是怎么工作的。"

他说着就揽着她进屋。房间里的温度有点儿高,白惠将羽绒服脱掉,只穿了里面的毛衫和长裤走到他的身旁,徐长风坐在深深的大班椅之内,微微眯眸看着他的妻子走过来。她的脸颊白皙,泛着年轻女子的粉嫩,蓝色韩式毛衫显得那身子娇娇小小的。她走过来时,他并没有工作,而是伸手拉住了他的手,向着怀里轻轻一带,白惠的俏臀便坐到了他的腿上。

他看着那张如素月一般的脸,忍不住长指轻抬,轻轻抚摸她细嫩的脸颊,白惠觉得脸上在发烧,他的嘴唇轻轻地贴了过来,吻住了她。白惠的心跳立时就乱了。而他一吻并不肯停歇,一手轻扣她的后脑,让她的嘴唇与他的更紧密地贴在一起。

白惠觉得自己的魂儿都要飞出去了。

而此时,外面传来男性嘻嘻哈哈的声音:"哎,你们猜,风哥现在在做什么?"是黄侠的声音,接着是一个女人声音:"当然是工作了,难道还像你似的在办公室里泡女人不成!"

说话间,办公室的门就被人推开了,白惠进去的时候,那门就没关紧,那声音就从缝隙里传进来,白惠惊得从徐长风的怀里跳了起来。动作太急,男人的嘴唇还吻着她的嘴唇,舌头还没有收回去,白惠这一猛地站起来,不但牙齿咬到了他的舌头,额头还撞到了他的额头,白惠疼得一声尖叫,而男人却是俊朗的容颜一下子抽搐起来。

他一手扶着额,舌尖上的疼让他的口里嘶的一声。而门口处的人却都是一怔,黄侠已是笑道:"哎,哎,我什么都没看到。"

靳齐的面容很冷,伊爱眼神讥讽地看向白惠,抿着红唇,并没说什么。

靳齐道:"乔乔约了我们在纪家菜吃饭,大家都去,就缺你了。"

靳齐的话里,不是"你们"二字,而是一个"你"字,自然是专指徐长风。白惠听了心里有些别扭。

黄侠笑道:"嫂子也在呢,嫂子也一起去吧!"

他的话换来靳齐阴沉的一瞥。黄侠脸上有些不自在了。白惠看向自己的男人,他的神色肃沉,而白惠的一只微凉的小手已经无声地伸进了男人的掌心,手指轻轻地钩住了男人的手指:"长风。"

她的话唤来男人深沉的眼神:"我不去了,你们去吧!"

那一刻,白惠差点儿就尖叫起来了,徐长风,加油!

靳齐哼了一声,转身开门走了,伊爱也没说什么,只瞥了她一眼,也走了,剩下黄侠好像有些尴尬,走也不是,不走也不是的。

"风哥,你们真的不去了?"黄侠又问了一句。

"不去了,替我向乔乔说声抱歉。"徐长风走到办公桌旁,将桌上的香烟拾了起来,抽出一根嚓的燃上了。黄侠便道:"那好吧,我走了。"

看着黄侠也关门而去,白惠忽然间有些失落的感觉,她走到丈夫的身旁,看着香烟缭绕中,他神色不明的脸,她说道:"是不是我伤了你们兄弟之间的和气?"她又呐呐地道,"要不你去吧,我虽然不喜欢楚乔,可也不想看着你失去你的朋友们。"

"我们回去吧!"徐长风碾熄香烟说。回去的路上,他带着她在一家饭店吃的晚饭,两个人到家,换了衣服,她就被他压在了床上,他没有说话,却深深地吻她,直至两人的身体紧密相贴。

转天早晨,徐长风的车子到了公司门口的时候,一辆红色的小跑车倏地斜冲了出来,在宾利面前一横。徐长风忙刹车,宾利硬生生地停下了。他看着那小跑车的车门打开,一个年轻女子大步向她走来。

楚乔一身黑色的装束,神色冷艳,一把拉开了他副驾驶的车门,声音委屈:"风,那个女人在你心里就那么重要吗?你竟然为了她连我的生日会都不去了。"

徐长风微拢了眉宇,而楚乔已经偏身坐进来:"今天我的生日,你一定要去,这是你答应过我的。"

"乔乔。"徐长风声音里透出几分无奈。

楚乔伸手抹了一把突然间涌出来的眼泪,咬了唇道:"如果你不去,这上面……就会再添几个。"她说完,一撸左手的袖子,徐长风不由得倒吸一口凉气。只见楚乔那只青葱白嫩的手臂上,赫然是五个黑点子。

"这是什么?"徐长风心头登地一沉。

"烫的。"楚乔的眼睛里含着泪。

"如果今天晚上你还不到,这上面会再多上五个。"她咬着牙狠狠地说了一句。

徐长风心底猝然蹿上一股子凉气,眼前这张容颜一如往昔,漂亮精致,可是却有什么真的不一样了。

第二十六章　跟我走,长风

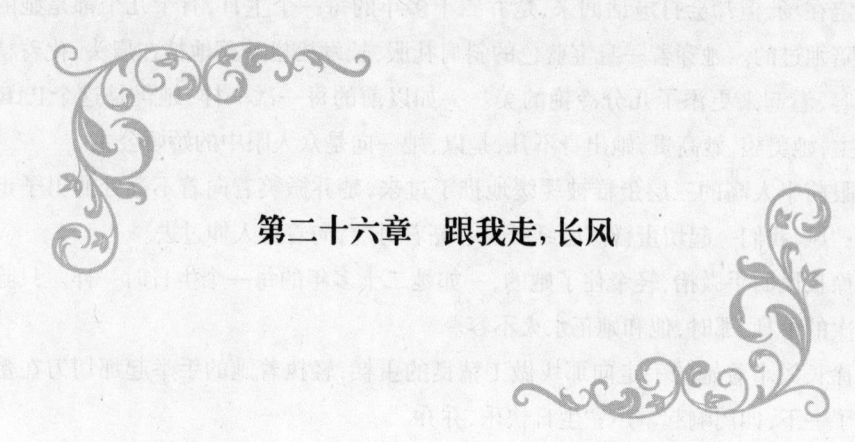

下午,白惠接到了她男人的电话,说是晚上有应酬,叫小北接她回家,白惠有些心头空空的感觉。她穿好了大衣从幼儿园出来,外面的道边上停着徐长风的黑色宾利,车子旁站着的却是小北。他侧对着白惠的方向,一手拿着手机在打电话。

"老板现在在楚小姐那里。今天楚小姐生日,你忘了吗,楚小姐的生日,老板哪年都一定会去的……"

小北手机收了线,正要进幼儿园里面去接他的老板夫人,却是一下子呆住了。

"嫂,嫂子。"他看到了不知何时站在那里的白惠。一时之间差点儿咬住自己的舌头。

白惠心头涩然,一阵阵窒闷的感觉涌上来,她压抑着发颤的声音说道:"带我去楚小姐那儿,找你们老板。"她说完,便顾自走过去,打开了宾利的车门,沉默着钻了进去。

"哎,嫂子。"小北又急又怕,真恨自己刚才打电话时多嘴,"哎,嫂子。"

"小北,开车。"白惠神色冷凝,心头一阵阵的闷闷涩涩,十根纤细的手指捏紧了手包的带子,徐长风的应酬,原来就是楚乔。

她心里猝痛,脸色也变得越发地白。小北只恨不得狠狠扇上自己几个耳光:"嫂子,您还是不要去了。"

"你不开车吗?那我打车去。"白惠冷冷出声。小北不得已,只得上了车子,开着宾利向着楚乔家的方向驶去。

彼时,楚家的公寓里一片热闹非凡,楚远山去日本视察项目,大致要在年后才能回来,家里只有他的一儿一女。每年的这个时候,是楚家最热闹的时候,虽然楚远山不一定在场,但却会打电话回来,楚乔二十多年的每一个生日,有十几个都是她的发小们陪她过的。她穿着一身宝蓝色的斜肩礼服,长发松松蓬蓬地披在肩头,化着精致的妆容,看起来更添了几分冷艳的美。一如以前的每一次一样,她仍是这个PARTY的公主,她美貌、她高贵、她出身不凡,是以,她一向是众人眼中的娇娇公主。

眼前半人高的三层蛋糕被缓缓地推了过来,楚乔微笑着向着不远处的男子走了过去:"风,我们一起切蛋糕。"她纤纤玉手亮着丹蔻,向着男人伸过去。

徐长风的手微抬,轻牵住了她的,一如二十多年的每一个生日时一样。只除了上一次的生日,那时,他和她正水火不容。

徐长风牵着她的手走向那块做工精良的蛋糕,轻执着她的手举起那切刀在蛋糕上划了一下,四周响起掌声:"生日快乐,乔乔。"

靳齐率先出声,接着,祝贺声四起。楚乔明艳一笑,仰头在男人的一面脸颊上轻轻地吻了一下,接着那张明艳的脸上绽放出比春花还要娇艳的笑容。"风,我爱你!"

白惠进来的时候正看到刚才的一幕,心头像是活生生裂开了口子。

"老公。"她狠狠地压抑着心头狂涌的波澜,身形只是一滞,便迈开步子向着那PARTY的中心走去。她的出现无疑使全场哗然。

在场的人不是很多,但他们都知道眼前的女子便是那个男人的妻子,而那个男人正执着情人的手,才刚刚被他的情人吻过。或许一会儿,还要上演更深情的戏码,可是他的妻子出现了……

黄侠眼睛瞪得老大,显是有些担心了,靳齐黑眸一挑,仍然冷肃,伊爱眼角轻蔑更甚。她的位置离白惠最近,不由得说道:"你怎么来了?乔乔有叫你吗?赶紧回去,这里不是你来的地方。"

她的眼神极为不屑,白惠对这个女人向来没有好印象,只是对她冷冷一笑,并不答理她,顾自向着里面走去。

徐长风整个人僵住了一般。

人群里一道挺拔的身影皱了眉,楚潇潇不由得捏紧了手中的杯子,眉宇之间有难解的神色,似是意外,似是担心。

白惠盈盈向着徐长风走了过去:"老公,楚小姐的生日你怎么没告诉我啊?要是早知道,我也会备下一份贺礼的。"她盈盈一笑,没有恼怒,却是轻轻地执了男人的另一只手。感觉到手心的冰凉,徐长风的手指不由得发颤,他在白惠的手指上轻捏住。

楚乔一笑:"哟,白小姐来了,我这儿正后悔,怎么没请你过来呢!我们这儿这么热闹,白小姐一个人在家那得多孤单呢!"

看她一脸的得意和话里话外的轻蔑不屑,白惠心头涩痛之外,又加了几分的恼火。

"呵呵,我马上就不会孤单了。"她对着楚乔一笑,又转向她的男人道:"老公,蛋糕已经切完了,我们回家吧!"

白惠一仰头,对着男人笑得明亮。执着男人手的那只小手也不由得暗暗加了力道。徐长风的心头像是被针扎了一下,手指不由得拢紧,将那只小手拢在了手心。

楚乔听着白惠一口一个老公,心头像被一根针狠狠地戳着,那么的疼,疼极了便是幽幽无尽的恨。

楚乔笑,笑容越发的明艳,越发地让人难以忽视,像是带了魔法一般,能在无形中聚拢人的神志,让人不由自主地听从她的吩咐。

她笑着的时候,手心里已是多了一枚小巧的红色锦盒。

"风,你送我的项链很喜欢,你还没有帮我戴上。"

看着楚乔一双美艳的眼睛,和那种让人难以拒绝的眼神,白惠心底像是有凉水漫过一般。楚乔修长的手指轻轻地掀开了锦盒的盖子,白惠看到了明黄的锦缎上躺着的一条亮闪闪的钻石链子。楚乔纤细的手指轻轻地将那条链子挑了起来,钻石的光芒便在白惠的眼前晃动起来,那么的,刺眼。

白惠涩然,心头闷堵的感觉越发地浓了几分。多么漂亮的一条链子,这里面,该是有他多少的爱呀?

她轻轻地闭了闭眼,再睁开,已是一脸的清亮,冷颜如月,却同样让人难以忽视。她骄傲地一抬头,眼中已是冷清又灼人的光芒。

"老公,你的手只能给你的妻子戴项链。"

顿时,全场一片死寂。

不管他戴与不戴,都会伤到其中一个女人。黄侠暗自屏了呼吸,一脸的担心。而人群中的楚潇潇,此刻竟也是上前了几步,心情更是不明地揪紧。

死寂一般的大厅里,徐长风背对着人群的方向,谁也看不清他的神情。白惠也只是能看到他一半晦暗不明的侧脸。

楚乔晶亮的目光紧紧地盯视着男人的眼睛,一片楚楚可怜:"风,你不会看着我难过的是不是?"

她长睫轻颤,捧着锦盒的手在轻轻地哆嗦,眼圈慢慢地就红了,刚才还如媚的红唇轻轻地咬着,唇角却在发颤,看起来泫然欲泣的模样。

白惠不知是该笑还是该闹,这个女人,果真有做作的资本。她敢说,她那眼泪只要她再一句话,便会啪嗒啪嗒地掉下来。如此的模样,哪个男人看了会不心疼呢?

靳齐拧着眉,咬着牙,极愤怒的样子,迈步就要过来,但黄侠一把拽住了他:"让风哥自己解决。"

靳齐阴沉的目光盯视着黄侠,连出气都粗了。

白惠在心底冷笑,目光轻掠过楚乔几乎泫然欲泣的脸,却是转向了她的男人,她的声音徐徐响起,皎白的脸上挂着淡淡笑容:"长风,如果你还想要你的孩子,就带我走。"她的声音不大,只有她和他,还有楚乔可以听到。那一刻,徐长风清晰地看到了她眼底浓浓的凄凉。

他深黑的眼瞳凝视过来,白惠看到了他眼底迅速涌起的震惊。他的唇角有些发颤,似乎还处在极度的震惊中,没有醒过神来。而白惠却是眼前猝然一黑。身子软软地倒了下去。

"白惠!"耳边有男人的声音响起来,那么的急遽。接着腰间一紧,她的身子已然落入一个紧实的怀抱里。

徐长风一把将她抱了起来,他一脸的急切和焦灼绝不是伪装,楚乔眼里的泪簌地就掉了下来。她死死地咬着嘴唇,眼里一片的悲伤,看着那男人抱着女人离去的方向,楚乔捂着脸,缓缓地蹲在了地上,宝蓝色的礼服裙摆缓缓地覆住了她的纤白的脚……

不远处人群离去的方向,靳齐双拳紧握,样子骇人。

徐长风抱着白惠来到外面的时候,冬日的风吹过来,白惠猝然昏沉的大脑好像慢慢地清醒了,她看看抱着她的男人,他一脸的焦灼神色:"你怎么了?"

"头晕。"白惠说了一句,便欲从他怀里下去,但是身子却那么无力。

徐长风将她抱到了车子上,慢慢放下,才说:"我带你去看看医生吧,怎么会头晕? 是因为怀孕吗?"

他的眼睛里有着难以抑制的激动,声音竟然也微微颤抖,他的手轻轻地就覆在了她的腹部:"多久了,为什么我不知道?"

看着他眼睛里晶亮的光芒在颤颤地闪耀,那是震惊过后说不出的喜悦。白惠忽然间失语了。她不知该说什么,她忽然间后悔,自己为了不让楚乔得逞而编出来的理由。那么的荒唐。

她的眼睛慢慢地就染上了一抹哀伤和落寞的神色,她避开他热切的目光和伸过来覆在她腹部的手,看向窗子的外面。

夜色早就降临,车子在车水马龙的街头平稳行驶。她的男人,就坐在她的身旁,可是心里,怎么那么的,难受?

徐长风目光柔和,此刻,他的眼睛里好像只有她了。哪怕在身后渐渐远去的那所房子里,有无尽的繁华,有一个女人在为了他泪流满面,在为了他生不如死,在为了他,使尽一切手段,好像他也不愿意回头。

可是这目光,只是因为她说,她的肚子里有他的孩子。白惠忽然间觉得自己好悲哀,悲哀到要靠孩子来拢住他的心。

"小北,把车子开到医院去。"徐长风命令道。

白惠却拦住了他:"不用了,我没事。"

她的话换来男人疑惑的目光,他的大手又伸了过来,缓缓地落在她的腹部,那上面平坦而柔软。

"为什么?"他的深黑的眼睛里有什么在跳跃着,渐渐地被一种更加震惊的神情取代。"你没有怀孕是不是?"男人的声音里透出愠怒,黑眸深沉难以置信。

白惠眨了眨眼睛,向着窗子外面看了看,她的眼睛里很热很热的,总想掉眼泪。

"是的,我只是不想看到你和楚乔那么亲密,你是我丈夫,是我男人,是那个口口声声说了要和我共同努力挽救我们婚姻的人,可是你……"她幽幽转头,看向男人夹杂着震惊的眼睛。

"你说有应酬,就是帮楚乔庆生吗?徐长风,我想象不到,你就是这样给我们的婚姻机会的。"白惠说不下去了,声音几度哽咽。他一而再,再而三的伤害让她和他这本就濒临破碎的婚姻更加岌岌可危。

"但你不应该骗我说你怀孕了!"徐长风开口,神色阴沉愤怒,但却强力地压制着,以至于喉结在强烈地滚动。

白惠心底涩痛,凄凉落泪。

"抱歉。停车!"徐长风转眸命令小北,白惠全身一僵,小北也是一怔,"老板?"

"我说停车!"徐长风又扬高了声音喊了一句。白惠愕然地看着那人冷漠的身影向着夜色深处走去。

那一天之后,徐长风接连好几天没有出现,眼看便是年根儿底下了,幼儿园已经放假,大街小巷到处都洋溢着一种喜庆的气氛。白惠几次拿起手机想打电话给他,但都放下了。她的心里有了一个念头,去支教吧,她不要再呆在这让人压抑的地方了。

她写了一封辞职信准备在年后交给园长。

春节一天天临近了,她还是打电话给了小北,小北告诉她,老板飞去日本了,可能要在新年头天才回来。

第二十七章　原来如此

"黄侠,在忙吗？如果有空你就出来一下,我有点儿事情要问你。"

白惠给黄侠打电话的时候,心态很平静。黄侠那家伙很爽朗地答应了:"好啊,我手边的事情马上就处理完了,你等我一会儿。"

黄侠果真很快就来了,彼时,白惠正坐在黄侠公司附近的一家咖啡厅里,目光悠远地望着窗子外面的车来人往,喜庆纷纷。

她的羽绒服挂在身后的架钩上,身上穿着一件白色的薄毛衫,长发柔顺地披在肩头,看起来十分静美,但是听见脚步声而转过来的目光却又是那么的茫然。

"嫂子。"黄侠依然是爽朗的模样,他在白惠的面前坐下了,"嫂子有什么话尽管问吧,黄侠知无不言,言无不尽。"

黄侠笑得痞里痞气的。白惠看着那张皮肤不白,却十分让人可亲的脸,笑笑:"不好意思,在你上班的时间打扰你。"

"呵呵,比起下班时间我更愿意让你在上班时间打扰我。"黄侠这人虽然私人生活可以说是有点儿乱,但工作起来却也是一丝不苟的,他的话里,玩笑成分很大,言外之意,却是真恨不得少工作一会儿似的。

白惠不由得咯咯笑出声来,黄侠这人总是能让人郁郁的心情愉悦起来。

黄侠要了一杯咖啡慢慢品着,白惠问道:"我叫你来,是想问问你,"她黑沉沉,却有些茫然的眼睛望向黄侠的方向,"你风哥,和楚小姐,是因何而分手的,你一定知道吧？那么,告诉我好吗？我很想知道。"

黄侠刚刚喝到嘴里的一口咖啡差点吐出来,他的脸色明显地变了一下:"咳,那个,嫂子,这问题,你亲自去问风哥不是更好吗?"

"我是想问他的,但我这一段时间并没有见到他,所以才找你过来。"白惠声音幽幽,眼神里不由得就染上了一抹郁郁的神色。

黄侠看了心中不忍,他又抿了一口咖啡才道:"好吧,我把我知道的告诉你。"

听着黄侠一字一句地缓缓道来,白惠心头的阴云不但一分没少,而且越发地浓涩了。

黄侠说:"风哥和乔乔两个人自小玩到大,乔乔小风哥三岁,风哥对乔乔既像哥哥又是男友。那时候,楚乔的妈妈和徐伯母关系很好,情如姐妹,所以连带着,她们的丈夫关系也很好,两个小孩子也青梅竹马。那个时候,我们几个男孩子,还有伊爱,我们成天在一起。后来,慢慢长大了,风哥和乔乔就走在一起了。好像是自然而然的吧!"黄侠抬头目光深远地望向了咖啡厅的窗外,日色渐渐西沉,街头,车辆往来如梭。

"后来,乔乔去了法国,就在那个时候,乔乔怀孕了,风哥知道的时候,那孩子已经有三个月了。乔乔那时候二十五岁,心理上还是个小孩子呢,自己怀孕了也不知道。真知道的时候就三个多月了。她非要打掉孩子,不管风哥怎么乞求,苦苦劝说,她就是不肯听,即使是拿分手来做威胁,也不管用。乔乔有时候也一根筋,自小就给惯的,风哥什么都让着她,也让她的脾气越发骄纵,风哥就差点儿给她跪下了。可那孩子说打就打掉了,那个时候已经四个月了,风哥喜欢那孩子喜欢得不得了,甚至已经开始准备婴儿物品了。可是乔乔还是把孩子打掉了,可想而知呀,风哥该有多伤心!后来的事情你基本上就应该知道了。"黄侠的目光望过来,一向不羁的眼神也变得深沉。

白惠合了合眼睛,眼睫轻颤,心底苦涩如黄连。是呀,后来的事情,她应该都知道了,他负气娶了她,后来楚乔又后悔了,回来找他了,所以现在,她们三个人纠缠不清。

"风哥一向都是个闷葫芦,什么事,他都不会对别人说。这些,还是他突然从法国回来,性子大变,我们才从伊爱的嘴里多多少少知道了一点。"

他也算是知无不言了,白惠也明白了那日为何徐长风会愤怒地弃她而去,自此一别数日,音信皆无。她的心头没有窥得这些隐私的兴奋,有的只是越发的涩然,和阵阵的荒凉。他那么喜欢他和她的孩子,以至于,苦苦哀求,求之不得,愤然离开,而后娶了她。

负气娶她,楚乔说的是对的,乘虚而入,伊爱说的也是对的。

她再次合了合眼睫,有泪珠簌地掉下来。眼睫轻颤,抿掉那苦涩的泪滴,她心头有个念头更加明晰了几分:新年一过,她会走得远远的。徐长风,我们将再也不见。

她一路上走得有些混混沌沌的,正好看见前面有一家小超市,她进去买了根冰棍出来。不知为何,此时此刻,虽然寒冬腊月,虽然寒天冻地,她却想吃冰棍。

一个捧着冰棍吃的女人,在这个即将进入夜晚的冬日街头,无疑是一道新鲜的风景。过往的行人向她投来好奇的一瞥,有人在说她神经。她却似是浑然不觉。白惠在马路上走了好久,身上却没有一丝的暖。指尖冰凉,脚底要结冰了一般,而那冰牙的冰棍从喉咙里辗转着被消化掉,她的整个人已恍若置身北极的冰雪中。

"哎,那个人是不是神经啊?这么冷的天在街上吃冰棍!"后面打扮时髦的女人突然间惊奇地叫了起来,完全忘了前面坐着的人是自己的老板。

徐长风侧眸向窗外瞧去,目光便就此被定住。暮色沉沉,阴沉冰冷的街头一道纤瘦的身影慢慢地走着,手里还捧着一根吃了半截的冰棍。心头猝然间就是一疼,车子向着路边迅速地靠了过去,嘎地停下了。

"滚下去!"寂静的车子里响起男性阴沉愤怒的声音。

后面的小秘书骇了一大跳:"徐总……"

"我说你滚下去!"

那小秘书这次听清了,她的一向温文尔雅的老板在让她滚,她吓得眼泪差点儿掉出来,忙拿了自己的包开了车门跑出去了。

徐长风向着那个孑然一身,默默前行的女人走去。他一把拉住了她的手,那比冰窖还冷的感觉让他的心生生一疼。

"这么大冷的天,吃冰棍做什么!"他一把夺过了她手里的冰棍抛向路边,然后扯着她,向着他的宾利走去。白惠一脸茫然地被他拽到了车子上。

她有点不能相信,这个男人,他回来了,在离新年还有三天的时候,就这样出其不意地出现在她的眼前。出现在她心灵即将破碎,身体快要冻僵的时候。

"你不是……去日本了吗?"她几乎是颤着声在问。身上的寒冷让她瑟瑟地抱紧了身子,牙齿打颤。

"我刚回来。"前面的人沉声说话了。暖风被开大,车厢里暖融融的空气包围过来,白惠咬唇,眼底里是无法遏制的模糊。

"想死吗?在这么冷的地方吃冰棍!"徐长风的声音里有些愤怒无法掩饰,白惠眼底里一片湿亮,她伸手抹了去:"吃冰棍很舒服,真的,很舒服。"她竟是笑了。喜极会悲,怒极会笑,伤心的时候,也会笑。徐长风听着后面银铃一般清脆,却又说不出凄凉的笑声,一声声地只是说不出的扎耳。

他心疼的时候,也越发的烦躁了。车子开得飞快,向着他和她的新房子驶去。

白惠脑袋很疼,手脚冰凉,浑身好像都僵硬了。到家的时候,徐长风什么也没说,径自去了洗浴间,白惠听见那里传来水流的声响,他在往浴缸里放水。良久之后,他才走过来:"去泡个澡吧!"他向着她投来深深的一个眼神,便走出去了。

白惠瑟瑟地抱着自己的身子走向洗浴间,两条纤细的腿迈进去,温热的水流从她的膝盖缓缓漫过，她的身形蹲了下去，最后躺在那一片温暖中。

她冻了很久，此刻躺在这温暖的水流中，那种暖暖的感觉一点点地渗了进来。渗进她的皮肤，渗进她的四肢百骸，疲惫和寒意一点点地被驱散，便是浑身的皮肤都开始发烫。后来渐渐地就是说不出的舒畅，她慢慢地就睡着了。

不知道过了多久，似乎有沉沉的叹息响起来，"怎么在这里就睡着了？"

那声音不是很真切，因为她睡得迷迷蒙蒙的，心里头不好受，身子好像也不好受了，恹恹无力的。他从水池里把她的身子抱起来的时候，她的双臂很自然地伸过去搂住了他的脖子："长风……"她喃喃地叫了一声。

"我在。"耳边是男人熟悉的声音，很低沉，却温柔。她有些抗拒，但还是任着他用一块大大的浴巾将一丝不挂的她裹着抱到了床上。

身子一挨到柔软温暖的大床，她便瑟缩了一下，拢紧了他给她盖的被子沉沉地睡去了。这一觉很沉，以至于，她不知道他有没有上床睡觉。再醒来的时候，阳光已经照亮了外面的天空。噼噼啪啪的爆竹声在耳边响起，震得耳朵嗡嗡响，白惠有点儿心跳加速的感觉。她起了床，在家里没有看到男人的身影，只有那个中年女佣李嫂在。

"夫人，先生去上班了，他说您最近身体好像不好，让熬了莲子羹给你。"李嫂的面容有着普通山里妇女的淳朴，说话很恭敬。

白惠说："谢谢李嫂。"

她穿着粉色的家居服，粉色的棉拖鞋，散着长发，站在窗子前，新年将至，有鞭炮声隐隐传来。

半个月之后，单子杰和高燕、李一飞去了南方，开始他们的支教生涯，白惠买了很多在那边不容易买到的东西去送他们，几个人在火车站话别，白惠挥着手，眼中一片苍茫。

从火车站离开，白惠一个人沿着街头慢慢地走着，天色渐渐地就黑了。

一辆黑色的车子滑了过来，在她身旁不远的地方停下，车窗降下处，是靳齐的脸。

"嫂子，能不能上车说话？"

"做什么？"白惠对靳齐的印象并不好，因着他对楚乔毫无原则的拥护。

靳齐道："我有些话想要对嫂子说。"

"那你就这样说吧。"白惠冷冷地道。

靳齐坐在车子里，沉思了一下才道："离开风哥吧！"

白惠陡然抬眸，目光已是犀利，虽然她已经打定念头放弃这段婚姻，但也不容许一个旁人来跟她这么说。

"姓靳的，你有什么资格来说这样的话！"

"我知道我没资格。"靳齐点了一根烟,"但是为了乔乔,我什么事情都可以做。你和风哥在一起,她很难过,她是开朗的女孩子,她那么美好,她不能总是生活在这样的悲伤中。嫂子,离开风哥吧,随你想要什么,只要我靳齐给得了的,我都可以给你。"靳齐深邃的眼神望了过来。

白惠倒吸一口凉气。

家里有妻子,却还对一个不属于自己的女人穷其所有,这是这个男人的悲伤,还是他妻子的悲伤呢?

白惠冷冷地看着靳齐:"抱歉,你的东西我没有兴趣。"她冷笑罢,迈开步子向前走去。身后靳齐狠狠地将指间的香烟掷在了地上。

回到家,白惠打开了QQ,单子杰的头像跳了几下,几张南方景色的图片蹦了出来,上面有单子杰的留言:明天一早就进山了,到时候就没有网了。

白惠好像看见了单子杰大男孩儿般的脸上那种失落的样子,她笑笑,关了QQ,拿起手机,给单子杰发了个短信过去,"希望你们一帆风顺。"不知道单子杰有没有看到,那边很久都没有回音。

转天的早晨,白惠去幼儿园递交了辞职申请,赵芳打电话过来,让她陪她去买衣服。白惠应了,她来到商场时,看到赵芳穿着当下很流行的桔色的大衣,站在商场的门口处,等着她。

"你帮我看看,我买件什么衣服好,我下个星期要去李清家。"赵芳很兴奋地说。

白惠嗯了一声。两个人在商场的女装部转来转去,无奈赵芳看得上眼的衣服太贵,不贵的又看不上,一时之间,赵芳有点儿郁闷了。

"买吧,这衣服算我送你的。"白惠说。

赵芳抿嘴一笑:"那我发了薪水还你。"

白惠只是笑笑。

不远处,两道女人的身影正慢慢地溜达过来。同样的衣装精致,同样的带着一种豪门女子的傲气。

"乔乔,你穿这件衣服一定漂亮。"伊爱伸手拈住眼前一件深灰色毛衫说。

楚乔只是看了一眼,深灰的颜色,清冷的色调,算是她的最爱。她伸手摸了摸那毛衫的质地,眼光不经意间瞟到了前面的两道身影。

她嫣红水润的唇角勾了勾,伊爱已是说道:"把这件衣服给楚小姐包上。"

"好的。"销售人员说。

"麻利点儿,乔乔还得和风哥一起吃晚饭呢!"伊爱适时地加了一句。

白惠皱皱眉。

"两万五千块,楚小姐。"销售员又说。楚乔正要掏自己的卡,伊爱却道:"记徐先生的账吧,你也知道,楚小姐的衣服,一向都是徐先生负责付账的。"

楚乔心头动了动,想要阻止,却又打消了那念头,转眼已是神色很坦然地道:"把那几件衣服也给我包上。"她纤细的手指又指了指一件黑色的风衣还有一条黑色的长裤。

"真不要脸!"赵芳暗骂了一句。

白惠却看着那专卖的标志,清晰的 DIOR。她忽然笑了,这个牌子,她记得太清楚了,他曾经给他的情人和妻子都买过这个品牌的衣服。

楚乔目光似是不经意地往着这边瞟了一眼,视线落处,清冷又不屑。白惠的心好像被什么揪了一下,而伊爱却是向着她们走过来:"怎么,白小姐也来买衣服吗?要不要一起记账啊?"

白惠的心头冒出一股闷火,但她已经决意离开那个男人了,所以,随便他们说什么吧。她想拉着赵芳离开,但赵芳却不甘心。

"楚小姐的衣服当然要记徐长风的账。楚小姐和人家的老公说情人不像情人,说妻子不是妻子,这样不明不白的关系,也当真是委屈了楚小姐。买这几件衣服算什么呢?都包起来也没有关系呀!"

赵芳说话的时候,白惠淡然看着楚乔一张精致得几乎叫做完美的小脸青白变幻起来。她看到了她眼睛里几乎喷薄而出的怒火,她嘲弄地勾动唇角。

"啊对了,伊小姐也一起吧!像你这么拥护楚小姐的人,就像我们家小凤对白惠,那简直是狗腿极了。哎,也不对,我们小凤那本就是一条狗诶!伊小姐你可不是。哎,不对不对,你比狗腿还狗腿……"赵芳一句句狗腿狗腿的,把伊爱损得几乎七窍生烟。伊爱的一张小脸青青白白不停地变换起来。那样子比之楚乔似乎还要精彩。

"哎,你说谁是狗你!"伊爱气得拎着包就过来了,对着赵芳就砸。赵芳边躲边对着伊爱扮鬼脸:"我又没说你是狗,你急什么……"

白惠心里头说不出的畅快,她竟是笑了起来,咯咯的,说不出的愉悦。

楚乔气得对着伊爱大喊:"伊爱别忘了你的身份!"

伊爱这才意识到自己已经真的被赵芳当狗给耍了。又气又恼,但是再做什么,只会让自己失了大家小姐的身段。恨恨地瞪了赵芳一眼。

白惠拉了好友的手道:"芳芳,你不是要挑衣服吗?快去吧,记我家老公的账。"

赵芳一听,对着好友挑挑眉,便跑去挑衣服了。"我可不可以多挑几件?"她又回头说。

"当然了。"白惠笑得眉眼弯弯的。

看着那两个女人笑得开心的样子,楚乔心里愤怒又堵心,恨恨地瞪了伊爱一眼。伊爱自己也是堵心别扭,她何时吃过这种闷亏呀!当着这么多人的面,叫她以后如何做人呢!两个人谁也没拿挑好的衣服,愤愤地走了。

"哎,楚小姐,伊小姐?"销售员在后面喊,两人却是脚步匆匆地走了。

"真丢人!"楚乔到了商场的外面,拿着包狠狠地砸了自己的玛莎一下。

"乔乔,你不能就这么算了,你得给那女人点儿颜色!你可是堂堂的楚氏千金,竟然就被人这样子给嘲弄了。当着那么多人,你以后怎么做人呢!"

楚乔的脸色白得骇人,十根纤细的手指死死地捏住了方向盘。

赵芳一连挑了好几件衣服,总价加起来有好几万块,结账的时候,那销售员疑惑地看看她,末了,拨打了徐长风的电话:"徐先生,这边有个女人自称是您太太,要记您的账。"

白惠只静静地听着,不知那边的人说了句什么,销售员看了看她说道:"长头发,长得挺白的。"

白惠勾勾唇角,那电话就挂断了,那女人对她说道:"请您在这里签个字吧!"白惠看到那是一个本子。

那女人把本子给她打开了,白惠淡然地写下了自己的名字。

回去的时候,赵芳乐滋滋地说:"我还真得谢谢徐长风啊,这么多钱的衣服,够我穿好几年的了。"白惠只淡淡地扯了扯唇角。

回到家,小风吭哧吭哧地拱白惠的腿。白惠将那小家伙抱了起来,坐在沙发上,拿根香肠给它吃。徐长风回来了,正解着外衣的他眼前一亮。他看到小风那东西身上竟然穿了件毛线衫。驼色的毛衫,一针一针勾勒而成,花样漂亮。

"这衣服在哪儿买的?"他随口问了一句。

"我自己钩的。"白惠眉眼未抬,淡淡地说。

徐长风挑眉,眸中不乏惊讶。他走了过来,伸手抚摩那毛衫。"想不到,你竟然会这个。"

白惠没说话,她是无事时跟着电脑视频学来的。她没说,她其实,还学着织了两双袜子,一双给他,一双给自己。她知道,他是不会穿那东西的,他的袜子少则几十元,多则几百元一双。她自己的那一双,穿在脚上,他的那一双,则压在柜子的最底层里。

"你想不到的事情很多。"她幽幽淡淡地说了一句。

他的大手伸过来,缓缓地握住了她的下颌,嘴巴凑了过来,在她的嘴唇上啄了一下:"我喜欢这样的你。"他的眼神很温柔,白惠身形僵了僵,有淡淡的涩然划过。

"你又在给我希望吗?"她的目光有些黯然的忧伤,"你不觉得这样很残忍吗?你不断地打击一个女人,可是又不断地给她希望。"

她轻叹了一声,神色间满是怅然。纤细的手指轻轻地抚摩着小风裹着毛衫的皮毛。徐长风心念动了动,他忽然间想起租住的那所房子里,她在狭小的厨房里忙碌的样子,那种烟火气息,那种家的温暖。他伸出手去,轻轻地放在了她的肩头。

他没有提她给赵芳买衣服的事情,白惠也没说。这个夜晚就这样淡淡地过去了一半,他已经睡着了,呼吸均匀安稳。白惠披衣走到了阳台处,夜色深沉,星星稀稀点点,她低头看了看手机屏,"茫茫大山,郁郁沉欢,白惠,等你过来的一天。"

那是单子杰晚饭之前发过来的信息。

徐长风一觉醒来的时候,身边的位置空空如也。他一下子坐了起来,黑眸在房间里环视。梳妆台前一道纤秀的身影,正轻轻地拢着秀发。

"起这么早。"他说了一句。

白惠只淡淡地道:"睡不着。"她的纤细的手指捏着木质的梳子在发梢上一下一下地轻拢,像是有无尽的心事,又似是平镜无波。

徐长风下床走了过来,他拿过她手里的梳子,像她一样,慢慢地梳理她的黑发。白惠闭了闭眼。

"相识得相守,莫道入围城,结发夫妻信,一绾青丝深。"

她和他虽然还在围城,可是却再无青丝深。她的心如一片荒漠。手机铃声响起来,徐长风给她梳发的动作停了停。

"我去接电话。"他将梳子递回给了她,她将发梢拢到了颈子的一侧,慢慢地梳了起来。

徐长风接完电话跟她说公司里有事,然后就走了。白惠从家里出来去了不远处的一家超市,她买了一些糖果,饼干,然后去了文具柜台。

一袋袋圆珠笔,碳素笔和笔芯被放进了购物筐里,然后是一叠叠的作业本和白纸,凡是白惠所能想到的,小学生要用的东西都被她装进了筐里,这才往家走。把东西放到家里,她又去了母亲那儿。

母女两人说了会儿话,白惠搂住了母亲的脖子:"妈你要好好照顾自己!"

"妈当然会好好照顾自己的,倒是你呀。"白秋月并不知女儿现在的心思,只怜爱地轻拍着女儿的背,"把自己弄这么瘦,妈看着心疼啊!"

白惠嗯嗯地点头,眼睛里热热的,她这一走,没个一年半载恐不会回来的了。她的妈妈,一定要好好的。

"妈,我会回来看您的。"她的眼睛里有难掩的微红,抱着母亲依依而不舍。

第二十八章 临别的温柔

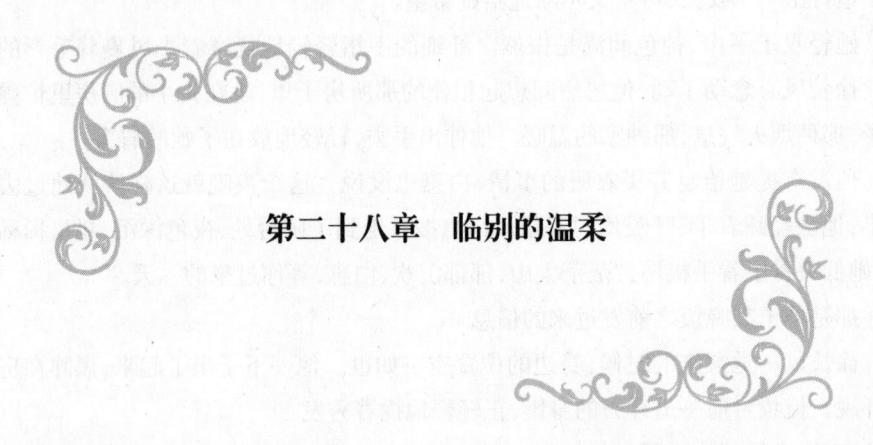

徐长风回家的时候,白惠抱着小风坐在沙发上,电视上仍是放着又臭又长的韩剧。小风在她的怀里,一会嗷嗷叫几声,一会又吭哧吭哧地舔她的袖子,她都只是淡淡地摸摸小风的毛。

徐长风端起眼前茶几上的水杯。他的手腕晃过她的视线时,她看到他的袖口处烫金的袖扣不见了。袖子口敞开着,看起来有些颓废的狼狈。

"你的袖扣丢了。"她淡声说了一句。

徐长风端杯子的手顿了顿,道:"下午时掉了,我掖在了衣兜里。"

"我帮你缝上吧!"白惠说。她的神色仍然平静如水,说话的时候,眼睛也没有看他,怀里仍然抱着小风,沉静如一支莲。

她的话让徐长风深黑的眼瞳里掠过一抹意外,他的唇角绽出温和的笑来,"好啊。"他收回目光,起身走到门口,从衣架上挂着的上衣的兜里掏出一枚烫金的扣子来。

"喏。"他将手伸给了她,干净的手掌中静静地躺着那枚扣子。

白惠伸手,轻轻地拈了起来:"我去取针线。"她说完就慢慢地向着卧室走去。

徐长风敛眉深深地凝视着他妻子的身影,似乎有一种看不清,摸不着,想不透的东西,隔在她和他之间一般。

她拿着一个小小的针线盒从卧室里走了出来,红的,黄的,蓝的,白的,各种颜色的线竟是都有。她的手伸过来,落在他另一面完好的衣袖上,看了看那扣子的针脚,然后从针线盒里取了同色系的线出来,纤细的手指捏着一枚细细的针,另一只手拈着线从那小小的针眼儿中穿了过去。

　　他看着她一系列的动作，竟是有些入迷了一般。白惠一只手捏着他衬衫的袖口，一只手捏着那根针，一下一下耐心而细致地缝着，他的胳膊半空中横着，保持着让她最最顺手的姿势，他看着她清秀却是认真的眉眼，看着她细心又认真的动作，心头生出一种暖暖的热流。

　　这，就是夫妻吗？没有多么热烈的言语，没有多么刻骨铭心，只是淡淡的，一针一线的感情，却是那么的让人感动，让人温暖。

　　他的心神有些恍惚。他忽然好喜欢这样的时候，他伸着胳膊，而她在给他钉手腕处的扣子。平平淡淡的，却一针一线地透着温情。这是最平凡的感动啊！

　　徐长风忽然间有一种醍醐灌顶般的清明。

　　白惠将最后一针缝完的时候，用手指在那根线上轻挽了一个小小的结，然后微一用力，那根线便在那个结处断开了。

　　她将手里的针又放回了那个针线盒，起身准备将针线盒放回卧室去，男人的手臂却伸了过来，落在她的肘弯处。

　　"白惠。"他喊了一声。

　　白惠缓缓地抬眸，看向那个男人，他深黑的眼瞳埋藏着复杂而柔和的情愫看着她。他在她肘弯处的手微微用力，她被他轻扯了回去，让她坐在他的膝盖上。

　　"我爱你，白惠。"他搂着她，亲吻她的额头，声音里带着沉沉的热切，那薄薄的嘴唇软软的，带着独属于他的温热，他亲吻着她。

　　"我爱你，白惠。"他喃喃地念着，他从没有这样坦坦率率地说过爱你这几个字，可是此刻，他知道，他是真的爱上她了。

　　他亲吻着她的额，又向下吻到了小小的鼻翼处，带了几分迫切，他的嘴唇又从她的鼻翼处滑下去，移到她的唇瓣上。柔软的嘴唇，有着他一直渴望，此刻却是无比迫切想要的芬芳。

　　"白惠，我们，好好的，过日子。"他的声音微微的粗哑，带着难以压抑的激动，连说出来的话都是断续不成句的。

　　白惠轻合了眼睫，长风，这样的话，你不嫌晚吗？今晚之后，你我会是路人了。

　　凉凉的液体忽然就滴在了男人微热的面颊上。他吻着她的动作忽然间僵了，他抬起头，漆黑的眼睛看向他的妻子，她闭着眼睛，长睫在轻颤，两滴晶莹的泪珠正顺着她的香腮往下淌。

　　他的心头忽然间疼痛不已，他抱住她轻颤的身躯："白惠，对不起，真的对不起。"

　　这应该是最发自内心的忏悔了吧！白惠心头划过一抹深深的疼。

这一晚,他拥着她,两个人以最亲密的姿势睡在一起,他在她的身后,而她枕着他的胳膊,背对着他,蜷着身子。他不知道这是她离开前相拥的最后一夜,他只是很满足,很满足,很怜爱地搂着她。

天总是要亮的,他起床的时候有些不舍,在她的脸颊上连着吻了好几下。

"我去上班,你多睡一会儿,等我把这几天忙完了,我们出去度假,好吗?"他的声音磁性而温柔,连眉眼之间都似藏着很深的爱恋。

"嗯。"白惠没有睁眼,男性的气息淡淡地在她脸颊上扑洒,直到男人起身离去。

她坐了起来,静静地看着窗子的方向,长风,离婚协议我已经写好了,你签了就成。这次,不要再撕了。她在心里默默地念着。

起床后,收拾好所要带的东西,她拉着行李箱向外走去。李嫂被她放了一天的假。而徐长风他此刻,恐怕正在公司里面忙碌。她回头,再看了一眼那个生活了好几个月的地方,记载着她多少辛酸,苦涩,也有多少喜悦甜蜜的地方,她收回视线,向外走去。

徐长风是在傍晚时回家的,推开房门,冷寂的空气让他的心头微微一沉,他不由得轻唤了一声:"白惠?"但是没有人应声。

他放下手里大把的鲜花,向着卧室走去,卧室里空荡荡的,没有人气。房间收拾得十分整齐,但却好像缺了什么东西似的,让人无端地觉得特别的冷清和孤寂。

他的目光在房间里缓缓扫过,梳妆台上的信笺引起了他的注意,他的心登时一沉,大步走了过去,一把将那信笺拾了起来。黑眸只是粗粗一览,他的心已是狂跳,血压好像一下子就升了上去。

"我们的婚姻一直很拥挤,长风,我不想再持续这样的状态,既然你下不了离婚的决心,那么就由我的离开来成全你和楚乔的青梅竹马吧。"

短短的几行字,已是透出一种伤心过后说不出的那种绝望,徐长风心头发颤,他拿开那张信笺,便看到了下面那张字迹醒目的离婚协议。

"白惠愿意放弃一切可能分得的财产,无条件与徐长风解除婚姻关系。"下面签名处已经清清秀秀地签好了她的名字。

他一声长叹,长睫合上,冲撞到大脑的血液又迅速地回流,他的全身都泛出了凉,那凉一阵阵地冲击他的心房。

他大步走到衣柜前,刷的将柜门打开了,里面,她的衣服大部分都还在,可是那些常穿的衣物却不见了。他啪的关上柜门,又走到梳妆台前,她常用的木梳,常用的润肤露都不见了。

白惠,你就这样走了吗?

这几天你的冷淡,你的平静,你对我的不抗拒,你给我钉扣子,那种只有夫妻间才有的温暖,都只是留给我最后的一点眷恋吗? 你就这样不声不响地走了?

　　我已经订好了去厦门的机票,我记得你说过,你想去鼓浪屿,想去看土楼,我已经订好了机票,可是你不声不响地走了。

　　他的大手一点点地轻颤着攥紧,离婚协议和她留给他的信在他的手指间变皱,最后刷刷几声,化为碎屑,接着是梳妆台上的花瓶乒乓地滚到地上,碎裂开去。他颓丧地跌坐在床上……

第二十九章　支　教

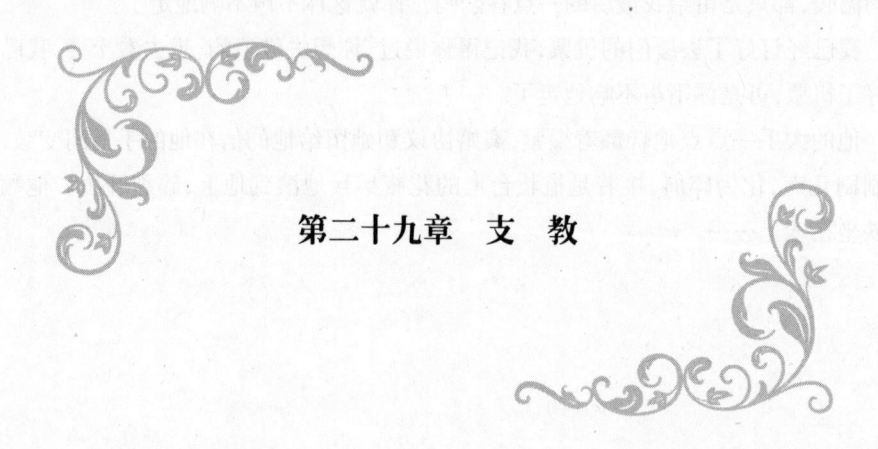

这里是南方的一个镇。

说是镇,可是远不能跟白惠所见过的那些大城市的小镇相比,这里的房子零零落落,十分破旧。

白惠就在镇子里的中心小学教书,单子杰也在那儿。说是中心小学,其实只是几间简陋的教室,一些破旧的桌椅,一个村支书兼职的校长,还有一个就是单子杰担任的全能老师。

一天的课程结束,白惠站在屋子外面,放眼眼前茫茫大山,青山,绿树,空气清新,天空有鸟儿飞过。风儿穿过林梢,声音沙沙。她的心情已经是放飞的鸟儿一般自由而愉悦,连天空的云彩都是那么的美妙。

山里的夜,比之大城市,没有那种浮躁和喧嚣,有的只是淡然和寂静。白惠躺在那张由几片木板临时钉成的床上,听着夜风吹过,木门吱嘎作响的声音,她想,那张离婚协议签字了吗？还是……又被他撕了？

她翻了个身,虽然这一天十分疲累,但是睡意仍然寥寥。

"咚咚。"有人在敲墙壁。

"睡了吗？"单子杰在那边喊了一句,两个人的房间只是一墙之隔,用拳头敲一下,这边能够听到,声音大一些,两个人就可以通话。

"没。"白惠干脆面向着那面墙壁。

"我刚来的那会儿,也会睡不着。我睡不着的时候,就看星星。"单子杰说,"你看,这里的星星很亮,你数一数……"

白惠果真就坐了起来,她轻轻地撩开了一角的窗帘,漆黑的夜幕下,山影绰绰,一颗一颗的星星亮晶晶地挂在天幕上。有一首儿歌中说:一闪一闪亮晶晶,满天都是小星星。

　　白惠小时候常念这首儿歌儿,可是她所见到的城市的夜空,星星很少。在这个地方,玉宇无尘,星星是那么明亮,人的心灵也像是被水洗过一般的明澈。

　　放下窗帘,白惠伸了个懒腰,嗯,但愿今晚有个好梦吧!

　　"徐总,这是香港那边的合约样本,您看一下。"小秘书拿着文件走过来。

　　徐长风有些烦躁地接过,黑眸在那份合约上上下一览,便啪的将合约拍在了那秘书的眼前:"不是预付百分之三十,一百五十万的货款吗?怎么变成了一千五百万!你是想坑死我吗!"

　　他阴沉的眼睛瞄过来,小秘书心头大骇,冷汗立时从后背透了出来。她忙低头一瞧,那串数字后面却是真的多了一个零。

　　"徐总,我马上去改。"她忙说。

　　"你以为什么事情都可以有改过的机会吗!"徐长风脸色很沉,"马上去财务部把工资结了,走走走!"他对着那吓呆的小秘书烦躁地大手一挥。

　　小秘书就差掉眼泪了,垂着头转身出去了。但是边走边抹眼泪。首席秘书见她那哭丧的样子,便问怎么回事,那小秘书便边抹眼泪边把自己被炒的事情一说,首席秘书拿过那张合约书看了看,对着小秘书摇了摇头:"若是在平时,或许还可以给你说说情,但是现在,你还是结了工资走人吧!"

　　这几天,也不知怎的,老板的脸像是七月的天,说变就变。刚才还晴空万里,一会儿之后就可能阴云密布,别说是犯了错的,就是没犯错的她们,还时时刻刻地提心吊胆的呢!

　　"楚小姐来了。"有人喊了一句。首席秘书一扭头,她看到楚乔一身黑裙,走了过来。

　　"楚小姐好。"

　　"你们徐总呢?"楚乔仍是惯有的冰冷神色。

　　"在里面呢。"首席秘书指了指徐长风的办公室,就在她前面几米的地方。

　　楚乔便掠过她,向着徐长风的办公室走了去。也没敲门,直接就推门进去了。

　　徐长风正站在窗子前吸烟,办公室里香烟缭绕的。"我不是说不要让人进来嘛!"他扭头心烦地说了一句。

　　"也包括我吗?"楚乔微拧眉,徐长风原本严肃的面容上更添了几分耐人寻味。

　　"听说你妻子离家出走了?"楚乔清冷的面容露出几丝嘲弄的意味。

第二十九章　支教　199

徐长风淡淡道："你的消息很灵通。"

"呵呵。"楚乔一笑，"对于心尖上的那个人，你自然要时时刻刻关心他的事情，就连他妻子的，你也不能例外。"

楚乔慢悠悠走到了那排靠墙的架子前，纤细的手指落在那只青花瓷的瓶子上，瓶身上他和她的两张脸都是那么的明媚阳光。

她纤长的手指轻轻地在那张帅气的面庞上抚摩，一点点掠过那深邃的眉眼，高挺的鼻梁，又移到旁边那张骄傲漂亮的脸上，一滴泪簌然滚落。

"这才多久呢？你就已经移情别恋了吗？我们这么多年青梅竹马的感情，就敌不过你和她短短的一年吗？"

楚乔的样子委屈伤心，声音里更是伤感，可是忽而又是一笑，泪光晶莹中，她的脸转向了那个男人，香烟缭绕中，那张俊逸的容颜有些看不分明。只有她微微发颤的声音："你怎么如此狠心！人这一辈子谁没有犯错，你就不再给我改过的机会了吗？"

徐长风深邃的眼眸看向她，缓缓开口："我该怎么样跟你说，一切，都已经太晚了。"

楚乔猝然吸了一口凉气："可是，你的心里还有我，就像这瓶子，你还摆着它。"她深深地吸了一口气，"长风，你就承认吧，我才是你心里的那一个。"

"那么，这样呢？"徐长风忽然间拔腿走了过来，伸手将楚乔刚刚放回架子上的瓷瓶拾了起来，对着地板，砰的一声砸了下去。

刚才还完好如初的价值过百万的瓶子顷刻间四分五裂化成一地碎片。

"好，你好。"楚乔眼睛里迅速地汪出了一汪泪泉，声音在颤抖，"很好，你真的很好。你这么残忍！"楚乔一咬牙，含着泪，愤愤地快步地向外走去，办公室的门被她砰的一声在身后拍上了。

徐长风深深地吸了一口气，脸上的神色却是更加的晦暗不明。

楚乔脚步飞快地走着，高高的鞋跟敲击着大理石的地板，发出嗒嗒的清脆声响急切而短促，她的手指飞快地按着电梯的按钮，眼睛里泪珠啪啪地掉下来。她紧抿了嘴唇，迈进了电梯，手指又狂按关门钮，电梯门将她那张布满泪花的脸刷地掩住了。

一出了那幢大厦，楚乔就将电话给靳齐打了过去："阿齐，你出来一趟……"

小开心生病了，他哭闹着不肯吃药，靳齐破天荒地展现了他一个父亲柔情的一面，他亲自哄儿子吃药，可是那药还没有送到儿子的嘴边，他的手机就响了。他看了看那手机号码，便立即将手里的药递到了妻子的手中，拿着手机向外走去，边走边接听电话："乔乔，我马上过去……"

身后，他的妻子，心里生起深深的酸涩。

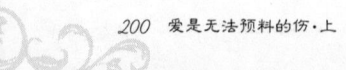

"来,再来一杯。"楚乔坐在吧台边上,伸着那只纤纤玉手举着杯子向着调酒师要酒喝。她也算是这里的常客了。看起来衣冠精致,身世不凡却经常来买醉的女人,多半是情场失意。调酒师又给了她一杯相同的酒,楚乔接过喝了一大口。

"乔乔!"靳齐的身影已经匆忙地走了进来,他一把抢过了楚乔手里的酒杯,"你不能再喝了,你已经喝醉了。"

"我没有喝醉。"楚乔醉眼迷离地看着靳齐,"他把瓶子摔了,阿齐。他把那瓷瓶摔了。阿齐,他亲手摔的。"楚乔一只手扯住了靳齐的衣襟,两只眼睛里闪烁着泪花,"四分五裂,一地碎片呀,阿齐。"

楚乔声音发抖,眼睛里全都是痛苦的神色:"他就这样对待我们的感情,他为了那个女人,忍心背离我,他就那么残忍,阿齐,我疼啊,这里疼啊!"楚乔的一只手点向了自己的心窝,"他就这样对待我……"

面对着如此伤心欲绝的女人,还是自己最心爱的女人,靳齐的一颗心也被楚乔掰碎了一般。

"你不要这样,乔乔,他移情别恋了,他不值得你爱,你醒醒,乔乔!"

他握住楚乔的双肩,黑漆漆的眼睛里全是沉痛。楚乔只是泪流满面:"我的心在他的身上,收不回来了……"

清晨,一声声鸡啼打破了山中的寂静,白惠睁了眼,抬腕看了看表,早晨四点半。这一刻,她有些心神恍惚,待到看清眼前简陋的摆设,她清醒过来,她现在已不在那间华丽的宅子了。她在这偏远的山间小镇,已经是这里的老师了。

早餐是咸菜和粥,还有一些被热过的剩馒头。餐桌是他房子外面的一张四条腿都快要断掉的破木桌。餐椅则是两只稍稍平整些的石头。白惠和单子杰吃过早餐,孩子们就陆续地到校了,一个个,在城里孩子看来穿得又旧又破的孩子们,背着手工缝制的书包,亲热地喊她白老师。

看着那一张张纯真的面孔,白惠想,她终于找到了生活的意义。耳边有吉他的声响悠悠响起,铮铮清脆。单子杰的声音滑过耳膜:"明天你是否会想起,昨天你写的日记,明天你是否还惦记,曾经最爱哭的你。老师们都已想不起,猜不出问题的你,我也是偶然翻相片,才想起同桌的你……"

多么古老的校园民谣。夕阳下,单子杰的身影背对着莽莽青山坐在一块大石上,那抹剪影安然而超尘,捧着心爱的吉他,悠悠弹唱,仿若时光回旋。而眼前这让人悠悠回味的一幕也永远定格在了白惠的脑中,直到多少年之后,她想起那个英年却如彗星陨落的青年,她都会想起这一幕:夕阳下,他的身影沐浴着夕阳的余晖轻轻弹唱那一曲"同桌的你"。

"明天一早就飞香港了,东西还没收拾吧,叫王嫂替你收拾吧!"胡兰珠对儿子说。

"我自己会收拾的,妈。"徐长风说完就进了自己的卧室。这里的卧室,他已经很久没有回来住过,但是有些出差要用的东西却还是要过来拿的。他打开柜子,将一件件自己需要带的东西拿了出来,收进皮箱,回身时,他又看了看墙头那一张婚纱照,她笑得温婉,他笑得深邃。

"这么晚了,还回那边去?"徐宾见儿子提着东西从楼上下来问了一句。

"嗯,从那边去机场更近一些。"徐长风说。

"哎,这儿子不像儿子,儿媳不像儿媳的,都成天到晚不见人。"胡兰珠又埋怨了一句。

"儿子不是去工作吗?白惠那边,还不是跟你儿子怄气!"徐宾又对儿子道,"长风啊,香港的工作一结束,就马上去南边找找她,发动你所有的朋友。"

"知道了,爸。"徐长风答。

从父母那里离开,他直接回了他和白惠的住所,他一回来,小风那家伙又摇着尾巴过来了,对着它的主人一通嗷嗷。徐长风放下手中的行李,将那小东西举了起来:"一个人在家是不是很寂寞?嗯,我会尽快把你的大姐姐找回来。"他把小风又放下了,向着卧室走去。

他解去外衣,拉开柜门找内衣准备洗澡,手指在自己的衣物间翻动的时候,他被一双白色的东西定住了目光。那东西整齐地放在内衣下面的小抽屉里,他不由得伸手过去拿了起来,却是一双颜色洁白的男式袜子。纯手工编织的东西,看起来倒是颇有几分精致。是给他的吗?他的指尖从那袜子的腰部轻抚到跟部,深邃的眼角眉梢流露出喜悦,可是又渐渐弥漫上一抹伤痛。

他想起那天,他问她,小风身上穿的衣服是买的吗?她说是她自己用钩针钩的,想是那时,这双袜子已经存在了吧,可是为什么,她一直没有拿给他?他怔立半晌,将那双袜子放在了床头,明天一早,他会穿的。

一晚上,梦境一个接着一个,他梦到她穿着那件杏色的大衣上了火车,又梦见她站在绵绵群山之间,对他说:"我不会回去了,徐长风。我们的婚姻一直很拥挤,我不想要那个拥挤的婚姻,我成全你们。"她说完就转身而去。纤细的身影消失在了茫茫大山中。

他抚着头坐了起来,梦里她的话在他耳边不停地回响,他们的婚姻很拥挤,是呀,很拥挤。你回来,我会给你一个干净纯粹的婚姻,他想。

天色还没亮,他就出发了,因为他没有勇气再承受家中的这份冷寂。他拉了行李箱,也没打电话让小北送他,而是自己出去打了辆出租去了机场。

一场春雨淅淅沥沥地下了半宿,早晨时,天气有点儿凉,白惠穿着那件杏色的大衣站在房前的山坡上。北面是绵绵的山峦,灌木扶疏,一场雨后,山色如黛,空气十分的清新。白惠深吸了一口气,那丝微凉好像顺着四肢百骸开始流,竟是十分的舒爽。

"白姐,单子杰!"有响亮的喊声传入耳膜,白惠和单子杰扭头一瞧,但见山坡下面两道人影,却是高燕和另一个女孩儿赵一飞。

白惠眼前登时一亮,在这个交通闭塞的地方,能见到朋友自是十分让人高兴的事。高燕和赵一飞上了山坡,笑嘻嘻地走了过来,"真不容易呀,好几十里的山路呢!"高燕说。

白惠忙将教室里的凳子搬了两个来,给高燕和赵一飞坐了。两个女孩儿所在的学校离这里几十里远,条件稍稍比这边好些。几十里的跋涉,女孩儿们脸上都有了疲惫。白惠将身上仅有的几枚巧克力掏了出来,给她们和单子杰一人一颗。

巧克力这东西,在这里,那简直是人间美味,难得一见的东西。两个女孩儿两只眼睛都放了光,但是拿着那枚巧克力却是谁也不舍得往嘴里放。

白惠看得眼窝里直发酸。那么年轻的女孩子,一个个朝气蓬勃的,换做别的女孩儿可能还在父母的身边撒娇,穿着漂亮的裙子,被自己的小男友哄着,可是却有那么一些人是放弃了自己优越的生活条件,甘愿到这个地方来的。她的眼窝里发酸,发热,趁着扭头的空将眼里的酸意拭掉了。

因为明天便是周六,两个女孩儿都没走,住在了白惠的房间里。虽然没有那么多的被子和床,但是从教室里搬来了几张课桌,一拼,又用大衣将自己一裹,这一晚倒也是熬了过来。单子杰不知从哪里要来的小半瓶酒,几个人都喝了一些,四周的环境虽然简陋,但气氛却是从未有过的热闹。大家都很高兴能聚在一起。白惠的眼角有泪光隐隐,往日和那个人一起时的生活像是浮光掠影在眼前浮现,她尽力去忘记的一切,却会不时地出现在她的脑海里。赵一飞和高燕兴高采烈地说着她们那边一些有趣的事,单子杰慢慢抿着那小杯的酒。高燕似是有些醉意了,将自己的头靠在了单子杰的肩头,口里喃喃道:"子杰……"

那一晚,白惠将自己的被子盖在了那两个女孩儿身上,自己裹着大衣躺下了,而单子杰似乎是想到了什么,他轻敲门:"白惠。"

白惠打开门只见单子杰抱着自己的被子站在门口:"给你。"他把被子往她怀里一推,便转身走了。白惠想喊他,但他的身影已经消失在他的房间里,连房门都被快速地关上了。白惠心里头暖暖的,在这个简陋,穷困的地方,她感觉到,他们的心并不贫穷,他们有比城里的青年更富足的精神生活,更美的灵魂。

香港一家大酒店,夜色下,一道长长的身影立在窗子前,维多利亚港美丽的夜景在眼前呈现。星星点点,灯光无比的璀璨,徐长风轻啜了一口杯中的酒液,他慢慢回身,走进室内的冷寂中。

在这边连续几天的忙碌过后,他终于可以闲下来,看看这维多利亚港的夜景,可是站在窗子前,外面的世界是那么的绚丽无边,他的心却是空旷得像是荒原。

转天的晚上,他宴请这边的员工,在一家很有名气的中餐店里,分部的员工不是很多,几十个人,但仍是包下了那家饭店的五层大厅。

员工们在分部负责人赵静的带领下向他敬酒,他只是淡笑着喝下。也不知道喝了第几杯了,头脑有些发晕,赵静也像是醉了,身躯向着他倒了过来。

徐长风伸臂扶了她一下,赵静便就势靠在了他身上。员工们走得七零八落了,有分部的司机开着车子送他回酒店,他便也将赵静扶了上去,对那司机道:"一会儿麻烦你,把赵经理送回去。"

车子到了入住的酒店,徐长风下了车,颀长的身材走进去,身后有身影微微摇晃地跟了过来。赵静在电梯门关上前的那一刻跨了进来。

"徐总。"她站在徐长风的面前,电梯门在她身后徐徐合拢,她对着眼前俊朗的男人咧开嫣红的嘴唇,露出一抹十分好看的笑来,"徐总,我能不能留在这里?"

她随着电梯的上升而跟跄了一下,向着徐长风扑了过来,徐长风伸臂将她不稳的身形扶住。

"徐总。"赵静窈窕的身形贴向了徐长风的胸口,双臂也攀上了他的脖子,"徐总,我很崇拜你,我……"赵静边说边打了个酒嗝。

徐长风将那具粘过来的柔软身躯向外推了推:"赵经理你醉了。"

"呵,我是有点儿醉了。"赵静对着徐长风笑,"不过醉了正好。醒着的时候,有些话还不定说得出来呢!"她离开了徐长风一些,电梯正好在他所在的楼层停下,徐长风将赵静的身形扶稳,便跨了出去,而赵静却是追了出来。

"徐总。"她一只手臂撑住了他房间的门,"我们都是成年人了,只一晚。"她脸上笑容娇艳,身形微晃,"我们天明就分手。"她修长的双臂缠在了徐长风的脖子上,样子十分妖娆,"天明以后,你还是你的徐氏总裁,我还是我的分部经理,我们毫无瓜葛,亦不会影响你什么,怎么样?"

赵静对着徐长风喷洒着洋酒的香气,笑得很是迷人。这倒真是一个大胆又前卫的女人,徐长风却将赵静向外一推:"抱歉,你找错人了。"他也不管赵静酒后站不站得稳,把房门砰的关上了。

他边往里面走边打小北的电话:"给我订一张回程的机票,对,马上!"

手机一收进兜里,徐长风将床上自己的东西卷起来,打开皮箱塞了进去。半个小时之后,他提着行李大步离开了酒店。

约一个小时之后,香港国际机场,徐长风将行李办理了托运,走向安检口。

又是一个星期过去了,天气渐渐暖和,山里的花也开了,各种不知名的小花,争奇斗艳。白惠放了学,会顺便采些野花插进瓶子里。那些花没有什么倾城国色,但自有一种独特的清秀。

她的手里拿着刚刚采来的各色的野花,转身,那一刻,呆住。徐长风一身风尘地站在她前方的不远处。

隔着几米的距离,可以清晰地看到他眉梢眼角的焦灼和隐隐而来的惊喜。

白惠的心脏猝然间一阵狂跳,他竟然来了,好半晌才平静一些,然而,却是头一低,顾自从他的身旁走了过去。

"白惠!"徐长风的声音从她的身后传过来,白惠的脚步微停,徐长风说:"白惠,我找了你好久。"

"抱歉,我并没想让你来找我。"白惠冷冷地说了一句,就迈步离开了。夕阳下,徐长风的影子被拉得老长。

夜色笼罩了整个地平线,白惠一觉醒来,才夜里两点,山里的风刮过的声音那么清晰,一下一下摇动着那木制的窗棂,像是有人在敲窗子一般。白惠裹紧了被子,有些害怕的感觉。她忍不住轻敲了敲墙壁。

"单子杰?"

那边的人竟是听到了。

"你怎么了?"单子杰问。

"我睡不着,我们说说话好吗?"

"好啊,你说吧。"单子杰知她是害怕了,他困意散去,干脆就抱着被子坐了起来,"别害怕,我就在你隔壁呢,有事叫我。"

"嗯。"白惠心里头暖暖的,涌满感动。

她知道只是一墙之隔而已,有个人在陪着她,心底的恐惧渐渐地散去,慢慢地便睡着了。

天亮以后,白惠早早地起了床,炒鸡蛋的香气从锅子里飘出来,那是昨天一个学生的家长送过来的,白惠深吸了一口气,对于好久以来都是馒头咸菜来充饥的她和单子杰来说,这可真是美味。

两人津津有味地吃过早餐,便各自上课。

晚上,白惠回宿舍休息,却又看到了不知何时守在她宿舍门口的徐长风。他倚在她那扇很破旧的木门上,正在吸着烟,在他一旁不远处,站着单子杰。

白惠站住身形,微蹙眉,凝视着眼前的男人。徐长风对着单子杰缓缓开口:"我想和我妻子谈一谈,你能不能走开一会儿。"

他的声音不疾不徐,却有一种难以忽略的力量,单子杰又看了看白惠,转身离开了。

暮色下,两道人影伫立。

"你还找来做什么呢?我们这样不是很好吗?"白惠幽幽地说。

徐长风的手捉住了她的,把她带到了自己的眼前,"你离开的这段时间,我才发现,我已经爱上了你,所以,跟我回去,我会给你安稳的婚姻。"

白惠忽地就甩开了他的手:"徐长风,你的话,只是刮风。"

她打开房门把自己关在了里面。外面是徐长风一声深叹。夜色不知不觉降下来,白惠没再出去,晚饭没吃,夜里也睡不着觉,好不容易睡着了,又梦境连连。再醒来时,已是凌晨三点多,她打开房门,想出去走走,却在出去的一刻,惊得忘了迈步。门外的石头上,坐着一个模糊的身影。

他在吸烟,火星忽明忽暗。

房门吱呀一响,他便抬了头,他看到背对着光线站着的他的妻子。他站了起来,虽然全身都因为保持一个动作太久而发僵、发硬。他还是向她走过来。

他的身上带着山中夜晚的凉气,伸手来摸她的脸。白惠猛地一扭头,他却又拽了她的手,继而跨步进屋。房门被砰地关上,而她也被他压在了那张破旧的木板床上。男性气息一瞬间扑面而来,白惠有种快要窒息的感觉。

他突然间覆下嘴唇吻住她,急迫而霸道。白惠的右腿一抬,咬牙向着那人踢了过去。他颀长的身体一下子就从她身上给掉下去了。

"死女人,你想让我变太监不成!"徐长风咬牙切齿的声音从床铺下面传来,白惠已然从床铺上一跃而起了,只见那家伙正弯着身子,一手捂着某处,站起来。

她只惊慌地看了他一眼,便飞速地开门跑走了。从那之后,白惠好几天没有看到徐长风。

夜里的楚宅,楚乔打开了客厅的灯,走到小型的酒柜旁,打开柜门,从里面拿了一瓶酒出来。也没倒杯子里,直接用开瓶器开了盖子,对着嘴便喝起来。

冷寂的夜里,空空荡荡的客厅,她纤长的身影显得说不出的孤寂。她咕咚咕咚地喝着,酒液顺着她的嘴角淌到了脖子上,浸湿了她的睡衣。

"乔乔!"一道男人的浑厚的声音在客厅里乍然响起,一只男人的大手已经攥住了楚乔的手,那酒瓶子被楚远山一把夺了过去。

"你想当一辈子醉鬼不成!"楚远山气愤地将酒瓶子啪地按在了酒柜上,眼神疼惜又恼怒地看着他的女儿。

楚乔对着父亲咧嘴一笑:"爸爸,我喝醉了才可以睡着。嗝。"楚乔边说边打了个嗝。

楚远山又气又疼,又是恨铁不成钢,对着楼上喊道:"潇潇,扶你姐姐回房间去!"

楚潇潇很快便出现在二楼的走廊里,他下了楼,穿着青色睡衣,挺拔而高大。他走过来,伸手扶了楚乔的臂膀:"姐,你又喝酒。"

"姐想喝就喝。"楚乔挥手,想挥开自己的弟弟,但楚潇潇不由分说地一把将自己的姐姐打横抱了起来,不管她又踢又闹,抱着她向楼上走去。

他一脚踹开了楚乔卧室的门,将她轻轻地放下了。"你先躺着,我去取醒酒的药来。"他说完便转身出去了。再回来后,他将他姐姐的头抬起来一些,杯子里的水慢慢地倒进了楚乔的嘴里。

楚远山也进来了,他沉着脸,眉宇之间却满满都是对女儿的忧心。

楚乔喝了醒酒茶,眼睛里亮了几分,叫了一声:"爸爸。"楚远山沉声道:"要不要爸爸帮你一把。"

楚潇潇当时就是心头一惊,目光看向自己的姐姐,但见楚乔低垂了眉目,沉默着半晌没有说话。楚潇潇不由得问道:"爸爸想要怎么帮姐姐?"

楚远山气道:"徐家那小子如此辜负我的女儿,当真是可恶!你姐姐因为他天天沉溺在酒精中,他却不理不问。我这个做父亲的怎么能袖手旁观!"

楚潇潇听了父亲的话皱了眉,神色间涌上莫名的担忧。楚乔却是立时接口道:"不要,爸。我要自己去争取,我就不信我比不过那个小家碧玉都不是的女人。"

她咬牙,语气里已是发了狠。楚远山看了看女儿,沉沉地哼了一声。

楚远山出去了,楚潇潇看着自己的姐姐,黑眸变得很深,一字一句地道:"姐,我不希望爸爸为了你,出手做出什么不道德的事,而你,也不要再沉迷于那已经变质的爱。"他深深地看着他的姐姐,楚乔的脸色在灯光下变得很白。"你出去!"

她尖厉的声音吼了一句。

楚潇潇没有再说什么,转身出去了。"你好好睡一觉吧!"他留下一句话就关上门走了。

楚乔的身子有些发颤,已经变质的爱,他对她的爱已经变质了吗?灯光下,她的眼神忽然间涌出一抹凄厉。

第二十九章 支教

徐长风再次出现的时候，还带来了小风。

那是周六的早晨，白惠在宿舍外面洗衣服，昨夜淅淅沥沥的雨下了一夜，早晨空气如洗。让人心情也跟着舒畅。

小风的叫声让她一惊，忙扭了头，她看到那只熟悉的小狗正被某人抱在怀里。白惠当时就惊喜地叫了一声："小风！"

而小风那东西立即就从徐长风的臂弯间跳了下来，向着他的女主人跑过来。

白惠一把将小风抱了起来，脸贴着它毛茸茸的身子亲了又亲。小风也似是想极了她似的，对着她不停地嗷嗷叫，小脑袋在她的脸边拱来拱去。

"来，小风过来。"徐长风唤了一句，小风竟然倏地一下从白惠的怀里跳了出去，跑向了他的男主人。徐长风蹲下去，将一根香肠递到小风的口边，小风便立刻咬了一口。

"再给我们的婚姻一个机会。"他站起来，目光温和。

白惠扯扯唇角："这样的话你不觉得耳熟吗？"

徐长风走近了几步："这次你相信我，我一定会给你幸福。"

"扯淡。"白惠哼了一声，上前抱起了小风头都没回地进自己宿舍去了。

外面，徐长风不得不对着湛蓝的天空一声长叹。

夜里又下起了雨，这是南方的雨季，大雨频繁，白惠搂着小风坐在床上。

徐长风住在了镇上的一户人家里，给了很丰厚的一笔钱，所以那户人家也好饭好菜地招待他，虽然那些饭菜对于大城市并且出身富贵的他来说，真的不算什么。

外面雨声哗哗，天雷滚滚，一道闪电划过，夜空乍然间亮起，院子里的大树，一根枝杈生生断掉了。他想起网上登的，最近山区泥石流频发的情形，不由得担心他远在山下教书的妻子。于是，天未亮，他就借了房东的雨衣出门了。

雨势渐收，山路崎岖，非常不好走，徐长风几次险险滑倒，但仍然急切来到了白惠所在的学校。他砰砰地叩开了她的房门，告诉她，现在住在这里很危险，大雨造成山体滑坡会出人命。

白惠只往着身后的山上瞅了一眼，便摇摇头："我是这里的老师，不能走。"

徐长风却不容分说扯着她就走："不能走也得走。"

"你干吗呀？"白惠挣扎，单子杰听见喊声从宿舍里出来了，白惠便猛地挣开了徐长风的手，转身便跑了回去。

徐长风愤愤地一跺脚。

大雨又轰隆而来。闪电一道接着一道，一声炸雷过后，天空一下子黑了下去。大雨瓢泼，白惠捂紧了自己的心脏，她不知道自己的心慌源于何处，只是说不出的一种不安。

　　危险来得毫无征兆,雨水聚集造成了山体滑坡,大片的泥沙倾泻而下,窗外昏黄一片,白惠先发现了危险的来临,她大声吩咐学生们赶紧撤出教室,可却连教室的门口都还没出去,就顷刻间被乌云压顶了。

　　白惠是被她的丈夫唤醒的。醒来时,她在他的怀里,满身满脸的泥沙,徐长风正在担忧焦灼地用他的手给她擦脸上的污秽。

　　"白惠,白惠,你有没有事?"

　　白惠恍惚看到眼前人影纷纷,一片混乱,她就像从梦中猝然间惊醒,望着眼前的断瓦残垣,遍地的泥砂碎石,她忽然间惊叫:"我的学生,单子杰……"

　　乱石堆积的泥沙中露出一角衣衫。蓝色的,牛仔的布料,洗得发白的牛仔布料,一只男性的手臂露了出来,苍白的、带着血痕的,五指蜷曲,紧紧地扣进手下的沙泥。白惠啊的一声大叫,眼前登时陷入彻底的黑暗。

　　白惠醒来的时候,外面大雨如注。滴答的雨声敲打着冰冷的窗棂,她已经置身于县里的医院,是徐长风在垮塌的房屋下救了她。

　　可是却有好几个学生连同单子杰一同葬身泥沙。

　　单子杰和那几个学生一起被葬在了一处安静的小山上,白惠将自己的腕表摘下来戴在了单子杰惨白惨白的腕子上:"子杰,让它来替我陪着你吧。"

　　高燕站在单子杰的身旁,一直没有吭声,直到下葬的那一刻,才哭出来。

　　那之后,白惠就被她的丈夫带离了那个小镇,赵一飞在几个月之后回了城,而高燕,永远地留在了那里。她说,单子杰活着的时候,她一直都爱着他,可是从来不敢说出来。现在,他走了,她便留在这里陪着他吧,用自己的青春永远地陪在他的身边。

第三十章　黄山锁,锁双心

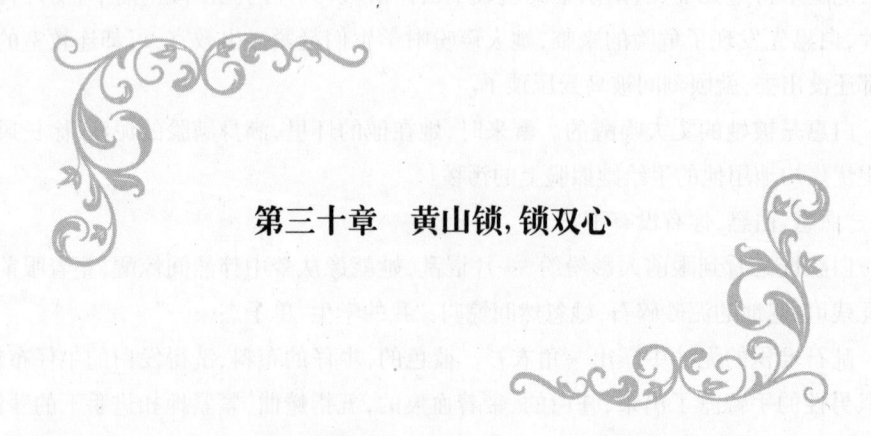

　　从那个小镇离开,已经快一个星期了,白惠断续地发着烧。徐长风走到妻子的床边,她睡着了,这些日子以来,她伤心过度,缠绵病中。单子杰和她有过一百多个日夜的相守,不是情人,却比情人亲近,不是姐弟,却又比姐弟情深。单子杰突然间如流星陨落,带给她的打击是巨大的,是难以承受的。

　　徐长风能够理解。虽然他也会吃味,单子杰在她心里的那份美好,可是他又怎么能真的去妒忌一个已经死去的人呢?

　　白惠醒来了,他伸手轻探了探妻子的额,热度已经退了一些:"你知道吗?这几天以来,我一直都在想,单子杰是死了,可是死得很值。最起码,他留在了你的心里。你心里有一个角落恐怕会永远留给他。我有时候真的羡慕他。"徐长风的大手轻裹了白惠的手放在鼻端,又蹭过脸颊,神色十分复杂而感慨。白惠的指尖紧了紧。

　　"我希望所有的人,都是好好的。"她说。

　　白惠的身体在一个星期后康复了。一个风和日丽的早晨,徐长风带着他的妻子,登上了黄山。白惠记得小学时语文书上有一篇描写黄山的课文,她记得黄山的云海、怪石和奇松,那是一幅十分美丽的景色。

　　她站在天都峰上,放眼远处云海苍茫,心情飘飘忽忽,十分悠远。

　　"买一副同心锁百年好合喽!"小贩的吆喝声一声一声传入耳膜,白惠扭头,只见一对对年轻的情侣,兴高采烈地走过去。

　　和徐长风这一路爬上山来,见到许许多多卖同心锁的小贩,也见到了许许多多密密麻麻被扣在一起的同心锁。或者布满锈痕,或者闪亮如初。白惠并不相信,这一把锁便可以锁住人的姻缘,锁上一把锁,便可以百年好合。同心锁,只是人们心里一种美好的愿望罢了。

那一对对的小情侣们,他们当真是虔诚,尤其是女孩儿们,满眼都是白头到老,百年好合的希望。

白惠看着一对对的情侣走到那密密挨挨布满同心锁的悬崖边上,咔嚓一声,将新买的锁锁在了锈迹斑斑的铁链上,手里的钥匙随风一扬,便是坠入谷底。这样子,自此之后,再无开锁的钥匙,好像这样就可以和心爱的人,相守百年了。

白惠痴痴地站在那里,一袭白裙,弱质纤纤,长发飘舞,好似要随风而去。

徐长风轻揽了她的腰:"我们也去锁一把?"

白惠倏然扭头,一张脸皎白似月。

徐长风又是轻问出声,"嗯?"

白惠轻启了朱唇,眼眸深深轻问:"同心锁,自是要同心而为。锁上,即是一辈子不可以变心。你可是真心?"

"当然是。"徐长风笑意温和如水,伸臂将她的身形揽紧了一些,"我徐长风发誓,我徐长风今日与妻子白惠系下同心锁,一生一世,永不变心。如若变心,让我天打雷劈!"

"唔……"白惠的手抬起来,急忙覆住了他的嘴。"不要说这么狠的话!"

徐长风俊逸的眼睛一眯,大手将她捂在他嘴上的手裹住,薄唇贴近在她的嘴唇上轻吻了一下:"我是自愿的。白惠,或许你还是不能相信,但楚乔,真的已是过去。我们的未来,是要靠我们两个去争取,不管前面是什么。"

他知道,或许他和她的前路并非一番坦途,但他已经下定决心,不管以后即将要面对的是什么,他都不会放弃眼前这个女人。

徐长风亲自去买了一把同心锁,长柄的锁面上刻着:百年好合,永结同心。徐长风让老板刻上了他们的名字。徐长风和白惠百年好合,永结同心。

徐长风掏出了一沓子钞票放在了那案板上,拿着那把锁,拉着妻子的手向着悬崖边上走去。

"来,我们一起把它锁上。"他拉着妻子的手,走到那一排排密密挨挨挂满铁锁的铁链旁,仔细地找了个位置,执着她的一只手,两个人将那把锁咔地扣上了。

钥匙向着深谷坠去,一袭黑点顷刻间无踪。

执子之手,与子偕老。自此以后,她和他,将会一起回首百年吗?

白惠的黑眸锁住眼前的男人,他像一道清风站在她的眼前:"我们将会从此,不离不弃吗?"

她的声音有些微微地颤动,虽然同心锁并非完全可信,它只代表人们对爱情的一种美好的向往,但是此时此刻,他这般的执着认真,不由得她不动容。

"会。"他轻执了她的手,拉她入怀……

白惠深埋在他的怀中,沉浸在这悠悠远远,丝丝甜蜜的幸福中。

那年的夏天在单子杰离去的悲伤和新生活开始的甜蜜中漫长又匆忙地过去了,白惠和徐长风迎来了他们婚姻第二年的冬天。如他所说,他给了她,百年好合的甜蜜,她生活得很幸福。她跟着他回来,复合似乎是正确的。

白惠已经正式在读研究生了。她的脸上时时洋溢着一种幸福与自信的光芒。楚乔似乎从她的视线里完全地消失了,徐长风已经在考虑要孩子,婆婆胡兰珠吩咐佣人每天都给她熬一些滋补的汤,说是等她的身子养得壮壮的,再让她给生个小孙子。徐长风的工作依旧繁忙,偶尔会晚归,但不会多喝酒,喝过酒绝不同房。

因为他说,他要和她生一个,健康聪明的小宝宝。

想到小宝宝,白惠的脸上便会不自觉地露出一种幸福而憧憬的笑容来。她的手轻抚平坦的小腹,她和他的孩子,快点儿来吧!

黄氏公司公关部已是下班时间,同办公室的员工已经相继离开,可是周逸晓手边的工作还没有做完。最近也不知是怎么回事,部门经理总是安排给她很多的工作,让她一天到晚马不停蹄,却仍是做都做不完。

"小周啊,工作还没做完啊?"胖胖的部门经理走了进来。

"于经理。"小周忙打招呼。于经理胖胖的脸上,本就不大的眼睛眯成了一条细缝,"嗯,这几天做得不错。"他边说,那胖胖的像是猪蹄子似的大爪子就落在了周逸晓的肩头。

还轻轻地拍了几下,"年轻人嘛,就得多吃点儿苦,多受点儿累,这样才有前途。"

"是的,谢谢于经理。"周逸晓不着痕迹地后退了一步。

于经理却又迈步将胖胖的身子挨近:"哎,也不用全都那样的。小周啊,你看咱业务部小陈,就那个长得挺漂亮的姑娘,人多灵透,多跟她学学吧啊!"

小陈?周逸晓寻思了一下,那个小陈不就是和业务部门经理睡到一起的那个女人吗?

"小周啊,愿不愿意像她那样,给我个话。做了我的女人,你就可以做最清闲的工作,甚至不用工作,每天来照个面就行了。"部门经理意味深长地说。

"你别恶心我了!"周逸晓气呼呼喊了一句。

那经理似是被她凶恶的样子骇了一下,恨恨地瞪了她一眼:"不识时务!"他一挥袖子就转身走了。

周逸晓气呼呼地像是吃了只苍蝇那般的恶心,用力地将手中厚厚的一摞文件拍在电脑桌上。

乓啷一声,保温杯被碰到,滚到了地上,骨碌碌滚到了门口。

黄侠弯身将那只杯子捡了起来,看了看,向着周逸晓走了过去:"你的?"

周逸晓见到突然间出现的大老板,怔了怔,继而抿了抿唇:"是我的,黄总。"她伸手去够黄侠手中的杯子,黄侠的手却是向高一抬,让周逸晓拿了个空。

"告诉我,为什么噘个嘴呀?因为工作没做完?"黄侠突然间就有了一种逗逗这个女孩儿的想法。对她微挑了眉,语气中透出几分调侃。

周逸晓却恨恨地道:"你们这些男人,都一样的恶心!"她说完,也不再看黄侠一眼,而是拿起了座椅上挂着的包包,大步向外走去。

真是没头没脑。

黄侠本想逗逗这个女孩的,可是没想到碰了一鼻子灰。他忍住呲牙的冲动,将手中的杯子重重地往着周逸晓的桌子上一放,大步跟了出去。

"哎,哎,你把话说清楚,什么叫你们男人都一样恶心啊!"

黄侠觉得很郁闷。他这个花花大公子,虽不说花见花开,人见人爱,可也没到了让人说恶心的地步吧!

周逸晓回头,两只眼睛里冒出恼火的光来:"上梁不正下梁歪,你当老板的左拥右抱,你的经理们便潜规则女员工。不是恶心是什么!"

周逸晓喉间还像咽着个苍蝇似的呢,火气也壮得很,对着她的大老板便是一通发泄,直把黄侠说得一张俊脸,一阵青一阵白。这个女孩儿看起来挺文静的,怎么说出话来像是机关枪似的。

黄侠不由伸手揉了揉鼻子!

周逸晓发泄完了,气呼呼地走了。黄侠僵在那儿,横竖都有点儿窝火。

这谁潜规则来着!他虽然算是有钱,也算是有势,但他这兔子可从来没吃过窝边草,他在外面那些,多半都是自己送上门来的。黄侠只觉得郁闷得不得了。

"小光,明天开始你给我留意着,哪个不要命的,搞潜规则来着……"

黄侠边走边给他的私人助理打电话。

几天之后,周逸晓发现,她的顶头上司和业务部那个经理一起换人了。

白惠上的是全职的研究生班,每天早晨像学生一样去上课,晚上回家。生活的充实让她感到满足。

"放学了没有?"手机那面传来她男人温和而磁性的声音,白惠不由唇角绽出笑来,"嗯,刚出来。"

第三十章 黄山锁,锁双心

"呵呵,你在那儿等着,我载你去妈那边吃饭。"徐长风说。

白惠嗯了一声。

他的车子很快就到了,好像一直就在这附近似的,电话放下了没多久,那辆黑色的车子就滑到了她的身旁。"奶奶和大伯他们过来了,大伯明天就走,奶奶要住一段时间。"徐长风边开车边说。

白惠有些惊讶地道:"哎呀,我没有给奶奶带礼物啊。"

"我们现在去买也不迟。"徐长风仍是一如既往的温和。

迎面,有车子滑过。红色的跑车拉风而炫目,对上跑车里的那双眼睛时,徐长风的深眸里有什么浅浅地划过。

"我们去前面那家商场吧?"他对身旁的女人说。

白惠上了一天的课,有些累了,闭着眼睛,嗯了一声。车子在前面那家商场外面停下,徐长风将车子稳稳地停进车位。这座城市几家出名的大商场,他都有VIP车位,别处再怎么满,别人再怎么为找不到车位发愁,他的车位也是空着的。

白惠随着他一起走进商场,给奶奶买些什么呢? 她边走边想。

"长风,这条围巾怎么样?"白惠对着眼前一条棕色的围巾眼前一亮,徐长风轻笑,"你知道,奶奶腿脚不好,她不喜欢出门。"

"嗯,那我们再选吧。"白惠有些郁郁的,被她的男人给嘲笑了似的,让她有些小别扭。

"我们还是给奶奶买保暖衣吧,老年人,漂亮不是主要的,舒服才重要。"徐长风的长臂圈住了妻子的肩,将她揽进了怀里。

白惠咕哝了一声:"好吧。"

两个人去六层的内衣处,买了两套样子既高档又看起来很舒适的保暖衣出来,走下下行的电梯。

一阵小孩子的啼哭声传入了耳膜,白惠看到那一面上行的电梯处,一个年轻的女子正怀抱着一个胖乎乎的孩子,哄着。

"乖,小开心不哭。妈妈给你买完了衣服,我们就回家哦!"林晚晴怀抱着已经快一周岁的儿子,柔声地哄着。白惠看看那白白胖胖的孩子,脸上不由得露出几分慈爱和温柔来。

她快步迈下电梯,走到了林晚晴的身旁:"晚晴。"

"哟,嫂子。"林晚晴看见一身杏色的白惠,眼睛里亮了亮。而小开心原本张着小嘴大哭,林晚晴怎么哄也哄不好的,此刻却是奇迹般地闭了嘴,只用一双黑油油的眼睛看着眼前神色柔和的女人。

白惠轻握了小开心的小胖手欣喜地说:"呀,真可爱!"

林晚晴笑道:"你瞧,这孩子和你有缘呢,我怎么哄都不好,一见到你却不哭了。"

白惠便笑。身后几米开外的地方,徐长风平和的眼眸看着这一切。

徐长风的奶奶,文敬娴,当年也是大家闺秀,八十年代跟随着丈夫带着儿子从香港回国定居,大儿子入了仕途,二儿子则继续了父业从商。

白惠进了屋,当然要先向奶奶问好的,徐老太太虽然七十多岁的人了,但精神非常好,两眼仍然很亮。

"来,让奶奶看看。"文敬娴亲切慈爱地伸过手来,握住了白惠的手。她打量着白惠,"看起来比以前胖了一些。嗯,还是胖些好,看着就健康。"

白惠笑:"奶奶看起来也很好,越来越年轻了呢!"

文敬娴便笑:"嗯,这孙媳妇可真会说话,奶奶越来越年轻,还不成了老妖精?"

她拉着白惠的手坐在了她身旁:"奶奶呀,现在就等着抱你们家的小孙子了。赶紧呀,和长风努力,给奶奶生个孙子抱。嗯,孙女也行啊,只要是个小的,会说话的,能逗奶奶开心就行啊!"

白惠有些不好意思。

徐长风则笑道:"那改天把小风抱过来给奶奶吧,那东西可会逗人开心呢!"

文敬娴道:"小风是什么呀?"

"是他们家那只狗!"胡兰珠又气又嗔地道。

徐长风笑呵呵道:"我们正努力呢,奶奶。总得生个又健康,又漂亮,还要聪明的不是?"

"嗯,健康聪明就行了,漂亮不漂亮的那是扯淡。"文敬娴不以为然地说。

徐清致和陶以臻三口也来了。"嫂子"徐清致淡淡地叫了一声,白惠看着她的小姑子,徐清致的脸颊清瘦了好多,精神也有些恢恢的。

"清致你没事吧?"白惠担心地问了一句。

徐清致摇摇头。

"致丫头。"文敬娴一把拉了孙女的手将她扯到了面前来,"哎哟,这一年没见,怎么瘦了这么多!哎哟,这孩子是不是哪里不舒服啊?有没有看过医生?"

"我没事的,奶奶。"徐清致低声说。目光向着自己的丈夫看过去,陶以臻正在吸烟。金丝的眼镜罩着那双斯文却奕奕的眼睛,他也看了他的妻子一眼。

徐清致便道:"我最近减肥。"

"哎哟,好好的减什么肥呀!我刚还跟你嫂子说呢,这女人就得胖一点儿才好,你这怎么还减肥呀!"文敬娴一副十分吃惊的样子,又转向了孙女婿,板着脸说:"以臻呀,你盯着她点儿,再敢不好好吃饭,就找个人给我往下灌!"

徐清致幽幽的目光向着自己的男人望过去,陶以臻他有着和她哥哥相仿的斯文和儒雅,却也很绝情。

陶以臻神色已是如常:"知道了,奶奶。"

"嗯,这样才好。"

当晚,徐长风和白惠就住在了原先的那间卧室里,上了楼,推开那间阔别已久的卧室的门,一股子熟悉的气息扑面而来。白惠看着对面墙壁上,那巨幅的婚纱相有些失神。

一双男性的手臂从身后搂住了她。热热的嘴唇落在她的脸颊处。徐长风的长臂在她腿弯处一托,白惠的身子被他抱了起来。

"我们今晚好好努力……"

爱是经久的缠绵,直到两个人都筋疲力尽,他才放开她,躺在了她的身旁,他对着天花板长长地舒了一口气出来:"我们也会有一个比开心还可爱的孩子的。"

白惠疲倦地挨在他身旁,朦朦胧胧地点了点头。

这一晚筋疲力尽睡得沉沉,醒来时,天色早已大亮,徐长风比她起得早,正在镜子前打领带。今天家里一定会来客人,白惠知道,一定会有些世交过来看望文敬娴。

比如黄家、靳家、伊家,当然也要包括楚家。她不由得又想到了楚乔。

"少夫人,亲家太太过来了。"李嫂上楼来说。

白惠一听,心头立时一喜,她忙下了楼。楼下的大厅里,站着的白秋月和袁华,都穿了很新的衣裤,看起来也是精心地打扮过,但是白秋月脸上那些明显的岁月痕迹却是遮都遮不住。白惠有种心酸的感觉。

"亲家来了,快请坐。"胡兰珠很客气。徐宾也从楼上下来了。

白秋月有些拘谨,袁华一向随意却也露出几分拘束来。徐宅,白秋月和袁华极少来,因为门第悬殊,两方说起话来,一般都是徐家夫妻说一句,白秋月说一句。袁华在这个时候一般是不张嘴的。白秋月当年也是大学毕业,做过中学老师的,言谈之间,仍然落落大方,而袁华不行,他没什么文化,人也比较粗,在这个时候自然就是少开口为好了。他们给徐老太太买了一些老年的滋补品,徐家这样的家庭什么都不缺,买什么东西自然要费一些心思的。文敬娴被佣人扶着走了过来。

"奶奶。"白惠走过去扶住文敬娴的另一面臂膀,老太太七十多岁,仍穿着得体的深色旗袍,白秋月和袁华都站了起来:"老太太好。"

"嗯,好好,都坐吧,别客气。"文敬娴端庄中也透着随和。

白秋月和袁华没有待太久,这样的日子,徐家应该会有很多人来探望徐老太太的,白秋月怕自己这样的身份会与那些人格格不入,所以就提前告别离开了。

出门时迎面有车子驶过来,黑色的奥迪转了个弯停下,下来一男一女。却是伊长泽和女儿伊爱。

白秋月和伊长泽的目光相撞,伊长泽的眉宇间透出一抹异样的神色。

白惠客气地跟伊长泽打招呼,伊长泽疑惑而又异样的目光在她脸上扫视,让白惠觉得有些别扭。过了一会儿,黄家一家三口,靳家老少两代,都相继到来了。

最后来的,是一辆白色的保时捷。车门打开处,下来一个挺拔的男人身形,和一个高挑的女人身形,却是楚潇潇和楚乔。

楚潇潇是一身便装,英姿勃发,楚乔卷发披肩,明眸皓齿,美丽不可方物。

白惠有些呼吸发紧的感觉。

这些有头有脸的人物都来了,显然,文敬娴在这些人心目中是相当受尊重的。而更让她吃惊的是,楚潇潇,竟然会是楚乔的弟弟。

看着和楚乔一起走进来的楚潇潇,她的大脑里有白光闪过,楚潇潇,楚乔……她看着眼前的男人,明亮的眼睛里露出难以置信的神色:"你……"

"没错,我是她弟弟,楚乔就是我唯一的姐姐。"楚潇潇沉吟一下说道。他脸上的神色告诉白惠,这绝不是玩笑。

白惠才知道自己有多傻,连他们是亲姐弟都不知道。

"我不是故意骗你。"楚潇潇的眼神是真诚的,白惠只轻轻摇了摇头。

徐长风揽住了她的腰:"我们去招呼客人。"他只看了楚潇潇一眼,就揽着他的妻子离开了。

午餐自助形式。年长一些的凑在一起有说有笑,年轻的在一起谈笑风生。

白惠若有所思地吃了些糕点,不知是谁碰了她一下,糕点盘子脱手了,她忙伸手去接,盘子接到了,糕点则粘了一手。她看着自己两根沾满糕点的手指,有些无奈。

"怎么这么不小心!"熟悉的男声温和而悦耳,她的那只手已经被一只大手抓在手里,白惠还没反应过来,那人已经攥着她的手腕将她那两根粘着糕点的手指伸进了他的嘴里。徐长风的舌在她手指上温柔地舔过,白惠的脸颊上倏地就红了,这身边多少人呢……

"喏,干净了。"他放开了她的手,白惠忙将那只带着他温度的手缩回了身后。

徐长风笑起来,无声而宠溺。

楚乔的目光正好看过来,此刻已经看呆了,而伊爱也是惊得小嘴大张。

黄侠哈哈笑道:"风哥,你们小两口当着我们大家的面就这么亲热,真当我们是灯泡呢!"

徐长风只一笑，伸臂揽住了白惠的腰："嗯，有你这样的灯泡也不错。"

白惠脸颊早已通红，她从徐长风的怀抱里逃了出来，逃似的离开了。

小开心正蹒跚学步，被她妈妈扶着在一处没人的地方走来走去。楚乔匆匆走来，她的小脸上一片青白，神色十分恼怒。后面伊爱跟过来，嘴里还嘟嘟哝哝地："乔乔，他真当我们大家都没在呢？他把你置于何地呀？"

楚乔从林晚晴和小开心的身旁走了过去，接着是伊爱，小开心手里本来拿着个香蕉的，只吃了两口就懒得吃了，拿在手里晃着玩。伊爱嘟嘟哝哝地走过，小开心看看她，忽然间就将那根吃了半截的香蕉扔了过去，正好掉在伊爱的脚下。伊爱脚步收不住，一脚踩了上去，哧溜一下，摔了个仰面朝天。

小开心眼看着伊爱摔倒，觉得十分好玩，拍着小胖手叫起来："摔哦，摔哦。"

伊爱气呼呼地从地上爬起来："你个小兔崽子！"伸手一摸，屁股上竟然粘着一块香蕉皮呢，心里的火更盛了。一把将那香蕉皮向着地板上一掷，然后气急败坏地追楚乔去了。

"姨姨摔，姨姨摔。"小开心仍然笑得响亮，林晚晴在儿子的小脸上吧的亲了一下，"嗯，开心真棒，回头妈妈给买玩具哦！"

白惠忍着笑走过去，俯身亲亲小开心的脸："嗯，开心很棒哟！"

林晚晴看看白惠，白惠也看向她，四只明亮的眼睛对视着，彼此心照不宣忽地就都笑了。

"姐，你上哪儿去呀？"楚潇潇已经追了过来，拉住了他姐姐的手。

楚乔愤愤地道："我回家去，这个地方不是人待的！"

"姐，怎么也要吃过饭再走，这样不礼貌！"楚潇潇说。

"我才不管什么礼貌不礼貌的，他们那个样子，就是摆明了做给我看的，再呆下去我会死的！"楚乔的眼睛里愤愤地冒着火星子。

楚潇潇拧眉，神色有些无奈，"姐，你应该看出来，那是情不自禁。"

"什么情不自禁呀！分明就是那狐狸精勾引的！"伊爱愤愤的声音响起来。

楚潇潇一双浓眉立时一凛，目光已是阴沉睨向了伊爱。刚要说什么，已经有声音响起来："你说谁狐狸精！"

白惠正跟着林晚晴扶着小开心走到这边，伊爱的话正好传进耳中。

伊爱被楚潇潇那夺人的气势给骇了一下，嚣张的气焰减了一些，再一听到白惠的质问，心头一紧，但面上神色未变，冷笑："我能说谁呀？当然说你喽！"

白惠怒火中烧，忍无可忍，也不想忍，大步走了过来，上前一个巴掌甩在伊爱的脸上："这个巴掌就是赏你这张嘴的！"

"你!"伊爱长这么大,娇娇女一个,几乎从未被人动过一根汗毛。可是今天竟然被这白惠当着这么多人的面打了个大巴掌,一时之间一张俏脸青红交替,劈手就要还回去,但一只男人的大手一把攥住了她的手腕:"伊爱,我徐长风的妻子是任凭你这么骂的吗!"

徐长风将伊爱的手腕用力一甩,伊爱一个踉跄差点儿摔倒。再看到徐长风阴沉的面容,眼神缩了缩。

"再有下次,伊爱,你永远都别再踏进徐家的大门!"徐长风对着伊爱阴沉而视。

伊爱一张脸算是丢尽了,看看他,看看白惠,看看满脸笑意的林晚晴,看看一脸吃惊的楚乔和冷漠的楚潇潇,一咬牙,向外跑去。

白惠的心头霎时间被一种强烈的暖意包裹,她的手轻轻地伸进了男人的掌心。用眼神告诉她:长风,谢谢你维护我。

徐长风一笑,大手将手心里那只柔软的手包裹住,楚乔再也看不下去了,眼神恨恨地瞪视着眼前的男人:"徐长风,你够了没有!"

白惠的耳边激灵灵一下,只见楚乔一张俏脸刷白,牙关咬得死死的,而那只包着她手的大手则是捏紧了一些,神色一凛地看向楚乔。

楚乔盯了她一眼,猛地转身走了,楚潇潇忙追了出去。

"你现在,好像得罪的不光是楚家,还有伊家了,长风,我有些害怕了。"白惠执着他的手放在胸口,一张小脸有些发白,染上了隐隐的担忧。

"别怕。"徐长风安慰似的,摸摸她的头。他的眼睛在一转身的那刻变得十分的深邃。

文敬娴在这里住了一个多星期就回了大儿子那边,白惠和徐长风又搬回了自己的宅子。研究生班的课照常。这天,徐长风很晚才回来,身上有酒气。

"明早我要飞日本了。"他走到妻子的床边,"怎么这么急?"白惠听到他说要出差便坐了起来。

"嗯,那边的事情有点儿急,本来前天就得去的,拖了两天了。"徐长风的大手伸过来,轻抚了抚她的额前碎发,他的眼神那么的温柔,像是一片深沉的海。很久以后,当他向她提出离婚时,当她看到那车子里,满头是血,却用自己的身躯护着另一个女人的男人时,她都不敢相信,他就是那个,对她温柔如水的人。

徐长风是上午十点钟的班机,早晨八点半,白惠坐着小北的车子去送他。看着他黑色的身影消失在安检口,白惠的心骤然间空落下来。三个小时之后,白惠拨打他的手机,听到他的声音的那一刻,她有点儿想哭。

"我一会儿就到分公司了,晚上给你打电话。"他说。

"嗯。"白惠捏着手机站在冬日寒冷的街头,心头有了期冀。转天的课程继续。傍晚时从学校出来,站在街头等小北。小北因为临时有事,车子晚了十分钟才到。深冬的傍晚,冷风嗖嗖地刮,她拢紧了自己的大衣,站在那儿等着。一道急猝奔过来的身影撞了她一下,接着,右臂处就是一疼。她低叫一声,另一只手捂住了那疼痛的部位,仓促间扭头,她看到一道裹着厚厚羽绒服的身影飞快消失在夜色中。右臂处似是针扎过似的,疼得很尖锐。那感觉隔着毛衫和大衣仍然很清晰。小北的车子驶过来,她捂着胳膊上去,自语似的说道:"刚才有个人碰了我一下,好像用针扎了我似的,这么疼啊!"

小北呆了呆,"嫂子,你快看看,是不是针扎的呀?"

白惠一听,当时就愣了。她忙将大衣的袖子褪下去,毛衫的袖子往上一撸,她看到粗粗的一个针眼,红红的,在她右臂白的肌肤上十分惹眼。白惠的心怦怦狂跳,小北则是倒抽一口凉气。

最近一段时间,听说过有陌生人用针头扎人的事情发生,难道她也遇到了吗?白惠心头怦怦狂跳,这一针会带来什么恶果?她的额上渗出一层层的冷汗来,身上的衣服好像也在一瞬间湿了。

"现在立刻做个血液检查,这一针不排除有传染病菌的可能。"医生看了她的伤口,十分严肃地说。

白惠的一颗心便立时被揪得死死的了。小北也是呼吸一紧,如果老板夫人有事,他该怎么跟老板交待呢?

"请问化验结果要等多久啊?"白惠用发颤的声音问。

"大约要一个星期。"医生说。

白惠的一颗心像是失了重似的,冷汗又冒出。小北看到她的额头和鼻翼上,密布着细细的汗珠。

诊室的门被人推开,进来的是黄侠。

"小北,医生怎么说?"他一进来便问。小北没敢给他远在日本的老板打电话,却打给了黄侠。

"要一个星期才能出结果,不排除携带病菌的可能。"小北哭丧着脸回答。

黄侠一向洒脱放浪的面上也变得担忧而焦灼。

警察赶来的时候,护士正从白惠纤细的胳膊上吸走一管子的血。

"请问,你是在什么时间什么地点被扎的?"警察例行公事一般地询问。白惠一一作答。警察离开,白惠的身体像是虚脱了似的,她的脑子里反复地想象着,最坏的可能,艾滋病?想象着全身脓疱,溃烂而死,她全身再次湿淋淋的,脊背处似有凉风一阵阵地吹过,让她不自主地抱紧了自己的双臂。

"嗒啦嗒啦嗒啦……嗒啦嗒啦嗒啦……"伊爱是哼着歌下楼来的。她穿着很合体的修身裙装,踩着精致的长靴,边下楼边快乐地哼着歌儿。

客厅里,伊长泽应酬刚回来正解着领带。伊爱笑嘻嘻地走过去,在伊长泽的脸上吧的亲了一下,然后,扭着小细腰向外走去。

"呵呵,这孩子。"伊长泽满眼都是对女儿的疼爱神色。伊爱开着她的小跑车在冬日黑夜的街头欢快地飞驰,十余分钟后,停在楚家门外。

她踩着精致的小靴子走进了楚家的客厅,又径自地上了楼。

楚潇潇从外面进来的时候,二楼的小厅里两个女人正在喝着清香的玫瑰花茶。楚乔若有所思,唇角微勾,脸上似有得意,伊爱笑得邪肆:"呵呵,那个女人,现在一定吃不下睡不着的了,呵呵。"

"哼。"楚乔的唇角勾了勾,清冷而不屑。

楚潇潇走过来,英挺的身材穿着松枝绿的军装,醒目的肩章映着他年少英俊的脸,让人看了不由一呆。伊爱小脸上露出一丝温柔的笑来:"潇潇回来了。"

楚潇潇一向不喜欢伊爱,只嗯了一声,就向着自己的房间走去。身后伊爱的笑声又是清脆又邪肆地响起来:"这次呀,够她受的了!乔乔,有没有一点儿解恨?"

楚潇潇微停,只听楚乔的声音道:"那种下三滥的手段,也亏你使得出来。"

"呵呵,我这不是要给你出口气吗?那一针扎下去,吓也能把她吓死。现在呀,恐怕还在医院里面验血呢?等她真的染病的时候,看徐家人还看不看得上她!"

"你刚才说的什么?什么一针扎下去?谁在验血?"楚潇潇回身又走了过来,英俊的容颜已是沾染上了阴沉的怒气。

伊爱喝到口中的茶水噎了噎。"没……没什么。"

"姐,你们刚才说的什么?"楚潇潇立即把目光转向了他的姐姐。

楚乔明眸向着自己的弟弟扫过去,又收回,轻啜着杯中浓香的花茶,漫不经心地说道:"伊爱叫人,给那个女人打了一针。"

"那个女人是谁?"楚潇潇怒问。

"那还用问吗?"楚乔仍然是漫不经心的神色。

"你们!"楚潇潇眼睛一瞪,对着伊爱道:"真是卑鄙的女人!"他走过去,一把揪住了伊爱的衣服领子,将她从沙发上揪了起来,"说,那针里面有什么?"

"没……没什么。"伊爱不知怎的,有些怕潇潇。可能是他那一身的军装吧。

"快说!"楚潇潇恼怒地揪紧伊爱的衣服。

伊爱被他大手揪着衣领,花容凌乱了:"没什么的,一点儿病毒而已。"

"什么病毒！"楚潇潇厉声喝问。

伊爱张张嘴："我……我也不知道，我只叫他们随便放点儿什么。"

"你！"楚潇潇将伊爱往着沙发上一甩，对着她怒吼了一句："你给我滚出去！楚家不欢迎你这样的女人！"

伊爱小脸上一片青白："乔乔！"她可怜惊惶的眼睛看向楚乔。楚乔便看看她的弟弟："你发这么大火做什么？那女人又不是你什么人！"

"不是我什么人，我就不能发火吗？姐，你就没有觉得伊爱的做法太恶毒了吗？姐，从今天开始，你离这个女人远一些！伊爱，你还不快滚！"楚潇潇难以置信地看看他的姐姐，又对着伊爱怒吼了一句。

伊爱被楚潇潇愤怒的模样骇到，也不敢再说什么，从沙发上爬起来，仓皇地走了。楚潇潇看也没再看他的姐姐，也是转身大步下楼。

夜色下，黑色奥迪在车水马龙的街头飞驰。他边开车，边从手机上翻找着那个已经很久没有拨过的手机号码。

好半天才翻到，电话立即拨了过去，但是铃声响了许久，都没有人接听。车子再次提了速，向着白惠所住的房子驶去。

而此时，白惠正窝在卧室的床上，她屈着双膝，脑袋深深地埋在双臂里，此时此刻，她恐怕只有做鸵鸟才能够感到安全一些。

化验结果要一个星期，而在这一个星期里，她将要承受的，是多么大的心理煎熬啊！她想象着最坏的结果，如果是艾滋病，她就这样慢慢地等着身体生疮，化脓，慢慢地死掉？她才二十五岁。

她擦了一把脸上的泪，这个时候，她说不出地想念那个远在日本的人。长风，我好害怕啊！

"夫人，楚先生来了。"佣人李嫂小心翼翼地叩门。

白惠眼前好像是霎时一亮，这个时候，楚潇潇怎么会来，她没有心思考虑，只是往外走去。

楚潇潇穿着那身笔挺的军装，身形看起来十分英伟。

"你有没有怎么样？"他向前两步，走到白惠的面前，高大的身形挡住了白惠眼前的光线："被人扎针了是吗？"

白惠的眼睛里一霎时就有了泪花："嗯。我也不知道会不会怎么样，化验结果要一个星期才能出来。"她抹了一把眼睛，现在的她，只想哭。

"你别太担心了，也可能……只是一般的病菌，或者，是恶作剧。"

她的样子让楚潇潇的心弦一颤，不由自主地便想安慰她。他的手臂伸了过来，握住她一只手。手心处有凉意渗过来,他的心头一突,便将那只手攥紧了。而此时,外面有脚步声噔噔响起。一道男人的身影急促走近,挟裹着一身的寒意,徐长风已是大步进了客厅。

"白惠!"他的声音在见到眼前的男人时,而戛然停住。他的黑眸里有着难以置信的惊愕:"楚潇潇?"

楚潇潇的身形微微僵了一下,但自诩问心无愧便嗯了一声:"我听说嫂子被人扎了一针,所以过来看看。"

白惠也是一惊,她是因为眼前突然间出现的男人,她的丈夫不是远在日本吗?她向着徐长风跑了过来:"长风!"

她一头扑进了徐长风的怀里。徐长风的视线由楚潇潇的身上收回,伸手拢紧了妻子:"我都知道了,小北都告诉我了。你先别怕,最坏的结果我也会跟你一起承担。"他的带着凉意的两只大手捧起了她布满泪痕的脸。两只深邃的眼睛柔和怜爱地将她的脸笼住。

白惠望着那两只深幽的眼睛,心里被深深地温暖了。他的眼睛里,那种温柔和怜爱绝不是假,那些表明心意,让人暖了心肠的话,也不似是假,可是为什么,他后来,会向她提出离婚?会决绝地一纸离婚协议将她扫地出门?

很久以后,白惠都想不透。

楚潇潇还站在那里,看着那对男女深情相拥,他在心里说道:"姐,此时此刻,如果你看到了,会不会就想放手了?"

楚潇潇临走时说了一句:"事情是伊爱做的,但病毒不明。"他说完,便迈开步子大步离开。徐长风俊逸的容颜染满阴鸷的神色。

伊爱,好!他咬着牙,深邃的双眸似能喷出阴鸷的火来。

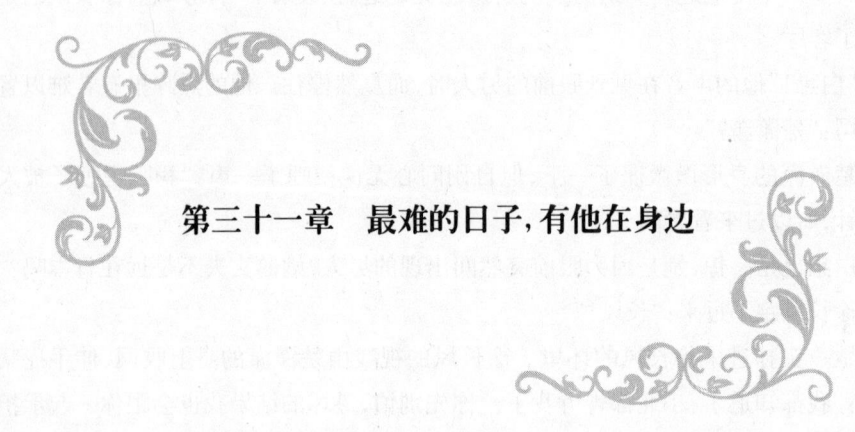

第三十一章　最难的日子，有他在身边

　　伊爱跷着一条修长的腿，正美哉美哉地坐在酒吧的吧台边上品着不知名的酒，虽然被楚潇潇给吼了一顿，但她还是有些洋洋自得。一针下去，就是没毒，那女人也得吓个半死。哼哼，我伊爱的脸是你能打的吗？白惠，这下有你好受的！
　　"请让一让！"酒吧里面的大灯忽然间就亮了，伊爱的眼睛被刺了一下，她闭了闭眼睛再睁开，眼前已是多了两个身穿警服的男子。
　　"请问，你是不是叫伊爱，请跟我们走一趟。"一个警察向她出示了警官证。
　　伊爱心头一跳："你们要做什么？"
　　"有人举报你涉嫌用针头伤人。请马上跟我们去趟警局。"警察说。
　　"你们胡说，那是没有的事。"伊爱一下子就慌了，而四下里的人们一听说她用针头伤人，纷纷地惊惶躲开。
　　"有没有我们会调查清楚，请马上跟我们走一趟。"警察神情严肃地说。
　　"不，我是伊长泽的女儿，我看你们谁敢抓我！"伊爱一看警察当真的架势，自是慌了。慌不择言地把父亲的名字报了出来。
　　人群里传来喧哗声，同时鄙弃声也是一片。
　　那两个警察对看了一眼，在伊爱大摇大摆地从他们眼前走过时，手铐咔嚓扣住了她的手腕。"不管你是谁，请跟我们走一趟。"
　　伊爱就这样被带到了警局，而与她同时到达的，还有那凛冽冰寒的身影。徐长风大步走过来，上前便是两个嘴巴："伊爱，白惠要是有什么事，我也会给你一针头！"
　　伊爱被徐长风两个大巴掌打得眼冒金星，花容凌乱，疼得哇哇大叫。

警察则将徐长风拽住:"请冷静一下!"

"爸爸,爸爸,我要给我爸爸打电话!"伊爱惊惶的喊声传遍了审讯室。

伊长泽刚刚和衣躺下,就被一阵急促的敲门声给叫到了警局。看到花容凌乱的女儿,再看看一脸怒色的徐长风,他暗自叫苦不迭,这个傻女儿!

"长风啊,你先冷静,检查结果不是还没出来吗?说不定不会有事啊!"

徐长风被伊长泽几句轻巧的话语说得额上青筋都冒了出来,他一把揪住了伊长泽的衣领:"要不要我也让人在你女儿身上扎上一针,啊!"

伊长泽脸上黑了黑。

而此时,在楚家二楼的一间大卧室里,楚乔高挑的身材穿着一袭蓝色丝质的睡衣站在宽敞明亮,却又暖意融融的房间里,纤长的手指擎着一杯绮红的酒液,眸间,唇角,弯出意味深长的笑涡。

眼前是白惠苍白失色的脸,还有伊爱被带到警局的情形,她轻哼了一声,今天的心情真是好极了。

卧室的外面传来男子的脚步声,一下一下坚实有力,又透着烦躁。楚乔敛眉,刚才的笑意已经变成了一抹似是担忧的神色。

楚潇潇大手啪啪地叩门:"姐!"

"我睡了。"楚乔冷淡地回了一句。

楚潇潇深吸了一口气才道:"请姐姐离着伊爱远一点儿,那样心思卑劣的女人,不是姐姐应该接触的。"

楚潇潇说完,便向着自己的卧室走去。楚乔阴沉的目光向着那紧闭的卧室门睨过来,目光渐冷⋯⋯

白惠仍然处于极度的不安之中,一晚上冷汗不停,徐长风从警局回来,一直躺在她的身旁搂着她。她好不容易在他怀里睡着了,却又惊颤地醒过来。一早上,徐宾和胡兰珠匆匆而来。

徐宾大骂伊爱不是个东西,胡兰珠也气得浑身发抖。黄侠一早就过来了。跟着来的,还有林晚晴。

白惠神情十分憔悴,这一个晚上,好像经历过千难万险的折磨似的。

伊长泽来了,又歉又疚的样子,就差捶胸顿足了:"兰珠啊,宾哥,那贱丫头真是吃了迷魂药了她,做出这么猪狗不如的事来。我⋯⋯我回头非打死她不可!"

胡兰珠只是沉着面,一言未发,徐宾也不说什么,伊长泽有几分无趣,然后就走了。

徐长风跟顾子睿通了电话,顾子睿人还在美国,却在转天一早飞了回来。他又给白惠做了详细的检查,但是给出的答案却和先前那家医院差不多。

不排除有传染疾病的可能。

但同时他也说,任何病毒的存活都需要一定的条件,而且注入人体也需要达到一定的量。白惠穿着厚厚的大衣,里面还有毛衫,已经阻挡了一部分的力量,那针头刺入得并不深,而且大多被她的衣服阻隔掉了。

这无疑是宽慰这对夫妻的。

徐长风稍稍地松了一口气,白惠的心情并未放松。晚上,两个人相拥而眠,他想吻她,她扭了头:"别,会传染的。"

"我不怕。"他捧了她的脸,薄唇依旧贴过来。

但最后一刻,还是被白惠伸手挡住了:"长风,如果我真的染病了,会传染你的。"她的眼睛里滚动着泪珠,强烈的心理折磨快要让她崩溃了。那个拿针头扎她的男子还没有找到,无形的焦虑伴随着徐宅上上下下。

伊爱被取保候审了,但是两天后,她再一次去酒吧玩的时候,舞得正酣,后腰处却猝然间一疼,似是有什么穿过她薄薄的衣料,伸进了她的皮肤里。那丝微凉和针扎一般的疼让她一下子清醒。她一手捂了腰后的位置,大喊了一声"救命"。

这几天,徐长风都是很晚才回家,每天回来也必定是风尘仆仆,基本倒头就睡。今天,他又是很晚回来,眼睛里却有着奕奕的精神。他洗了个澡,就搂住了已经躺下的白惠。

他急切地亲吻着她,带着洗漱过后的薄荷香,他将她压在身下,热切地吻着。

白惠惊慌躲闪:"别。"

徐长风清俊的双眸看定她,继而温笑,一口覆住了她的嘴唇。他的大手带着迫切的气息穿过她的睡衣,抚上她光滑的身体:"那个人已经逮到了,没有HIV。"

他边吻着她边说,声音里沾染着喜气,和长久压抑着的激动。

白惠心底一直紧绷着的神经骤然一松,在经历了生死的折磨之后,两人热切相拥。他的头,深埋在她的颈窝,他搂着她,那一刻,有泪在他的眼睛里咽下。

"白惠,你可以放心了。"他在她的耳边轻吻着说。

白惠僵硬的双臂缓缓地抬起来,环住了他的脖子:"长风,真的吗?"

"嗯,是真的。"他亲吻她的颈子,她的耳垂,而她便是含着泪回吻他,以她从未有过的热情。确切地说,是她从未主动地这样热切过。两个人的身体在那个月光朦胧的晚上紧紧缠绕。

第二天,白惠和徐长风一起去了警局,也见到了那个用针扎过她的人。与很多的坏人一般,有着共同的猥琐面貌,那人见到她,便把头垂下了。白惠看到那人脸上,头上,手上,青红片片的伤痕,一见到徐长风,那人的眼睛里露出说不出的一种惊惧神色。

"不要打我!"徐长风才只迈动了一步,那个人便吓得伸手捂住了头,白惠才知道,这个人来警局之前,早已被徐长风狠狠教训过。

那个扎过她的针头里并不含艾滋病毒,但却有乙肝。不过还好,白惠已经提前注射了抗体,也或许是真的如顾子睿所说,病毒的存活是需要一定的条件的,那个人并非专业,只是胡乱而为,再加上白惠穿得多,所以她并没有感染乙肝病毒。

一切的检查结果都出来了,白惠没有事,徐家上上下下皆大欢喜。白秋月喜极而泣:"我女儿这么善良,老天如果让她出事,就真的太没天理了。"

楚乔也来了,和楚潇潇一起。楚潇潇一身军装,相貌英俊而一身的正气,而楚乔,竟似也是十分高兴的样子,还捧了一大束的鲜花来:"恭喜嫂子。"她说。

白惠看着那张熟悉的满是笑意的脸,一时间有些发怔,但还是伸手将那花束接了过来:"谢谢。"

"哎,真是恶有恶报,伊爱也被人扎到了,不过她可没有嫂子这么幸运,她感染了乙肝。"楚乔也痛恨伊爱似的说了一句,眸光却是含意深深地瞟向了白惠身旁的男人。对上徐长风深邃的黑眸,她的眸光却又是含着笑离开。

白惠听到楚乔的话,心头不由一惊。

"医生说,被针扎到,感染病毒的几率只有千分之几,伊爱真是可怜,竟然就被感染了。"楚乔又说。

"是呀。"白惠淡淡地回了两个字。

徐宾和胡兰珠相互望了一眼,都是没有说什么,而林晚晴却是嘟哝了一句:"这才真的叫恶有恶报。"

"大家都在这里吃饭吧,一起热闹热闹。"胡兰珠说。

楚乔便笑呵呵地走过去:"伯母,我还真想李嫂做的红烧丸子了。"

"呵呵,今天保证你能吃上。"胡兰珠神色温和地说。

黄侠也来了,客厅里显得很热闹。只是靳齐的目光时不时地会在楚乔的身上流连。她依然笑容清亮,好像很开心的样子。但是徐长风去卫生间的时候,她却状似无意地跟了过去,凉凉的声音若有深意地说道:"医生说,那些病毒需要达到一定的量,还要形成一定的条件才可以一针而让人致病,真不知是伊爱太过幸运,还是有人故意而为呢?"

她站在卫生间的门口,眼看着那道走进去的身形微微一僵:"不管是什么,都是她自作自受。"

徐长风回了一句,便合上了卫生间的门,将自己掩在里面了。

楚乔勾了勾唇,眼睛幽沉。徐长风从卫生间出来的时候,楚乔已经走开了。他洗了手,向着客厅处走去。

白惠和开心玩得正热闹。也难怪,她已经被那可怕的阴影折磨了整整一个多月的时间,此刻,在这无邪的稚子面前,是真正地放松了。

当晚,徐长风带着妻子回了自己的宅子,两人又是一番温存。白惠是极为主动的,虽然不像小说里描写的那般香艳火辣,却也是前所未有。她的热情让他欣喜,越发的卖力,火热,于是,房间里激情四溢。

他说:"我们真的可以要个孩子了。"

医院的病房里,伊爱的手臂上挂着点滴,一张原本漂亮精致的脸上,病气恹恹。

"我不要活了,爸爸,你一定要给我抓到那个扎我的人……"她的大眼睛里不停地往外流出眼泪,伊长泽又心疼,又是无奈,"警方正在找。小爱,你先安心接受治疗,爸爸一定会找到那个用针扎你的人。"

伊长泽骂着脏话从病房里出来,酒吧那种地方,本就是鱼龙混杂,什么人都有,警方已经查了好几个星期了,可是一点线索都没有。他忍不住开始抽烟。

白惠再次见到伊爱的时候,已是年关将近。彼时,因为母亲白秋月有心悸的迹象,她陪母亲去看病。在门诊大楼的门口处,她看到了好久没有见过的伊爱。

伊爱神情有些萎靡,脸上仍然泛着乙肝带来的黄气,但是见到白惠和白秋月时,眼睛里那种不屑和冰冷还是亘古不变的。

"果真是你。"伊爱的目光在白秋月的面上停留了几分钟之后说道。

白秋月冷笑,"这么多年了,你竟然还记得我,你也算是不一般了。但老天真是有眼,你也被人扎到了。害我女儿不成,自己却被人扎得得了乙肝,伊爱,你知道什么叫恶有恶报吗?"

"你!"伊爱看着白秋月一张讽刺的脸,巴掌就扬了起来。

"怎么,你还想打我这个老婆子?正好,你害我女儿,我还没有替我女儿讨回公道来。"白秋月出手真叫是又快又准又狠。说话的时候,手臂已是扬起,啪的一声脆响,伊爱黄色的脸颊火烧一般,落下五个鲜红的指印。

"你……你……你敢打我!"她又气又恼又羞,扑过来,竟然是撒泼一般,十根指甲过来抓白秋月的脸。白惠见状,忙挡在母亲的面前,她扯住了伊爱的衣服拼尽全力向外一推,伊爱的身形跟跄着被推到了一旁。

"伊爱,你别欺人太甚了,兔子急了还咬人呢!我母亲打你,那是你罪有应得,你再过来,连我都会打你!"

从不发怒的人,一旦发怒,那气势会比经常发怒的人要骇人,看着白惠一脸的怒色,伊爱怔了怔,竟是没有了再上前的勇气。

白惠冷冷转身,挽了母亲的手臂两个人向着里面走去。伊爱的那句,果真是你,让白惠疑惑,但是和伊爱的一通争执,她的心跳加了速,竟然就把这个疑惑给忘了。

白秋月做了详细的检查,医生嘱咐她要保持乐观的情绪,避免惊恐刺激和忧思恼怒。又给她开了一些药带了回去。母亲这么多年,离婚再婚,生活的不如意,造成长期的精神压抑,造成心疾这是可想而知的。白惠对母亲感到深深的心疼,同时,也开始厌恶那个给了她生命的男人。

白惠在母亲那里呆了好久,帮她洗了衣服,又给家里做了卫生才回家。她到家过了一会儿,徐长风就回来了。他解下了领带,又脱下了外衣,向着她走过来。

"母亲那里,可好?"

"嗯,医生让她多休息,情绪稳定。"

"嗯,回头雇个保姆过去吧。"徐长风说。

白惠看向她的男人:"不用了,妈不会同意的。"

"不同意也得同意,要不然,心脏真的出了问题,那可不是玩的。"徐长风伸手摸了摸她的脸,神色间染了几分严肃。

"嗯。"白惠点头。

晚餐仍然是两个人,气氛温馨而幽静。白惠慢慢地吃着,时而看看对面那人温和沉静的脸。似是感应到了她的注视,他抬起了眼帘:"嗯?有事?"

白惠喉咙口咕哝了一下才道:"伊爱……被扎的事……"她欲言又止,似是想问而又不敢问的样子。

"嗯,是我做的。"徐长风神色不变,声音也依旧温和,没等她问出来,已是自己说了一句。

白惠心头不是不惊讶的,她用那双亮亮的,却也同样是吃惊的眼睛看着她的男人,而他,平静地往着嘴里送了一块鱼之后,又说道:"这很正常啊!她差点儿害得你生不如死,我只是给她一点教训而已。"

白惠嘴唇张了张,想说什么,可是一时之间,又是所有的话都堵在了喉咙口似的,只是看着她的男人,却是一个字都说不出来。徐长风看着她那惊愕的样子,不由得笑了:"还愣着干什么,吃饭呢!"

"哦。"白惠忙端起粥碗往嘴里猛喝了一口粥。

晚饭过后,徐长风去洗澡,白惠听着洗浴间里那哗哗的水声,她看着那磨砂玻璃里映出的高大身形,有些痴痴发愣。好久之后,当那水声渐息,她才想起给他准备干净的衣物。忙走到衣柜旁,从里面找了干净的内衣出来然后向着洗浴间走。

"给。"

她将那条深蓝色的内裤隔着门递了过去。但是洗浴间的门却在这个时候完全打开了,男性的不着寸缕的身体倏然间暴露在她的眼前。

白惠完全呆住,手里还拿着他的内裤,眼睛却是瞪得老大。看着那顾长的浑身仍然在淌着水珠的男性的身体。手臂上已是一紧,她被他向着怀里一带,她穿着睡衣的身体已经贴上了他的前胸。

白惠的心跳倏然间加了速,脸上涨起了红潮:"别。"她能闻到那种来自于他的男性的气息,不由得心头一慌。

徐长风的笑声迷魅而温柔地轻轻划过她耳际:"宝贝儿,我这一整天都在想你。"

他的语音未落,热的唇轻啄了她已经粉红的耳垂儿。白惠的身体里窜过一种异样的,熟悉的热流,她不由得轻颤了一下,他便在她耳边笑:"我就喜欢你这样敏感。"他说完,便是弯身一把将她抱了起来,大步走向他们的大床……

一夜风光无限好。

"乖,你多睡一会儿。"徐长风起床的时候,在他睡意朦胧的妻子的额上吻了一下,然后系上领带,向着外面走去。白惠看着那道熟悉的,让她感到无比甜蜜的身影消失在房门口,脑子里却闪现着昨夜缠绵的情形,不由得又是耳根发热,一阵的心跳加速。

她伸手拍了拍自己的脸,又钻进被子里躺着了。

黄侠像以往一样,大摇大摆又不乏洒脱帅气地走进公司大厦。抬腕看看表,七点半,离工作时间还早了一些,他沿着走廊向前走,边走边漫不经心地向着两旁的格子间睐上一眼。

时间还早,公司里很安静,除了断续走进来的几个人,大部队还没来呢。他的目光向着公关部一瞟,视线里便出现了一个人。那是一个年轻女孩儿,穿着很休闲的衣服,正埋头两只手指敲着键盘,好像很忙的样子。他不由得抬腿跨了进去。

那女孩儿打字打得很认真,大老板走到了身旁,她都不知道。黄侠定睛往着电脑屏幕上一瞧,他看见,屏幕上开着一个聊天窗口,女孩儿在和一个叫江潭映月的人聊天。

晓晓:结局是喜还是悲呀?

江潭映月:不知啊!(发过来一个摇头的小狐狸表情)

晓晓:(发过去一个大哭的表情)不要是悲剧呀,小心脏承受不起。

江潭映月:(一个呲牙的表情发过来)

"嗯哼!"来得这么早,原来在聊天呢!黄侠正了正颜色,浓眉一敛,声如洪钟一般地说道:"用公司的电脑聊天,周逸晓,这个月的奖金不想要了吗?"

完全沉浸在聊天情景中的周逸晓被这突然而来的声音惊了一跳,鼠标慌忙地点击了聊天窗口上的叉叉。腾的一下站了起来:"黄……黄总。"

黄侠看着她那小脸涨红,满眼惊慌的样子,心底好笑,但面上仍然严肃:"公司的电脑是上班工作用的,你却用来聊天。全公司的人要是都像你这样,公司还不成了网吧!"

周逸晓被大老板的严肃模样吓得心脏一缩:"黄总,下次不会了。"她低了头,忙说。

黄侠微厚的颇为性感的唇角勾了勾:"我可以不追究你,但是这一个月我办公室的卫生,你就负责了吧!"他说完,转身,大模大样地出去了。

周逸晓看着他高大的、帅气的、也是透着几分不羁的身影消失在门口,扑通一下坐在了椅子上,伸手拍了拍胸口。天的,这份工作可是从数百个人里面挤破了头才得到的,还好只是给他做卫生,而不是炒鱿鱼。

她心跳平复了,又在心里骂了那个嘴巴极严的作者一句:江潭映月,都是你害的。

白惠将手中的袜子钩完最后一针的时候,已是夜里八点钟了,她的男人顶着夜色回来了。

"哟,完工了。"徐长风温笑着走过来,伸手拿起了妻子手心的袜子。

"嗯,你一会儿试试吧。"白惠站起身来,帮他解领带。徐长风眼角眉梢都荡漾着笑意看着他的妻子给他忙碌。

"以后有时间给咱们的孩子钩几双。"他语带调侃地说。

白惠脸上倏然一红:"这不是……还没有吗!"

"我们今晚再努把力,说不定就会有了。"徐长风的手落在了她的盈盈细腰处,带着一丝凉意的嘴唇吻上了她的微微敞开的唇瓣上……

这一夜,情人之间温柔无限,一早起来,白惠睡相慵懒,徐长风轻轻放开她枕着他手臂的头,下了床,白惠翻个身,拥着被子闭着眼睛眯着。

她听见他在接电话,迷迷糊糊地,听到他问了一句:"什么?"声音里满是吃惊。

接着是让人心头发紧的沉默。白惠睁了眼,担心地问:"怎么了?"

徐长风侧对着她的方向,捏着手机,穿的驼色睡衣,身形像被定住一般,脸上是死一般的沉肃。

白惠的心被捏紧了,"出了什么事吗?"

徐长风这才缓缓地回了头,眼神深沉而忧虑:"东城的项目出了事。我马上去看看。"

他说完,便动手解睡衣的带子,白惠跳下了床,裹着睡衣,帮他把西装拿了过来。

徐长风换好衣服就走了,白惠心惊胆战地呆在家里,看着他车子迅速开走,心被深深的焦虑缠紧。

东城的项目是徐氏这几年里倾心打造的形象工程,跟外商合作,注入巨额资金,伊长泽管理,徐宾亲自过问,并且经常过去巡视的。可是却突然间被人举报,说是公司使用了大量不合格材料,整个工程都被停工了。

白惠心头的不安越发浓烈,临近中午时,她给徐长风打了电话,询问事情的进展,那边气氛乱糟糟的,她的丈夫,声音低沉焦虑:"我回去再跟你说。"

她的电话就这样被挂断了,白惠的心弦被捏得死死的,她想象着这件事情所带来的可怕后果。

丈夫和公公都被逮捕,徐氏破产,她不敢想下去了。

第三十二章　风云突变

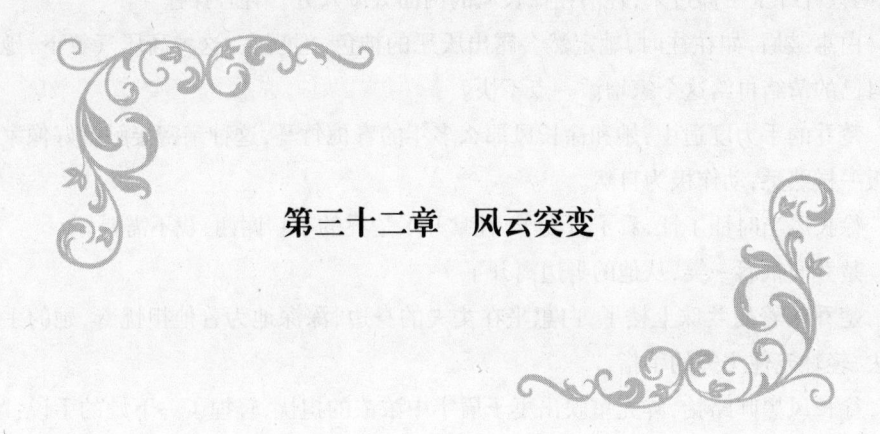

徐长风当晚并没有回来,白惠在家里坐立难安,网络上铺天盖地都是那幢楼和徐氏的负面报道,白惠坐在电脑前,全身冷汗淋淋。她在夜晚到来之前赶到了婆婆那里。

胡兰珠一脸愁容,扶额坐在沙发上,身旁立着的是楚乔,她正在轻言软语地安慰着胡兰珠什么。

白惠进去的时候,楚乔的眸光淡淡瞟过来,隐隐地透着几分得意。白惠忽略掉她的眸光,走向胡兰珠,担忧地叫了声:"妈。"

胡兰珠只微抬了眼皮,看看她,便又垂下了。

那天,白惠陪着胡兰珠在客厅里坐了一个晚上,同样留下的,还有楚乔,楚乔时而轻轻安慰胡兰珠,"伯母,您不要太过担心,事情会查清楚的。"

胡兰珠轻轻嗯了一声。

清晨的时候,徐长风才回来。

看到沙发上满是疲惫的母亲和妻子,又看到陪在母亲身边,被母亲的头依靠着的楚乔,他的眼中流露出一丝异样来。

白惠一听到丈夫的脚步声,便已经从沙发上弹了起来,几步奔向丈夫,他的眉眼之间锁满深深的疲惫。

"长风,事情怎么样了?"她满眼的担心,徐长风看看妻子,在另一面的沙发上坐下,"公安机关还在调查。"他扶了扶额,神色焦虑而疲惫。

白惠亲自去倒了水过来,递到丈夫的手中,"喝点水吧!"

徐长风接过,轻饮了一口。他便歪靠在沙发上休息。楚乔走过来,绕到沙发的后面,两只纤纤玉手伸过来,轻落在徐长风的两面太阳穴处。轻轻揉捏。

白惠皱眉,如在往时,她定然会露出厌恶的神色,但现在,这种高压气氛下,她不想自己的情绪再给这个家增添一点不快。

楚乔的手力度适中,她和徐长风那么多年的青梅竹马,这种亲密接触就好像家常便饭一样熟悉,动作极为自然。

徐长风当时怔了怔,看了看妻子,轻拿开了楚乔的手:"谢谢,我不需要。"

楚乔便抿唇一笑,从他的身边离开了。

楚乔陪着胡兰珠上楼了,白惠坐在丈夫的身边,深深地为着他担忧着,她的手伸过去,轻轻笼住丈夫的手指。

徐长风黑眸略抬,眸光里映出妻子眉宇中浓浓的担忧,轻捏了一下她的手说:"徐氏是清白的,爸爸是,我亦是。"

一连几天,徐长风都是早出晚归,忙忙碌碌,徐宾也是满眼忧心,一夜之间,似乎老了十岁。白惠很希望能为丈夫和公公做些什么,可是她又真的什么都做不了。只除了在丈夫半夜归来时,放好洗澡水。

这一天早晨,徐长风去上班,白惠在家里看书,徐长风的电话打了回来:"你给我找找,昨天那份计划书是不是落家里了。"

"哦,我去看看。"白惠边接着电话就边去了书房。昨晚从徐宅回来,徐长风曾在这里工作了好久。她在他的桌子上,抽屉里都找了个遍,也没有找到什么计划书的影子,便说道:"我打电话问问吴嫂,是不是落在妈那边了。"

"哦,如果有,你就直接打车给我送过来吧。"徐长风说。

白惠到了公婆那里时,家里只有女佣在,那份计划书果真被落在了这边的书房里。白惠拿着计划书准备离开,女佣说外面有人要找她。

白惠奇怪地看过去,外面停了一辆黑色的奔驰轿车,车门打开下来一个身形微胖的中年男子。

"是侄媳妇吧,这是徐夫人托我带的东西,麻烦你交给她。"那人说着就把一个包装精致的盒子塞到白惠的手中。然后转身就要上车。

"喂,请等一下。"白惠忙喊。

那人却头都没回地说:"请交给徐夫人就好了。"

"喂!"白惠追过来,但那车子却拐弯开走了。只有后面XXX569的车牌号一晃而过。

白惠打开了那个盒子,里面是两个不大的茶叶桶,她又拧开了其中的一个桶盖,里面是绿色的茶叶片,飘出一种淡淡的茶香来。她转身,将茶叶盒子交给了女佣,让她转交给胡兰珠。

虽然心里头对那个送茶叶的人很是疑惑,但白惠没工夫多想,而是匆匆地去了徐长风的公司。

然而女佣却把茶叶的事情给忘掉了,这样一连过了好几天,直到灾祸突然来临。

那天白惠将计划书送到公司,徐长风做完手边的工作就带着妻子从公司离开了。经过一家商场时,两人进去买了一些东西。然后挽着手臂,从里面出来。

迎面有年轻的父母推着一对婴儿走过来,婴儿红扑扑的小脸蛋,穿着同样的粉色衣服,是一对小姐妹,样子十分可爱。白惠忍不住多看了几眼,那对小娃娃其中的一个,对着白惠咧开了小嘴,笑了。白惠心里说不出的喜欢,竟是迈不动脚步了。

"长风,我们要是能生一对这样可爱的宝宝多好。"她不由说道。

徐长风这几天以来一直微敛着的眉宇微微舒展,轻笑了一声:"我们生的会比他们的可爱。"

他松开她的手,向着那对夫妻走过去:"能给你们的宝宝照张相吗?我太太很喜欢你们这对宝宝。"

他温笑,稍稍舒展的眉眼,已是俊朗非凡,那个母亲点点头,于是徐长风的手机对着那两个一模一样的小宝宝咔嚓咔嚓地按了几下快门。这几张照片被放大了挂在他们卧室的墙上。而后,他们也果真就有了一对双胞胎,只是世事弄人,一切都不堪预料……

几天之后,白惠正在家里给小风喂饭,手机响起来,她忙起身去接,电话里传来她男人很沉凛的声音:"马上到妈这儿来一趟。"徐长风的声音明显不对,白惠心头莫名地一跳。

"怎么了,长风?"

"你来了再说。"徐长风很快就撂了电话,白惠的心头突突地跳着,与此同时,手机又响了,白惠看了看,却是赵芳打过来的。

"白惠,你看没看到,你婆婆她……"

"她怎么了?"白惠心头蓦地一惊,手心不由捏紧。

"有人说,是你婆婆收了别人的好处,徐氏才用了不合格的材料……"赵芳的话让白惠惊得说不出话来。她连大衣都没穿,在外面拦了一辆出租车向着徐宅而去。

徐宅的大厅里站满了人。胡兰珠、徐宾、徐长风、黄家的人包括黄侠,还有楚乔、靳齐。白惠噔噔跑了进去,立刻感到所有人的目光都落在了她的脸上。

"白惠,你做的好事!"婆婆胡兰珠首先发难。

第三十二章 风云突变 *235*

白惠不明所以,只吃惊地喊了一声妈,胡兰珠已将一个盒子朝着她砸了过来。白惠惊颤着被那盒子砸中了肩头。盒子落在地上,里面滚出了两个不大的茶叶桶。

她捂着被砸得火烧火燎的肩头:"妈,我不明白您说什么!"

胡兰珠脸上的肉已经几近扭曲,一夜之间她从优雅端庄,善良得体的鼎鼎大名的徐氏董事长夫人,变成了贪财枉法的不法分子。她的心情难以承受,已经快要发了狂。

"你……你还有脸问!"胡兰珠指着白惠,手指都在哆嗦。

白惠吃惊莫名,眸光惊急地看向她的男人。徐长风的脸上笼罩着一层清晰的阴影,他沉沉地说了一句:"伊长泽向警方举报,说工程的事情和妈有关,是妈收了人家的好处。"

白惠吃惊之余仍是不明白,这跟她有什么关系,为什么说都是她害的,她瞪着那双担忧的眼睛看着她的男人。

"茶叶桶里面有一串东珠。"徐长风对着她缓缓开口。

白惠骤然吸了一口凉气,她并不知道那是一串什么样的东珠,但是那应该是只有古代皇家才有的东西,定是价值不菲了。可是怎么会……在茶叶桶里?

"你收茶叶的时候,就没有看到吗?"徐长风问。

白惠惊摇头:"我开过盖子,里面只有茶叶,我没有看见东珠。那个人说,是妈妈托他给带过来的,我就收下了。"

"你怎么不打电话问问?"徐长风沉凛了眉眼。

白惠张口结舌,她那时正赶着将计划书给他送过去。再说,她怎么可能想到,茶叶桶里会有玄机?

她只感到冷汗从脊背处冒出,一层一层地向外冒。徐长风没有再对她说什么,而是转向胡兰珠道:"妈,您先不要急,清者自清,妈没做过的事,别人硬安也安不上。"

楚乔道:"伯母,您先别急,一切都会水落石出的。"

白惠倏然抬头,看向那道高挑的身影,她正跟着徐长风将胡兰珠扶在沙发上坐下,而后清冷的眸子向她瞟过来,嫣红的唇角勾出讥诮不屑。

她忽然间转身向外走去。她记得那个车牌号的,她要去找那辆车子,那个人。她脚步噔噔地向外走,里面的人全都是满心焦虑,没有人留意到她,就连徐长风也没有。

或许他留意到了,也不想问她。

白惠出了徐宅,打了辆车,她要去哪儿,她也不知道。她记得那个人的车牌号,可是要去哪里才可以知道车子的主人是谁?

她跑去交通局问,可是跑了好几个办公室,都没有人答理她的要求。一晃天就黑了,交通局快要下班了,她男人的电话也打了过来。

"你去哪儿了?"那边的声音仍然阴沉。

"我在交通局,我要查到那个人是谁。"白惠说。

"谁用你去查了,马上回来!"徐长风有些恼怒地挂了电话。白惠的心一颤。她又从交通局出来,打了辆车回家了。徐长风的车子停在院子里,心情不好那车子也停得横七竖八的,横在了屋门口处。

徐长风正站在厅里面吸烟。白惠走到他面前,看着他一张沉凛的容颜:"长风,我不知道会这样,我真的没有想到。"

"你当然不会想到,就你那脑子,简单得可以。"徐长风掐了烟,深眸看向她,"你不想想,我们家里什么茶叶没有,还要托人带?再说,在这样的非常时期,你还敢随便收别人的东西!"

白惠听着他沉冷的言语,只默默地垂下头,牙齿暗暗地咬住嘴唇。她错了,虽然不是故意而为,但是事情是由她引起的,后果那么严重,什么惩罚她都认。

徐长风良久地看着她,然后转身向着楼上走去。白惠的鼻头倏然就是一酸。他可有恨她?视线渐渐迷蒙里,她看着那道顾长却漠然的身形消失在二楼的转角处。

胡兰珠被法院传唤了,同样被传唤的还有徐宾,徐长风也不能脱离干系,连日以来,他焦头烂额,母亲的恶名难以洗刷,父亲也处境堪忧,徐氏股票一夜之间暴跌,生意遭受前所未有的重创。

白惠在家里如坐针毡,却又什么忙都帮不上,只能每天看着她的丈夫疲惫地回来,又行色匆匆地离开。她知道,她的婆家人,恐怕都恨死她了,就连她的丈夫,她都不敢保证,他的心里没有恨她。

徐长风每日早出晚归,回来也是倒头就睡,要么就在书房里不知忙着什么。新年的脚步踏进了门槛,外面已是爆竹声声,可是徐家上上下下没有一丝喜庆的气氛。白惠几次想跟徐长风说话,问他公婆和公司的情况,可是他那深敛的眉目又让她望而却步。她知道渺小如自己,是真的没有任何能力可以帮到徐家的。

"长风,我包了你最爱吃的饺子,下来吃点儿吧。"她对着刚刚进屋的他说。

徐长风没有回头,只是说道:"你先吃吧,我饿了再吃。"他说完,就进了书房关了门。

白惠站在外面,看着那冰冷的门在眼前关上,心里只觉得说不出的难受。

"对不起,长风,都是我的错。"她在外面站了好久,书房的门才重又打开,她垂了头,心里头是说不出的痛苦和内疚,徐长风看见她时怔了怔,手掌轻扶住她的肩:"事情已经如此了,自责也没用。现在只希望,快点查出那个幕后黑手。"徐长风的声音透出几分无奈来。白惠的身形僵持了一会儿,看着他向着楼下走,她便也走了下去。

"那你替我跟妈说对不起。"她又说。

徐长风倏然转头,只深深看了她一眼,然后又转身离开了。

白惠看着那道颀长的身影渐渐消失在楼梯拐弯处,她便也迈开步子噔噔地下了楼。

她到了外面的时候,他黑色的身影正好隐没于车子内,她收住脚步,从挡风玻璃处,她看见了车子上的另一道身影。很模糊,看不分明,但她知道,那是楚乔。她的心底倏然一涩。

徐长风回来的时候已近午夜,身上有酒气扑鼻,她躺在床上,半睁了眼睛看着他脱去外衣,去洗澡,又回来上床。他躺下,带着一身的酒意,没有看上她一眼,身旁很快就响起了轻浅的鼾声。

她侧过身,看他躺在她的身旁,垂着黑而长的眼睫,看起来好像很累。她伸手到他的脸上,纤细的手指触到了他的长眉,又缓缓向下,碰到了他的鼻尖时,他的喉咙里发出了哼嗯的一声长音。然后呢喃了一句:"好累,睡吧。"

他咕哝着就翻过身去了。白惠看着他光滑的却也是淡薄的脊背,心底是深深的涩然。

天亮一起床,白惠就先给徐长风找了换洗的衣物放在了床头。他起得有点儿晚,显是昨夜喝酒的缘故。醒来时,看看表,便一下子坐了起来。

"怎么没喊我?"他边说边就偏身下床,声音里有埋怨。白惠忙道:"我看你很累的样子,就没喊你。衣服都给你找好了。"她将他的崭新的内衣递到他的面前。

他接过,穿上。

"这段时间,我一直都会早出晚归,你自己照顾好自己吧。"他边穿衣服边说。

白惠无声点头。

对于胡兰珠和徐氏面临的一切,白惠根本帮不上一点忙。因此,除了内疚,她就只剩下一颗想要随时为他做些什么的心。

"你吃点儿饭吧,早餐我做好了。"她说。

"不吃了,我没时间了。"他穿上最后一件衣服,就匆匆向外走去。

白惠听着车子的声响穿透窗棂划过耳膜,这已经是腊月二十九的早晨了。小风在拱她的裤脚,口里发出汪汪的叫声,她弯下身来将那小东西抱了起来。

"小风,你说我是不是很笨?"

她原本黑亮亮的眼睛染满了忧郁的神色,郁郁地问她的小东西。小风对着她叫了几声,竟是伸出舌头舔了舔她的手背,似是安慰,而白惠更愿意相信,那是认同。

下午,她去了徐宅,胡兰珠在家,但不肯见她,白惠在客厅里站了很久,最后心头落寞地离开。

　　她一个人漫无目的在街上走。路上的行人,脸上都带着新年的喜色,或者情人牵手,或者夫妻相伴,或者牵着小孩子,或者扶着老人,他们都是其乐融融地享受着人间最平凡的温暖。她举头看了看天,日色西斜,明天就是春节了。

　　眼前有人影匆匆走过,微胖的身形,中年的相貌,那张脸似曾相识,白惠脑中倏然划过一抹亮光,她撒腿便向着那个人跑去。

　　"等一下!"

　　她拎着包向着那人跑去,那人听见她的声音猛一回头,眼神中有惊慌一闪,继而又如常。

　　"做什么?"他冷冷地问。

　　白惠来不及喘粗气,忙道:"请问,是谁叫你那么做的,你为什么那么做!"

　　白惠绷了脸色质问。

　　那人脸色一沉:"什么那么做,我不明白你在说什么。"那人扭头迈开步子便向着自己的车子走去。

　　XXX569的牌号。

　　白惠眼看着他就要钻进车子里了,三步并做两步奔过去,一把扯住了那人的胳膊:"你站住!"

　　"你这个疯子!"那人恼怒,对着白惠猛地一推,白惠扯着他的手一松,扑通摔倒。那男人跨进车子,几个动作,汽车已经飞快驶离。

　　白惠摔在地上,手里的包脱手飞了出去,手掌都擦破了皮,下巴搁在了马路的牙子上,辣辣的疼。她伸手一抹,竟然流血了。她爬了起来,咬咬牙,招手拦了辆出租车。

　　晚饭仍是一个人,她也就没有胃口,因为年关,李嫂早放假回家过年去了,偌大的宅子里就只有她和小凤两个活物,剩下的就是那嘀嘀嗒嗒走动的钟摆了。

　　白惠没有心思吃饭,只一个人抱着小凤坐在沙发上,眼神游离。时间一分一秒地走过,她从倦意恹恹,到后来困意来袭,便靠在沙发上睡着了。小凤从她的怀里掉了下去,咕哝着趴在了她的脚下。不知道是几点的时候,有开门的声响传来,白惠微微睁了眼,她看到那道熟悉的身形正走进来。步子有些沉,有些微的酒气飘过来。她想站起来,但有些头晕,便在沙发上说了一句:"你回来了?"

　　"嗯。"徐长风的声音里透出几分疲惫,他换了拖鞋走过来,她也起了身,接过他脱下来的衣服,挂在衣架上。再一回身的时候,他有些惊讶地问:"你下巴怎么了?"

白惠伸手摸摸下巴处,那上面被马路牙子磕开了一个口子,不算长,但是她皮肤那么白,还是稍稍留意就可以看出来。时间过了好几个小时,那口子仍然很疼。

"怎么弄的?"他敛了眉问。

"不小心摔的。"白惠微微垂眸,此时此刻,她心幽幽,却是多么想,能够埋首在他的怀里。

徐长风的手轻握了她的下颌,眉宇深敛地查看她的伤口:"怎么这么不小心!还好只是下巴,如果伤到眼睛,那不就糟了吗?"

白惠抿了抿唇,心底一瞬间又潮又热,竟然只想哭。但是徐长风兜里的手机响了起来,清脆的铃音在这寂静的夜里十分响亮。徐长风忙掏了手机出来:"什么?好,我马上就到。"

白惠的心弦又倏然间绷紧。

"怎么了?"她担心地问。

"妈晕倒了。"徐长风脸上已经变了颜色,白惠心头猝然一跳,"我们赶紧去看看。"她忙伸手拿大衣,徐长风先行下楼,她锁门,两个人一起开车向着医院驶去。胡兰珠是因为血压突然升高而晕倒的,此刻刚刚被用过降压药物。

徐长风的车子开得很快,载着他的妻子到医院时,徐宾在妻子的身边,神色间布满焦灼。白惠看到徐宾,心里更感内疚。胡兰珠已经醒来了,正躺在病床上,白惠和徐长风一起走了进去。

胡兰珠一看到白惠,那张苍白着的脸立刻便又布满怒火:"你出去!"

白惠被胡兰珠突然间的怒目而视惊了一跳,那声还没有来得及喊出的"妈"字便憋在了喉咙口。她停住了脚步,颤声道:"妈,对不起。"

"我说让你出去!"胡兰珠呼呼的喘息,气火上涌。多年的董事长夫人,她一直是优雅的,从容的,淡定的,得体的,智慧的,世家名媛形象,可是现在,她的人生蒙上了污点,背负了莫须有的脏名。而给她造成这个污点和恶名的,就是她的儿媳妇。

她对白惠的恨自是可想而知的。

短短一个星期,胡兰珠形神枯槁,足足瘦了一大圈。鬓边竟然生了白发出来。白惠看得心酸,也越发地懊悔,她捂了嘴转身出去了。

迎面,楚乔走了进来,她一如既往清冷的眸光看看白惠,唇角勾了勾,不屑十足,从她身旁走了过去。"伯母,您怎么样了?"楚乔的声音在见到胡兰珠时而变得关切担心。

胡兰珠虚弱憔悴的声音喊了声"乔乔"。

白惠掩了门出来,从门上的玻璃向着里面看了一眼,她看到楚乔走到胡兰珠的床边,轻握了胡兰珠的手,半俯了身子,样子十分的关心亲切,而在楚乔的旁边便是她的男人,徐长风。两个人站在那里,竟然像是一对夫妻,儿子和儿媳。白惠心里倏然一涩,已是转头,心底涩然。

她想出去走走,迎面,悠长的走廊里又有人走了过来,一身的松柏绿,身材挺拔高大,却是楚潇潇。

"伯母怎么样了?"楚潇潇关心地问了一句。

"已经醒了。"白惠站住脚步说。

楚潇潇嗯了一声:"我进去看看。"他说完就向前几步进了病房。白惠一个人沿着楼梯慢慢地向下走,声控灯随着她的脚步而一个个地亮起。

她看着脚下似乎是漫无边际的台阶,心底荒荒的一片。已是后半夜,冷月高挂,天阶如水,凉意一阵阵地沁入骨髓。她却是浑然不知似的,站在住院大楼的外面,任着冷风吹。

徐长风的声音不知是何时响起来的,她的身形已经快要冻僵了一般,她出门时出得急,手机没带,徐长风在楼里转了一圈没找到她,才出来找。

"你怎么跑这儿来了,我找你半天了。打你手机也不接。"他的声音有些烦躁。

白惠想伸手拢拢大衣,可是手指僵了似的,关节处竟是不能回弯了。她发颤的手撑住了大衣的扣子:"我手机落在家里了。"她说话的时候,牙齿也跟着打颤了。

"快走吧。"徐长风伸手在她的腰处揽了一下,她便跟着他的步伐向着停车场走去。

远处,有车灯刺眼,一辆跑车开了过来,接着是高跟鞋嗒嗒的声响,楚乔已经向着那跑车走过去了:"风哥,我先走了,明天我再过来陪伯母。"

"嗯。"徐长风应了一声,楚乔便钻进了车子。车灯又是晃了晃,那辆保时捷转个弯开走了。

白惠呼吸了一口冰凉的空气,又跟着男人的身形向着他们的车子走去。他的步子很大,她有点儿跟不上,便加快了脚步,脚下便是扭了一下,她低叫了一声,他这才停下身形:"你怎么样?"

"没事。"白惠试图让自己回复正常走路的样子,但那只被扭过的脚踝不听话,她只能深一脚浅一脚地走。他便向她走了过来,伸手扶她,手触到了她的手,他怔了一下,那指间冰凉的温度让他心头一紧。不由大手攥紧,将那只冰凉的手裹在了掌心。他扶着她上了车子,拐个弯出了停车场,向着回家的方向驶去。

从仪表盘处,白惠看到闪着亮光的时钟,已是凌晨三点半了。她没有睡意,虽然车子的暖风打得很高,她的身形仍然有些发僵。是久冻之后的那种僵,最后就是浑身发热。耳朵处,脸颊处,双手处,又热又烧。怎么都是难受。到了家,倦意深深来袭,她把自己埋进了被子，徐长风也直接躺下了。他应该很累，这一天到晚忙忙碌碌，工作上的事情，家里的事情，一定是心身俱疲吧！她看看身旁的他，他早已闭上了眼睛，鼻腔里发出浅浅的呼吸，她又转头看看对面墙壁上那张放大的双胞胎照片，可爱的一对小女孩儿，那是她心底的期许，也曾是他的，现在可还是？

她的心底迷迷茫茫的。

天亮的时候，两个人都还在沉睡中。徐长风醒来的时候，他看到那扎在他怀里的蜷着身子猫儿一样的女人。她不知何时滚到他怀里的。从南方那个小镇回来以后，她慢慢地就养成了这样的习惯，睡觉的时候喜欢枕着他的胳膊，猫似的蜷着身子偎在他怀里。

他深邃的眼眸凝视着她，她的脸颊好像削下去不少，往日那俏生生的模样不见了，整天好像都郁郁的。他轻轻地将手臂从她的头下一点点抽了出来，又悄无声息地下了床，拿起要穿的衣服向外走去。

已经快九点了，爆竹声声辞旧岁，外面一片热闹。白惠仍然翻个身睡去了。她已经好久没有睡过一个好觉了。

他走时没有叫醒她，而是无声无息地出门了。车子里冰窖似的凉，他打着车子热了半天，才将车子启动，沿着小区处处落满爆竹红衣的街道驶了出去。

他没有去别的地方，而是去了……楚乔的家，去见他的父亲，楚远山。在这个时候，能帮上父亲母亲，能帮上徐氏的，也就只有楚远山了。

车子在楚家的电动门外停下，他按了按喇叭，立即便有人将院门打开了。他的车子驶了进去，找到一个安静位置停下，然后大步向着前面的一道人影走去。

楚远山一身对襟的中衫，正站在阳光充足的院子里打拳，舒缓的音乐在耳旁轻轻流动，他的身体四肢慢慢地推出收拢，安谧而悠然。

徐长风在他身旁站住了，他静静地看着楚远山打拳，在这个时候打扰他显然是不礼貌的，他不得不耐心地等待着楚远山打完那套拳。

"风哥，你来了。"楚乔穿着一袭宝蓝色毛衫就从客厅里走了出来，妆容精致的小脸上带着喜庆的样子。

"嗯。"徐长风原地没动，"我来找伯伯说点儿事。"

楚乔展颜一笑，眼睛清亮："我明白，我现在就喊他。"

"不用。"徐长风制止了她，"我等着吧。"

"哦。"楚乔看看徐长风又看看依然专心致志打拳的楚远山，没有说什么。

当音乐声缓缓收尾时，楚远山推出的双拳也缓缓地收了回来，轻舒了一口气，他站定身形这才回身，看向徐长风道："长风来了。"

"楚伯伯好。"徐长风道。

"嗯。"楚远山接过佣人递过来的毛巾,擦了擦脸,然后迈开腿进了屋。

徐长风随后也跟着进去了。

楚远山在沙发上坐下,对自己的女儿道:"乔乔,你先回屋,爸和长风有话说。"

"什么事我不能听,爸爸?"楚乔像个小女孩儿似的,露出一种撒娇的神态。

楚远山道:"你听这些做什么,赶紧该干什么干什么去。"楚远山对着女儿摆了摆手。

楚乔便看看徐长风,然后转身上楼去了。

楚远山道:"说吧,找我什么事?"

徐长风沉吟一下才道:"楚伯伯,我是为了我母亲来的。她是无辜的。"

"嗯,无辜不无辜不是你上嘴唇一碰下嘴唇就说明了的,现在,你母亲那里,有东珠为证。"楚远山端起眼前的茶杯抿了一口茶才道,"那东西据说标价一千多万。长风,你可以说不是你母亲做的,但是东西在呀!不管谁收的,不管是什么理由,东西在不在你徐家手里?"

楚远山意味深长的眼眸睨了过来。

徐长风眉心拢紧。

楚远山又道:"忙呢,我也不是不想帮……"楚远山左手食指和拇指搓了搓,说出的话已是意味深长。

徐长风微拢的眉宇深了几分。

楚远山又道:"长风,你是聪明孩子,乔乔喜欢了你那么多年,而你却娶了别的女人。徐楚两家,我们现在,毫无瓜葛呀!你说,你叫我凭什么理由来帮你?"

他说着,又伸手拍了拍徐长风的肩,语重心长地道:"有些时候呢,回个头,一切就都柳暗花明了不是?"

徐长风从楚家出来的时候,开着车子在冷寂的街头停下,掏出烟来燃上,连着吸了好几根。当他回家的时候,已是日色西沉。

白惠只看到他的脸色很沉,一声不吭地就上了楼,那一晚,他沉寂着躺下,又睡着。她也没有喊他,只是心里的自责和慌乱更重了几分。

今天是大年三十了,别人的家里喜气洋洋,团团圆圆,徐宅里却是异常的冷清。白惠拎着她用了将近三个小时才包出来的三种馅的饺子来看望徐宾。

徐宾正坐在客厅的沙发上,一手扶着额,神思萎靡。

"爸爸,我包了饺子过来,您吃点儿吧。"白惠说着就要打开餐盒。徐宾道:"爸爸现在还不想吃,先搁起来吧。"

第三十二章 风云突变

白惠的手臂僵了僵,将餐盒慢慢地合上了。

"爸,对不起,都是我的错,让妈妈背负了不该有的恶名,害惨了妈妈。"她难过地说。

徐宾缓缓地开口:"也不能全怨你。这明枪易躲,暗箭难防。有人处心积虑要害你,你是怎么防都防不过来的。"

白惠听着徐宾的话,心头说不出的难受。伊长泽该是一个怎么样奸佞的小人儿啊!明的,和徐家也算是有来有往,可是背地里,却是处处使坏。借她的手暗害胡兰珠,害徐氏于万劫不复。

除夕夜,就是在这种肃杀的气氛中度过的。

白惠就在徐宅的那间卧室里睡着了,徐长风不知是几时进来的,在她身旁和衣躺了。他从未有真的埋怨过她什么,可是他整日的焦虑和无形中的淡漠,却无疑是比骂她,还让她难受的。

"妈,我带了饺子过来。"今天是大年初五,俗称"破五",今天是要吃饺子的。白惠费尽了周折才能来到胡兰珠的病房。

她将一盘盘的各式饺子一一摆在胡兰珠眼前的小型餐桌上。胡兰珠只吃了几口,就吃不下去了,手里的饭碗对着白惠抛了过来。

"都是你!"

那饭碗砸在白惠的身上,乓啷掉到了地下,饺子撒出来,四处滚去。白惠的心口怦然一跳,右臂处火辣辣的疼。

全场都是一片死寂。

徐宾急道:"兰珠,你别激动!"

胡兰珠神色十分暴躁,此时又是捂了眼睛,有泪掉下来:"叫我怎么活嘛……"

白惠心底涩然,眸光又是向着她的男人瞟过去,他的眼睛笼在碎发的阴影中,微垂了眉眼,看不分明。

"兰珠!"耳边忽然响起徐宾惊急的喊声,白惠猝然抬头,只见胡兰珠牙关紧闭,身子却已然向后仰去。

徐宾挨得近,忙将妻子的身形揽住,徐长风也已长身而起,一把将母亲抱住,"妈!"

徐长风回来的时候,白惠正在厨房做饭。这一阵时间,她没有叫李嫂过来,因为她大半时间都想一个人在家里,清静着。油烟的味道好像比什么时候都刺鼻子,她忍不住总想吐。一道菜炒完,她终是忍不住,穿着围裙就向着洗手间跑。客厅里面不知何时多出了两个人。楚乔神色悠闲地站在客厅里,而徐长风正往楼上走。见到突然间跑过来的她,楚乔秀眉微挑,徐长风则道:"我回来取点东西,晚上可能不回来,不用等我。"

他说完迈开步子噔噔上了楼。不一会儿,又折了下来,白惠自始至终没有来得及说话,直到那两个人的身影快要消失在客厅外面的时候,她的胃里一阵翻滚,恶心劲儿又上来了。她忽然间就呕起来。

她一手紧紧地捂在胃口的位置,一手扶了楼梯的扶手,细细密密的汗珠布满了额头。

"怎么,我就那么让你恶心吗?"楚乔忽然间回了头,神色间布满气恼。

白惠想说什么,可是胃里翻腾得厉害,哇的一下子,终是吐了,楚乔捏了鼻子,尖叫了一声,转身跑了出去。

徐长风向着她走过来,神色不悦:"你怎么吐了?"

"忽然间不舒服。"白惠声音有些无力。

徐长风看了看她身上黄色的围裙,又道:"不舒服,就不要干活了。这一阵儿,我少不了和乔乔在一起,你忍一下吧,别再弄出什么让人误会的事情出来。"

他低低地说着,白惠的脸上一下子刷白,他认为她是有意给楚乔难堪的。她脸上仅有的一点儿血色抽去,就那么地看着他。

他的神色缓和下来:"去看一下医生吧!你脸色很差。这几天我没空陪你,自己照顾自己。"他说完,便又匆匆地走了。

白惠的手臂扶住了楼梯的扶手。从客厅的玻璃门,她看到,徐长风为楚乔打开了副驾驶的门。两个人钻进车子,黑色的车子开走了。

她阖了阖眼睛,心头涩涩的难受。

这一夜,徐长风仍然是在医院度过的,一早,白惠被袁华的电话叫醒,白秋月胸闷,出不来气已经送去医院了,白惠立即就下了床,匆匆地奔去了医院。

医院里人满为患,根本没有床位,白秋月虚弱地躺在医院走廊里临时支起的活动床上,白惠心头焦虑万分。

她掏出手机想打电话给徐长风,可是号码没有拨出去就被她挂断了,这个时候,他,一定忙得焦头烂额,她的拨出键没有按下,犹豫了一下又按掉了。她又拨了黄侠的号码,可是黄侠的手机一直没有人接,末了接通了,却是一个女人不耐烦的声音:"喂,你找谁?"

年轻女人的声音明显是黄侠的那些小情人。白惠手机收了线,感到一种深深的无力。

走廊里人来人往,连心脏监护设备都放不下,白惠心头又是说不出的着急,细细的汗从她的额头鼻翼处窜出来。

"白惠,赶紧给徐长风打电话呀,你妈这样呆在这儿也不是办法!"袁华催促白惠。

白惠心头紧了紧,她打起精神,想给徐长风打电话,但是号码都按完了,那个拨出键却是迟迟按不下去。现在的他,她怎么忍心打扰呢?正犹豫的空儿,已经有道爽朗的声音响起:"哎,你们这是怎么了?"

竟然是楚潇潇的声音。白惠猛然抬头,但见楚潇潇一身军装走过来,身边还跟着一个同是军装的年轻人。

那人跟着他一起站在了白惠的面前。

白惠的眼前倏然就是一亮,此时此刻,楚潇潇无疑就是能帮助她的人。但是他是楚乔的弟弟,这个事实让她把将要说出的话又是咽了回去。

楚潇潇已然看出了端倪:"这病人是你亲戚吗?怎么呆在这儿?"

"她是我母亲……"白惠已经快要哭了。

楚潇潇一听便道:"我去看看有没有空床。"他说完就匆匆走了,回来的时候,身后还跟着一个穿白大褂的男子。

"刚刚有人办理了出院手续,请跟我来。"那男子说话很客气,白惠立即便走过去推母亲的床。

白秋月一直是昏昏沉沉的状态,身边发生什么,她并不很知情,而且也没有力气说些什么,任着她的女儿和丈夫推着她向前走。

楚潇潇的手搭在了床头的扶手上:"我来吧。"白惠让开由楚潇潇来推着那床向前走。

病房在二十层,楚潇潇和袁华一起将白秋月推进了电梯。白秋月只是用一双迷蒙的眼睛看着楚潇潇,而后又闭上了。病房到了,白惠跑过去将房门给开大,然后又看着白秋月被推进来,放到床上。

一切安排妥当,白惠才对楚潇潇道:"谢谢你,楚潇潇。"

"不用客气,有事打电话给我。"楚潇潇说。

白惠嗯了一声。楚潇潇离开了。白惠目送他的背影渐渐消失在走廊的尽头,这才回身重又进屋。

黄侠的电话打了过来,她接听。

"哎嫂子,你找我啊!"黄侠的声音微微气喘。

白惠道:"哦,已经没事了。不好意思打扰到你了。"

"没有没有。"黄侠忙道,"我刚手机没带身上,没有事就好。"他松了一口气,只是打了会儿球的工夫,白惠打过来四五个电话呢,他倒真怕耽误了什么事。合上手机,一双一向风流不羁的眼睛立时布满阴鸷:"老子电话你也敢接!真把自己当根葱了是不是?"

黄侠大手啪的一拍眼前的玻璃桌子,桌子上的高脚杯子立时晃了晃,里面绮红的酒液洒了出来。桌子的另一面,那个打扮入时的俏女郎被他阴鸷的神色骇了一跳:"黄少……"

"黄少是你叫的吗!滚!"黄侠拾起眼前的盛满酒液的杯子对着女子便泼了过去。女子被那绮红的酒液泼湿了一脸,也泼湿了崭新的粉色裙子,却是不敢言语。连擦都没敢擦,便拿起桌角上放着的名牌手包逃似的走了。这个人平时看起来是一团和气,十分随和,黄少黄哥,怎么的都行,但是千万别触了他的底线,不然,那个女人的好日子也就到头了。

黄侠边向会所外面走还边郁闷着。开着车子到了公司,大大咧咧地把车子就横在了公司大门处的台阶子下面。然后走进公司大厦。

"周逸晓!"他原本很好听很爽朗的声音变得有些烦躁在总裁办公室里传出来。他的秘书便马上开门出去了。

"周逸晓!周逸晓!"秘书边向着公关部走边喊,"周逸晓你又怎么得罪老板了,你快点出来!"

这一早上周逸晓的眉心处直跳,给那家伙的办公室做卫生都做了快一个月了,每天那家伙都会想点儿花样刁难她,不知今天又要做什么!

她皱着眉,硬了头皮向着黄侠的办公室走。

"这是什么啊!"黄侠修长的手指,食指和中指之间竟是夹了什么在眼前颤呀颤的,周逸晓定睛看过去,却是一根长头发捏在他的指尖。

黄侠挑了长眉,几分调侃,几分玩味,几分微愠地道:"你就这样做卫生的?做完了还留下自己的长头发,知道的是你,不知道的还以为我黄侠把小情人带办公室来了呢!"

周逸晓脸上的肌肉有些抽搐:"对不起,黄总,我现在就把它扔掉。"她走过去,伸手去拿黄侠指间的长头发。黄侠却手指轻动,将那根细细的头发丝在指头上绕住了。漂亮的眼睛一眯,俊颜却向着她拉近了几分:"再罚你做一个月的卫生!"

周逸晓差点儿骂娘:"那不行,黄总,你说了一个月的。"

"可是你的卫生不合格。"黄侠不让步。

"只是一根头发。我捡掉就好了嘛!"周逸晓嘟囔。

"哦,砍了一个人的脑袋,再给粘上就行了吗!"黄侠眼一沉。

周逸晓心里堵得慌,这个人明显地没事找抽型。忍不住道:"你是老板,你说做就做吧!"
　　她暗自骂了他一句,啪的就拍门出去了。
　　黄侠瞪了瞪眼睛,真是个九零后,小脾气就是个爆。

第三十三章　看不见的纱

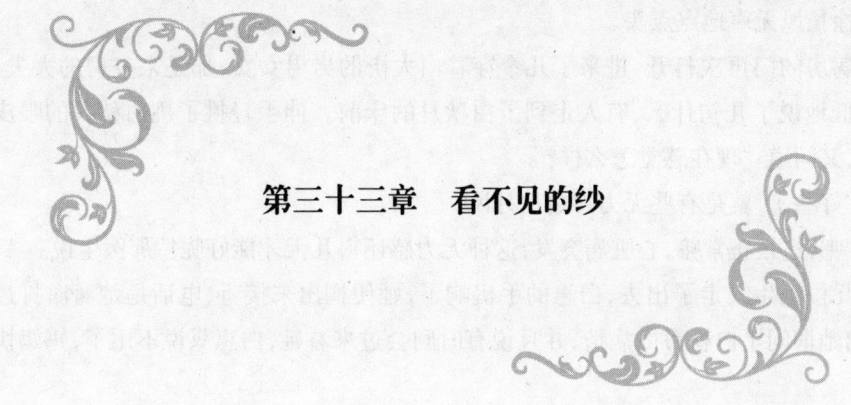

白惠在母亲的床边守了大半宿了,夜色深沉,四周十分寂静,白秋月时而醒来,时而又睡着。母亲睡着时,白惠便静静地想心事,想她和徐长风,想婆婆胡兰珠,不知怎的,又想起了自己的亲生父亲。他,会是谁呢?

半宿没能安宁。约摸午夜一点钟的时候,手机响起来。她怕吵到母亲,早把铃音调成了振动,此刻便轻轻地走到了外面去接听。

"你在哪儿,怎么没回家?"是徐长风的声音,带了一种听得出来的焦急。

"我妈病了,我在医院守着她。"白惠低声说。

"什么病?严重吗?"那边的人立即说道。

"心脏病,已经没事了。"

"哦,那我明早去看她。"

徐长风的电话挂断了,白惠迟迟地站在走廊里。良久才推开了病房的门。

天色渐渐亮了。白秋月醒来,气色好了一些:"惠呀,回家去歇着吧,一会儿叫你爸爸过来就好了。"

"妈,我在这儿陪着您吧,反正我也没事做。"白惠对母亲笑笑,在这里对着母亲,起码不用回家面对着冷冰的四面墙和压抑的空气。

病房的门被人推开了,徐长风走了进来:"妈怎么样了?"

"已经好多了。"白惠说。

白秋月道:"我没事了。长风,你妈妈那里怎么样?她身体可好些?"

"嗯,好些了。"一提到母亲,徐长风神色间便又是无形中笼上了一层阴影。

"长风啊,你劝着你母亲点儿,不要太过上火,恶人总是有恶报的,只是时候没到。"白秋月说。

徐长风无声地点点头。

病房的门再次打开,进来了几个穿着白大褂的男男女女,那是来查房的大夫,他们低低地说了几句什么,有人走到了白秋月的床前。伸手轻挑了挑白秋月的眼皮看了看,又问道:"现在感觉怎么样?"

"好些了,就是有些无力。"白秋月说。

"嗯,这很正常嘛,心脏病突发,这种无力感还得几天才能好呢!"那医生说。

几位医生又走了出去,白惠的手机响了,她便掏出来接听,电话是楚潇潇打过来的,向她询问了白秋月的病情,并且说有时间会过来看她,白惠只说不用了,妈妈快好了。

电话挂断,她抬头,迎上那来自于徐长风的凛冽锋芒,他正气息凛凛地盯着她。

"楚先生,楚潇潇?"

白惠无声默认。

徐长风神色很沉,但是在白秋月的面前,他心里有什么激烈的冲撞也还是控制住了:"你出来一下。"他说完便转身向外走去。

白秋月担心地看向女儿,白惠垂眸向外走去。

"为什么不给我打电话,却打给了楚潇潇?"徐长风回身,凛冽的气息将她团团包裹。

"他正好碰到,不是我打的。"白惠说。

徐长风半晌盯着她低垂的眉眼:"白惠,别告诉我,你和楚潇潇之间还有什么瓜葛。"

"你!"白惠觉得眼前的他难以理喻。"我和楚潇潇光明正大,反倒是你。徐长风,你能分得清,自己是为了母亲和徐氏,还是有意要和楚乔接近吗?"

徐长风一双深眸狠狠地盯着她,盯了好半晌的时间,忽然间就一伸手捉住了她的手腕子,凛冽的气息将她包裹:"你知不知道自己在说些什么!"

白惠的眼瞳里闪了闪:"对不起,算我说错了话。"

徐长风缓了声线道:"知不知道,自己的丈母娘生病住院,别的男人却比自己先知道,那是什么感觉!"

白惠眼睛里闪出泪光:"你一直忙,为你母亲的事情奔走,可我却一点忙都帮不上。你一直那样冷漠,让我不敢接近。我给你打电话,我号码拨了好几次,可我怎么拨得出去!"白惠眼睛里亮亮的,嗓子眼儿里堵得难受。

徐长风依然紧紧地盯着她的眼睛,但是良久,却缓了声道:"你是我妻子,我希望你能够安安稳稳地呆在我的羽翼下,我也不是故意冷落你。"他的大手托起了她的下巴,嘴唇贴过去,在她柔嫩的唇瓣上咬了一下。丝丝灼灼的疼让白惠的心头一阵战栗。

徐长风走了,白惠一直目送着他的身影远去。

白秋月的身体已经基本康复,白惠给母亲办了出院手续,送她回家,安顿好母亲,她又去了胡兰珠最爱去的那家谭家餐馆。她已经好几天没有去看过胡兰珠了,她买了胡兰珠最爱吃的两个菜,然后直接去了婆婆那里。

徐宅笼罩在一片看不见的阴沉和肃穆中,白惠拎着餐盒在门口处迟疑着,要不要进去。胡兰珠见到她,一定会发火。她正迟疑的时候,有车子驶进来,是她男人的宾利。车子停下,徐长风和楚乔走了下来,看到站在门口处徘徊的妻子,徐长风怔了怔。

白惠走过去,手里拎着两个餐盒:"这是我刚去谭家菜炒来的,妈爱吃的菜,你给带进去吧!"

徐长风接过,似乎想说什么,但却没说。白惠转身离开,走出几米远的时候,身后有声音传过来:"我送你吧。"

白惠的脚步一顿,徐长风走了过来,白惠没有说什么,任着他从她身旁掠过,径直走向那宾利,白惠迟疑了一下,跟了上去。只是,她坐在了车子的后厢。他也没说什么,车子无声发动,带着一种淡漠驶了出去。

一路上,两个人都沉默着,像是隔着一层看不见的纱。只是他的电话响过两次,不知是公司哪位经理打来的,他的神色变得很沉,而后又是一言不发。说不出的沉寂和压抑让人有一种透不过气来的感觉。

车子在自家的楼外停下,白惠开门下车,他的声音才响起来:"明天一早我去上海,那边的项目出了点事,你自己照顾自己吧!"他说完便掉转车头走了。

白惠的心头倏然一凉。她久久地站在那儿,她知道,她和他之间,已经不光是楚乔的事情了,胡兰珠的事情已经像一道无形的沟渠横在了她和他的面前。

推开房门,一种说不出的冷寒空寂便扑面而来,暖气早已停供,而春日的暖还停留在中午。一到了晚上,屋子里分外的凉,白惠裹紧了大衣,坐在沙发上。伸手将茶几上放着的那对双胞胎的照片拿了起来。多么可爱的一对小宝宝。

恍似是做了一场梦,她和他那些温存,竟然都在一梦醒来,而变成了过去。

林晚晴手里提着红枣莲子粥走进来:"嫂子,我就知道你一个人在家。"

"晚晴?"白惠很惊喜,在这个冷寒孤寂的时刻,林晚晴的到来像是冬日吹来的一丝暖风。

林晚晴笑道:"这是我自己熬的粥,你尝尝。"她将餐盒放在了客厅的茶几上。白惠本来胃口恹恹,此刻因着林晚晴的缘故,便好像有了几分的食欲。

那粥熬得的确好,浓稠有度,红枣和莲子一红一白,淡淡的香气缭绕,一闻让人便有了食欲。白惠拿起餐盒中附带的小勺子,往口里送了一勺:"嗯,挺好吃的。"

得到白惠的夸奖,林晚晴一张小脸上露出几分得意的笑来,美滋滋地道:"嫂子要是爱吃,以后常常熬了给你送过来。"

白惠道:"别,天天带个孩子,你已经够累的了。"

"呃……"白惠话未说完,胃里的东西突然间就冲了上来,一下子就到了喉咙口。她匆忙间掩了嘴,起身飞快地冲向了洗手间。

"嫂子,你怎么了?"林晚晴慌慌张张地跟了过来。白惠正趴在马桶上,狂呕。

红枣莲子好像都没消化似的从胃里涌了出来。她呕得额上冒出细细密密的一层汗来,连后背都潮潮的了。林晚晴担心地过来,轻抚她的背。白惠呕完了,胃里好受了一些,喘息着,一手按动马桶的按钮,水流哗哗地涌出。

"嫂子,你怎么了?"林晚晴满眼担心。

白惠道:"最近一直这样。"她走到盥洗盆前,拧开了水喉,洗了把脸,她又抬头看着镜子中蜡黄蜡黄的一张脸,心里头有个念头闪了出来。

而此时,林晚晴道:"嫂子,你那个……多久没来了?"

白惠的心弦登的一颤。最近的一段时间,她每日都在惶惶不安中度过,月经好像好久都没来了。上次来是几号来着?她发现,自己的记忆好像也断弦了。

"嫂子,你不会是怀孕了吧?"林晚晴又提醒了一句。

白惠的心头簌然一跳,怀孕,她怀孕了吗?

她的手,僵硬地落在平平的小腹上。怀孕了吗?她似是好久都没有回过神来,就僵立在盥洗盆前,左手一直覆在小腹上。那里面,平平静静的,没有任何生命的迹象,会有一个小生命在孕育吗?

"嫂子,我陪你去医院检查一下吧?"林晚晴又说。白惠点头。两个人很快就到了医院,挂了妇诊,验了尿,又照了个B超,巨大的惊喜也随之而来。

"小妹妹,你怀的可能是双胞胎!"照B超的大姐眼睛盯着B超屏幕,已是忍不住笑着说道。

白惠的大脑中乍然闪过白光一道。

"双胞胎,真的吗?"她一下子坐了起来。

"哎哎,别动!"那大姐手中的B超仪还在她的小腹处游走,此刻忙喊了一声。

白惠立即又躺了回去。

那大姐道："从显示上看是的。不过现在还太小，两个月之后你再来照一次，到时候会更清晰一些。"

"嗯嗯。"白惠连连点头。

妇产医生和那位照B超的大姐所说大致相同，白惠的指尖捏着那张妊娠诊断书，莫大的欣喜像潮水一般将她团团包围。她感觉自己好像要飞起来了，她的眼睛里闪烁着亮亮的星星。连林晚晴都感染了她的喜气，惊喜地道："嫂子你真能啊！一下就能怀了两个，哎呀，我都羡慕死了。"

白惠只咯咯地笑，这些日子的压抑，这些日子的惶惶不可终日，终于在这一刻拨云见日，她的心情是无限的雀跃，眉梢眼角全都是笑。

她兴冲冲地拉了林晚晴的手两个人向外走，外面阳光普照，今天真的是个好天气。她边走边拨着徐长风的电话号码，现在的他，应该很高兴听到这个消息吧！但电话迟迟没有接通。她皱皱眉，将手机放进了包里。林晚晴出来已经很久，保姆打电话说小开心在找她，催她回去，林晚晴便和她告别，匆匆地走了。白惠打了辆车回家，一路上，她都沉浸在即将当妈妈的喜悦里。她想象着，他看到那张孕检证明的时候，该是什么样的表情，会不会脸上的沉默烟消云散？她又想象着自己肚子日渐隆起，两个小东西在里面伸胳膊蹬腿的样子，甚至想到了以后，她和他，两个人一人抱一个宝宝出去散步的样子。多么温馨啊！

砰的一声。马路对面传来的巨大声响将她脑中一幕幕温馨的画面打得粉碎。她的目光忙望向车窗的外面，只见右侧前方，一辆黑色的小轿车的引擎处直直地插进了一辆货柜车的车尾。

天呢！那是司机惊呆的声音。白惠的眼睛已经直直地定住了。

鹰形的车标，熟悉的车牌号，她的心弦在剧烈的冲撞中，猝然失了节奏地狂跳。她一把拉开了出租车门，向着那黑色的车子飞跑而去。

"长风，长风，是你吗？"

警笛轰鸣声中，经过的车辆相继被堵在了宾利的后方，人们从四面八方围拢过来。白惠拨开迅速聚拢的人群，绕过宾利的车尾，她的两只手拼命地拍打着驾驶位的车门处："长风！长风！"

他不是去上海了吗？他怎么会在这里呀？怎么会出事呀？她的心被一种强烈的不安紧紧地揪住，她的呼吸有些困难，但仍然两只手用力地拍打着，拉拽着车门。"长风！长风！"

一辆辆警车驶过来，警戒线被迅速拉起，有人过来拍白惠的肩膀："请马上离开！"

"不，我丈夫在里面，不，我不走！"白惠用力挣开了那个警察。

宾利的车门早已变形,根本就打不开。她连拍带拽,手指和手掌全都麻木了,那门仍然闻丝未动。警察不知用了什么工具,将宾利的车门打开了,白惠心跳加速的同时,却又被眼前的情形惊得直直地呆住了。

徐长风的身子俯在副驾驶的位子,他的左臂撑住了副驾驶的车门,右掌抱住了副驾驶的车座,满头鲜血,黑色的西装上,血迹斑斑。而在他的双臂形成的包围圈里,一个女人静静地坐着,发丝微卷,神情惊骇,却毫发无伤。那是楚乔。

白惠的手里还捏着那张妊娠诊断书,身体已被死死地定住了。

楚乔,楚乔。他在生命最紧要的关头,用自己的身体护住了她。

白惠的身体发颤。

车门打开的时候,那个满头鲜血的人,动了动,他缓缓地将自己的身子拉开了与女人的距离,深眸向着这边望过来。白惠看到那双熟悉的眼睛,那里面带着几分迷茫,带着几分惊疑不定,他看向了她。两个人的目光就那样相碰了。

白惠的眼睛里满满的全是震惊和惊疑,而他,就那样望着她,眼睛似是凝住了。

救护车在尖锐的响声中驶来,医护人员分开人群抬着担架匆匆而来。白惠僵硬的身体被人推到了一旁,她看到,有人将满头是血的徐长风从车子里扶了出来,血水滴滴答答地从他的头上,往下淌。

医生给徐长风做完紧急包扎,把他放到了担架上。他伤到了头,神志似乎并不清晰,没有再看她一眼,就被医护人员抬走了。

她的目光追随着他那躺在担架上的身影一直和楚乔一起消失在救护车里。她的眼前早已迷蒙一片。剩下的事情她不太清楚了,只听得耳边有嘘声一片:"这个男人好伟大啊,用自己的身体保护妻子。我要是嫁个这样的老公,我早死十年我都愿意呀!"

白惠的大脑混混沌沌的一片。只记得,好像是被人从事发现场给推了出来,然后是那个出租司机叫她上车。

她却对那个司机说:"师傅,请带我去他们去的那家医院,受伤的人是我丈夫。"

她到医院的时候,徐长风已经被推进了手术室。他的头部进了玻璃,需要清创,而楚乔,也被送去诊治了。白惠守在手术室的外面,心头麻麻木木的,不知是担心,害怕,还是太过震惊,她浑浑噩噩的,几乎不知所觉。

徐宾几乎是和楚潇潇同时赶到的。徐宾脸上神色惊急不安,而楚潇潇,身上还穿着那身松柏绿的军装没有换下,神色也是担忧焦急。

"白惠,长风怎么样了?"徐宾焦急不安地问。

白惠摇头:"他的头受了伤。"她低着头,沉浸在那巨大的震惊中,他说他去上海出差,那么是去了,已经回来了,还是根本没去呢?

他用自己的身体保护他的情人,完全都没有想到过自己吗?她的手,无意识地落在自己的小腹处,那里,有她的两个宝宝,她和他的宝宝。

徐宾没有再问她什么,而楚潇潇对着徐宾说了句什么,又看了看她,便急急忙忙地奔着自己姐姐的病房去了。一个小时后,徐长风才被人从手术室里推出来。那个时候,黄侠,靳齐,清致夫妇都来了。靳齐只安慰了徐宾几句,就去了楚乔的房间,而黄侠和清致夫妻脸上都是担心的神色。

清致道:"到底怎么回事啊?哥怎么会受伤呢?嫂子,你看到哥的时候,哥怎么样啊?"徐清致扯着白惠的衣袖问。

白惠只茫然摇头:"我不知道,他只告诉我,他去上海了。"

清致似是因她的话感到了吃惊,大大的,挂着泪珠的眼睛看着她,许久,却松开了扯着她衣袖的手,默默地退回去了。

手术室的门打开,医护人员推着徐长风出来了,身边的人都围拢了过去。白惠也颤颤地站了起来。

她看到徐长风躺在那张临时的担架床上,头上缠满了纱布,那张俊逸的脸颊上,血痕点点,衣服上,也被血水染红。

徐宾见状,心底大恸,他颤颤地走过去,攥住儿子的手:"长风啊,这是怎么回事呀?"

"我没事,爸爸。"徐长风已经清醒了,除了麻药让他的伤口不再感到疼之外,他的神志算是清明的了。

他的深眸向着人群后面,他的妻子的方向望过来,他没有说话,只是看着她一双失了神的,惊疑和心痛交杂的眼睛,许久,他收回了视线。

白惠的心里说不出的一种凉,他竟是连话都不和她说,在这样的灾难过后,他就没有话要对他的妻子说上一句吗?她眼看着徐长风被人簇拥着推去了病房,她在原地站立了好久,直到匆匆赶来的小北唤她嫂子,她才清醒过来似的,跟着小北一起向着那间病房走去。就在楚乔病房的隔壁。

徐长风神色很疲惫,他闭着眼睛,头上缠满纱布让人看了会心颤。

"你们都不要告诉你妈。"徐宾嘱咐了一句。清致点头。

白惠的神情仍然有些呆滞,她看向她的男人,他眼睛微合,眉尖微拢,似是疼痛侵扰。白惠神情默默地看着他,他的心里究竟埋藏了多少的秘密啊?他告诉她,他去上海出差,可是他和楚乔在一起。

一干人都围在徐长风的身边问长问短,楚潇潇也来了,徐长风偶尔地会应一声,更多的是沉默。白惠没有听见他们都说了些什么,只是脑子里乱纷纷的。

直到清致安慰性地握她的手:"嫂子你不用太担心,医生说哥的脑子不会有问题的。"白惠默然点头。

"白惠呀,你留在这儿照顾长风,"徐宾临走时说。白惠便坐在了徐长风床边的椅子上。他合着眼睛,时而眉尖处就蹙紧。那疼一定是侵入骨髓的。

白惠一直默然无声地坐在他的身旁,他的眉尖颤得厉害,可是他并不曾发出一声呻吟。她喉间涩得厉害,起身向外走去。

有渐近的脚步声传来,是去而复返的黄侠:"嫂子,你怎么站在这儿?"

白惠忙回身,她看到黄侠温和的面容,她涩然笑笑。黄侠站在白惠的身旁,高大的身影没有了往日的痞里痞气,神色很严肃。

"根据警方提供的资料显示,风哥的车是在那货柜车毫不知情的情况下,硬撞过去的。也就是说,责任一方是风哥。可是风哥那时在想什么?开了那么多年的车,怎么会好好地往人货柜车上撞呢?"黄侠神思间疑惑重重。

白惠听得心头一震。他那时在想什么?

她的手禁不住又抚上了小腹的位置。黄侠推开门又进去病房里看了看,出来时对白惠道:"嫂子,我手机二十四小时开机的,风哥有什么事你就打电话给我。"

"我知道了。"白惠被黄侠的热诚感动。

黄侠走了,白惠在外面又站了一会儿才又推门进了病房。看着那一张失了血色的脸,这就是夜夜睡在她枕边的人,他为了保护别的女人,而伤成这个样子。她的心里有疼,有愤,也有大片大片的迷茫。

她慢慢地削着苹果,水果刀慢慢地转动,苹果皮缓缓地变长,在刀子的转动下,变成个螺旋状的条子,掉在她的手背上,又滑下去。

"啊……"

刀子从苹果上滑了下去,正好削在她的手指上,纤细的十指立时血流如注。十指连心的疼让她低叫了一声,苹果从手心滚落,刀子坠地,她的右手紧紧地捏住了左手的食指。

她的手腕被眼前伸出来的大手攥住了:"怎么这么不小心!"一直合着眼睑躺在床上的人,此刻竟是坐了起来,满眼复杂的神色,攥着她的手。

白惠呆呆地看着他,那双大大的眼睛里盛满了幽怨和疑问。徐长风的目光收回,似是躲闪,另一只手已是从身旁的纸巾盒里抽出了干净的纸巾,轻轻裹在了她流血的手指上。白惠的眼泪簌簌地掉下来。她咬了唇,将受伤的手指从他的手心抽出来,起身向外走去。

已是夜里,高等病房区很安静,白惠站在走廊尽头的窗子前,望着外面,路灯依稀照亮的街头。手指上的疼依然尖锐,她的心却是麻麻木木的。

她一直在外面站了好久,手指早已不再流血,她渐渐地僵了。又过了好久,她推开病房的门,她看到他依然躺在那里,头上纱布依旧,身上盖着被子,微合着眼睛。她进去的时候,他没有睁眼。她在床铺对面的沙发上轻轻地躺下了,就这样,过一晚吧!

天是不知何时亮的,她的全身都很酸,沙发自然不比床铺,况且她有孕在身,说是睡了,而其实也就是半睡半醒的状态。她起身的时候,身上有东西滑下去,却是一条被子,何时盖上的,被谁盖上的,她不知道。

卫生间有哗哗的水声,徐长风从里面出来。白惠看到他洗了脸,头上的纱布微微沾了些水,而他却是浑不在意似的,又走回了床边。他站在床边找到手机。电话是打给小北的,"给我送干净的衣服过来。"他说。

白惠一直等着他打完电话,才缓缓开口:"可不可以给我个解释,你去上海,是真,还是假。"

徐长风缓缓侧眸,深黑的眼瞳向着她这边望过来:"假的,我没去。"他说着,便伸手到病号服的兜里找烟。但他似乎忘了,他现在穿的是病号服,里面没有烟。他便有些烦躁地走去了窗子处,两手叉在腰间,黑沉沉的眼睛看着外面车水马龙的街景。

"为什么骗我?"白惠仍然低垂着眉眼,而声音却已然发颤。

"临时有事耽误了。"她的话换来他这样的回答。

"是和楚乔在一起?"白惠又颤颤出声。

长久的沉默后徐长风点头:"是的。"

白惠的手不由得又是颤颤地抚上了小腹的位置,这里面有一双宝宝,一双他的宝宝呢!她咬了咬唇,感觉身上又是潮潮的,一层层的汗沁出来。

小北在这个时候敲了两下门进来了,他的手里拎着一个崭新的手提袋,里面是徐长风的衣服。

"老板,衣服带来了。"

徐长风回身走过来,将里面的衣服掏出来,白惠咬了咬牙道:"小北你先出去。"

小北听了疑惑地看看白惠,又看看他的老板,唔了一声,转身出去了。白惠仍然没有看向她的男人,而是压抑着心底强烈的闷涩之感,一字一句道:"你把我,置于何地?"

"我始终都把你当做妻子。"徐长风从小北的手提袋里掏出香烟来给自己点上,脱下身上的病号服,露出顾长的身体,崭新的白色衬衣被穿在了身上,接着是黑色的西装。

"不过现在,我们离婚吧!"他平静地说出了下面的话。白惠当时被懵住。

"过几天,我会送离婚协议给你。"他沉静地说完,便向外走去,眼睛里已经再没有她这个妻子。

白惠的心口涩然,她合了合眼睫,身体无声地靠在了门板上。

第三十四章　从此是路人

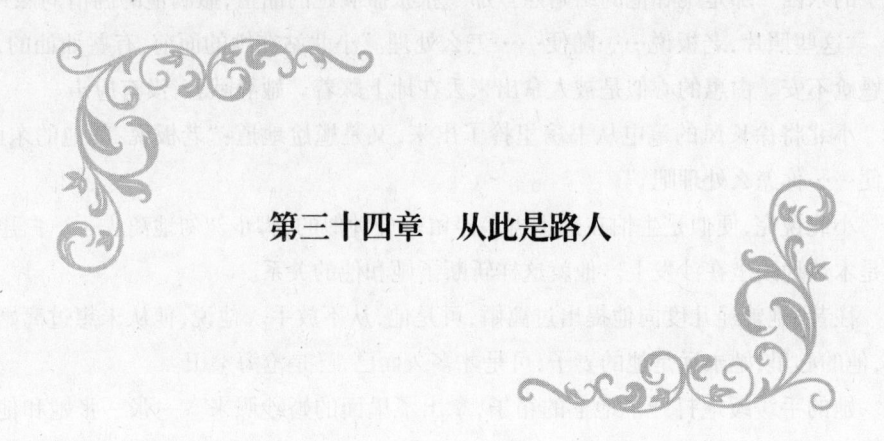

从那一天开始,白惠没有再见过徐长风和楚乔。她把自己关在了房间里,不知饥渴,不知晨昏。李嫂总是用担心的眼神看着她,虽然她并不想吃饭,她也会为她准备饮食,而后,为了肚子里的孩子,她勉强自己去吃那些东西,可是,味觉像是罢了工。

车子的声响传入耳膜,视线里,是熟悉的牌号,熟悉的车身,一个男人从车子里下来了。他穿着黑色的西装,笔挺,却是一身肃寒,而后,她看见他迈步进楼。

门锁转动的声音响过,熟悉的脚步声渐渐走近,她听到一声淡而低沉的声音:"这是离婚协议,你签了吧!"

他黑色的身影站在她的面前,她转过身来,看到他一身的淡薄肃冷。眉眼依然是那双眉眼,脸仍然是那张脸,可是那种冷漠的气息却是让人的心生出荒漠一般的感觉来。

他说话的时候,将手中的纸张递过来。白惠迟疑一刻,伸手接过,指尖颤颤的,那一刻,心底已然碎了一片。

"房子你住着吧,所有的东西都是你的,明天我会让小北给你送支票过来。"他冷淡的声音像一把把无情的剑在她心头穿过。他说完,却是已经转身,离去。

白惠的手里捏着那张已经拟好的离婚协议,她的心在无形中碎裂,如残花一般飘落。

如他所说,房子和东西都是她的,另加一张八百万的支票。下面签名处,徐长风三个字力透纸背,却也冰冷到发指。

白惠发现自己连眼泪都没有了,她拿起了签字笔在下面也签上了自己的名字。

转天的一清早小北就来了,带着他给她的支票,所谓的赡养费,也顺便带来了一箱子的东西。那是她和他的结婚照。那一张张撒满她的甜蜜,撒满他的温情的照片。

"这些照片,老板说……随便……怎么处理。"小北站在她的面前,有些讪讪的,十分尴尬不安。白惠的心似是被人拿出来丢在地上踩着。她静默着,没有应声。

小北将徐长风的笔电从书房里拎了出来,又是尴尬地道:"老板说,其他的东西,随便……你怎么处理吧。"

小北说完,便似是生怕在这里再多停留一分钟似的,脚步匆匆地离去了。白惠几乎是木然地跌坐在沙发上。他就这样斩断了她和他的关系。

往昔,她曾经几度向他提出过离婚,可是他,从不放手。他说,他从未想过离婚的事,他的心里,她永远是他的妻子,可是才多久而已,已是沧海桑田。

她的手缓缓地打开了地上的箱子,拿出了里面的婚纱照来。一张一张她和他的合影,记载着婚姻最初的甜蜜。她看着照片上那张年轻的,单纯到几乎是不谙世事的脸,她柔肠百结,眼泪滴落。曾经自以为是的幸福,终于化为泡沫,她的婚姻以伤痕累累告终。

她从茶几下面将剪子取了出来,翻开她和他的婚纱照相册。黑色红把的剪子缓缓地伸进照片里,指尖捏紧,咔咔的声响传来,一张一张装帧精美的照片被剪了下来。她的眼泪也随之一颗颗地滴落。她的一张张甜蜜的脸,他的一张张温柔的俊颜,在她的剪子下化成了碎片。

"我徐长风今日与妻子白惠系下同心锁,一生一世,永不变心。如若变心,让我天打雷劈!"言犹在耳,声声敲击她的心房,可是才多久而已,一切,都似残花落叶,流水无情而去。

"百年好合,永结同心"声声誓言敌不过这世道的无情,白惠脸上晶莹的泪珠潸然滚落。

几天之后的徐氏高层会议上,徐宾主持完会议,是徐长风讲话。小北调成振动的手机有电话打进来,是徐长风个人账户开户的那家银行。因为他的账户都是小北在打理,这个电话也便打到了小北的手机上。又是十余分钟,会议散去,人们相继离开,徐长风仍然坐在椅子上,神思沉沉。

"老板,那张支票……"小北拿着手机欲言又止。

"什么?"淡淡的声音低而疲惫。

小北吃惊地道:"我刚接到了银行的大额转账提醒,那张支票被嫂子捐到福利院了。"他边说边紧张地盯视着老板的神情。

徐长风疏朗的眉目,眉心微微拢起。半响才淡淡地道:"知道了。"

他说完,便已然站起,拉开椅子,向着会议室的外面走去。

林晚晴推开那间公寓的门时,一种尘土的味道飘荡而来。房子还是那所大房子,家具也还是那些家具,可是无论是家具还是地板,都是落着清晰的一层尘埃。傍晚的霞光里,一道纤瘦的身影站在窗子前,神情漠漠,不知在想着什么。

"嫂子。"林晚晴喉头哽住了,她吸了吸鼻子走到白惠的身旁,执住了白惠的手,"嫂子。"她抱住白惠的肩,失了声,"怎么可以这样!你还怀着孕呢!"

相比于白惠的外表温柔,内心坚韧,林晚晴似乎是更加脆弱的那一个。她搂住白惠的肩膀,安慰的话没有说出来,自己的眼泪却先掉下来了:"什么破男人啊,怎么可以这么狠心……"

林晚晴呜呜咽咽的,一种身临其境的痛苦和对白惠的心疼让她说不出的难受。

白惠只伸手轻抚了抚林晚晴的秀发,在这个女人面前,她虽然不大,可也永远要像个大姐姐。

"我没事,晚晴。"她的手指轻轻地拭去了晚晴腮边的泪滴,又说道:"我会好好的,把我的孩子们生下来。"

"嗯。"林晚晴点头。

这所房子,有她太多的不堪,她已经不想再住下去。白惠收拾了自己所有的东西,在一个早晨离开了,她在离研究生班很近的地方重新租了一所四十平米的房子。

早晨起来时,精神有点儿不好,研究生班的课,已经落下了十余节了,她要是再不去,恐怕连考试都通不过了。

她下了公交车,向着学校的方向走。她现在连工作都没有,只除了一所大房子,就剩下肚子里的孩子,她已经好久不敢打车了。虽是早晨,但街边上,却也有乞讨人的身影,她看着那个衣衫褴褛,头发蓬乱的老人,心生怜悯,不由得走过去,打开手包,从里面拿了一张五元钱出来:"给。"

她把那钱递到了老人的手中,老人接过连声说谢谢。白惠却看着那蹒跚走开的身影,不由得有些难受。不远处,一辆黑色奥迪车缓缓滑过,车上的男子,微拢了眉看着那道熟悉的身影。她看起来是那么善良的一个女人。

楚潇潇神色间有些迷茫。嘀嘀的喇叭声催促着他快点离去,他便将车子提了速,从那所大学的附近驶了过去。

一个上午过去,白惠有些精神不济的感觉,怀孕的女人是绝不能跟一般人比的。她从学校里走出来,在大学附近的一家饺子馆找了个位置坐下,要了两种馅的饺子,慢慢地吃着。

门口处有人走进来，三个男子，当中就有楚潇潇。白惠是听见那爽朗清亮的声音时，抬头望过去的。

楚潇潇也看见了她，微怔，继而点了点头，和同伴在白惠不远处的位子上坐下。

她低头继续吃着饺子，但是胃里总是不好受，白惠很郁闷，很愁，这种呕吐的感觉要何时才能消退。

天不知何时就下起了雨，细细密密的。白惠起身付了饭钱，拿着包向外走。雨势越来越密，雨点噼里啪啦地打下来。她没带雨具，饭店门口也没有出租车停下来，她低头看了看自己的小腹，她穿着宽松的韩式长衫，身子又瘦，肚子的隆起几不可见。她伸手摸了摸，眼前的雨势让她有些犹豫。

"上我车吧。"耳旁有微沉却温和的声音传来，楚潇潇已经从身旁走了过去，大步迈入了雨中，接着是那两个同来的男子。

白惠犹豫了一下，楚潇潇的黑色奥迪已经缓缓滑了过来，副驾驶的车门被他打开了。白惠迟疑一刻，用包挡着头走了过去。

楚潇潇的神色很温和，但没有往日的那丝痞气。下车的时候，白惠说了声谢谢，然后，用包挡着头，向着教室走去。他看着那道纤瘦的、碎花裙子的身影走远，他的视线缓缓收回，这才开车子离去。

大雨越下越密，徐长风站在落地的玻璃窗前，看着外面的雨势迷茫。

他的身形依然笔挺，他的脸颊仍然俊朗，他的相貌依然斯文儒雅，但是那双眼睛，却是流露出一种微微的犀利来。

办公桌上的手机响起铃声，他半晌才走过去，看看上面那跳动着的熟悉的号码，他敛了眉，轻轻接起："乔乔。"

"风，你晚上过我这边吧，爸爸回来了。"

"……好吧。"徐长风沉吟一下点头。

大雨中，黑色的宾利向着楚家的方向驶去。徐长风下了车子，没有撑伞，径直走进楚家的大厅。

楚远山就坐在客厅里，水晶吊灯的光芒照亮整个大厅。楚远山坐在沙发上，慢慢地品着茶。楚乔见到他的身影已经走了过来，亲热地挽了他的胳膊："风，你来了。"

"嗯。"徐长风应了一句。

楚远山微抬了眼帘："你们婚礼的日期选得怎么样了？"

徐长风道："已经找人去选了。"

"嗯，乔乔是我们楚家唯一的女孩儿，也是我楚远山最心爱的女儿，长风啊，你要好好待她。"楚远山的声音不紧不慢，不疾不徐，却无形中透出一种不容抗拒的威严。

徐长风微微敛眉:"我会的,楚伯伯。"

"嗯,那就好。"楚远山又道:"乔乔,叫你弟弟下来,我们开饭吧。"

楚乔应着向着楼上走去,楚远山却又不疾不徐地缓缓开口:"别跟我要什么心眼,你现在的心思并不在乔乔的身上,但如果你对乔乔不好,我敢说,徐氏永远都不会再有翻身的机会。你该知道,以我的能力要想打压你徐氏,还是不会太费力的。"

徐长风的眉心陡然一凛,深黑的眼瞳有异样的愤怒涌出来,但只是须臾,却道:"我知道,我会对乔乔好的。"

他对着楚远山一笑,楚远山疏朗的眉眼也缓缓地浮现出笑容:"你明白就好。"他的手臂拍了拍徐长风的肩。

楚潇潇和楚乔从楼上下来了,楚远山吩咐厨房开饭。

徐长风从楚家离开时,已是夜里十点钟。雨势渐收,淅淅沥沥的雨滴拍打着车窗。黑色的宾利在街边缓缓停下,他向后靠去,指间燃起一根烟,慢慢地吸起来。

白惠研究生班的课程继续着,她想,她恐怕最多再坚持这半年,就得申请休学了。从家里出来,还没等往着小区外面走,就有车子滑过来,红色的小跑车,炫目而高贵。楚乔下车的同时,将一兜子东西扔了下来。

"这些东西都是你的,别脏了我们未来的新房。"楚乔拍拍手,像是刚才提过多么肮脏的东西似的。

白惠低头看去,那兜子里掉出来的,却是自己曾经的一些衣物。当初她住在徐宅那边时,这些衣物一直放在那边,签离婚协议时,小北只拎了她和他的结婚照过来,而现在,她的东西都被楚乔像扔垃圾似的丢了过来。

看着自己的衣物散了一地,白惠的脑中突然间一涨,血液迅速地冲向了头顶。

楚乔笑得讥诮得意:"灰姑娘就是灰姑娘,能变成公主的,只是童话。"

她轻笑着上了车子,红色的限量版玛莎后倒,转弯,一团火焰似的开走了。

白惠不知道楚乔怎么样找到自己住址的,只是一颗心收紧。旁边路过的人们议论纷纷,把她当成了破坏人婚姻的小三,都对着她指指点点。

"嫂子。"那天林晚晴也在,她亲眼目睹了这一切,心疼加愤怒让她声音发颤。

"别叫我嫂子!"白惠胸口一阵阵闷堵传来,她有一种上不来气的感觉。她蹲下身,手指发抖,慢慢地一件一件地捡着地上散落的衣物。

林晚晴也蹲了下来,帮她捡着。所有的衣物又被收进了兜子里,白惠拎着转身向着楼上走去。

林晚晴看着她纤细孱弱的身影走进那简陋的房间,她只觉得说不出的难受。这么温柔又善良的女人,怎么会有人那么忍心欺负她?

"晚晴,你多大了?"白惠将手里的东西放在地板上,才问。

林晚晴道:"快二十六岁了。"

"嗯,我也是。你几月?"白惠唇角扯了笑出来。

林晚晴道:"我七月,你呢?"

"嗯,我六月。叫我姐吧,别再叫嫂子。"

"我知道了。"林晚晴点头。

"姐你别太生气,你肚子里有宝宝,气大了,对宝宝不好。"林晚晴担心地说。

白惠轻扯了扯唇角:"我懂。我怎么可以拿别人的错误来惩罚自己?"

她的面上闪过苦涩的笑,心底有多么的痛,只有她自己才知道。

林晚晴从白惠那里离开,一颗心愤愤难平,她直接坐车去了徐氏。噔噔进了公司大厦,看见前面有个熟悉的身影,她便大喊了一声:"徐长风!"

徐长风正被几个秘书和助理簇拥着往着电梯里面走,林晚晴的喊声在身后猝然响起,他的脚步登时便停下了。他缓缓扭身,看向身后跑过来的女人。林晚晴微微气喘,脸上一片奇异的红:"徐长风,你还是不是男人啊,白姐的肚子里还怀着你的孩子呢,你就纵容楚乔去欺负她!"

她边说边抹了一把眼泪,声音里哭腔浓浓:"她怎么也做过你的妻子啊!你这忘恩负义的家伙,你就一点夫妻的情分都不念吗!"

她边抹着眼泪边说。徐长风深黑的眼瞳在这一刻,有阴影缓缓地落下。林晚晴的质问像是炸雷在他头顶滚过,那一刻,空气好像凝固了。他的眼中闪过深深的震惊,可是继而又落下了深深的阴影,那种神色,让人看不懂。林晚晴说完,胸口的愤懑好像减轻了,她抹了一把眼睛,转身就走了,脚步匆匆的,含满幽愤。

"老板?"小北的心头倏然收紧,此刻担心地看向他身旁的男人。徐长风的神色似是从老远处收回:"走吧。"他长久地沉默之后说了一句。

这一天里,小北看到他的老板,神色如常地开会,接见重要客户,只是在傍晚的时候,他自己拿了车钥匙开车走了。

一连两天,白惠总是有一种浑身无力的感觉,她知道,那是来源于楚乔的那一场刺激。她只感到深深的无力,不管是身体上,还是心灵上,她都觉得好累。一天过去,从学校出来,她沿着马路向着公交站走,有车子滑过来。炫目的红色跑车,很招摇很拉风,车窗缓缓滑下,一张女人的戴着黑超的脸露出来。楚乔对着她轻弯唇角:"忘了告诉你,我和风的婚礼,定在今年国庆节,喜上加喜。"

很好听的女声沾了几分得意之气,白惠淡淡敛眉,没有答她,继续往前走。楚乔的声音又从身后递了过来:"到时我会给你送请柬过来的。"

"不用了,楚小姐,你和他,你们都去死吧!"白惠只觉得自己真的是忍无可忍了,先是楚乔把她落在徐宅那边的衣服都扔过来,现在又故意跑过来让她难堪。白惠感觉自己就像是一只任人揉捏的面团似的,咬牙一回身,她忍不住对着楚乔吼了一句。

楚乔立即就愣住了。她自然想不到如小白兔一般任人宰割的白惠,竟然也会这样对她吼,兔子急了会咬人,白惠就属于那只急了的兔子。

楚乔精致的小脸上,神色变了变,白惠那么一嚷,过往很多的人都听到了,好奇的目光望过来。楚乔多少算是有身份的人,脸面比什么都重要,被白惠这么一诅咒,脸色先是涨红,又是发青。"我们走着瞧吧!"她咬着牙丢下一句,便合上车窗愤愤地离开了。

白惠站在那里,出气都粗了。她深深地呼吸着,她真想对着天空,对着世界对着那两个人大声地吼:你们都去死吧!都去死吧!

她用力地吸了吸鼻子,伸手在小腹处抚了抚,孩子,别像妈妈似的生气,你们一定好好的。

手离开小腹,她又从包里掏出了手机出来,拨下了那个熟悉到骨子里的号码:"徐长风,告诉你的未婚妻,别再来骚扰我!我不会去参加你们的婚礼,你们怎么样,和我都没有关系!"白惠越说,声音越是难掩的激动。委屈、愤怒、屈辱充斥着她的胸腔,她说话的声音到后来就几乎是无法控制的发颤了。

那边的电话已经挂了,徐长风还陷在久久的呆怔里。他坐在宾利的后厢里,好半响才将手机轻合。小北的声音却是从驾驶位处传来:"老板,嫂子太可怜了……"

徐长风沉默着,眼睛里有着让人看不清的深邃。他只是将手机放在了车位上,掏出一根烟来,咔的燃了,慢慢地吸了起来。

已是夏季,街头的景色正好,花红树绿,人影翩翩。白惠没有回家,而是走进了不远处的一处街心公园。她找了个安静的位置坐下来,伸手又抚了抚小腹。那个电话打过之后,她心底的郁闷好像得到了一丝舒解,不再那么憋闷了。她神思游离地看着远处草坪上,一个小孩子在跌跌撞撞地从地上站起来,追逐着奔跑远去的小球,咯咯的笑声,远远地传过来,清脆而欢快。

白惠的手在突起的小腹上,抚摩着,她的孩子们,就是她最大的精神支柱了。

她在那里坐了好久,直到夜色降下来,她的手机也同时响了起来。

"嫂子吗,呃不,白惠,我是黄侠。那个……你现在在哪儿啊?我在你家门口,按门铃没人应声。"黄侠的声音从手机里传出来。

"什么事,黄侠?"在白惠的心底里,黄侠应该就是她这几年婚姻里,所认识的,最最干净的人了。

"哦,我有几张音乐会的票,给你吧。我记得你跟我要过,你好像挺喜欢这方面的东西。"黄侠说。

白惠沉默了一下:"谢谢你。"在这个时刻,还能惦记着她的人,恐怕也就只有黄侠了。她又低头看了看小腹处,孩子们,你们想听吗?

"那个,你在哪儿呀?我直接给你送过去吧!"不叫嫂子,黄侠显然是一时之间真不知道该如何称呼白惠。

"我在黄山路的公园。"白惠说。

黄侠的车子在二十分钟之后到了,他下了车直接走向了站在街边的白惠。暮色笼罩中,她的身影纤瘦又孑然,让人看了会忍不住心疼。

"上车吧,我送你回去。"黄侠温声又爽朗地说。

白惠嗯了一声,弯身钻进了他给打开的车门里。黄侠把她送到了家门口,才离去,白惠捏着那几张音乐会的票,低头看了看,才上楼。

转天的晚上,她打电话给赵芳,又约了林晚晴,现在的她,也就这两个知心的姐妹可以相陪了。

林晚晴虽然和她只差一个月,但是却好像把白惠当成了姐姐似的,有一种依赖。而赵芳,那是她多年的姐妹淘了。

不能不说,那场音乐会多少给白惠带来了一些心灵上的愉悦,而且,她觉得,这也是她的小宝宝接受胎教的好机会。林晚晴还抱着小开心,几个人在一起,倒真挺开心挺愉快的。音乐会一连三天,黄侠给了她全套的票,而且位置都很好。赵芳是火辣辣的脾气,对这种好像很高深的东西一向兴趣不大,她只是陪着白惠而已。林晚晴和白惠性子相似,共同点倒是比赵芳多。两个人听得很沉醉,而赵芳便是哄着小开心玩。她嚷嚷着说,她也该生个小孩子了,这东西真好玩。

她一句话把白惠和林晚晴同时说乐了。

林晚晴说:"你要是真生了,你就该知道这东西不光是好玩,他还好累人。"

白惠便摸摸自己的肚子,她的小宝宝是两个,是不是比小开心要累人得多?

第三天的时候,赵芳没来,她说耳根都生茧子了,要去你们去吧。白惠不由得失笑。

白惠和林晚晴坐在那个位置极佳的地方,轻松的音乐舒缓了人的神经,白惠觉得自己肚子里的小宝宝好像被唤醒了似的,她竟然感受到了胎动,很清晰很清晰的胎动。

她不由得叫道:"晚晴!"

林晚晴正往口里送了一粒杨梅,扭头看她,白惠的手,落在小腹处,神情间一片惊讶和难以置信的喜悦:"晚晴,你摸摸。"

林晚晴一听,立即把手伸了过去,小心翼翼地覆在了白惠的腹部:"哎,在动诶,真的在动。"林晚晴好像比白惠还要激动,两只大大的眼睛里全是喜色。

白惠的眼睛里亮亮的,一片晶莹。她笑着,眉梢眼角全都是惊喜欣慰。她伸臂轻轻抱住了林晚晴:"晚晴,我真高兴。"

"嗯,嗯,我也高兴。"晚晴说。

林晚晴回家时,小开心已经睡着,她的男人正在洗澡,她直接和衣躺下了。靳齐从洗浴间里出来,身上围着浴巾,看见他的妻子时,凛了凛眉:"你这一天上哪儿去了,开心找了你好久。"

林晚晴翻了个身,背向着靳齐没有说话。她的男人,还有那个叫做徐长风的男人,他们都是一样的薄情啊!

"我问你话呢!"靳齐听不到她的回答,加重了声音喊。

林晚晴这才说道:"去听音乐会了。"

"音乐会?"靳齐拧眉,"听那东西做什么!你是一个有家有孩子的女人,你应该好好在家里带孩子。"

林晚晴撇撇唇:"你也是一个有家有妻子的男人,你也不应该天天往另一个女人那里跑!"

她的话一说完,便立即感受到了来自头顶处的凛冽阴鸷,她的心头立时跳了跳,而她的衣服已被人一把揪住了。她被迫地转过来面向着他。

靳齐一脸可以杀死人的阴鸷之色:"你早知道的,我爱的是另一个女人,是你自己同意嫁给我。现在觉得委屈了吗?"

林晚晴颤了颤唇角,眼眶有些发热:"是的,我委屈了,我不甘了,我后悔了,我不想再这样过下去了!"林晚晴狠狠地擦了一把眼睛,"靳齐,我后悔了,我想离婚了。我不想再过这种行尸走肉的日子了!"

"好好好!"靳齐咬牙,眼中的阴鸷更盛,"后悔了是吧?想离婚了是吧?你走啊,走得越远越好!把孩子给我留下,你滚得远远的,滚啊!"

最近的靳齐,那本就冷的脾气可以说是一触即发。以往的他,冷是冷,但是脾气却也不会轻易撒的,但是这些日子不同了,他爱的人,要结婚了,不是和他。所以这些日子,他的那张一向扑克一般的脸上,经常是阴霾不断。家里的佣人都避着他走,就连林晚晴都是离他远远的。可是今天,她忍不住了,她就不明白,靳齐,怎么会喜欢那样一个女人,恶毒,狠辣。徐长风,怎么会抛下温柔善良的妻子,而娶一个心思阴沉的女人。一股子翻涌的气息在她体内不停地乱窜,她忍不住就跟靳齐喊了出来心底的压抑。

可是靳齐回以她更加决绝的话语,让她的脸上一瞬间变白,她的身子颤得厉害,终于是从床上站了起来,向着外面飞跑而去。她噔噔地下了楼梯,又跑出靳家的院子,向着马路上奔跑。

她受够了,真的受够了。以前的她,年纪轻,不懂事,不知道嫁给一个不爱自己的人,会经受什么样的痛苦,可是她现在知道了。她也受够了,她不要再承受了。她跑了出去,沿着夜色下的空旷街道,飞跑。

时间一分一秒地过去,已是午夜,靳齐心底的火渐渐淡去,心底便隐隐地出现了几分不安来。他躺在床上,可是没有睡意。这些日子的抑郁,被一种潜意识里的隐隐的不安慢慢取代。他躺在那里,却是翻过来,又掉过去的,难以入眠。

早晨,小开心醒得比谁都早,小嘴里呀呀地叫着妈妈,边叫边向着这边的主卧室走过来。

"小少爷。"保姆过来抱他,他却是挣扎着不让抱,"我要妈妈。"

儿子的声音清晰地传入了靳齐的耳膜。靳齐的心紧了紧,他翻身下了床,向着外面走来。

"开心。"他拉开了卧室的门,看到自己的儿子正在保姆的怀里扭动着小胖身子。

小开心听见靳齐的声音,亮亮的眼睛看了看他,却是说道:"妈妈,我要妈妈。"

靳齐走过去,伸臂抱儿子:"来,爸爸抱。"

小开心扭着小胖身子躲开了:"不要。"

他挣开保姆的臂膀,颠儿颠儿跑进了主卧室里,可是里面空荡荡的,没有一丝母亲的气息,也没有母亲的身影。小开心站在那张大床边开始咧着小嘴大哭:"妈妈,我要妈妈,妈妈……"

靳齐见状,只得过来哄:"乖儿子,爸爸抱,爸爸抱你出去玩啊。"

"不嘛,我要妈妈,我要妈妈。"小开心在父亲的怀里拼命地扭动小身子就是不让靳齐碰。

靳家老爷子和老太太听到孙子的哭声,都上了二楼,匆匆地走了进来:"哎哟,我的小祖宗,这又是怎么了?"靳老太太目光在房间里扫视了一圈,没有见到儿媳妇的身影不由得急道:"晚晴上哪儿去了?"

靳齐没有应声,保姆道:"少夫人,昨天晚上……跑出去了。"

"跑出去了?哎哟,这个女人呢,又发什么疯,连儿子都不要了吗?"靳老太太气得骂:"开心啊,来奶奶抱。"她伸手来抱孙子,小开心躲闪着,咧着小嘴大哭:"不嘛,不嘛,开心要妈妈。"

靳家便在孩子的哭声和靳老太太的不知所措,又心疼的鸡飞狗跳里过了一个整天。

林晚晴没有去白惠那里,她不想再半夜吵到白惠,她一个人在街头漫无目的地走着。也不知道走了多长时间,走了多远的路,后来,就靠在一处门面的大门处睡着了。

她不知道那是什么地方,只是累极了,难过极了,就靠着那个大门,坐在台阶子上睡去了。

天色渐渐放亮,有好奇的目光向着她望过来,将她围住:"哎,这儿睡着个人呢!"

林晚晴的头疼得厉害,微微睁了眼,她看见面前已经围了好几个路人。一位西装革履的男子从人群里走了出来,那人长得斯文,俊朗,奇怪地看着她:"小姐,你没事吧?"

林晚晴揉了揉眼睛,从台阶子上站了起来:"我……没事。"

"哦,"那男人笑笑,"如果你实在累了,就进来坐吧,别坐在那儿了。"男人一笑很温和,像一阵暖风似的,吹过了林晚晴的心田。

林晚晴哦了一声,也就在这时,她才发现,自己呆的地方是一家公司的门外。规模好像没有靳家的公司大,但也算中等。那男子轻推开了大门,走了进去,又转身对她道:"进来歇会儿吧。"林晚晴迟疑了一下,竟然就走了进去。

此时,时间尚早,公司里还没有员工,只有保安模样的人对着那个男子喊了句:陈总。

林晚晴跟着那个男子来到了一间似是会客室的地方,男子从饮水机里接了一杯热水递给她:"喝杯水吧。"

晚晴接过,捧在手心。虽然现在已进夏季,但是一晚上睡在外面,也不会很暖和,坐在凉凉的台阶子上,背靠着玻璃的大门,她浑身都很不舒服。

她捧着那杯热水,搁手心里捂着。男子在她面前的沙发上坐了下去,修长的身形慢慢地靠向沙发,一条长腿慢慢地跷了起来,神色很温和地看着林晚晴。

这是一个看起来三十岁多一些的男人,眉眼温润俊朗,眉梢眼角有细碎的纹路在他微笑的时候慢慢地舒展开去。这是一个能够让人静下心的男人。

林晚晴微垂了眼睫,昨夜靳齐的怒吼在脑海中浮现,她有一种心灰意冷的感觉。

"怎么,和家里人吵架了,所以跑出来,露宿街头?"男人神色仍然很温和地问。

林晚晴喉头顿时就是一噎,眼圈处一下子就红了。所谓家丑不可外扬,林晚晴心里难受,却也不能把自己心里的苦水跟这个萍水相逢的男人诉说。

"呵,我叫陈光修,是这家公司的老板,你要是有什么需要我帮忙的,就说出来,或许我可以帮到你。"陈光修双手交叉在胸前,温声地说。

林晚晴看了看陈光修,这是一个多么温润的男人呀!她咬了咬唇道:"我没什么,谢谢你。"她将手里的杯子放在了眼前的玻璃茶几上。起身道:"谢谢你,我该回去了。"她说完便迈开步子向外走去。

陈光修看着她的身影消失在会客室的门口,唇角微微地弯了弯,目光收回处,却见到对面的沙发上,有金属的光泽在闪。他走过去,将那东西拾了起来,那是一条女式手链,金质的链身上坠着一串小珠子。他轻轻合拢了掌心。

清晨的阳光清清亮亮地照进来,白惠走到窗子前,看着外面的晴空万里,啊,今天应该有个好心情啊!

她伸了个懒腰,又伸手轻抚了抚小腹,昨夜开始胎动之后,这一晚上,就时而地动几下,她的孩子们,在成长啊!她收回视线,去客厅里取了手包向外走去。

徐长风的车子缓缓地滑进了停车处,车子停稳,他良久才下来,手机在这时候响起,他看了看号码,接听。

"风,今天晚上一起吃饭吧。我约了几个朋友。"楚乔轻快的声音传进耳膜。

徐长风听她的声音落下这才开口:"我晚上有应酬。"

"哦。"楚乔似是有些失望,"那算了,但你要记得明天过来看我哦。"

徐长风沉默一下才道:"好吧。"

他的身形像往日一样迈步进公司大厦。

林晚晴回家的时候,她的男人就坐在客厅的沙发上吸烟,空气很沉滞。靳齐阴鸷的目光瞟了过来,盯向他的妻子,而林晚晴却是收回视线,噔噔就跑上了二楼。

开心的哭声一声声传来,她的心又被揪紧了。"开心。"她推开婴儿室的门,从保姆的怀里抱过儿子,在那张挂满泪痕的小脸上亲了又亲。

小开心一看到妈妈,当时就止了哭声,张着小手抱住了林晚晴的脖子:"妈妈。"小人儿的声音都哑了。

林晚晴听着儿子哑着声音喊妈妈,一颗心又碎裂不堪了

靳齐的身影倚在了儿童房的门上:"你不是不回来了吗?"他神情清冷不乏揶揄地说。

林晚晴身形僵了一下,但还是淡淡地说道:"我是舍不得儿子。"

"哼。"靳齐吸了一口烟,讥诮地一笑,转身向外走去了。

清晨白惠坐起来,低头看去,原先平坦坦的小腹,现在已是小山包一般。白皙的皮肤被那小山包撑开,绽开花纹一般的纹路。她纤细的手指轻轻地在那里抚摩:"宝宝们,早晨快乐哦!"

她抬头看看墙上的双胞胎女孩儿相片,她想,真的应该感谢这对姐妹,她们带给了她一对小宝宝。看着那两个女娃娃胖乎乎可爱的小模样,她想,她的孩子,长什么样呢?

她想起网上好像有一种软件,可以合成父母的相片,从而知道孩子的长相。于是,打开电脑,按照要求将自己的照片传了上去,可是还需要爸爸的照片。她皱皱眉,从自己的手机里找了找,还真的找到了一张徐长风的照片。那是在黄山上时照的,她截取了他的正面相传了上去。

小宝宝的相貌很快出来了。俏俏的鼻子像她,深眉朗目的,像他。肉乎乎的一团,真是可爱。她便将那张相片打印了两张出来,挂在了卧室的床头。她伸手又摸了摸自己的腹部,她想,她或许应该去买些婴儿用品了,放在这个房间里,或许宝宝们会感到那种快乐和温馨的气氛。

她很快就换好了衣服,拿着包出门了。仍然是一身韩式的休闲长裙,直达膝盖,如果不是很留意,或许看不出她的肚子。她走到小区外面坐了公交车去了最近的一家孕婴店。

小衣服,小枕头,小奶瓶。白惠看着那些颜色可爱的小东东,想象着她的小宝宝们穿着小衣服捧着小奶瓶的可爱小模样,唇角不由得就弯了起来。她把那些小孩子们会用到的东西都买了双份装进手提袋。然后回家。

可是才到家门口,她的心弦就在看到眼前站着的高大身影时,被捏紧了,完全捏住了,没有了缝隙。她的呼吸停止了,她的水样的眼睛,就那么看着那个男人。他仍然是一身的黑衣,沉默而俊朗。那双黑眸就这么望了过来。

白惠双唇发颤,好半晌才发出声音:"你来做什么?"

徐长风深黑的眼瞳淡淡地扫过她棉质睡衣下,隆起的小腹,在她越发皎白的脸上凝视着,缓缓开口:"我的一些东西不见了,我来找找。"

"这个吗?除了这个,我这里没有你任何东西!"白惠愤愤地喊着,只除了她肚子里的两个孩子,她把包里的他给她留下的那所大房子的钥匙向着他砸了过去。

徐长风回头,深黑的眼睛再次望过来,带着一抹意味不明的情愫。弯身捡起那副砸在他胸口又掉在地上的钥匙,转身往外走去。

白惠忽然间像被人抽干了力气似的靠在了防盗门上……

这个晚上,她睡得不太好,总是做梦。恍恍惚惚的好像有人走了过来。那张脸十分俊朗,有如神祇一般,而又那么的熟悉。他对着她伸出一根手指搁在了唇边,作出一个嘘声的动作,另一只手轻轻地落在她隆起的腹部上,轻轻地抚摩。

第三十四章 从此是路人 271

她正想说：你别碰我，我们都离婚了！而那人却把温热的嘴唇覆了过来，吻住了她半启的朱唇。

"乖。"恍似有个声音在说。

白惠大睁了眼睛。四周黑漆漆的，没有一丝光亮，原来是做梦了。

她忙伸手到床头把床头灯打开了。奇怪的，她有开夜灯睡觉的习惯。她记得睡觉前，灯是亮着的。

她看着床头处，电脑合成的婴儿照，漂亮可爱的小娃娃，此刻正端放在床头处，眉眼晶亮可爱地看着她。她眉尖微耸，若有所思。

怎么会做这么个梦啊？难道自己潜意识里在想他，希望他能关心一下他的宝宝和她？

白惠咕哝了一句什么，又闭上眼睛继续睡去了。

早晨醒来，白惠照了照镜子，她发现，双胞胎又长了。她肥大的衣服好像已经难以遮住她的肚子了。她的手摸着自己可以说是圆滚滚的肚子，她说：宝宝们，早上好啊！

她的手覆在肚子上时，里面的小家伙很奇异地动了动。白惠觉得自己简直开心极了。她拿着包从家里出来，在外面的早餐馆吃了碗馄饨，然后继续坐公交车去学校上课，这次居然有人给她让座了。她怔了怔，然后想起自己是孕妇，脸上有些红，在那个大男孩儿让出来的座位上坐了下去。学校到站，她扶着扶手，小心翼翼地下去。

正走着，视线里忽地走进一道长长的身影，那人一手拿着一个做工很精致的手提袋，正向着这边走过来。

白惠一下子怔住了。那个人有着高高的身材，穿着很合体的黑色西装，虽是中年，却气度不凡。她的呼吸在看到那人的脸时，一瞬间缩紧。

"哎哟！"不知是谁撞了她的肩膀一下，她手里提着的书掉地上了。

她忙弯身去捡，而却有一只大手先她一步伸了过去，两本书被那人捡了起来。"喏。"很深沉很磁性的声音，倏然滑过白惠的耳膜，那一刻，好像是有流云飘过，有天籁之声响起。白惠睁着那双大大的眼睛，怔怔地呆住，望着那男人。

那个人却是对她缓缓地勾唇，深邃的眼看着她，把手提袋放进她的手中，迈开步子离开了。

白惠的脑中有好半响的空白，直到那人的身形离开，她的唇角，才轻轻勾动，用唇形唤了一句：爸爸。

她看着那到中年却仍然俊朗的身影弯腰钻进了车子里，黑色的轿车缓缓地驶出了停车场，汇入了马路上的车流，渐渐地看不清了。

将近二十年过去了,爸爸已经认不出她了,可是她一眼就认出了他。她记得那张温和的面容,她记得他,温和慈爱地摸她的头,喊她玲玲的声音。她呆立在那里良久,心里像失了什么东西似的,那么难受。

中午仍然是在那家常去的饺子馆用餐,她一个人在安静的角落慢慢地吃着,脑子里却涌现着幼年的时光。短暂的记忆永远地留在她脑子里,她记得那时的一切,记得妈妈,记得爸爸,记得那个只大她一岁的姐姐。

她慢慢地吃着,神思游离得厉害。

"怎么,饭不好吃吗?"有温和磁性的声音在头顶处响起来,白惠讶然抬头,她看到楚潇潇一张温和帅气的脸。

"哦,不是。"白惠意识回笼,忙把筷子上夹着的饺子送进了嘴里。

楚潇潇笑道:"一个孕妇,是应该多吃点。"

白惠怔然看向他,楚潇潇又是笑道:"你肚子都那么大了,我要是看不出来,不成傻子了吗?"

白惠脸上有些发热:"喔。"

她若有所思地慢慢地咀嚼着嘴里的饺子。楚潇潇的深眸看向她,道:"你怀孕的事,他知道吗?"

白惠咀嚼的动作倏然一停:"不知道吧。"

楚潇潇没有再问些什么,大概是看出了她神色漠漠的,他沉默了一下道:"我在那边吃饭,你走时叫我一声,我送你吧。"他说完也没等白惠说什么,就已经起身走开了。

白惠看过去,楚潇潇的身影没入了前面不远的一个包厢。她不知道楚潇潇为何会这么关心她,是因为他姐姐而愧疚吗?还是仅仅是因为,她和他算是朋友?

"请把剩下的饺子给我打包。"白惠对服务员说。

那个女服务员便去找食品袋,白惠起身去结账。收银台前围着好几个人,似在争执哪个菜上错了,应该少收一份菜钱。那些人和收银员嚷嚷着,声音挺大。

白惠肚子里有宝宝,她不敢挤过去付账,这个时候,她的腰身被人扶了一把,她被轻扶到一旁:"我来吧。"一道温和的声音响起时,楚潇潇已经走向了收银台。

白惠看着他掏出了五百元钱出来,长臂一伸直接隔着前面争执的人就递向了那收银员:"这是那桌的,连着这位小姐的一起。"

"喂,不用……"她喊了一句,但楚潇潇却没理她,付账转身回来了。

"走吧,我送你去学校。"楚潇潇说完就大步流星走出了餐馆,白惠迟疑了一刻走了出去。

楚潇潇开的还是上次见过的那辆黑色奥迪,远没有那辆白色保时捷张扬,但比较符合他军人的身份。白惠坐了进去,车子向着几百米开外的大学驶去。

两人一路上都没有说话,只是车子在白惠上课的那间教室不远处停下时,白惠转头望向身旁帅气的男子:"楚潇潇,我不知道你为什么这么关心我,但是我知道,如果你姐姐看到了,她一定不会高兴的。"

楚潇潇修长的眉一点点地拢了起来:"我是我,我姐姐是我姐姐,我们是一奶同胞没错,但是她的有些事情,我未必就看得惯,所以,我只做我自己想做的事。"

他的眼眸变得很深看着白惠,白惠张了张嘴,却不知道自己要说什么。

"那么,好吧。"她打开车门迈了下来。

楚潇潇的车子转个弯开走了,她这才转身向着教室走去。上完了剩下三个小时的课,白惠去了母亲家。路上,顺道去了那家常去的沃尔玛超市,她在里面挑了一些母亲爱吃的东西和一些生活用品,然后推着购物车慢慢走着。

迎面,楚乔和徐长风的身影走了过来。男人俊朗,女的漂亮,两个人看起来十分夺人眼球。楚乔当先看见了她,漂亮的眸子涌出一丝不屑来,轻勾了勾朱唇,葱白的手臂已是挽住了身旁的男人。而徐长风也已经看见了白惠,他的深眸从她皎月一般的脸上滑向下面,购物车遮住了她隆起的小腹,若隐若现的,倒是看不分明。他站住,深眸若有所思地看着她。

白惠看到这两个人,先就皱了眉。她想起了昨夜的那个梦,她竟然梦见,他亲吻她,还摸她的肚子,一副很有爱,很温柔的样子。她的秀眉蹙了蹙,一声不响地推着车子离开。

徐长风没有回头,神色间依然冷淡,楚乔催了一句:"风,我们走吧。"他便迈动了步伐和未婚妻一起向前走去。

白惠拎着给母亲家买的东西,站在街边等公交车,夏日的风迎面吹来,让人感到丝丝的热。公交车驶来,她拎着东西走了上去。

黑色的宾利徐徐地驶到楚家的院子前,楚乔开门下车:"风,你真的不进去了?"

"我晚上有应酬。上海项目的事。"徐长风说。

楚乔抿了抿唇:"好吧,那你注意别喝太多酒。"

"嗯,知道。"

徐长风的车子驶离了楚家的大门口,很快走远。他没有去任何一家饭店和会所,只是在夜色降下来时,将车子驶去了他曾去过的那家小区。车子停下,他坐在里面,慢慢地吸着烟,时间一分一秒地流逝,也不知过了多久,他又离开了。

白惠好像又沉入了那个奇怪的梦。她上了一天的课,晚上又去了白秋月那里,自是疲累,一躺下很快就睡着了,只是她又看见了那个男人。

她身子乏,那股子乏累也跟着进了她的梦里。在迷迷蒙蒙的时候,她被那人又搂在了怀中,她听见他说:"你要好好爱惜自己的身体,爱惜我们的孩子。"

神思恍惚中,好像有温热的东西贴在了她的肚皮上。好像是那人的脸。她伸手乱挥,"徐长风,你真让人厌恶,我们离婚了,这孩子不是你的了。"

她记得她厌恶地说了好几句,可是她好乏,连眼睛都不想睁,双手挥动了几下没管用,那人长久没有声音,而她扛不过疲累,又沉沉地睡过去了。

上午徐长风坐在大班椅内,长眉微敛,若有所思。办公室的门被人推开,接着是嗒嗒的高跟鞋敲击地板的声音,一道高挑的身影走了过来。

楚乔走到徐长风的身旁,身形一偏,翘臀已是置于男人的长腿之上:"风,我昨晚打了你好几个电话,你都不接。"

楚乔嘟了嫣红的嘴唇,纤纤玉臂勾住了男人的脖子,一副娇嗔的口吻。

"我昨晚应酬到很晚,喝醉了。"徐长风淡声道。

"哦,真的吗?"楚乔微挑了秀眉,一只葱白玉手已经抬起来,轻捧了男人的下颌处,红唇凑过去,吧的在男人的嘴唇上吻了一下,"你不要骗我哟。"

"呵呵,我骗你做什么?"徐长风轻笑,手臂扶住女人的腰,将女人抱起来让她坐在了他的办公桌上。

"公司现在的状况你大半也都知道,我父母背了恶名。公司业绩大不如前,我如果不努力,难道你嫁过来,跟我喝西北风啊!"他起身点了根烟,敛着长眉说。

楚乔从桌子上跳下来,继续搂住了他的腰:"风,其实,只要和你在一起,喝西北风我也愿意。"

徐长风的神色僵了僵,看着那双漂亮的,似是深情脉脉的眼睛,轻勾了唇角:"我怎么舍得!"他修长的手指轻抚了楚乔细嫩的脸颊一下说。

楚乔的俏脸立时又是绽开如花:"风,我就知道你最爱的还是我。"她又踮起脚尖在徐长风的脸颊上吧的吻了一下,"那我不打扰你工作了,我走了。"

"好。"徐长风看着楚乔高挑的身影很快乐地离开,他狠狠地吸了一口烟,将抽了半截的香烟碾熄在了烟灰缸里……

第三十五章　有你,便是晴天

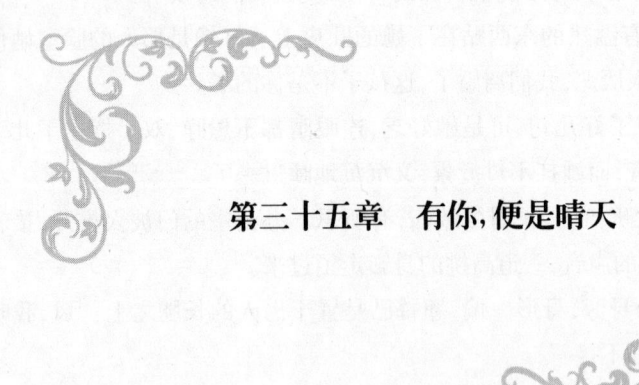

　　天气好像是越来越热了,白惠穿着很薄的雪纺裙子,可是仍然一早就感到了夏季的闷热。
　　又是一天的课过去了,教室里面有空调,还不算太热,从教室里面出来,热浪便扑面而来。白惠的额角慢慢地渗出了汗来。她伸手背擦了擦,正向着校园外面走着,有车子滑过来,黑色的奥迪,是楚潇潇的那辆。
　　她的脚步停了停,楚潇潇的车子已经停在了她的面前:"上车吧,我载你回去。"
　　白惠迟疑着,喊了一句:"楚潇潇。"
　　楚潇潇道:"算你打车好了,每天付我十元钱,我负责接送你上下课。"
　　"楚潇潇。"白惠又喊了一句。
　　楚潇潇的唇角绽出了开朗而又温和的笑:"我又不会吃了你,你难道怕我吗?"
　　白惠拧眉:"我不怕你。我怕你做什么,你是军人呢!"她边扁了扁嘴,边坐进了他的车子。楚潇潇将车子徐徐转弯,慢慢开动起来。
　　"就这么说定了,我每天负责接送你。你上学时间和我上班时间差不多,早上我去你家接你,晚上如果赶不上时间你就在教室里多坐一会儿,我会尽快赶过来的。"楚潇潇边开着车子边顾自地说。
　　白惠又喊了一句:"楚……"
　　"叫我潇潇。"
　　"楚……"
　　"要不叫我潇潇哥。"

那还是潇潇吧。

白惠扁扁嘴,有些郁闷,这人脱去军装,就一身痞气。

"那我连十元钱都不会付你的,我只搭免费车。"白惠低头咕哝了一句。

楚潇潇失笑:"好吧,我保证,我这车子随时随地为白小姐免费服务。"

白惠撇撇唇,有点儿好笑似的,楚潇潇却是正色道:"我希望我们,还像以前刚认识时那样。嗯,其实我挺喜欢你那样子的,喝了酒,嗯,有点儿小迷糊……"

白惠耳根处热了起来,如果她没记错,她那个时候还搂着楚潇潇的脖子对他说:"我真想给他戴个彩色的帽子。"

时过境迁,白惠觉得自己有点儿可笑,而楚潇潇的洒脱又让她淡忘了他和楚乔是一母同胞的事实。她想,如果楚潇潇不是楚乔的亲生弟弟,她和他,或许真的可以成为好朋友。

楚潇潇一直将她送到了家门口,第二天的一早,楚潇潇的车子果真很准时地停在了她的楼下,他把她送去学校,晚上又接她回家。

白惠不用再挤公交,心情便轻松了一些,身体的疲累也少了,只是她对于楚潇潇的帮助,还是难以坦然接受。

楚潇潇明显不同于他的姐姐楚乔,这个男人,英俊中带着一丝痞气,但绝对的正直。白惠上了一天的课,感到乏累,她上了楚潇潇的车,楚潇潇载着她驶上马路。

"喏。"楚潇潇将一瓶矿泉水递给了她。白惠说了声谢谢,拧开盖子喝了好几口。

肚里的两个小不点儿伸了两下小胳膊,白惠轻蹙了眉,低嘶一声过后,伸手在肚子上面抚了抚,轻声低语道:"乖点儿,宝贝儿们。"

楚潇潇不由侧头,那双奕奕的眼睛在看到她轻抚在小腹上的手时变得温柔。

"多久生?"他问了一句。

白惠低垂了眉眼,道:"医生说要到快入冬的时候。"说话间,她秀气的眉眼间全都是浓浓地溢出水来的母爱温柔。

楚潇潇微蹙了蹙眉,没有再说什么,车子提速向前驶去。

"一起吃晚饭吧?"他又问。

"好啊。"白惠笑笑。

"那你想吃什么?牛肉面?"楚潇潇半带了调侃的声音说。白惠微窘:"什么都好。"

"那就还是牛肉面吧,不过不去原先那地方。"楚潇潇笑。他载着白惠去了一家算是比较高级的店面,"这里除了鱼做得好,还顺带可以做牛肉面。"楚潇潇给她开车门时说。

第三十五章 有你,便是晴天

白惠扶着车门下去,她仍然穿着很宽松的衣服,人长得娇娇俏俏的,只是腹部的隆起让人看出她是个孕妇。楚潇潇的视线在她的腹部处停了一下,才说道:"我们进去吧。"

饭店里面客流不算很多,但看起来各个衣冠楚楚,再配上十分别致的装潢,让人感到这是一个可以叫做小资的地方。

白惠和楚潇潇一起走了进去,楚潇潇对她十分照顾,走路的时候也会关心地嘱咐上一句:"小心点儿。"

白惠的心头暖暖的,在她被自己深爱的人几乎叫做抛弃之后,在她大腹便便,却没有心爱的丈夫在身边照顾时,她却得到了与自己毫不相干的楚潇潇的关心。她不得不心头感慨。

对面,有辣辣的目光射过来,在她隆起的腹部停住,伊爱坐在靠近窗子的位子,似在等人。看到白惠时,她的眼里涌出鄙夷,而看到白惠身旁的男人时,更是涌出几分气愤来,再一看到白惠那隆起的肚子,眼睛里吃惊涌现。白惠眉尖微蹙,尽量无视伊爱的目光,随着楚潇潇走到另一处十分安静的位子。

"你先坐,我去趟洗手间。"楚潇潇说。

白惠笑笑,楚潇潇转身离开了,白惠坐在那里看看眼前花瓶中的红色玫瑰一枝独秀,她的唇角轻轻勾了勾。

眼前有人影走进视线:"喂,你怎么和潇潇在一起?难不成徐长风不要你了,你又开始勾搭潇潇不成!"

十分刺耳的女声,熟悉而让人厌恶。

白惠皱眉看向走过来的伊爱:"伊小姐,我不想看见你!"

白惠说话毫不客气,伊爱嘴巴扁了扁,神色鄙夷,讥诮:"嘴巴再硬有什么用,到头来还不是大着肚子还被人抛弃的命运?"

"你!"白惠小脸一瞬间刷白,她被伊爱几句话气得心跳都加了速。她一下子站了起来,但是才只站起来,便意识到自己的身体不同以往。

伊爱满眼讥诮和幸灾乐祸的意味,但是手腕一下子被一只大手攥住了:"伊爱我警告你,别来招惹白惠,再这样我对你不客气!"

楚潇潇满脸怒色一把就攥住了伊爱的手腕,伊爱俏脸一红又是变成青色:"楚潇潇你放手,你抓疼我了!"

她扭着腕子挣扎起来,楚潇潇的大手松开,低吼了一句:"哪远给我滚哪儿去!"

伊爱神色呆了呆,脸变得十分难看。她瞪了瞪眼睛,但还是有些畏惧楚潇潇的凛然之色,恨恨地走了。

楚潇潇在白惠对面的位置坐了下来,气道:"别理那女人,她就一变态。"

白惠心底气愤难平,又为自己肚子里的孩子感到难受。半响,她才压制住自己体内翻腾的情绪,说道:"谢谢你。"

楚潇潇道:"别理她,伊爱这女人多半脑子有问题,她见不得别人好。"

白惠涩然勾唇。

牛肉面做得很香,比原先她吃过的所有牛肉面店做的都要香,但吃在嘴里,却就是少了几分味道,白惠有些食难下咽。

楚潇潇吃饭的时候,目光不时会看向她,她的脸色微微苍白,举着筷子却总是不往口里送东西。他皱了皱眉,"为了你的孩子你也要吃一些的,总不能还没生下来就营养不良是吧?"

白惠呆了呆,眼睛看看他,然后便开始往口里送面条。

从饭店出来,夜色已经降下来,街灯明亮,车辆如梭。白惠上了车子,黑色的奥迪在街头平稳行驶。楚潇潇似是若有所思,一路上也没怎么说话,直到车子在白惠的楼前停下,他才说了句再见。

白惠转身默默上楼。一个人躺在床上,看了会儿书,又歪着头想了想心事,一眼又看见了床头处放着的小东西照片。她拿过来,端详了老半天,然后又伸手摸摸肚子,末了也不知何时就睡着了。

"老板,您看。"小北将自己的手机递给那个坐在大班椅上的男人。徐长风放下手中的签字笔,接过小北递过来的黑色手机,他的深眸在看到屏幕上那晃动着的视频镜头时,长眉一点点地凛了起来。

"你出去吧。"他沉声说了一句,将手机扔在了办公桌上。小北见老板神色变得不好,拾起手机有些紧张地退了出来。徐长风抽出一根香烟来燃着,深深地吸着,他的眉宇之间是一片浓得解不开的异样深沉。

一根烟吸尽,他才拿起了车钥匙向外走去。

清早,楚潇潇的车子仍然准时地停在了白惠的楼下,白惠穿着一件淡绿色的,很有波西米亚风格的长裙。

裙长到脚踝,肚子被遮了一下,不细看甚至不容易发现她是个怀着双胞胎的女人。她的长发散在肩头,白皙的颈子上挂着一条黄色的珠串,看起来不是什么贵重的东西,但却很配她的这身打扮。

没有多么贵重的装饰,清水芙蓉,却无形中透露出一种清雅,和小女人的风情。

楚潇潇轻勾了勾唇角:"我没见过这么漂亮的孕妇。这衣服你穿起来很漂亮。"

白惠的脸上红了红:"你真会拿我开玩笑。"

这衣服是她从淘宝上低价淘来的，还不足一百元钱。那串珠子还是个附赠品。

"我说的是真话，我真没见过你这样好看的孕妇。"楚潇潇微微眯了一双漂亮的眼睛看着她。

白惠耳根倏然一热，她笑笑避开了他的目光。楚潇潇收回目光，也笑了笑，将车子开动起来。白惠被他送到了学校，仍然是像往常一样上课。

她很认真地听讲，虽然整个教室里像她这样怀有身孕的除了她绝无仅有。她的肚子不时会引来好奇的目光，有人问她几个月了，她笑笑说五个月多一些。

中午，从教室到食堂，一个人慢慢地走着。楚乔坐在红色的小跑车中，远远地看着她出来，目光紧紧地盯住了她隆起的腹部。她的裙子是蓬蓬式，从胸口以下都是宽松的，她人又长得清秀，如果不是刻意把视线放在她的腹部，还真是不容易发现，她怀有身孕的事。

楚乔吃惊非小。直到白惠淡绿色的身影没入食堂里面，她才气恼地在方向盘上拍了一下。

今天的天气很好，轻风拂面，校园安静怡人的气息将白惠的心情感染。一张张干净年轻的面庞，让人不由得回想年少的时光。她好像又回到了纯真的大学时代，没有工作中的明争暗斗，没有婚姻里的谎言背叛。她真希望永远这样。

她买了份西红柿鸡蛋和米饭慢慢吃着，包里的手机响起来，竟是楚潇潇打来的。

"楚潇潇。"她一手捏着手机，一面慢慢吃饭。

楚潇潇道："喊我潇潇。"

"哦，潇潇。"白惠忍不住乐了。

楚潇潇这才说："你中午饭吃了没，要不我接你我们一起吃饭吧？"

"别，我正吃着呢。"白惠说。

"哦，那晚上吧。"楚潇潇说。

"嗯，好。"

下午的课过后，楚潇潇准时将车子停在了教室门外。白惠上车时说："潇潇，你载我去趟孕婴店。"

楚潇潇挑挑眉："好。"

黑色的车子缓缓驶离了那所大学在城市的马路上飞驶。很快就停在了一家全国知名的孕婴连锁店外面。楚潇潇下了车走过来给她开车门。下车后，楚潇潇竟是大大方方地轻牵了她的手。

白惠手指不由一缩，楚潇潇一笑，轻轻收拢了那只轻攥着她的手。

不远处的黑色宾利上，墨镜后面的男子，那深眸久久地停留在那两人轻攥的手上。一种凛然的气息在车子里四散。

白惠选了一件孕妇裙,棉质的布料,淡粉的颜色,舒适而柔软。楚潇潇抢在她前面付了账,白惠掏钱给他,却被他推了回来。

"你慢点儿走,我去给车子掉头。"楚潇潇拎着她的孕妇装说完便往外走去。

白惠来到外面时,楚潇潇的车子慢慢地滑了过来,直接停在了白惠的面前,副驾驶的车门被他打开了,白惠钻了进去。

楚潇潇载着白惠去了一家西餐厅,悠扬动听的音乐,装修精美的环境,让人的心情不由自主地愉悦。

白惠有一种很开胃的感觉,她吃了差不多两根煎羊排,末了,竟然弄得两只细白的手指上都沾了油。楚潇潇笑眯眯地看着她像个孩子似的啃着煎羊排,她的手指上莹莹的亮,竟然就将手指伸到了嘴里,孩子似的舔了几口。

楚潇潇笑着摇摇头,这个女人一向安静纯美,他竟然看到了她小孩子似的一面,不由得他想笑。白惠也感觉到了他的笑意,脸上倏地就红了。

她伸到嘴里的手指僵了僵后拿了出来,有些无措地蜷了蜷,然后拾起了桌子上的餐纸慢慢擦了起来。

楚潇潇道:"没关系,我什么都没有看到。"他低头吃了一口羊排。白惠神色益发地窘了。

一顿饭吃完,楚潇潇又将她送回了家。白惠一直看着那辆黑色的奥迪走远,这才转身上楼。

这段时间,她没有和徐长风有过任何的交集,日子过得倒也坦然。她手边的存款并不多,徐长风给她的支票她捐了福利机构,那所房产……

她把钥匙扔给了那男人。

她摸摸隆起的肚子,她得节俭一些,孩子生下来,她还要照顾,不可能马上去工作,她得有足够的钱来保证那段时间的生活。

上岛咖啡轻松舒缓的音乐在耳边悠扬缭绕,靠窗的位置,一对俊男靓女相对而坐。桌子上的玫瑰散发出迷人的香气,楚乔端着一杯加冰的摩卡,慢慢地饮着。她俏丽的眸子不时地会向着对面的男人瞟去,他微敛着眉,似乎在思索着什么。

"风,你有心事?"她问了一句。

徐长风一直深敛着的眉宇在此时缓缓舒展开来,眼中的神色便是益发地温柔:"没有。"他修长的手指擎起了眼前的酒杯慢慢地饮着。

"风,还说没有心事,你的眼睛里都写着了。"楚乔轻挑了眉,那双眼睛里神色微嗔。

徐长风面上露出微微吃惊的神色，却又是一笑道："我能有什么心事？我只是在想，徐氏的事情还没有结果，可是婚期已经越来越近了，这样子对你也不公平。"

"怎么会！风，我从不在意这些的。"楚乔说话的时候，已经放下了手中的摩卡，起身走到了徐长风的身旁。她身形盈盈竟是在徐长风的身侧坐了下去。轻幽幽的香气缭绕而来，楚乔的头已经歪在了徐长风的肩膀上。"风，我很期待我们以后的生活……"

徐长风伸手轻拢了拢她的肩道："是呀，我也期待……"

夜色沉静，街市热闹，黑色的宾利在城市的街头飞驶。楚乔的手轻轻地落在了身侧男人的腿上，神情里期许明显："风，今晚，我们过西山那边吧！"夜色下，街灯闪烁，楚乔的眼睛亮亮的璀璨。

徐长风笑了笑："改天吧，我今天想早点睡。"他腾出一只手来，轻抚了抚楚乔的长发。神色很温和，眼睛里也似有疲惫流露出来。

楚乔的眼中流露出失望的神色："风，有时候，我真的难以相信，我们现在是未婚夫妻的关系。你对我，明明没有以前的热情了。"

楚乔低了头，很失落也很委屈。

徐长风沉默了会儿，车子已是滑向路边停下。他侧眸，神色柔和："我最近有点儿累，你知道公司的事情，妈妈的事情，我……"

"我知道。"楚乔转过身来，搂住了他。娇俏的小脸搁在了他的肩头，坚定而执著的声音道，"我会等的。"

黑色的宾利在楚宅的门外停下，楚乔在男人的脸颊上落下一记香吻，这才说了句再见，开门下车。徐长风在车门合上的那一刻，神情变得肃凛。

白惠躺在床上，手里捧着那张打印的宝宝照，在两个小宝宝的小脸上各亲了一下，然后才心满意足地放下，拿出了一本孕妇书来翻看着。

嗯，该给宝宝胎教了。

她侧着身，意识渐渐迷蒙。

朦胧中，似乎有一只手轻轻地抚着她的头，动作温柔，很舒服很舒服的，就像曾经有过的某个午后，她困得想睡，而那个男人，他轻拂着她的额。

白惠没有睁眼，只是挥了挥手，不满地咕哝一句，又翻个身继续睡了。天色大亮时，她轻伸了伸腰，镜子里的女人仍然秀气，肚子处却很臃肿，她挑挑秀眉，小脸上现出几分古怪的神色。

从家里出来，她往最近的银行走，浅色的孕妇裙下，她隆起的腹部十分明显。从银行取了一些生活费出来,她看到了外面台阶子上伫立的黑色身影,那人背对着她的方向,正一手插兜在吸烟。似是听见了她的脚步声,此时侧过头来,黑眸在看到她时,也是一怔,然后,便迈开步子下了台阶,大步走向了自己的车子。

这个人站在这里做什么?白惠心里想着,迈开步子,慢慢下了台阶,沿着马路慢慢走着。前面就有一家音像店。她走进去,站在一排排的架子前,慢慢地找着,一张张的胎教盘让她眼花缭乱。

她买了一张儿歌盘,和一张纯音乐的盘这才从音像店里面出来。她一手扶着肚子,一面低头翻看那胎教盘的样子全都落入了一双深邃的眸子里。在她抬头之前,他的车子驶了出去。

白惠回了家,把CD打开,音乐盘放了进去,自己半躺在半新不旧的布艺沙发上,伸手轻抚着肚子,眼睛里闪闪的全是憧憬的神色:"宝宝们,你们听听喜欢吗?这是妈妈专门为你们买来的哦!"

她躺在沙发上,睡了一觉,肚子里的小家伙们好像是动了几下,她觉得,他们可能是听得见那些音乐和儿歌的。

转天的一早,白惠正想出门,楚潇潇的电话却打过来了:"美女,今天有任务吗?今天我休假,正好给你当司机。"

楚潇潇的声音竟是痞里痞气的,完全不是他穿着军装时的正经模样。

白惠脸上有些发热:"楚潇潇你开我玩笑,哪有这么大肚子的美女!"

"呵呵,谁说的,你就是美女啊!你没听说吗,女人最美的时候就是快做妈妈的时候。"楚潇潇笑得洒脱。

"唔。"白惠有些无语,她伸手轻抚了抚腹部。现在的她,真的是最美的时候吗?

门铃声响起来,清脆而响亮,白惠过去将门打开,她看到楚潇潇一身休闲的装束站在门外,"怎么,不让我进去呀?"他站在那里,微眯着一双漂亮的眼睛,双手插在休闲裤的兜中,看起来英俊得逼人。

"呃,进来吧。"白惠呆了一下,这才侧了侧身,楚潇潇走了进来。他一双俊眸在房间里环视了一下,伸手拾起了白惠放在茶几上的电脑打印的双胞胎照片。他轻勾了勾唇角,看起来还真是像他们的爸爸。

就在此时,卫生间里传来哗哗的水声,白惠惊了一下,忙走过去,水流从热水器的桶身上往外冒。滴滴答答地像下雨一般淌下来。白惠站在洗浴间里,眼看着那水越流越多,却是不知如何是好。

天啊,热水器怎么会漏水啊!

楚潇潇就在这个时候出现在她的眼前,他的身形掠过她,走到热水器前,长臂一伸,将进水阀门拧死了。

"你躲开点儿,别烫到了。"他边拧那水阀边说。白惠嗯了一声,忙从洗浴间里退了出来。她有些紧张地看着楚潇潇拧紧阀门,又将地上的一个盆子用脚踢到了热水器的下面接着流出来的水,目光在热水器的桶身及四周检视。半响回身道:"换个新的吧,这个桶漏了,即使修好了怕也不安全。"

"喔。"

白惠应了一声,可是又无奈地勾了勾唇角,换新的热水器,那是要用钱的。

楚潇潇崭新的格子T恤前胸处,被热水器流出来的水打湿了一片。他拧开水管,洗了洗手。

"给。"白惠将自己的毛巾递了过去,楚潇潇接过,"去买个新的吧,要不我载你去吧?"楚潇潇出来时问。

"不用了。"白惠忙推辞。

楚潇潇道:"那我帮你买个。"他说着就掏出手机拨了个号码出去,不知对谁说道:"送个热水器过来,对,绿景小区。"

"哎,潇潇!"白惠想拦却已经晚了。

楚潇潇道:"算我借你钱买的,将来有钱了还我。"

白惠便不再言语了:"那谢谢你。"

热水器很快就被送来了,全新的一款美的,安装工把旧的那个拆了下来,又把新的给装好了,然后离开。

楚潇潇问:"你饿了没有,我们出去吃点饭吧?"

白惠道:"哦,我请你吧,谢谢你帮忙。"

"行。"

车子在一家东北饺子馆前停下,楚潇潇下车,又过来给白惠开门。两个人一起走了进去。

白惠的胃口是真的大了很多,她把每一种馅的饺子都吃了好几个,末了,看着楚潇潇投过来的目光,她都有些不好意思了。

楚潇潇笑道:"你现在是大肚子的女人,是两个人在吃饭,当然要多吃一些。来。"楚潇潇竟然亲自动手给她往小餐盘里放饺子。

"你累不累,如果不累,我带你去钓鱼。"楚潇潇笑眯眯地说。

"好啊。"白惠对他笑了笑又咬了口饺子。

饭后,楚潇潇载着她去了湖边。

夏日的午后,湖光映着山色,景致极美。白惠在来时的路上便眯了一觉,楚潇潇将座位给她调到了最舒适的位置,她睡的时间虽短,倒也舒服。车子停下,楚潇潇去后面取了渔具,白惠跟着他走向湖边。

"你慢点啊!"楚潇潇边向前走边嘱咐了一句。

他的关心让白惠心头暖暖的。湖边上稀稀落落地停着好几辆车子,看样子,来钓鱼的人不少。楚潇潇的手伸了过来,牵住了白惠的:"来,走过来一些。"他牵着白惠的手一直走到湖边上。这才将渔具放下。

小凳子支好,楚潇潇开始摆弄钓竿。

十余米开外,有父子三人。父亲鱼竿一甩,一尾大鱼被甩上了岸,两个小孩子咯咯笑着奔了过去,将那乒乓乱蹦的鱼抓住,从鱼钩上摘了下来,捧着扔进了带来的小桶中。

"哇,爸爸好棒哦!"小男孩开心地跳了起来。

那男人用大手揉揉儿子的头,样子满是慈爱。白惠看得有些痴了,有这样疼爱孩子的父亲,孩子们多幸福啊!

"看什么呢!"楚潇潇轻拍了她的肩一下,白惠忙收回了目光,对着楚潇潇笑了笑,只是心里空落落的不好受。

"喏,你来。"楚潇潇将鱼竿递了过来。

"我?"白惠露出惊讶的神色,"我没钓过啊!"

"没钓过怎么了,来,你试试就会了。"楚潇潇很热心地将鱼竿塞进了白惠的手中,然后便去放鱼食。

白惠照着他的吩咐将鱼钩投入了水中,耳边是楚潇潇细心而耐心的叮嘱,她几乎是屏住呼吸地盯着水面。她有些雀跃地盼望着能钓上一只半只的鱼来,哪怕是一只小虾米也行。

"你看,是鱼在吃食了。"楚潇潇的俊颜拉近,男性的气息喷洒在白惠的耳畔,白惠颈子处不由得一热。

楚潇潇似是意识到了什么,笑笑,向后走开了几步:"好了,可以了。"他低声说了一句。白惠便手臂一抬,钓竿被她高高地扬了起来,她用力一甩,耳边传来咻拉一声。

白惠的眼睛还在到处找鱼钩呢,怎么她一甩,鱼钩不见了?楚潇潇已是叫了起来:"喂!"

原来,她没有钓到鱼,却钓到了楚潇潇。鱼竿被她一甩,鱼钩不偏不倚地钩在了楚潇潇干净整洁的T恤领口上。

好大一条鱼呀!

白惠有些瞠目结舌,继而两颊发热。

楚潇潇伸手将那钩在自己胸口上的鱼钩取了下来,他摇头感叹,还好不是掷飞刀。不然他就没命了。白惠窘得可以,耳边传来咯咯的笑声,竟是那边的两个小孩子发现了她的窘况,忍俊不禁地抚掌大笑。

白惠的脸颊倏地就红到了耳根:"我还是不来了,你来吧。"

楚潇潇便声音爽朗地笑了起来:"没关系,你再来吧,我不介意再被你钓一次。"

白惠不由呲牙,继而也咯咯地笑了起来。然而她正笑着,四周的温度便好像是突降了十几度似的,一股子冰寒凛冽的气息让她心头跳起来,不由得抬头。

她看到了三两米开外不知何时多出来的两个人,徐长风和楚乔。

两个人全是休闲装扮,得体又漂亮得惹眼。楚乔的手指轻勾着男人的,一脸说不出的吃惊,继而那吃惊又渐渐转化为了愤怒。而徐长风俊朗的眉眼也是阴霾毕现。

唉,钓个鱼也能遇到这两个人,白惠想,她或许可以去买六合彩了。

"潇潇!"楚乔吃惊地喊了一声,"你怎么会和她在一起?"

楚潇潇神色倒是坦然:"我们是朋友,当然可以在一起。"

楚乔凛冽的目光便又盯向了白惠,白惠一个人迎接着四只眼睛放出来的凛冽,她只觉得头顶发麻。而楚潇潇的手已经伸了过来,轻拉了她的手:"他们在这儿,我们换个地方好了。"他边说,边开始低头收拾地上的渔具。

白惠头皮在发麻,但她也弯下身来,拾起了那个小凳子。她没有抬头,也能感受到楚乔的愤怒,徐长风的凛冽。她知道,他们或许恨不得杀了她。她拿着小凳子,楚潇潇则是牵了她的手:"走了,我们去那边。"

白惠被他牵着手走出了十余米,停下脚步,但是她已兴致萧索了。

"你看着,我来给你钓条大鱼。"楚潇潇笑着拍拍她的肩,将鱼钩送进了水中。白惠心不在焉地盯视着水面,直到楚潇潇手臂微微一沉,接着一抬,一条鱼被他甩了上来。

白惠才爆出惊喜的叫声:"哇哦,你真棒!"

她真的是毫不吝啬她的赞美和惊羡,楚潇潇看着她那孩子般的开心模样,摇头笑了。

白惠走过去捡那鱼。但是那鱼乒了乓啷的乱蹦,她竟是有种无所下手的感觉,好半天也没将那鱼从钩子上摘下来。楚潇潇笑着走过来,一手握住了她的手,一手捏住了那条鱼的嘴,将那鲫鱼摘了下来:"嗯,晚上回去熬着吃了。"

白惠只是咯咯地笑着,手还被楚潇潇轻擦着,她发觉,手心缩了缩,楚潇潇的手便松开了。

白惠看着眼前胜利的果实,虽然不是她钓上来的,但却是没心没肺地高兴着。徐长风凛冽的面上,脸颊微微发抽,牙齿咯噔一咬。楚乔则是暗暗捏紧了手指。相隔不远的空间里,已是波涛暗涌一般。

白惠捧着那条鱼咯咯笑着放进了带来的小桶中,她的舌不经意地在发干的嘴唇上舔了过去。

楚潇潇却已经发现:"我去取瓶水。"他说完,便迈开步子离开了。

白惠看看他离去的背影,心头涌出一丝丝的甜来。但是她脸上的笑意很快就僵在脸上了,楚乔阴沉的目光睨过来,她人已是走近。

"白惠,你竟然和我弟弟在一起。"

"哦,我们是朋友。"白惠心头跳了跳,但仍然坦然地说了一句。她转身去看远处的湖光山色,身后,危险隐隐潜伏。

楚乔看看脚下,咫尺便已是湖面。她的双手捏紧,她想或许只要轻轻一推,便可以给她来点儿教训了。

"乔乔,你站在这里做什么,我们去那边钓鱼。"一道温和如风的声音响起来时,白惠侧头,她看到徐长风的长臂已然将楚乔纤细的腰身勾住,拉进怀里,俊颜上温柔涌现。

楚乔收回在她身上的目光对着男人绽开笑:"好啊,我们去钓鱼。"她也环住了男人的腰,两个人亲密爱侣一般地离开了。

白惠有一种浑身不舒服的感觉,继而又是厌恶。

楚潇潇回来了,手里拿着一瓶水:"给。"他体贴地将瓶盖拧开,才将水递给了白惠。

白惠说了声谢谢,仰头喝了起来。

回家时,那两个人还没有走,白惠被楚潇潇牵着手离开,她仍能感觉到身后的目光,阴沉的,凛冽的,愤怒的。

上了车子,白惠微拢了眉心,看着外面有些飘渺的湖光山色,心思不属。楚潇潇似是看出了她的心事,温声说道:"她是她,我是我,你不要把我当楚乔的弟弟就是了。"

白惠笑笑,有些无奈:"对不起,我感觉是我把你拉进了我们之间的旋涡。"

"呵呵,怎么会!"楚潇潇一笑爽朗而真诚,"我们又不是现在才认识的。以前,我们不也在一起吃过饭吗?你也坐过我的车子。"

白惠垂眸,心底泛出苦涩。继而又唇角弯了弯:"不管怎么样,我应该谢谢你,你帮了我很多。"

"呵，一切是我自愿。你要是说那些话，就不把我当朋友了。"楚潇潇抿唇一笑说。

不能不说，楚潇潇的确是一个很真诚的人。虽然他也有一些富二代身上的几分痞性，但他是正直的。他的一言一行，都是坦诚的，让人不能不从心里喜欢这个男人。白惠感念楚潇潇和楚乔这对姐弟虽是一母所生，但是脾气禀性却是多么的不同。

楚潇潇将白惠送回了家，便开着车子向着自己的寓所驶去。红色的玛莎冷冷地停泊着，楚乔一张冷肃的面容让人心底生寒。

楚潇潇将车子停好，人才下车，楚乔已经走了过来："潇潇，为什么和那个女人在一起，你该知道她曾经做过谁的女人！她是姐的对头。"

楚潇潇轻敛眉宇："姐，我都知道，她以前是谁我不管，我只和现在的她在一起。"

"你什么意思！"楚乔俏脸变色，神色恼怒。

楚潇潇道："姐，你珍惜你现在拥有的就好了，别管我的事。"他说完便径自大步进屋去了。楚乔一跺脚，神色间又是愠又是恼。她啪的一拍车门，将车子开走了。

白惠躺在床上，有一种心神不安的感觉。她知道那种感觉来自于楚乔。她忘不了楚乔那鄙夷愤怒的眼神，也深深地知道，自己真的不应该和楚潇潇走得那么近。她用枕头压住了头，诶，老天让她静一静吧！

天亮了，白惠照常去上课，看着楚潇潇停在楼下的车子，她犹豫了一会儿走了过去。

"潇潇。"她坐进车子里，神色间郁郁的，眉尖蹙着，看起来心事重重的。

"什么？"楚潇潇开着车子问。

白惠道："以后，不要过来接我了，我们这样不好……"

楚潇潇凛眉："白惠，我和你说过，我姐是我姐，我是我，你可以踏踏实实地和我在一起，真的不用计较其他的什么。"他的神色很沉，但也同样显出了他的真诚。

白惠张了张嘴，终是说不出一个辩驳的字来。

楚潇潇将她送到了教室的门外，就走了。白惠转身想向着教室走去，但是身后有声音传来："白惠！"

熟悉到让她几乎厌恶的声音，白惠豁然扭头，呼吸立时抽紧，楚乔的手臂一扬，她的颊上已经重重挨了一掌。

"贱女人！"

楚乔手起利落，白惠的脸上立时火烧一般地疼起来。她反手想要再来一掌，但是有人一把攥了她的手腕，黄侠愤道："乔乔，你怎么打人！"

楚乔看着眼前突然间多出来的人，沉声吼道："黄侠你管什么闲事！"

"我不想管什么闲事，我只是不能看着你这样打一个孕妇！"黄侠说。

楚乔恼怒:"我打的是勾搭我弟弟的贱女人!"

"啪!"楚乔话音未落,她娇俏的面颊上已挨了白惠一个巴掌,清脆的巴掌声响起,楚乔的脸上立即火辣辣的了。她脸上抽搐地瞪着白惠,白惠皎月一般的脸上,清晰地印着她的五根手指印,此刻对着她缓缓开口:"楚乔,这个巴掌是还你的,我没有勾引你弟弟。你这样说话,不但侮辱我,还侮辱了你弟弟!"

白惠说完,满是敌意的眼睛又瞪了一眼楚乔,这才转身向着教室走去。她边走边摸着丝丝火辣的脸颊,心底里已是陈杂了百味。

楚乔脸上泛出青白,狠狠甩开黄侠的手,转身走向自己的车子。黄侠看着楚乔的车子旋风似的开走,他想了想还是向着白惠上课的那间教室走去。

"白惠。"他喊了一声。

白惠才刚踏进教室的门口,此刻停住了身形,不管怎么说,要不是黄侠拦着,楚乔的第二个巴掌也会招呼到她脸上。

"什么事,黄侠?"她问。

"你没事吧?"黄侠有些担心地说。

白惠微微垂了垂眸:"谢谢你黄侠,我没事。"

"嗨,跟我客气什么。"黄侠拧了拧眉,似乎在琢磨该用怎么样的措辞说出自己想说的话。

"你还是离潇潇远点儿吧,他可是乔乔的弟弟呢,你和她的弟弟在一起,乔乔就会找你的麻烦。"半晌,他才说。

"我知道了,谢谢。"白惠默然,她转身向着教室里面走去。

黄侠在外面站了一会儿才迈开步子走向自己的车子。

白惠下课之后,给楚潇潇发了个信息过去:"潇潇,不用来接我了,我今天住朋友那儿。"

下课之后,楚潇潇的车子果真没来,她打了辆车直接去了白秋月那里。防盗门半开着,有说话的声音传出来:"秋月,这么多年了,你还在恨我是怎么着?其实你也不能怪我狠心不是?要不是你虐待小爱,要不是你偏向长昆,我怎么可能把你赶出伊家啊!"

"滚!"随着愤怒的一声吼,传来砰的一声,是什么砸在墙壁上的声音。接着是小凤汪汪的叫声传出来。

白惠的心头跳了跳,她一把推开了房门,只见家里的小凳子被抛到了墙角处,而伊长泽正一手捂着额头,脸上的神色狰狞。

白秋月脸色一片惨白,身子正在打颤,用手指点着伊长泽:"分明是畜生不如的东西,还在这里反咬一口。伊长泽你给我滚!"

伊长泽的额头处被小凳子砸开了一道口子,往外冒着血丝,咬着牙,变得横眉怒目:"白秋月你这脾气还真是又老又臭!"

他愤愤地瞪了一眼白秋月大步就走出了白家。白惠来不及吃惊,忙过去扶住了白秋月:"妈!"

"这个畜生,他到现在还要反咬一口!"白秋月身形发颤,痛苦在脸上浮现。

白惠扶着母亲坐在了沙发上,白秋月呼吸似乎不太顺畅,一手在胸口处抚摩。白惠忙在母亲的衣兜里翻找:"妈,药呢!"

"这里。"白秋月的手指了指左面的裤子兜。白惠将手伸进去掏了药出来,打开盖子倒了两粒出来,"妈。"

白秋月张了嘴,让女儿将药送进了她的嘴里。

"哎,妈妈当初瞎了眼,才会执意嫁给那个男人。"白秋月含了药,半响才有力气开口。

白惠心头难受,又吃惊不已:"妈,你真的,和他,做过夫妻吗?"

"是呀……"白秋月长长地叹息了一声。

白惠一咬唇,那么说,她是伊长泽的女儿了?她难以接受这个消息,心里一时间恍若翻江倒海。

白秋月的心悸又发作了,白惠没敢马上离开,而是留在那里照顾母亲。袁华那张脸从进屋的一刻就耷拉着。没有子嗣,老婆又得了心疾,唯一给他光耀门面的养女还被夫家给抛弃了,他觉得他脸上没光,还很倒霉!

白惠一直留在那里照顾母亲,白秋月看着肚子隆起的女儿,心底难受。伸手轻抚了抚女儿的秀发:"惠呀,再找个人,嫁了吧。你一个人,将来带着两个孩子,妈想想都难呢!真的不放心呢!"

白惠喉头顿时一涩:"妈,我没事的。不是还有妈吗,等孩子生下来,我和妈,我们一人带一个。"

"呵呵。"白秋月笑了笑,眼角仍然有泪淌下。

那晚,白惠就睡在了自己当年的小屋子里,她真的好怕,母亲哪一天会突然间离开她。真的只剩下她和两个幼小的孩子。

转天的一早,白秋月的心悸渐好,白惠心情稍安,她收拾好了自己准备去上课,白秋月送了出来,身后还跟着小风。那小东西是相当舍不得白惠的,每次白惠一来,它都得叼着白惠的裤脚,缠上一阵儿。

"乖乖,回去吧,我过一段时间就接你回家哦!"白惠摸了摸小东西的小脑袋,小风便汪汪叫了几声。

从母亲那里离开,白惠在车上拨了黄侠的电话:"黄侠,你告诉我,伊长泽的电话是多少。"

"哎,你问这做什么?"黄侠正伸手推上车门,转身往着公司大厦走。

"我找他有事,你就告诉我吧。"白惠说。

黄侠迟疑了一下道:"好吧,我给你发过去。"

他的手指在手机上轻触,翻到了电话簿,这里面,伊家人的电话还在。他找到白惠要的号码给发了过去。白惠的手机很快就响起信息的声音。

她打开信息,照着那个号码拨了出去。

伊长泽的声音伴着车子行驶中的的声音传来:"喂?"

"伊长泽。"白惠直接叫了伊长泽的名字。

伊长泽听到白惠的声音怔了怔,继而得意地道:"嘿,是白惠呀?说,找爸爸什么事儿?"

"呸,谁是你女儿!"白惠恼怒地说,"伊长泽,你不要再去招惹我妈妈。我不管你们当初为什么离婚的,她早已不是你妻子,你也不是她丈夫,你再跑过去,我会报警的!"

"嘿嘿。"伊长泽脸上一紧,但是手机里面马上就传来了嘟嘟的声音,白惠已经挂了电话。

她坐在出租车里,捏着手机,想着母亲那惨白的面容,心里对伊长泽说不出的愤怒。而对母亲又是说不出的难受。学校到了,白惠下了车心里仍然很愤怒。

"怎么了?大清早就绷着脸啊!"一道清朗悦耳的男声滑过耳膜,楚潇潇已是走了过来。

"潇潇?"白惠有些惊讶。

楚潇潇道:"我从这儿路过顺便过来看看,你的眼圈有儿点黑,是不是没睡好啊?"

"呃……"白惠不由伸手摸了摸眼睛下方。楚潇潇又道:"我知道你其实是成心想躲着我,但是白惠,如果让我不找你,那得是我自己的想法才行啊!"他看着她,笑意和一种叫做固执的东西在眼睛里流淌。

白惠张了张嘴,却是不知说什么才好。这个男人,他还如此的固执。

"好了你去上课吧,晚上我过来接你,我们去听音乐会。"楚潇潇说完,笑笑转身离开。白惠一直看着她上了那辆黑色的奥迪,她蹙了蹙眉尖。

黄侠手机收线迈步进了大厦,前面一人在等电梯,而电梯的数字还停在二十层处。他走了过去,在那人身旁一站。周逸晓已经闻到了一种不同于刚才的气息,她抬

第三十五章 有你,便是晴天

头一瞧,就看到了站在身旁的大老板。

黄侠双手插在裤子兜中,高大的身形像一根电线杆似的,堵在了她的身边。可是这人又比电线杆邪恶得多。周逸晓想起他对自己的百般刁难,心里就对这个长得人模人样的老板喜欢不起来。

电梯门打开,周逸晓迈步进去,黄侠的身形也随后而进。周逸晓站在电梯的里侧,他高大的身形则站在门口处,一双桃花眼若无其事地打量她。

电梯里空间狭小密闭,这家伙却用丝毫不避讳的目光在她脸上身上逡巡,周逸晓有种呼吸发紧的感觉。黄侠一副吊儿郎当的模样,歪着头斜睨着她。直到电梯门打开,才收回目光,转身向外走去。

"周逸晓。"但是那沉凛的声音却从那高大的背影传过来。

周逸晓登时一个激灵,她这个老板喊她的时候,多半都没有好事。

"跟我过来。"黄侠又说了一句,身形不停,已是推开了办公室的门。

周逸晓紧走几步跟了进去。黄侠一回身,已是双眸阴鸷:"周逸晓,我昨天让你送的东西你怎么送的?"

他黑沉沉的眼睛没有了刚才不羁的模样。周逸晓心头不由得一紧,"不是说,红色的盒子给珍妮小姐,蓝色的盒子给安娜小姐吗?"她说。

"嗯,是,可是你怎么送的?"黄侠歪着头,眯了眼睛问。

"我?"周逸晓想了想,"我照您说的送的。"

"是吗?"黄侠牙根一咬,神色已是严厉了几分,"你把红色的给了安娜,蓝色的给了珍妮。"他边说,边从衣袋里掏了两个盒子出来,啪的拍在了办公桌上。一蓝一红,正是昨日周逸晓照他的吩咐给他两个小情人送过去的。

"喏,你就是这么工作的?"黄侠阴着脸说。

周逸晓有满脸爬黑线的感觉,她记得她送之前有好好看过,怎么还是送错了吗?

"那我再送一遍,老板。"

"再送一遍?哦,错都错了,你以为还能当做没发生啊!"黄侠讥道。

周逸晓皱皱眉:"那你说要怎么做?最多我再做一个月的卫生给你。"

黄侠哧的乐了,大手伸过去,却是在周逸晓的脑壳上敲了一下:"喏,今晚罚你陪我去参加个宴会。兵来将挡,水来土掩,有敬酒的,你就替我喝了。"

"你!"周逸晓平生第一次有想抽人的冲动。但她只是鼓了鼓嘴,却什么都没敢说。人在矮檐下,就得学会低头。这可是老妈从小就在她耳边念叨的话。

一到中午,周逸晓就被黄侠用电话叫了出去,黄侠扔给了她一个包装精美的盒子:"这个一会儿换上。"

周逸晓将包装打开,她看到一件十分精美的白色小礼服。

　　这是一家档次十分高档的大酒店,周逸晓不知道黄侠赴什么人的宴,只是看着外面停着的一辆辆豪车时,有目瞪口呆的感觉。

　　黄侠大步流星地往前走,周逸晓拎着衣服盒子跟上,黄侠对着酒店的领班道:"给她找个地方换衣服。"

　　"是,黄先生。"领班小姐微笑着说。她在前面引路,周逸晓跟着她走到了一间没有人的房间。

　　"请在这里换吧。"领班出去时把房门也给体贴地关好了,周逸晓对着镜子将小礼服换上,看着镜子中娇娇俏俏的自己,她挑挑秀眉。

　　再出来时,她寻找着黄侠的影子。黄侠的身旁多了两个人,一男一女,正边饮着酒边聊着什么。周逸晓看到那一男一女,男的俊朗儒雅,女的,高挑冷艳。

　　"周逸晓,你干什么呢!"黄侠的声音让她收回了目光,她忙走了过去。黄侠的目光毫不避讳地在她身上打量,随后挑挑眉,"嗯,还算有料。"

　　周逸晓被他一句算是十分露骨的话说了个面红过耳。而楚乔的目光则是带着一种高傲在她的脸上停了一下,徐长风只是看了她一眼,便又深凛了眉。

　　"过来。"黄侠对她说了一句,周逸晓便走了过去。黄侠的左臂伸了出来,周逸晓明白过来,犹豫一下挽住。

　　宴会上的人,都是衣冠楚楚的,看起来都很有身份。周逸晓被黄侠带着,时而在那些人中穿梭。果真有人给黄侠敬酒,那家伙都自己喝了,只是末了,有人说要敬他的小情人,黄侠便笑笑,笑眯眯,痞里痞气地看着她出丑。

　　她喝了一杯酒,不知是什么酒,味道有点儿怪,她被呛了一下,咳嗽起来,黄侠的笑声十分欢畅,就像是很开心的样子。周逸晓暗地里骂了他一句。

　　楚潇潇一到下课的点儿就将车子候在了教室外面的柏油路上。白惠是真的迟疑了。那日楚乔找过来,抽了她一个嘴巴,以及后来黄侠对她说的话,让她不能不为自己的孩子着想,她很怕楚乔因此而伤害她的孩子。

　　她站在离楚潇潇车子不远处,却是迟迟没有过来。楚潇潇开门下车向着她走了过来:"走吧,你这样大腹便便的,却没个人陪着,让我做你的护花使者吧!"他说着,已是伸手轻扣了她的手腕,笑道,"今天有专场音乐会,对你肚子里的宝宝是很好的胎教哦!"

　　白惠一听到楚潇潇后面的话眼睛里亮了亮,此时,正好有过路的车子驶过来,按起了喇叭,楚潇潇便拉着她向着他的车子走去。他打开了车门,很客气很绅士地让她上车。

白惠坐进车子里的那刻,心头还是有些不安的。她忘不了昨天楚乔那凶狠的样子。

黑色的奥迪驶出了学校,楚潇潇说:"其实我知道,让你心无芥蒂坦然地接受我这个朋友,可能真的有难度。但你相信我,不管我姐姐怎么样,她做过什么,我都是楚潇潇,是你以前就认识的那个楚潇潇。"

不能不说,楚潇潇的话很大程度上给了白惠安慰。楚潇潇无疑是敏感的,睿智的,她的心思,他竟然洞悉于胸。白惠不由侧了头看向他。

他有着十分英挺的眼睛和鼻子,他也有着十分高贵的出身,可是他,却是如此的平易近人,如此的真诚。

楚潇潇的车子在一家档次很高的饭店外面停下,白惠认出,这就是他曾带她来过的那家既有很有特色的菜肴,也有味道十分地道的牛肉拉面的地方。

楚潇潇下了车,又体贴地过来扶她下车,他的手很礼貌地轻扶了她的手腕。白惠穿着淡绿色的裙子,一头青丝柔顺地披在肩头,她下车的时候,伸手轻拢了一下耳际散落的头发,样子极具女性的柔美。楚潇潇呆了呆。

而白惠,她的神情也在下了车的那一刻,呆了一下。

几乎与他们的车子同时停下的黑色车子,车门打开处,出来一个西装笔挺的男人。他的手轻扣了一下西装最下面的扣子,黑眸似是不经意间的一瞥,视线将她拢住的一刻,隐隐的犀利已是透了出来。

白惠心头不由一紧,怎么又遇到他了?

楚潇潇在牵住白惠手的那一刻,才发现了站在不远处的男人,他对着徐长风点了点头,便拉着白惠的手,两人向着饭店里面走去。

看着白惠淡绿色的身影随着另一个男人一起走进饭店,徐长风的眉宇处有愠怒涌过。

饭店的地板上不知是谁洒了点儿水,白惠的脚滑了一下,心头大跳,脸色也白了。楚潇潇的手很及时地扶了她的腰,"小心。"

白惠坐下时,才感到了来自于远处的锋芒。她的神情僵了僵,抬头,便已见到徐长风的身影走了过来。他黑沉沉的眸子扫过她的脸,隐隐的犀利灼了她的眼。他从他们的身边走了过去,直接走向了前面的雅间。

白惠有种不自在的感觉,这是她和他离婚之后,头一次这么近距离地吃饭。楚潇潇给她要了她爱吃的牛肉面,又要了一些别的菜,两个人慢慢地吃着。白惠有些食不知味。然后,肚子就有些不舒服。

"潇潇,我去趟洗手间。"她站了起来,楚潇潇道:"要不要我送你过去?"

"不用,我会小心的。"白惠笑笑,转身慢步向着洗手间的方向走。男洗手间和女洗手间经过同一个盥洗室,白惠走过去的时候,她就听见了那低沉的男音。

"我知道了,这件事情林经理你去处理。"是徐长风的声音。

白惠的脚步顿了顿,她的手不由得轻覆在了小腹处。而里面的人也看到了他,他的幽深的眉宇一敛,手机收线,黑眸已然望了过来。经过她的脸前顿了顿,然后眼神向下落在了她隆起的肚子上。

白惠拧了拧眉,走进洗手间。等她出来的时候,他竟然还在,背对着她的方向,抽着烟。白惠想走的时候,他又回过身:"挺着这么大的肚子,我劝你还是少出来几次为好。不然有什么闪失,会后悔莫及。"

白惠拧拧眉,心头有些恼火,可是他后面的话无疑又是对的。她没说话从他的身边走过去,可是他的一只大手忽然间就落在了她的腹部,手掌温热,隔着裙子熨帖着她的肚皮。白惠被惊呆了,反应过来,一个巴掌便甩了出去。

"别动手动脚的!"

徐长风的手立即就收了回来,没说话,但用一双深而且恼的眼睛看着她。白惠恼怒地回瞪着他,然后向外面走去。

回到原先的餐位时,楚潇潇正端着一杯白水慢慢喝着。见到她时,笑了笑神色温和。白惠走了过去,仍然在原先的位子坐下,一顿饭吃得有点没味道。

听完音乐会回家,楚潇潇的车子开走,白惠躺在床上,翻来覆去,没有睡意,她想起他的手覆在她肚子上的情形,他为什么要那么做?难道他也喜欢这两个孩子?

她又摇摇头,他会有他和楚乔的孩子,他怎么会喜欢她的孩子?

"潇潇,听说你和那个白惠在一起。"楚远山的电话打了过来,楚潇潇正开门进屋。父亲沉凛的声音让他眉心一紧。

"爸爸,我和她是朋友。"

楚远山沉默一下才道:"你这孩子,和谁做朋友不好。那个白惠,可是徐长风的前任。"

楚潇潇沉吟一下才道:"我不管她是谁的前任,我喜欢她。"

"喜欢!"楚远山暴躁的声音传来,"你敢喜欢她你试试看!"

楚潇潇拧了拧眉,楚远山又愤怒地道:"我现在就叫你姐安排你和方检的女儿见个面……"

楚远山愤怒地挂了电话。楚潇潇将手机向着茶几处一抛,那黑色的机子砸到了玻璃的茶几上又摔到了地板上。他迈开步子向着洗手间走去。

七月的天,大雨说来就来。白惠正想去上课的时候,大雨就下起来了,噼里啪啦地打在身上。她忙又缩回了楼里。她这样的身体,这样的天气,让她生畏。

楚潇潇的车子停了过来,一如既往的体贴。他撑着一把伞向她走来。"走吧,我送你。"他过来虚扶了一把她的后腰。

白惠上了车子,安顿好自己才说道:"潇潇,我后天放假,以后你就不用接我了。"

楚潇潇扶着方向盘的手有一刻的僵硬,但还是扯了扯唇角:"好啊。不过你有什么需要我帮忙的说出来,即使是假期,我的车子也会随时为你服务的。"

白惠心头一暖忽的又是一涩,她在这大腹便便的时候,得不到孩子的爸爸一丝的关心,却得到了他情人的弟弟这样无微不至的关爱。

"潇潇,你为什么对我这么好!"她咬了咬唇问出来,眼眶里有些热。

楚潇潇的车子不由得停了下来,他侧眸向着她,一字一句地道:"我喜欢你,信吗?"

白惠倏然张大了眸。继而又是一笑:"你开我玩笑。我这么一个大肚子的女人,被自己的男人抛弃,我有什么好。"

她的声音有些微哽,她这样一个婚姻失败、被人抛弃,又大着肚子的女人,竟然有楚潇潇这样一个高富帅对她说:他喜欢她。

这当真是老天在和她开玩笑。

楚潇潇轻扯了扯唇角:"不管你相不相信,你给我的感觉是不同的。这么说吧,我愿意为你做任何事。"他的漂亮的眸子在一瞬间染上了深邃的情愫。

白惠怔了怔,心里一时间百味涌起。有甜,有涩,也有难以置信。楚潇潇却是温和一笑:"好了,别想了,你只要把我当成普通的朋友就行了。"

他说话的时候,还伸手揉了一下她的发,然后笑着开起了车子。

白惠有一种恍在梦中的感觉。一路上思绪游离,直到楚潇潇的声音又在耳畔响起:"下车吧,到了。"

她才醒过神来。

楚潇潇已是一手撑伞,一手为了她开了车门,又伸手过来扶了她的手臂,"慢点儿,地上有水。"

白惠的心头被暖意伴着微涩蒸腾。楚潇潇一直将她送进了教室,才转身离去,而白惠却有一种身在梦境中的感觉。大雨在一个小时后停歇,碧空如洗。

研究生班的课终于是告一段落,白惠觉得轻松了好多。她回去看了看母亲,白秋月的状态好了一些,给女儿包了一顿饺子,只是看着女儿日渐大起来的肚子,她的眉心处锁满了忧虑。从母亲那里离开,她一个人沿着马路慢慢地走着,昨夜下过雨,今天的天气很好,晴朗而且碧空如洗。肚子里的孩子伸了伸腿,她伸手轻抚了抚腹部,再过几个月,孩子们就该生了。她的生活会变成什么样?她有些迷茫,也有些隐隐的忧虑。

"乔乔,你看。"红色的跑车里,伊爱手指了白惠的方向说。

楚乔握着方向盘,目光已是向着窗子外面望了出去。白惠的身形好像又肿了一些,正一手覆在腹部,在路边慢慢地走着。

楚乔的眼睛在她那隆起的肚子上停滞着,伊爱眼珠一转说道:"乔乔,你就真的眼看着这孩子生下来?"

楚乔神色一敛,思维有一刻的停滞,就这么一走神的空当,车子与从后面冲过来的一辆宝马险些擦挂。楚乔惊了一下,忙聚拢了心神。

红色的玛莎刷的一下就驶过去了,白惠站在街头,伸手轻抚了抚肚子,刚才,宝宝动了一下。

"风,你来了。"徐长风的身形走进楚宅大厅的时候,楚乔走过去,手臂插进了男人的臂弯,"就等你吃饭了。"

"嗯,对不起,我来晚了。"徐长风温和的声音响起来。

"呵呵,你怎么这么客气呀,我们都是一家人诶!"楚乔笑得明亮俏皮,挽着徐长风走去了楚家的餐厅。

楚远山已经坐下,对面是楚潇潇,徐长风喊了声"楚伯伯",楚远山嗯了一声。楚潇潇只看看他,没有说话。

徐长风和楚乔拉了椅子坐下,楚远山声音沉稳地问:"最近,徐氏怎么样?"

徐长风道:"还好,多谢楚伯伯的帮助。"

"不用客气,我们早晚都是一家人。"楚远山的神色似乎和蔼,可却无形中有一种严肃透出来。还似乎隐隐地含了些什么说不出的东西。

徐长风笑笑,楚远山又道:"你们定婚的请柬都写好了吗?"

"我和乔乔正在拟名单。"徐长风回道。

楚远山道:"拟完了,拿给我看看。"

"会的,楚伯伯。"

楚远山或许对这个准女婿心存防备,并不完全信赖,或者保持着某种戒心。看向徐长风的眼神总是平和中透着一种威严。

他和这个准女婿喝了两杯酒,又问了些什么,徐长风都一一做答。楚乔也跟着喝了一杯。楚潇潇闷头吃饭,一直没有说话,但是吃完饭,楚远山对儿子道:"潇潇,你过我房间来一趟。"

楚潇潇便跟着父亲上楼了,而楚乔对徐长风道:"风,你跟我来。"她拉着徐长风的手上了楼,直进了自己的卧室,随后将门一关,双臂一伸,勾住了男人的脖子。她娇俏地贴了过去,嫣红的嘴唇轻轻覆在了男人的嘴唇上。

一只手又从他的脖子处下移,伸进了他的衬衣里。她的温热的手抚上他结实的胸肌,指尖贪恋地在那结实的肌理上轻轻游移。

"风,你就真的一点都不想吗?"她的如魅红唇在他的唇边轻蜷。带着酒香的温热气息让人一阵心眩。她漂亮的眼睛娇媚而且轻拢了一层酒后的朦胧柔美,这个时候的楚乔,无疑是让人心动的。

徐长风深吸了一口气,却是轻轻地推开了她:"乔乔……"

"风。"楚乔的双臂再次勾紧了他的脖子,嫣红的嘴唇一下子覆过去,将徐长风将要说出的话堵在了口中。

徐长风的手臂扶在了她的纤腰处,手指有些发僵。就在这个时候,兜里的手机响了起来,他将怀里的女人轻轻推开了:"我去接个电话。"他说完,竟然推开她出去了。

楚乔沉迷的神志在这一刻清醒,她看着那个男人走出去的背影,眼睛里有异样的恼怒闪过。

"抱歉,乔乔,小北来电话说是香港那边的订单被打回来了,我回去看看。"徐长风接完电话又推门进来了。

"风,那不有你的副总处理吗?"楚乔拧眉,神色里带了几分嗔和恼。

徐长风一笑,样子无奈:"呵,这笔订单数额巨大。你知道,现在的徐氏几乎是水深火热的状态,经不得一点闪失的。"

楚乔鼓了鼓嘴,神色委屈:"那好吧,你去吧。"

"我明天再来陪你。"徐长风眯了眯眼睛,神色更柔了几分。他走了过来,轻拉了楚乔的肩过去,在那张白皙柔嫩的脸颊上落了一吻:"好了,你早点休息。"

他对她一笑,温和俊魅,转身大步离开了。

楚乔伸手摸了一下似乎还带着男人体温的脸颊,漂亮的脸一点点地绷了起来,又怨又恼,啪地将房门关上了,漂亮的眼睛里有阴影闪过。

徐长风从楚家出来,小北的车子已经候在门外了。他开门上车,神色沉凛,小北掉转车头,开着他的车子在夜色下的公路上飞驶。

"一会儿你就下车吧,我用车子。"车子驶出楚家所处地界之后,徐长风说。

小北喔了一声,在前面将车子贴向路边,他开门下去了:"老板您慢点儿。"

"嗯。"徐长风应了一句,人已经从后面下来,钻进了驾驶座位子,黑色的宾利倏地开走了。

沐浴过的楚乔,白皙的身体还在往下淌着水珠,她用毛巾轻轻地擦拭着,目光从水汽氤氲的镜子里看着自己的身体。二十九岁了,可是她依然年轻,肌肤也很有弹性。

她从洗浴间出来,在梳妆台的镜子前坐下。她看看镜子里那张微微晕红的脸,将兰蔻的眼霜精华打开,在眼睛下面,用自带的小转头轻轻滚动着。眼睑下方,一丝细细的纹路让她的动作停住了。女人到了这个年纪,恐怕是再好的化妆品也只是遮掩和尽可能地拖延变老的速度,楚乔也并不例外,她已经二十九岁,她的青春已经到了尾巴尖上了。她的手指轻抚着那丝细纹,心里头凉凉的,又泛过一丝这个年龄的女人都会有的恐慌。

美人经不得迟暮。

早晨,她化了精致的妆容,开着车子去了徐氏,当办公室的门被人推开,高跟鞋敲击地板的声音响起时,徐长风的眉心轻敛。

"怎么这么早?"他微笑地对走过来的高挑女人说。

楚乔一笑依然明媚:"嗯,订婚礼服做出来了,我等你一起去试试。"

"我马上有个会要开,开完会再陪你去。"徐长风站起身道。

"好,我等你。"楚乔明眸含笑,十分妩媚。

徐长风开门出去了,楚乔坐在了他的大班椅上,伸手将徐长风桌上的《全球五百强》拾了起来,她若无其事地翻着,厚厚的书页中夹着的一张纸引起了她的注意,那是一张B超单。日期是四月的时候,单子有些发皱,好像是被人拿出来看过好多次的样子。她捏着那张单子,眉心渐渐拢紧。她看了看B超上的钢笔字:妊娠12周,双胎……

"徐总,会客室有位王先生要见您。"外面有徐长风秘书的声音隐约传进来,楚乔忙伸手擦了擦额头处冒出来的细汗,将那张B超单夹回了书页中。

很快,徐长风就从会客室出来了,他推开虚掩的办公室门走了进来,深邃的眉眼不着痕迹地扫过他办公桌上放着的那本书时,眉心已是一紧。

楚乔伸手搭上了他的手:"风,我们走吧。"

"好。"徐长风一笑。

这是一件斜肩的淡粉色礼服,由左颈到右胸,下到腰际是一道道漂亮而精致的斜褶,流线型收腰,楚乔高挑优美的身形在这件世界名设计师为她量身打造的名贵礼服下,显露无遗。楚乔站在那里,那气质越发的高贵和典雅。

"风,你看好看吗?"她轻扯裙身,问身旁的男人。

"好看。"徐长风微眯了一双俊朗的眉眼说。

楚乔甜甜地一笑,搂着他的脖子在他的脸颊上吧的亲了一下。

"楚小姐和徐先生的感情真好。"礼服的首席设计师不由得笑道。楚乔抿唇一乐。

"风,订婚的请柬我已经叫人写好了,你要不要看看?"回去的路上,坐在车子里,楚乔说。

"哦,你看过就行了,我相信你。"徐长风对着身旁的女人一笑温和。

楚乔道:"那我就叫人送请柬喽!"

"好。"徐长风笑了笑。

白惠洗过澡,换了干净舒适的棉质睡衣,在床上躺下,她捧着本书看了一会儿,倦意就来了。然而,她的睡眠并不好,现在已经六个月的身孕了,半夜里,两个宝宝时而就会动一下。

她睁着那双明亮,却有些迷茫的眼睛,此刻的她,不能不怀念曾经有过的那段温情。如果她当初嫁的是一个普通男人,那么现在,她可能就枕着老公的臂弯,睡得香甜。她轻叹了一声,合上了眼睑。

距离上次孕检已经过了三个月了,白惠一早约了赵芳,陪她去医院产检。

B超显示,胎儿发育得很好。两个小宝宝在B超仪的显示下,安然而恬静。一个小宝宝还挥了挥小胳膊。引得那个给她照B超的医生扑哧一笑。并且将那副样子给照了下来。

白惠看着照片上那对挨在一起,几乎是互相拥抱的小宝宝,心头涌出说不出的喜悦和欣慰。她和赵芳两人边走边瞧着那张照片,喜悦盈满眉梢。

"白惠,你送我一个吧,多么可爱的宝宝啊!"赵芳羡慕不已。

白惠只笑:"不要着急,你也会有的。"彼时,赵芳的婚期已经快要到了。两人咯咯笑着离开医院。

不用上课了,生活当真是轻松不少。白惠除了买菜做饭,基本上不出屋。这天傍晚,她在小区里面走了走,美丽的小区环境让她的心情也跟着愉悦。

正走着,有红色的车子开过来,在她身旁停下了。看到那车子,白惠的眉心立时就紧了一下。

楚乔下了车,向着她走过来,手里还捏着什么东西。

"很久不见了,白惠。"楚乔双眼晶亮,笑得也十分漂亮,但白惠却有一种凉意袭来的感觉。

"这封请柬是我和风订婚用的,欢迎你来参加哦!"楚乔一笑眸中已是含了隐隐的挑衅意味。

白惠抚在肚子上的手指颤了颤:"抱歉,我没兴趣。"她扭身想走,楚乔却是笑道:

"怎么你也跟了风那么长时间嘛,我们的订婚典礼你要是不参加,就像少了点什么似的。白惠,风也很盼着你能去呢!"

她说着,又对着白惠一笑莞尔,手中红色烫金的请柬飘落下来,她上了车子,红色的玛莎带着几分志得意满开走了。

白惠的心口有气血在翻涌,楚乔的话成功地挑起了她心头的愤慨。她弯身,手指发颤,有些费力地将那张请柬拾了起来,转身向着小区外面走去。她打了辆车直接去了徐宅,此刻,想必他是在家的。出租车在那宽阔漂亮的大门处停下,她坐在车子里拨打了徐长风的电话:"徐长风,如果你在家,就出来一趟。"

彼时,徐长风刚刚进家不久。心境已经大为开阔的胡兰珠正和楚乔坐在客厅,不知说了什么有意思的话题,两人都笑了起来,胡兰珠的笑声尤其愉悦,显然,心情是极好的。

而楚乔,她就是有这种哄人开心的本事。

徐长风回来时,楚乔叫了声风,徐长风嗯了一声,说道:"我上去找爸爸有点儿事。"

"嗯,你去吧。"楚乔眨了眨眼睛,十分柔顺。

徐长风迈步上楼。

此刻,他正和徐宾在书房里商量一些事情,手机响起来,他看看号码,修眉微微一紧。他边往外走边接听了白惠的电话。白惠的声音淡然却透着一种隐忍的愠怒。

"徐长风你出来一趟。"

他的心头不由得发紧,手机收线下楼,向外走去。

白惠就坐在蓝色的出租车里,眼见着徐宅的侧门打开了,暮色苍茫中,一道男人的身影走了出来,熟悉而淡薄。

白惠一手扶着车门框,从车上迈了下来,她走到徐长风的面前,手里一直捏着的东西对着他的俊颜甩过去:"徐长风,我说过,你和你未婚妻的事情和我无关,请不要再给我什么请柬!"

她想控制着自己不要发火,但是胸口气血不断地翻涌,有越压抑越烈的趋势。她的声音发颤,扬起的手也发颤,那做工精致的红色烫金请柬被甩在了徐长风的脸上,尖锐的棱角划过了他的皮肤,瞬间留下一道印痕。

白惠眼睛里的愤怒那么清晰,以至于现在暮色沉沉,仍能够清晰地看到感觉到,徐长风的心头迅速地发紧。他看着她转身向着车子处走去,那背影看起柔弱,愤怒,也那么地让人心底发颤。

他不由得走了过去,大手轻扣了她的手腕,这个动作完全不由自主。

"别碰我!"白惠怒道。

徐长风的手便松开了。

夜色下她的脸惨白惨白的,却是一手扒了车门处,坐了进去。"开车吧。"她没有再看他一眼,对着司机吩咐了一句,声音里有难以抑制的颤抖。

徐长风的心头倏然滑过一丝凉,他一直看着那蓝色的出租车转弯又徐徐开走,消失在暮色中,心头沉沉的。

"长风,刚才谁来啊?"进屋时,胡兰珠问。

"一个朋友。"徐长风淡声道。

楚乔看了看他,两只手力道恰到好处地揉着胡兰珠的肩膀。

胡兰珠道:"乔乔的手法真是越来越娴熟了。"

"呵呵,伯母您真会夸我。"楚乔俏皮一笑,在胡兰珠的身旁坐了下去,拿起了拼盘中的水果。用水果刀切成了几瓣,牙签插好,将其中的一个递向了胡兰珠,"伯母,来。"

徐长风看了看楚乔一张娇笑的脸,迈步向着楼上走去:"我继续和爸爸谈香港项目的事。"他迈步上楼,楚乔抬眸,眼神意味深长地看着那道颀长的背影在二楼的拐弯处消失。

白惠坐在出租车上,覆在肚子处的手指仍然泛着白。车子在她家的楼下停住,她付过车钱,下车的时候,双腿竟是有些发虚。进了家,她便在床铺上躺下了。

丁零的门铃声响了起来。白惠心头激灵了一下,她扶着沙发站了起来,走向门口处的可视屏,她看到了清致的脸。她拿起了对讲话筒:"清致,我已经休息了。"

"哦,我只上去呆一会儿,我马上就走,我好久没见过你了,很担心你。"清致说。

白惠终是按下了可视屏上的开锁按钮,清致走了进来。她的手里提着一个西瓜,进来时放在了门口处。白惠自从离婚之后就没有再见过清致,此刻一见,她发现,清致好像又消瘦了,气色也不是很好。客厅里的灯光下,她看出清致眼睛下方淡淡的黑色。

清致的目光落在了白惠的肚子上,定了定,嘴唇微张,似乎想问些什么的,但开口却是幽幽地道:"我很久没见过你了,你知道我家里的情况,我可以说,诸事无心的。原谅我,我们曾经是很亲密的姑嫂,可我从来没来看过你。"

清致说话的时候,双臂就抱住了白惠的肩,眼睛里有晶莹闪烁:"呵,徐家对不起你。"

白惠对这个曾经的小姑,也感到了一丝丝的疼。为什么女人,都要受这样的苦呢!

清致在白惠那里呆了一个多小时才回家。她开着车子,精神不住地游移,车子驶进自家的院子,她关了车门,向着灯光明亮处走去。脚下突然间一歪,脚踝处已是一疼。她的口里发出嘶的一声,忍着疼,推门进屋。

"妈妈,你回来了。"霖霖正坐在沙发上看动画片,此刻站了起来,向着清致跑了过去:"妈妈,爸爸打电话说他今晚不回来了。妈妈,爸爸为什么总是不在家住啊?"

霖霖仰着头,黑漆漆的眼睛里满是想不透的疑惑。清致的心头发涩,伸手轻揉了揉儿子的头:"他外面有事情吧!"

"喔。"霖霖点了点头,却又跟过去扯住了清致的衣襟:"可是妈妈,我想爸爸能多多陪陪我。"

看着儿子满是期冀的纯真的眼睛,清致心里的涩又变成了心疼:"他很忙,霖霖。"她弯身,在儿子的额头上亲了一下,"乖,时间不早了,别看电视了,去睡觉吧!"

"哦。"霖霖有些郁郁地上楼去了。清致看着儿子像他爸爸一样瘦瘦的身影向着楼上走去,心头涩涩的疼。

房间里很空荡,她进去时,更添了几分的落寞。她无力地将自己放倒在了大床上,身边,那人睡过的枕头,盖过的被子还在,可是她的爱情,却是消失无踪了。

这个晚上,陶以臻意外地回家了。霖霖高兴地跑过去,抱住了陶以臻的腿,"爸爸,你回来了。"

"嗯,回来了。"陶以臻的大手揉揉儿子的头。眼睛里涌出疼爱。但他只是揉了揉儿子的头就向着楼上走去了。清致刚刚沐浴过,正系着淡青色睡衣的扣子。

陶以臻推门走了进来,"我明天飞丽江,有事情你可以给我打电话。"他的眼睛淡淡地睐过了妻子便走向了前面的衣柜。他从里面拿出了一件衬衣,搭在了臂弯处,说了句我走了,便向外走去。

看着那淡漠的身影消失在视线里,清致心口划过涩然的疼。

白惠睡眠浅浅地过了一夜,早晨时,想去看看母亲。她从家里出来,在路边拦了一辆出租车,向着母亲家的方向驶去。车子由高档的住宅区穿过繁华闹市,驶向市区偏僻的路段。眼前有车子倏地开了过去,黑色的奔驰,闯入白惠的眼帘,她的心跳有一瞬间的停滞。

"师傅,您给我跟着她。"白惠打开手包,从里面拿出了两张红色钞票出来。

那司机是个年轻的男子,看看钱,说了声好嘞,车子提了速跟着那辆奔驰而去。奔驰车在几个路口之后拐向了一处门面并不大的茶吧,车子停下,中年人迈步走了进去。

白惠下了车,扶着肚子心头发紧,但仍然是跟了过去。那个男子一闪,已经进了前面的一间屋子,里面立时有低低的说话声传出来:"你进来有没有人看到啊,上次就被人盯上了。"

　　那声音是伊长泽的，不会有错。白惠厌恶那个人，可是那个人的声音也是一听便知的。她的心头倏然一紧，这个时候，她的心里有一种不安和紧张的感觉升起来。她站在那门口处，正想着，是要继续听下去，还是要转身离开，或者打电话给小北的时候，她的嘴却是一下子被人捂住了。接着她的胸部一紧，她被人迅速地拉进了对面的房间。房门被那人大手轻轻一推便掩上了，那只捂在白惠口边的大手却还没有松开。另一只手却又是爬上了她的胸口。

　　白惠初时心头大惊，但是那种熟悉到骨子里的气息，曾经夜夜缠绵的气息却是死都忘不掉的。她的脑中有白光闪过。她的头摇动着，口里发出唔唔的声音，那个身后的人，手臂并没有松开，却是低了声在她耳边道："你别出声，我马上就放开你。"

　　熟悉的声音曾经在每个夜里在她耳边低喃，也曾经冷漠无情地让她签字离婚。她的头又晃了晃，右手抬起来，去掰那人捂在她嘴上的手。徐长风又低声警告了一句，"你别出声。"

　　他说话的时候，那只覆在她嘴上的手已是松开，一下子握住了她的汗湿的手。不知何时，也许就是刚刚听见伊长泽的声音时，白惠的脊背处汗湿了一层，手心也潮潮的了。

　　他的手将她汗湿的手裹住了，那双深邃的眼睛里涌动着温情。他的嘴唇贴在了她的脸颊处，从她的身后，他那只横在她胸前揽着她的手臂已经下移，缓缓地落在了她鼓鼓的肚子上。

　　白惠的大脑在这一刻变成了空白。他的身上散发出来的，那种复杂的，深邃的温柔，和一种说不清的情愫让她感到迷惑。他的嘴唇在她的脸颊处，轻轻地吻住，温热熟悉的气息阵阵吹拂而来。

　　而那只落在她肚子上的手，却是有些止不住地轻颤，然后，缓缓地贴紧。隔着她薄薄的衣料，他的大掌熨帖着她腹部隆起处的肌肤，那种熟悉的温热，冷漠已久的温热让她的头一阵的晕眩。

　　他熟悉的气息吹拂在她的耳根处，他的温热的嘴唇又是向着她的嘴角而去。呵……

　　若有似无的一声轻叹就这样滑过了她的耳膜。白惠的心头一颤，大脑里又是一片眩晕，思维和意识在这一刻无踪。

　　但是意识回笼的那一刻，她还是一把拿开了他捂在她腹部的手："徐……"

　　话未说完，她张开的嘴又被他的大手堵住了。她被他轻轻反转了过来："别说话！"他用另一只手的手指竖在嘴边低声做了个嘘声的动作。

白惠一惊一怔的空当,他的俊颜已经拉近,捂在她嘴上的手松开,他的嘴唇一下子吻住了她的嘴唇。

白惠瞪大了眼睛,那一刻,心跳好像停止了。

而他,那只吻住她的嘴唇也是微微发僵,但只是须臾,又是辗转地轻吻着她的唇瓣。他的手臂圈住了她可以说是臃肿的腰身,将她的身形轻压向怀里。

他近似贪恋地吻着她的嘴唇,没有深入,却是有些痴迷地微闭着眼睛。她已经在他的怀里了,她的肚子的鼓起处贴在他身前,隔着衣料与他的肌肤相贴。两人的呼吸在那一刻,停住。

白惠张着她那双美丽又吃惊的眼睛,呼吸被卡住了一般,直到外面传来脚步声,透过窗子处的彩色珠帘,看到伊长泽走向路边的车子,白惠的手才扬起来,啪的一声,落在徐长风那双俊逸的面庞上。

清脆的声响击入耳膜,她愤愤地瞪着那个男人:"别用你的脏手碰我!"

圈在她腰间的手僵了一下,然后从她的后腰处滑了下去。徐长风深邃的眼睛里划过清晰的痛苦和吃惊,就那么看着她。

白惠的身形后退,伸手够到了房门,然后转身出去了。她的呼吸好像还没有恢复过来,心脏也跳得毫无节奏,她的两腿不由自主地发软。她一手扶了墙,喘了口气,心跳平复一些,这才迈开步子向外走。

外面的阳光明亮,她看着耀眼的阳光,深深地吸了一口气,这才走向马路边上,拦车。

徐长风站在那间包房里,神情有些颓废。他一直看着白惠的身影有些费力地钻进了出租车,这才坐在了一旁的沙发上。

白惠已经六个月的身孕,又是双胎,不同于普通孕妇,肚子已经明显地大了。她的手在圆圆的肚子上轻抚着,出租车在平稳行驶,城市车水马龙的街景飞逝而过,她的心头浮浮沉沉,纷纷乱乱。

他抱她的时候,她能明显地感觉到他身体里散发出来的,眼睛里流露出来的那种渴望和留恋。她不明白,几天前他还对她冷如冰,讥诮薄情,今天却这般拥着她,亲吻她,这是为何?

因为肚子里的两个孩子吗?

她不停地想着,却是越发地疑惑重重。母亲的家已经到了,她慢慢下了车,向着那幢很有年头的楼房走去。

白秋月见到她很高兴,但眉梢眼角也有显而易见的担忧流露出来。

"惠呀,以后就别过来了,妈会过去看你的。你肚子越来越大,身子越来越不方便,万一出点儿什么差错就不得了了。"

白秋月的话音未落,袁华的声音已经响起来:"生什么生啊,生下两个小鬼,连个爹都没有。人徐家都不要的孩子,生什么生啊!生下来添堵,还不如现在打了去。"袁华冷哼着说。

白秋月一下子脸就白了:"你说的这是人话吗?白惠的肚子都这么大了,打掉弄不好会出人命的。又是两个孩子,说打就打,你说这话你还是人吗!"

袁华哼了一声,也情知自己的话有些过了,他开门就走了。白惠皱了皱眉心,自小袁华所给予她的,苦多甜少,她不期待袁华能说出什么心疼关心的话来,但是让她打掉孩子,却也是让她心头生恼:"妈,我走了,您自己保重。"每来一次娘家,她基本就头疼一次。

以前没什么,可是现在她的身体越发到了危险的时候了,经不得闪失,她起身向外走,白秋月送了出来。

"玲玲,妈真对不起你,从小没给过你一个温暖的家,现在大着肚子还让你受气。"白秋月的内疚深深地流露出来。

"妈,你自己保重就好。"白惠轻搂了搂白秋月,现在的她,除了肚子里的两个孩子,最让她费心神的,就是母亲了。

白惠扶着楼梯扶手慢慢下着台阶,小风在后面屁颠儿屁颠儿地跟着。她到了外面,小风又依依不舍地绕着她打转,在她快要上车子的时候,小风便嗷嗷地叫起来,白惠这才注意到小风的后腿处竟然破了一块。

"你爸爸昨天喝醉酒拿凳子给砸的。"白秋月叹了口气。

白惠心头立时一疼,她费力地弯身将小风的前爪托了起来放到了出租车上:"妈,我还是带它走吧。"

小风趴在出租车的后座上,似乎知道自己就要和主人回家了,显得很高兴,不住地用舌头舔白惠伸过来的手。

白惠对着小东西温声道:"小风,你要学会照顾自己哦,姐姐现在肚子里有宝宝,不能每天照顾你的。"

小风似是听见了她的嘱咐,嗷嗷了几声。

在她住所的楼下,停着一辆黑色的小轿车,车门口处站着一个年轻女子和一个中年女人。那个年轻女子,穿着打扮成熟中透着优雅,黑发在脑后挽着,大眼睛很美,可是眉心却微微地敛着。

正是徐清致。

"白惠,这是王嫂,我请过来照顾你的。"清致说。那个中年女人便对着白惠笑笑,恭敬而亲切。

白惠想谢绝清致的好意,但清致又道:"你现在这么大的月份,一个人住不安全,让王嫂住在你这儿,可以照顾你和宝宝。"

清致后面的话算是说到了白惠的心头上。她的确是感到了自己的形单影只。她现在是妊娠中期,肚子还不是太大,生活可以自理,可是等到再过一两个月,她就不敢想了。

清致说道:"王嫂在这里,我也就放心了,你不要说什么,安心接受吧,孩子好好生下来才是最主要的。"她抱了抱白惠的肩,然后上车了。

白惠在王嫂的帮助下,给小风包扎了伤口,那小东西便生怕白惠再把他送走似的,赖在白惠的脚边,一会儿用自己的头蹭蹭白惠的腿,一会儿又摇着尾巴,对着王嫂叫几声,再跑过来,继续蹭她的腿。白惠笑容温婉地摸摸小东西的头。

王嫂在房间里忙碌着,把各个房间都给收拾了一遍,白惠本是一个很爱干净的人,但是她孕妇的身体只允许她做一些动作温和的事情,房子已经好久没有好好地做过卫生了。王嫂给白惠的房子做了一遍大清扫,又给白惠炖了滋补的老鸭汤,做了一顿丰盛的晚餐。

清致从白惠那里离开,精神蔫蔫地开着车子。霖霖今天早上还问她,爸爸什么时候回家,看着儿子那纯真又期冀的眼睛,她真的感到好心酸也好无力。

她拿起了车载电话,拨了陶以臻的手机号。彼时已经暮色沉沉了,街上车子很多,手机在响了几声后接通。

就是这一眨眼的工夫,耳边传来砰的一声,漫天晕地的黑暗顷刻间将她笼罩。

白惠是在接到警方的电话时才知道清致出事的。清致在给陶以臻打电话之前,给她打过一个,所以警方打到了她这里。

白惠刚刚喝过李嫂炖的汤,那汤炖得很鲜,味道很对她的胃口,她连喝了两碗,还吃了好几块鸭子肉。刚吃完,才想去客厅里坐一会儿,手机就响起来了。白惠的心头莫名地一跳,她走到沙发上将手机拾起来,看到那陌生的号码,接听。

"请问你是徐清致的大嫂吗?"清致的手机里存的白惠的号码上还写着"大嫂"两个字,所以,警察一上来便这么问,"徐清致出事了,请马上到医院来一趟。"警察说完就挂了电话。

白惠的心头登时一紧,一种强烈的不安让她心神不宁。不知道徐长风知不知道他妹妹出事,她穿着孕妇裙就出门了。王嫂原本就是清致家的人,此刻便跟着白惠一起出门了。

白惠赶到医院的时候,清致已经躺在医院的病房里了,她的头上裹着纱布,衣服还未换下,蓝色的裙子上沾染着片片的血痕。徐长风也已赶到,正跟徐清致说着什么,神色担忧,愤怒。

白惠心慌慌地走进来,清致微微眯了眼,神色很疲惫。徐长风看到她微微一怔,而白惠已是关切地走向了徐清致:"清致你怎么样?怎么会出事啊?"

"我还好。"清致的声音透出几分虚弱来。她想坐起来,但是白惠按住了她。

"警察给你打的电话吗?"清致问。

"是。"白惠点头,她的手伸过去,轻轻地握住了徐清致伸过来的手,哥哥薄情,妹妹却是让人心疼的。

"陶以臻来了没有?"白惠问。

清致摇摇头,眸中是虚弱的苍茫。

白惠心一阵疼。

有护士进来给清致换衣服,徐长风便出去了。白惠留在房间里,她看到清致的身上没有伤,心头稍稍地放松了一些。

"嫂子,我就头撞了一下,没什么大事,你回去吧。哥,你送她一下。"清致说。

白惠点头,她这样的身体的确不适合呆在这里。

"不用送,我自己可以走。"白惠拒绝了清致的好意,"你自己保重,清致。"她说完,便从病房里面出来了。

但是徐长风在迟滞一刻后还是跟了出来。

白惠慢慢地走着,电梯门打开,她走进去,身后的人也要跟进去,她制止了他:"你别进来。"

她冷漠的语气让他的脚步一下子停在了电梯门口处,幽沉的眼睛看过来。他看到她一张皎月般的脸上,写着的决绝和冷漠。

白惠神色沉沉,看着那人一双深眸里涌起的异样犀利,直到电梯门徐徐合上,将那人的脸隔绝在外。

电梯上升的时候,她有一阵眩晕,伸手扶住了电梯墙壁。王嫂伸手扶了她一把。

"谢谢。"白惠说。

从电梯里出来,她看到迎面,住院部的大门口处,有男人的身影走过来,身材清瘦,黑色西装,是陶以臻走向了另一面的电梯。

白惠停住,看着那个淡薄的身影走进电梯,电梯门将那张脸徐徐挡住,她深深地感到了这个男人的薄情。比之于徐长风,他或许还要薄情一些。家里有霖霖那么大的孩子,夫妻结婚已近十年了,他没有好好珍惜身边的人。白惠深深感到作为一个女人的悲哀。

白惠回了家,半躺在沙发上休息,她深深地为清致感到揪心。小凤趴在了她的脚下,白惠摸了摸小凤连光泽都失去了的毛发,心头有隐隐的忧虑缠绕着。

　　那一晚,她睡得不太好,怀着两个宝宝究竟是不同于常人,她感到很累,脚趾还抽筋,疼了好半天。

　　三天之后,白惠又去看了徐清致。

　　她买了一束花,在王嫂的陪同下来到医院。清致房间的门关着,从窗子里,她可以看到里面站着陶以臻。清致躺在床上,他则是面向着窗子站着。那道身影颀长而淡漠。

　　白惠收住了脚步没有进去,而是在外面的走廊长凳上坐了下来。

　　"出院之后,我会去欧洲走走,等我回来,我们就办离婚手续。"清致的声音平静传来,眉目之间隐隐有郁郁之色。

　　陶以臻回了身,镜框后面那双眼睛好像多了几分锐利和难以置信。

　　"你真的想好了吗?"他问了一句。

　　清致轻叹的声音又幽幽传来:"是的。这几天我一直在想,这样的婚姻我还能坚持多久。相比于自己的健康,脸面算什么呢?爱情,不过是虚无飘渺的东西。"

　　清致的话落,屋子里是长时间的沉默。

　　病房的门打开,陶以臻从里面走了出来,白惠没有与他说话,而他亦没有说什么。白惠站了起来,捧着花推开了清致房间的门。

　　她将手里的鲜花插在了床头的花瓶里,然后在清致的床边椅子上坐了下来。

　　清致已经坐了起来,头上依然裹着纱布,但是气色却是好了很多。白惠仍然记得初见清致时,那双透着知性的眼睛。徐清致年轻,沉稳,工作兢兢业业,生活上相夫教子,温婉贤淑。只是没想到,她的婚姻也呈现出如此不堪的一面,所有的相敬如宾,撕开面纱,其实丑陋得让人不能入目。

　　"你挺着大肚子,就不要跑了嘛,我过两天就出院了。"清致笑笑。

　　白惠也扯了扯唇角:"我不看看你,怎么放心呢?"

　　姑嫂两人相处的时间并不是很多,一般情况下,清致很忙,不到节假日,这对曾经的姑嫂是很少见面的。清致笑笑:"我很好,伤口一拆线,我就回家。这里空气不好,小心影响到孩子,快回去吧。"

　　清致对她笑得温婉而美丽。白惠站起身来:"那你好好养着,少想烦心的事情。"

　　她从清致的病房离开,外面阳光普照,丝丝热浪迎面而来,她用手遮住头顶,迈步向前走去。

　　傍晚的天空,一片红彤彤的,白天的炽热已经渐渐淡去,小区里,很多人出来散步。带着孩子的少妇,溜达的老人。

白惠在小区里慢慢走着,沐浴着夕阳的余晖悠闲地漫步会有一种十分惬意的感觉。孩子们在小区里的休闲设施上,溜滑梯,荡秋千。白惠摸了摸自己的肚子,她也感染了那些小孩子们的欢快,唇角不由得漾出浅浅的笑靥来。

天色渐渐黑下来,她也有些累了,便想折身回家,一辆面包车倏然横在眼前,一条大狼狗蹿下来,向着她扑过来。

白惠失声尖叫,惊恐让她忘记了转身,让她的大脑一片空白。

那辆面包车车门刷的合上,嗖的就开走了。那只大狼狗瞪着凶狠的眼睛嗷的一声向着她扑过来,白惠眼前骤然一黑,可是就在这千钧一发的时刻,有男人的声音乍然滑过耳膜:

"小心!"

白惠的身形被一副有力的臂膀一圈,迅速地转了个身,脱离了那大狼狗的包围,她还没有从震惊中清醒过来,耳边已然传来一声低吼。

那人的手腕已经被大狗咬住。

白惠失声惊喊:"楚潇潇!"

那只大狗汪汪地叫着,眼睛血红,尖利的牙齿咬住了楚潇潇左腕,狠狠地撕咬着。楚潇潇是军人出身,功夫自然是有的。可是此刻,也硬生生地被那狗给咬住了。

白惠只听到楚潇潇一声大吼,一人一狗已经搏斗起来。白惠脸色刷白,浑身惊颤,这一切太过突然,太过可怖,她反应过来大声惊叫:"来人啊!"

闻声而来的人们举着棍子对着那只狗一通乱棍,那只狗被打趴下了,可是楚潇潇的手臂已是一片血肉模糊。

白惠惊骇万分,脸白如纸,肚子里一阵痉挛似的疼,她的手惊惶地想要扶住什么东西,可是身边什么都没有。

"白惠!白小姐!"是王嫂的声音传来,她被匆匆赶来的王嫂的胳膊搂住了。

楚潇潇的胳膊处血肉模糊,肌肉被撕裂开了一大块,浑身血迹斑斑。白惠全身打颤,找不到自己的声音。楚潇潇的伤口让她惊恐万分,也让她心疼不已。冷汗涔涔湿透了她的裙子,她的两条腿像是被人抽干了力气,眼前一黑,她就瘫倒在王嫂的怀里了。

"潇潇!楚潇潇!"白惠惊叫着醒过来,王嫂按住了她的手:"白小姐,你醒了。"

白惠这才发现,自己是在医院的病房里。清致头上还包着纱布却是担忧地站在她的床前。

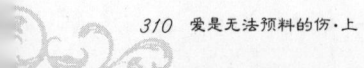

"清致,你有没有看到楚潇潇,他的伤口怎么样了?"

"他还好,你不要担心,先躺下吧。"清致按住了她的肩。白惠想下床,可是肚子里确实是不舒服,想是自己惊吓过度,也同时惊到了孩子们,她没敢再动又躺下了。

啪的一声脆响,接着又是一声,西装革履的男子,脸上连挨了楚乔两个大巴掌。

"楚小姐,我们不是有意的,我们也没想到,楚公子会来。"那人想要辩驳,但楚乔又是一个巴掌过去,"我弟弟要是有什么事情,你们一个也别想脱干系!"

楚乔说完,恨恨地钻进了车子,红色的玛莎划破夜色刷地就开走了。

"这是怎么回事!"匆匆从公司赶回来的楚远山,眉目阴沉,看着儿子包着纱布的伤口,"你跑到那女人那儿去干什么?你还跟她有联系是不是?"

楚潇潇沉凛着眉目,一言不发地坐在客厅的沙发上,左腕处的痛阵阵传来,他不时地会蹙了眉尖。

楚乔进入客厅之前,停了一下,半响才迈步进屋:"爸,潇潇是为了救那个女人受的伤,还好那狗身上没有狂犬病,如果有,就惨了。"

徐长风进屋之前只听到了这样的一句。

"嗯!"楚远山脸色越发阴沉,巴掌扬起来照着儿子的头就抽了过去,"你小子想让楚家绝后是吧!"

楚潇潇被他爸爸那一巴掌抽得耳朵嗡嗡直响,他咬了咬牙,长身而起:"那就当没我这个儿子吧!"他说完便迈开步子向外走去。

徐长风拧眉,心头那隐隐的不安越发地重了。楚潇潇经过他的身旁时没有停顿,步子加大,离开了。车子的声响传来,那黑色的奥迪已经飞速地驶了出去。

楚远山气愤地出着粗气,这小子真是反了!

"爸,您别生气。"楚乔过来扶住父亲,伸手给他抚摩后背。

"啊……"睡梦中,那只恶狗迎头扑来,白惠惊慌大叫,呼喊着,"救命,楚潇潇……"

梦里,那只大狗撕裂了她的身体,她的两个宝宝都血淋淋地被从腹腔里撕扯出来。她哭喊着,天昏地暗。冷汗遍布了她的身体和额头,她大口地呼吸,长发都湿粘在了俏丽惨白的脸颊上。

"白惠!"是谁在喊她,她的脸被人拍着,"醒醒!"

那梦好深,白惠努力地拨开眼前浓浓的雾霭,有光亮浮现。她的眼睛里一片迷茫,身体好像是被人搂着,好像是在一副温暖的怀抱里。她渐渐凝神,意识回归大脑,这才感觉到了头顶喷洒的气息,那么熟悉。

她定了定神,待一看见那个搂着她的人的脸时,她的双眉立时一凛:"怎么是你!"

那个搂着她的臂膀便轻轻松了。徐长风站了起来:"你别闹,对孩子不好。"他目光深邃复杂地凝视着她的眼睛。

"好不好跟你没有关系,你给我滚!"白惠心跳又加速了,一双美眸里满满都是愤怒。

徐长风仍然凝视着她,目光里有显而易见的担忧:"我这就走,为了你肚子里的孩子,你好自为之吧!"

徐长风带门走了,白惠软软地靠在床头,深深地合上了眼睛。一早清致就过来了,她说她过一会儿就拆药线,拆完就出院了,然后会去欧洲一段时间。两个女人都是一阵沉默。

徐长风和楚乔的订婚宴在转天的上午举行,身穿着精致礼服的楚乔一张俏脸上容光焕发,挽着心上人的手臂,在宾客间游走,楚远山显得很高兴,和徐宾说话的时候也显得兴致勃勃。

楚潇潇一直站在很安静的地方,有人过来,他便淡淡一笑,但眼睛里明显地有一种怅然的失落。

交换了订婚戒指,亲吻过未婚妻的额头,徐长风温笑地对楚乔道:"我去那边抽根烟,你先歇一会儿吧。"

"好。"楚乔嫣然一笑。

徐长风便转身向着宴会大厅的走廊处而去。他站在那里,掏出一根烟来,望着窗外,慢慢地吸着。

白惠是从当天的报纸上看见徐长风和楚乔订婚的消息的。大幅的彩色画面配着一对俊男靓女,喜庆而幸福。白惠将那张报纸折了起来塞进了病床边的抽屉里。她慢慢地走到了窗子前,看着外面的日色西沉。李嫂拿着她的手机走过来,电话接通,赵芳大骂出声:"真是一对狗男女……"

白惠轻轻地摇了摇头,他们怎么样,真的和她无关了。

暮色下一辆车子驶来,黑色的宾利隐隐地透出一种尊贵和冷肃之气,车上的人下来,径自走进了住院楼。房门被推开,白惠猛然扭头,看向那个走过来的高大身形。

他穿着一身黑色的西装,沉默肃凛。此时此刻,他不是该和他的未婚妻温柔缱绻吗?

"你来做什么?"白惠冷然问。

徐长风将指间燃着的香烟轻吸了一口,却是从上衣兜里抽了一张支票出来:"孩子生下来,交给乔乔抚养,这些钱,都是你的。"他将手中的支票轻按在了面前的玻璃茶几上,一双深眸就那么望了过来。

白惠的心跳登时就紊乱了,她的双眸喷出愤怒的火,目光从那张写着七百万的支票上颤颤掠过:"徐长风,你还可以更卑鄙一点吗!"她拾起了那张巨额的支票对着男人的脸上拍了过去。两只眼睛里泪珠点点,让人心痛的愤怒闪烁。

支票从男人的鼻翼处滑落,徐长风的眼睛被她眼睛里的泪珠刺得疼了一下,他的大手一下子捏住了她的手腕,沉声道:"我是为了你们母子好。如果你不想孩子再有事,就把这个协议签了。"

他的手指从上衣兜中抽出了签字笔来,直接放进了她被他攥住的手中。

一张生子协议也被塞了进去。

白惠的眼中泪花迸现,心肝肺,好像都在抖,手里的协议和笔掉落,她手点指着他,颤颤出声:"徐长风你还是人吗?你如此苦苦相逼曾经做过你妻子的女人,你让她情何以堪!你连她做母亲的权利你都要剥夺,你还是人吗!"

愤怒的哭诉,泪如雨下的轻颤,让人的心口一阵阵地发疼。徐长风咬了咬牙:"你肚子里的孩子是徐家的,归乔乔抚养天经地义,不要再多说什么,明天我让小北过来取协议。"

他说完,便转身大步向外走去。

那身影薄情得令人发指。

白惠身子簌簌地颤着,一下子跌坐在了床上。

刚刚进来的徐清致难以置信地看看她的哥哥,又看看那个跌坐在床上的女人,她转身向外跑去。

"哥!"

那个前行的身影没有停下,而是大步走向了停车处泊着的车子,徐清致刚刚拆过药线的伤口在她的跑动下隐隐浮现,她跑过去,一下子拽住了徐长风的手臂,"哥,你怎么可以这样,你想逼死她吗?"

徐长风的黑眸里涌动出极复杂的深邃:"我是为了她和孩子好。"他说完便是轻拂去了妹妹的手,弯身钻进了车子。

徐清致一直看着那辆黑色的宾利缓缓地倒出停车位,又徐徐加速驶出了医院的院子,她才轻合了眼睫,一声轻叹浅浅滑过。

白惠呆呆地坐在床头,身体仍然因着那个人临走的话而不时地发颤。地板上静静躺着的,出卖孩子的协议和那张巨额的支票像是无情的讽刺让她的心淋漓出血。

这就是她曾经深爱过的男人,他用这么薄情的方式来打发她,还要夺走她的孩子。白惠真的希望,她从未认识过这个男人。

清致在转天的一早又来了。她是来向她告别的。再怎么样恨她的哥哥,妹妹也是无辜的,白惠看着清致那张瘦削的脸,她但愿,清致的欧洲之行,能够让她将心情放飞,能够再觅良缘。

　　清致临走之前贴耳对她说:"你要相信,有时候耳朵听到的,眼睛看到的,都未必是真的。"

　　白惠感到一阵迷茫。但她并不想去琢磨清致话里的意思,她只想离开这个地方,离开这个肮脏的城市,离开那些肮脏的人。